Texto de acordo com as normas do novo acordo ortográfico da língua portuguesa (Decreto Legislativo Nº54 de 1995).

Editora – Catia Mourão
Capa – Joice Dias e Ellf Designer
Diagramação – Catia Mourão
Revisão – Halice FRS
Ilustração – Little Pink Design – Rosa Aguiar

CIP-BRASIL. CATALOGAÇÃO NA PUBLICAÇÃO
SINDICATO NACIONAL DOS EDITORES DE LIVROS, RJ

P322m

Passos, Michelle
Mais uma vez para nós dois / Michelle Passos. - 1. ed. - Rio de Janeiro : Ler, 2024.
316 p. ; 23 cm. (Milionários da Sardenha ; 2)

ISBN 978-65-5055-067-7

1. Romance brasileiro. I. Título. II. Série.

24-89107 CDD: 869.3
CDU: 82-31(81)

Meri Gleice Rodrigues de Souza - Bibliotecária - CRB-7/6439
31/03/2024 04/04/2024

Foi feito o depósito legal.
Direitos de edição: Ler Editorial

Ler Editorial

Mais uma VEZ PARA nós dois

MICHELLE PASSOS

LIVRO 2 | MILIONÁRIOS DA SARDENHA

1ª edição
Rio de Janeiro – Brasil

Sumário

Dedico este livro a minha avó, Maura Passos, que descansou do seu sofrimento em abril, cinco dias antes do lançamento do livro de Vince e Cat. Assim como retratado nessa obra, através da encantadora nonna Giulia, vovó sofria de Alzheimer.

Vó, que sorte a minha ter vivido essa vida com você. Eu te amo e te guardarei eternamente no céu que existe dentro do meu coração!

Nota da autora

COMO MUITOS DOS MEUS LEITORES SABEM, Stefano e Betina nasceram por acaso. Estavam ali, como personagens de suporte da história de Vincenzo e Caterine, o livro 1 dos Milionários da Sardenha e, de repente, tinham vida própria.

Com meu cronograma todo programado para os livros deste ano, eis que esses dois tomaram a dianteira e vieram nos contar como o passado que tentaram ignorar ainda mora dentro deles!

Para aqueles que gostam de saber sobre alguns temas abordados durante a obra, principalmente pensando em gatilhos, de forma muito delicada e cuidadosa, aqui veremos um pouco sobre o **Alzheimer e sua evolução**. Se esse é um tema que é sensível para você, recomendo que não prossiga com a leitura, está bem?

No mais, preparem-se para uma história delicada, de personagens fortes, vários deles sendo altamente apaixonantes! Prepare seu coração para Enrico Cerutti e depois não diga que não avisei, hein?

Para entendimento: todos os diálogos estão na nossa língua, o português, mesmo que na história eles estejam se falando em italiano.

Porém, para aproximá-los um pouco mais da cultura do país, trago palavras soltas ou expressões durante o livro na língua materna da Itália. Para saber o que significam, basta verificar as notas de rodapé deixadas nas páginas correspondentes.

Carloforte não é uma cidade fictícia, ela existe. Recomendo, inclusive, que busquem sobre ela no Google. Vocês vão se apaixonar!

Espero que Tefo e Betina reafirmem o lugar especial que conquistaram no coração de vários de vocês. E para aqueles que estão conhecendo a turma de Carloforte só agora: se joguem! Prometo que vocês não vão se arrepender.

Boa leitura!

Com amor,

Michelle Passos

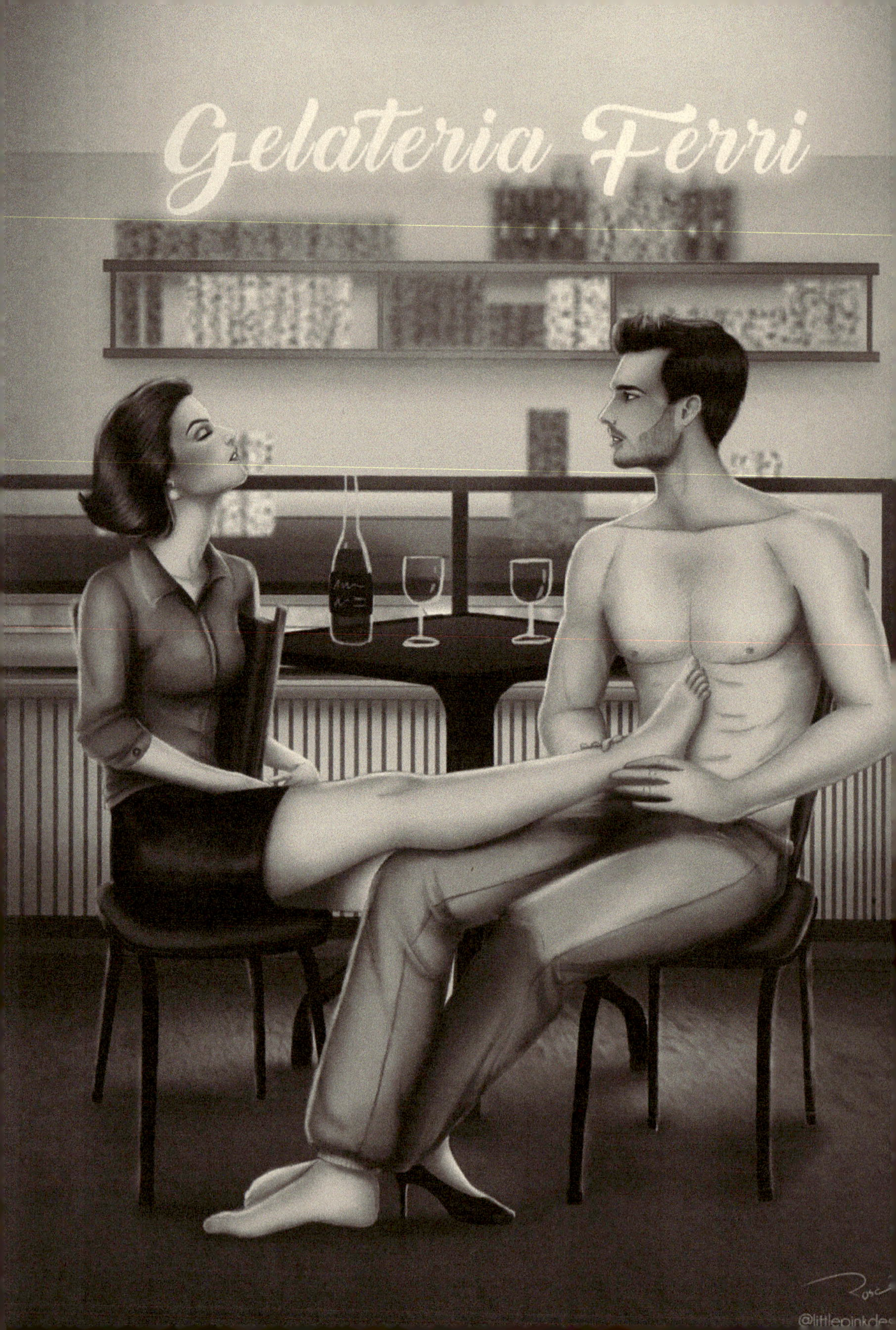
Gelateria Ferri

Prólogo

Carloforte, Sul da Sardenha, Itália
Quatorze anos antes...

Sinto-me uma pequena aproveitadora neste momento? Sim. Eu me sinto.

Foi errado arrancar de uma criança de sete anos uma informação que eu queria muito? Talvez tenha sido.

Mas, bem... Que culpa tenho se Tina é uma aprendiz de fofoqueira?

Quando crescer, *questa bambina*[1] vai ser como as velhinhas de Carloforte: ficará à porta de casa vendo as pessoas passarem e falando mal dos outros.

Espero já de roupa trocada debaixo das cobertas, aguardando que todo mundo já tenha ido se deitar. Meus pais já se recolheram, mas a *nonna*[2] ainda está assistindo à TV.

Olho no relógio e sei que a noite na comuna só está começando. Os jovens de Sant'Antioco e Calasetta adoram as baladas da ilha e vêm a maioria para cá.

Estou disposta a encontrar Stefano e entender de uma vez por todas em que pé estamos. Já se passaram quase três meses desde a primeira vez que estivemos juntos. Preciso entender o que esperar.

Stefano Ferri me confunde.

Quando estamos juntos, em sua cama, ele parece querer me dar tudo de si.

Nunca pensei que sexo pudesse ser tão bom assim, desde a primeira vez. É como se ele soubesse exatamente onde tocar, o que falar, como fazer, sem deixar espaço para que algo dê errado ou não pareça certo,

---

[1] Em italiano, "esta menina", "esta garota".

[2] Em italiano, "avó", "vovó".

mesmo quando engano sua irmã pequena todas as tardes em que vou até sua casa, ajudá-la com o reforço da escola.

Eu quase sinto o coração sair pulando do corpo quando ele aparece na sala, com aquele sorriso de lado, sua calça de moletom pendurada no quadril totalmente definido, e pisca me dando um sinal de que está me esperando.

Já saio de casa todos os dias mais do que ansiosa para esse momento.

Quando digo a Tina que ela tem meia hora de descanso e pode ir até a casa da sua *nonna* para fazer o lanche da tarde, a garotinha por pouco não me beija de tão feliz que fica.

Mal sabe ela que a felicidade é toda minha.

Stefano sempre me espera sentado na beirada da sua cama, todo excitado, e faz valer a pena cada um dos nossos trinta minutos juntos. Ele sabe como me deixar pronta apenas com beijos e suas mãos enormes, que se encaixam perfeitamente em qualquer lugar do meu corpo.

O filho mais velho dos Ferris teve toda paciência do mundo para ensinar à inexperiente professora de reforço da sua irmãzinha como foder feito uma safada.

Foi isso que me tornei desde que cedi às investidas de Stefano: safada e sedenta.

Todos os dias eu quero um pouco mais. Quero uma nova posição. Quero sensações diferentes, quero orgasmos como nunca tive antes, quero que ele grite meu nome enquanto se perde totalmente dentro de mim. Quero tudo o que ele pode me dar.

Quero Stefano Ferri.

Porque, além de levar minha virgindade embora, também levou meu coração.

Por mais que ainda não saiba, ele me tem por inteiro. E eu preciso entender o que tudo isso significa, já que, quando nossos preciosos trinta minutos acabam, é como se fôssemos dois estranhos. Ele passa a andar pela casa e a ignorar minha existência.

Já pensei em conversar sobre isso com Tefo, como ele me pede para chamá-lo quando estamos juntos, mas, só de imaginar gastar qualquer um dos minutos que temos juntos para conversar sobre qualquer coisa, eu desisto. Até porque, prefiro ignorar todo o resto a ter de imaginar que nada disso signifique algo para ele como significa para mim.

Não quero parecer uma garota burra! Eu tenho quase vinte anos, não sou uma criança.

Stefano Ferri, provavelmente, já pegou metade das garotas da minha idade que eu conheço. Mas também... Ele e Vince são os caras mais bonitos desta comuna. Eles conseguem o que quiserem.

Mas há algo ali, naquele momento em que somos só nós dois, quando me chama de linda, brinca com meus cabelos e me recebe em seus braços quentes e fortes, que me faz acreditar que temos uma conexão que vai além do sexo gostoso e suado que temos.

Por isso, antes de partir por alguns dias para Florença, preciso de respostas.

Quero pensar nas minhas possibilidades profissionais. Quero ser uma das maiores *chefs* que este país já conheceu. Mas, se Stefano realmente confirmar que minha cabeça não está criando coisas, talvez eu repense os meus planos. Talvez Cagliari, mesmo sem tanta tradição em formação de grandes *chefs*, seja a minha opção.

Ouço a TV sendo desligada e me preparo para minha fuga noturna.

Se meu pai sonhar que fui para a rua a uma hora dessas, ele vai me matar! Mas Tina me garantiu que Stefano vai estar hoje na *Reppublica*, então é para lá que eu vou. Até pensei em chamar Isabella, minha melhor amiga, para me acompanhar. Além de ser a única pessoa que sabe o que acontece entre mim e Tefo, seria também a única a embarcar nessa loucura comigo, mas acho que preciso estar sozinha para encará-lo e tentar conseguir a resposta de que preciso.

Fico de pé e pego a sandália alta que separei. Olho meu corpo magro no espelho e o vestido curto, preto, ajustando a peça em mim. Peguei leve na maquiagem, mas tentei ressaltar o máximo que consegui os meus olhos verdes com o lápis preto que comprei semana passada.

Retoco o batom e penduro a bolsa no ombro, esperando por mais um minuto para ter certeza de que todos os três já estão em sono profundo.

Sem ouvir mais nada, saio para o corredor descalça e corro até a sala, destrancando a porta com muito cuidado, indo rápido até o portão em seguida. Quando o fecho, calço as sandálias e vou depressa na direção da balada mais famosa de Carloforte.

A cada passo, meu coração bate ainda mais forte e quase tenho a sensação de que vou desmaiar. Já estive em festas onde Stefano também estava. Ele sempre está incrivelmente lindo, *sempre*. Fico tentando imaginar qual é o perfume que está usando hoje, o amadeirado ou o cítrico? Eu amo qualquer um dos dois.

Cinco minutos e já estou na fila para comprar a entrada. Vejo algumas pessoas que conheço e aceno, mas tento me manter o mais neutra possível, porque não quero que amanhã contem aos meus pais que me viram por aqui.

— Boa noite! Uma entrada feminina somente — digo assim que chega a minha vez.

A garota do outro lado me diz o valor e mexo na minha bolsa para pegar o dinheiro. Ela coloca uma pulseira rosa no meu braço e me diz para seguir em frente.

A *Reppublica* está completamente lotada.

O lugar, que parece uma vila romântica, é onde todo jovem de Carloforte quer se acabar nas noites de sábado. Nas suas festas temáticas é que os *ferryboats* chegam lotados das outras comunas, porque ninguém quer perder.

Ando entre os milhares de pessoas, perdidas em seus papos, suas bebidas, risadas e beijos, procurando por ele com o olhar. A cada espremida entre a multidão, levanto o pescoço na tentativa de encontrar o cara de quase dois metros de altura.

Alguns colegas de bairro me cumprimentam, oferecem-me bebidas e eu paro para bater um papo rápido, sem me distrair. Estou aqui hoje com um objetivo e não vou embora sem o que vim buscar.

Passados dez minutos sem nenhum vislumbre de Stefano, peço licença da roda onde estou e vou para o lado de fora, onde há um jardim enorme e também onde ficam os banheiros.

A música está tão alta que ainda parece ensurdecedora mesmo aqui.

Volto a observar cada canto que posso e vou andando bem devagar, em busca de algum amigo dele que eu reconheça. É assim que encontro Vincenzo Milani.

— Ei, Vince! — chamo pelo seu nome e ele olha na minha direção, dando-me um sorriso e um abraço logo em seguida.

— Betina! Que bom te ver aqui. — Ele olha para a minha mão vazia e pergunta: — Quer uma cerveja?

— Ah, não, obrigada! — agradeço com um sorriso e olho para os outros caras e meninas que estão com ele, mas não o encontro. — Estou procurando Tefo, você sabe dele?

Vince automaticamente parece ficar duro no lugar. Seus olhos verdes me observam com cuidado e sua respiração parece pesada agora. Ele prende os lábios com os dentes, transparecendo estar em dúvida do que falar.

— Você marcou com ele aqui? — Quer saber, mas não sei se é realmente isso o que queria dizer.

— Não, mas me disseram que ele viria para cá. Está tudo bem?

Os olhos de Vincenzo percorrem todo o jardim e, de repente, tenho consciência de que Stefano com certeza está em algum lugar desta balada.

Algo dentro de mim aperta um pouco o meu coração. A forma como Milani me olha de novo faz minhas pernas tremerem.

— Betina... — Meu nome é a única palavra que sai da sua boca. Vincenzo respira fundo e fecha os olhos, depois parece soltar um palavrão entre os dentes. — Você conhece Stefano...

— Ele te contou, não foi?

Claro que contou para o melhor amigo que está se deitando comigo e que ainda por cima tirou a minha virgindade. É tão óbvio!

Quando ele vai abrir a boca de novo, Lauro chega e passa o braço pelos ombros do amigo, dando-me o maior sorriso.

— Betina, você por aqui! Veio com Isabella?

Meu vizinho pergunta inocente, derramando cerveja boca adentro.

Os olhos de Vincenzo se arregalam e eu sinto um gosto amargo imediatamente.

— Isa está aqui? — É a única coisa que dou conta de perguntar.

Lauro balança a cabeça e solta:

— Está, oras. Faz uns dez minutos que ela saiu com Tefo daqui. Devem estar se amassando em algum desses becos.

Sinto o gosto do vômito atingir minha garganta tão rápido quanto as palavras dele.

Mordo a ponta da língua com força, tentando não deixar que *isso* aconteça.

Vincenzo me olha, derrotado, com os olhos tristes, e eu me sinto nua na sua presença, pensando que ele sabe exatamente tudo o que está se passando aqui agora.

— Bem, eu preciso ir, meninos. Boa festa para vocês!

— Mas já? Fica mais. Eu te deixo em casa depois — convida-me.

Lauro sempre tentou se aproximar de mim, mas nunca dei muita bola. Ele é um cara legal e divertido, mas nunca passou de um amigo para mim.

— Hoje não, Lauro. Quem sabe numa próxima? — Tento meu melhor sorriso antes de dizer: — Tchau para você. Tchau, Vince.

Imediatamente me viro, sem dar tempo de seu olhar cheio de piedade me fuzilar outra vez.

Assim que dou as costas para eles, um tapa me atinge bem no meio da cara.

E um soco bem no meio do coração.

Consigo ouvir exatamente o momento em que todos os seus cacos caem ao chão.

Stefano está com os braços em volta de Isabella, enquanto ela ri, com a cabeça levantada na direção do rosto dele, deixando beijos pelo seu queixo e sua barba. Ele diz alguma coisa, ela ri, então Stefano afunda o nariz em seu pescoço, como faz comigo todas as tardes.

Na sua casa.

Na sua cama.

Fico paralisada, por mais que eu queira ordenar aos meus pés que saiam daqui imediatamente.

Sinto um toque quente em meu braço com cuidado e olho para o lado. É Vincenzo.

Quando não posso mais impedir que meus olhos se encham de lágrimas, ele sorri de lado, triste, e diz bem baixinho:

— Vem, eu vou te levar para casa. Ou para outro lugar, se você preferir.

É neste momento que os olhos de Isabella caem sobre mim, então seu sorriso some completamente. Stefano se vira na mesma direção e nosso olhar se encontra. Seu rosto parece surpreso, o que me deixa completamente enojada.

Stefano Ferri sabe quem é Isabella Perrone.

Isabella Perrone sabe quem é Stefano Ferri.

E os dois simplesmente *se foderam* para isso.

Olho de um para outro, vendo a indecisão do que fazer tomar conta dos dois. Viro-me para Vincenzo outra vez e somente faço que sim com a cabeça. Quando ele dá alguns passos, meus pés resolvem acompanhá-lo, enquanto a humilhação toma conta de mim.

Por que eu imaginei que poderia ser diferente?

Em que momento cogitei que isso poderia ser possível?

Ele é Stefano Ferri.

Isso já deveria me dizer muita coisa. Ou tudo!

Entreguei a merda da minha boceta e meu coração para o único homem que eu não deveria. Entreguei minha amizade e os meus maiores segredos para a garota que na primeira oportunidade enfiou a língua na mesma boca que anda me beijando.

Quão fodida a vida pode ser com você, Betina Cerutti?

Está aí a resposta que você tanto queria.

CAPÍTULO 1

Betina

Florença, Toscana - Itália
Dias atuais...

Estou aqui, parada há uns cinco minutos à porta do quarto de Enrico. Meu garoto está terminando de encaixotar seus últimos livros e troféus.

Deus sabe que eu daria a minha vida para não ver a tristeza que ele tem carregado no olhar nestes últimos meses. Tudo o que eu queria era não ver Enrico sofrer, mas esse é um efeito colateral da morte: termina com o sofrimento de quem se foi e começa com o de quem ficou.

Apesar da pouca idade, quase completando treze, *mio bambino*[3] se esforça dia e noite para se fazer de forte, porque eu tenho certeza de que seu pai pediu em algum momento que ele cuidasse de mim e fosse o homem da família quando a hora chegasse.

Enrico e Marco eram feito unha e carne. O complemento um do outro. Os homens da minha vida. E, agora que meu marido se foi, preciso lidar com sua ausência e ser tudo o que meu filho merece que eu seja: alguém que nunca vai lhe faltar.

— Precisa de ajuda, *figlio*[4]?

Seus olhos imediatamente encontram os meus e ele apenas sorri de lado; balança a cabeça e diz que não.

— Está quase tudo pronto, *mamma*.

Entro no quarto devagar e me sento no chão, ao seu lado. Passo as mãos pelos seus cabelos negros e deixo um beijo no seu rosto.

— Sei que não está sendo fácil, meu amor. Você está deixando para trás tudo o que conhece...

---

[3] Em italiano, “meu menino”.
[4] Em italiano, “filho”.

— Nós já falamos sobre isso, mãe. — Meu pré-adolescente passa a fita adesiva em uma das caixas e continua. — A *bisnonna*[5] precisa da gente.

Ele e eu sabemos que esse é só um dos motivos, não o todo.

A verdade é que tudo aconteceu ao mesmo tempo.

Marco morreu, o restaurante onde eu era chef fechou, e agora a doença da *nonna* piorou.

Se há uma coisa que sempre me matou foi ter que ficar longe da minha avó.

Eu devo tudo a ela.

Tudo!

Se hoje sou tão respeitada na gastronomia italiana, é porque ela, incansavelmente, me ensinava dia após dia tudo o que aprendeu com sua *mamma*, sua *nonna* e todas as nossas gerações passadas.

Marco me deixou posses, mas agora somos somente Enrico e eu em Florença. Não tenho parentes aqui, estão todos em Carloforte.

Dio... Eu prometi que jamais voltaria e olha só o que estou fazendo.

— Não queria que fosse uma mudança tão repentina, querido... Sei o quanto você ama Florença.

Meu filho é a cara desta cidade. Enrico Cerutti é inteligente, elegante e ama história, desde pequeno.

— Nada que uma visita às vezes não resolva. — Ele me dá aquele sorriso que eu amo e eu puxo meu filho para os meus braços.

Enrico se agarra em mim e deita a cabeça no meu ombro.

— Pelo menos teremos o Mediterrâneo como vizinho, e você vai poder manter a natação em dia!

Ele ri, enruga o nariz daquele jeito que eu amo e faz que sim.

Enrico nada desde garotinho. Coleciona uma quantidade incrível de medalhas e troféus, enchendo a mim e Marco de muito orgulho. *Mio piccolo pesciolino*[6].

— Posso ir encontrar os meninos? É o nosso futebol de despedida — lembra-me sobre seu último compromisso com os amigos antes de partirmos para Cagliari.

Os garotos me contaram que vão fazer uma festinha para ele no parque, como costumam fazer nos aniversários, para que possam se despedir. Enrico ainda não sabe, mas sei que vai amar.

— Claro que pode. Fique com o telefone por perto, está bem? E me ligue mais tarde para eu te buscar.

---

[5] Em italiano, "bisavó".

[6] Em italiano, "meu peixinho".

Ficamos de pé e meu filho me olha por alguns segundos antes de me abraçar e dizer:

— Não se cobre demais, *mamma*. Não sou mais um menino. Sei que você está fazendo o melhor que pode por nós dois.

Minha garganta se fecha e as lágrimas brotam automaticamente nos meus olhos. Aperto Enrico entre meus braços outra vez e beijo seus cabelos, tentando mantê-lo assim o máximo que posso.

Meu filho é a coisa mais linda e preciosa que tenho nesta existência.

Ele me faz enxergar o lado bom da vida. Ele me fez ver sentido em coisas que antes não pareciam ter significado algum.

Enrico é a melhor parte de mim.

Nem por um segundo me arrependo de me virar para estudar enquanto o amamentava ou de ter perdido uma prova ou duas porque ele precisava de mim. De não ter frequentado eventos importantes para a minha carreira porque era o dia de alguma comemoração na sua escola e coisas assim.

Meu dom com a cozinha simplesmente nasceu comigo e, mesmo que em alguns momentos eu tenha preterido minhas habilidades culinárias pelo meu filho, isso nunca foi um problema. Por sorte do destino ou por ser abençoada pelos meus antepassados, sempre fui requisitada e muitas vezes até disputada por grandes cozinhas de Florença, onde realmente estudei e me formei. Todo resto antes disso aprendi presa à barra da saia da *nonna*, observando com olhos atentos tudo o que ela fazia com a farinha, os ovos, tomates e bons temperos.

Seguro o rosto de Enrico e olho dentro dos seus olhos.

— Obrigada por se preocupar, *amore mio*. Vai dar tudo certo. Eu te prometo.

— Eu confio em você, *mamma*.

E essas simples palavras fazem meu peito pular de alegria, porque isso é tudo de que eu preciso: que meu garoto confie em mim.

— Somos um belo time, não somos? — pergunto e ele gargalha, pegando a bolsa com suas coisas de futebol e respondendo em seguida:

— Um belo time de dois. — Ele passa por mim e pisca. — Até mais tarde, *mamma*.

Então, se vai.

Suspiro quando ouço a porta bater e olho para o fim do corredor, onde está meu quarto. Acreditem: meu filho é muito mais organizado do que eu. Enquanto suas caixas estão metodicamente arrumadas e lacradas, minhas coisas ainda estão espalhadas por todos os cantos. Além da falta de organização, na verdade estou com uma enorme dificuldade em me desfazer de tudo isso.

Marco, Enrico e eu vivemos os melhores momentos da nossa vida nesta casa. Cada canto dela me traz lembranças tão boas de tempos em que eu acreditava que seríamos nós três juntos, para sempre.

Jamais imaginei que um passeio de moto, como tantos outros que Marco já fez a vida toda, mudaria nossa vida de uma forma tão devastadora, como um furacão, tirando tudo do lugar, levando parte de mim... Do meu coração.

Encontro o quadro de parede com a nossa foto na Disney de Paris, há três anos, em cima da minha cama. Sento-me na beirada, pego entre as mãos e olho meu marido, sorridente, feliz em poder dar ao *nostro bambino* um momento que ele ansiou por tantos anos.

— Por favor, Marco, não me abandone. Me ajude a cuidar do Enrico — converso com a foto. Passo o dedo pelo seu rosto na imagem enquanto meus olhos se enchem de lágrimas outra vez. — Não posso falhar com este garoto. Me ajude a fazer a coisa certa para nós dois!

Sinto tanta falta do meu marido que às vezes tenho a sensação de que não vou suportar.

Aqueles sete dias no hospital, vendo-o entre a vida e a morte, foram os piores de toda a minha vida.

Marco era a luz que me guiava, que me fazia viva. Os dias com ele eram sempre alegres, desde o primeiro deles. O sorriso, sempre o mesmo, até o último que me deu. O silêncio que ficou aqui, dentro desta casa e do meu coração, é que não combinava nem um pouco com o arquiteto criativo e cheio de vida que era ele.

Espero que essa dor um dia passe. Por enquanto, ela é tudo o que eu sinto.

Beijo o quadro e volto para a cama, olhando para a confusão de coisas que ainda me espera.

A maioria dos móveis eu consegui vender. Algumas coisas importantes para mim e Enrico resolvi dar um jeito de mandar para a Sardenha, mesmo pagando uma fortuna.

Aproveito enquanto lembro e pego meu telefone, encontrando o número do hotel em Cagliari, onde pretendo ficar por alguns dias com meu filho antes de irmos definitivamente para Carloforte.

Só voltei à Sardenha duas vezes depois do dia em que vim embora estudar gastronomia em Florença: quando o *nonno*, pai do meu pai, morreu e quando minha prima Matilda se casou. Fora isso, meus pais sempre vieram à cidade para nos ver e passar algum tempo conosco. Eles me cobravam a presença, principalmente por causa da *nonna*, mas eu simplesmente não pertencia mais àquilo. Carloforte nunca mais foi a mesma para mim.

Marco e Florença representaram um mundo em que eu me sentia inserida, amada, pertencente. Não havia nada em outro lugar que me fizesse querer sair daqui, retornar às raízes. Mas, agora, é o que vou fazer. Por mim, por meu filho, pela minha avó. Pelo que nos resta de tempo junto a ela.

Disco o número um pouco contrariada, mas sabendo que não tenho lugar para agir feito uma criança que quer voltar atrás na sua palavra.

— Palazzo Doglio, bom dia!

— Bom dia! Gostaria de reservar um quarto com duas camas de solteiro por três diárias, por favor.

Enquanto o atendente cuida de fazer minha reserva, penso no que é que me espera de volta à Sardenha.

Capítulo 2

Stefano

Olbia, norte da Sardenha - Itália

Faço sinal de silêncio para Bianca enquanto atendo ao telefone no viva-voz. Pelado, salto da cama em busca da minha cueca e pergunto para minha irmã, que está do outro lado da linha:

— Como assim, você anda tendo desmaios, Tina? Por que é que só estou sabendo disso agora?

Eu me abaixo e pego a peça, encaixando nos pés e arrumando no corpo. Viro-me para pegar o telefone e vejo Bianca nua, toda preguiçosa em sua cama, sorrindo de orelha a orelha para mim.

— Porque não é nada demais, oras. Eu só estou te ligando porque a *mamma* está me obrigando.

Tiro a ligação do alto-falante e coloco o aparelho de volta à orelha, segurando entre o rosto e o ombro. Procuro olhar onde minha camisa social foi parar e está caída aos pés da cama.

— Como você acha que desmaios não são nada? Em que mundo você vive, garota?

Olho rapidamente pela janela do quarto e vejo uma Olbia em seu completo movimento. Os turistas transitam de um lado para o outro tirando fotos de tudo o que veem. Verifico o relógio e já são quase onze da manhã. Eu tenho uma reunião às onze e meia.

— No mesmo que você, seu babaca — responde com aquele seu jeito Tina Ferri de ser. Essa atrevida tem sempre uma resposta atravessada na ponta da língua afiada. — Era só isso mesmo, agora preciso desligar e me arrumar para a faculdade.

— Pois você fique quieta em Carloforte, Tina. — Visto a camisa de qualquer jeito e vou me virando para fechar os botões. Arrumo as abotoaduras e o colarinho, enquanto faço uma dança desconcertada para colocar as calças sem deixar o aparelho cair. Ouço a risada de Bianca e olho em sua direção, sorrindo também. — Estou indo para aí amanhã, no primeiro voo até Cagliari. Nós vamos investigar o que é isso. E não se atreva a me desobedecer, eu vou saber se você fizer.

— Eu já disse que te odeio hoje?

Quase posso ver Tina revirando os olhos daqui, enquanto suas palavras não têm sequer um fundo de verdade.

Minha irmã mais nova e temporã, já que temos quinze anos de diferença um para o outro, é completamente apaixonada por mim. E a verdade é que sou muito mais apaixonado por ela.

— *Anch'io ti amo, sorellina*7— zombo enquanto termino de subir as calças e fecho o zíper. — Agora preciso desligar, estou atrasado. Nos vemos amanhã.

Antes que ela argumente qualquer coisa, desligo o telefone.

Paro alguns segundos para respirar e a mulher deitada me olha, maliciosa, como se não tivesse acabado de ter dois orgasmos, um atrás do outro.

— Não fica aí me olhando com essa cara — digo enquanto me sento na poltrona ao lado da cama, colocando minhas meias.

Feito uma gata ela se arrasta pelos lençóis cor de creme e diz:

— Não entendi por que você está vestindo toda essa roupa de novo. Pensei que teríamos segundo tempo.

Seus cabelos loiros e cacheados estão completamente bagunçados e o rosto bronzeado de sol, assim como seu corpo, está corado.

— Porque tenho compromissos. Vou me atrasar.

Coloco os sapatos em seguida e já fico de pé, indo pegar meu paletó.

— Você é certinho demais com essas suas coisas de trabalho.

Faz uma careta, deitando a cabeça no travesseiro.

Bianca e eu nos conhecemos há uns dois anos. A química foi instantânea e a gente funciona de forma surpreendente onde mais gostamos um do outro: na cama.

— Não à toa tenho a fortuna que tenho. Eu sei cuidar do que é meu, querida, por isso sou tão exigente quando o assunto são os negócios.

Dou meu melhor sorriso e ajeito a peça no corpo, olhando na direção do espelho e conferindo se meu topete está no lugar.

É claro que não está.

— Você podia aparecer no fim de semana.

Nem pensar!

Bianca tem tentado, do jeito dela, fazer com que as coisas deixem de ser o que sempre foram por todo esse tempo: um baita de um sexo gostoso e

---

[7] Em italiano, “eu também te amo, irmãzinha”.

uma amizade agradável. Mas ela sabe os meus termos, ou é só isso, ou não é nada.

— Não vai rolar, você sabe disso.

Pego minha carteira no móvel ao lado da sua cama e guardo no bolso da calça.

Larguei a análise de alguns números que chegaram para mim hoje cedo só porque ela me ligou e disse que estava tocando uma e pensando na última vez que a comi em sua varanda. Em dez minutos eu já estava dentro deste quarto, pelado e me afundando nessa boceta.

Às vezes eu tenho meus deslizes, mas reuniões são reuniões. Planilhas eu posso olhar quando voltar do almoço.

— Um dia você vai ceder.

Seu sorriso é confiante e eu quase sinto pena por ela acreditar nisso; o bom é que nunca foi enganada, então lamento pelas teorias que cria em sua cabeça.

— Sinto muito em te desapontar, baby, mas é melhor que não espere muito por isso. — Eu me aproximo da cama de Bianca e me ajoelho ao lado do seu corpo. Levo o rosto até sua bunda redonda e durinha e dou uma mordida, que a faz gritar no meio de uma risada. — Nos falamos. Se cuida.

Solto um tapa estalado do outro lado da sua bunda e a safada geme, daquele jeito que me deixa doido.

Antes que eu puxe meu pau para fora mais uma vez, levanto-me e sigo para a porta, deixando Bianca para trás.

O sol que está fazendo na Sardenha nos últimos dias é uma coisa que é um pouco difícil de explicar para quem não é daqui. A primavera na Itália tem nos castigado quase tanto quanto os verões. O que para mim é formidável, já que se formam filas gigantescas nas portas das minhas *gelaterias.*

Um dom que herdei do meu avô e transformei na quinta marca de *gelatos* mais famosa de toda a Itália. Presente em toda a Sardenha, em breve a *Gelateria* Ferri ganhará suas primeiras franquias.

Entrei de cabeça com meu time financeiro e logístico para entendermos como em curto, médio e longo prazo isso pode ser bom para nós, e a conclusão a que estamos chegando é de que é bem melhor do que supomos em algum momento.

Assim que desço do *ferryboat* em Carloforte, coloco meus óculos de sol e vou andando pelo *lungomare*[8]em direção à nossa primeira *gelateria*. É onde fica minha casa na cidade também, logo acima, no sobrado.

Não é que eu não goste da minha comuna natal, longe disso.

Carloforte sempre nos traz um sentimento de pertencimento e orgulho que poucas pessoas experimentam ao longo da vida. Nós temos um jeito muito particular de ser italianos, ao nosso modo. É só que... eu não fui lá um cara de cumprir muitas regras quando mais novo, e acabei colecionando alguns desafetos por esse mesmo motivo.

De maridos traídos, principalmente.

E eu não os culpo.

Eu era um puto, não um tolo.

Morar em Olbia, ao norte da ilha, me fez sair do meio da confusão em que me meti, mas, principalmente, me fez crescer. Viver sozinho, ter de lidar com as minhas coisas eu mesmo, fazer o meu negócio prosperar. Tudo isso foi importante no processo de ser o homem que eu me tornei.

Muito melhor do que aquele jovem inconsequente.

Quando entro na *gelateria*, vejo minha gerente, Antonella, e minha irmã, Tina, do outro lado do balcão. Estão organizando as placas com os nomes dos sabores.

— *Buongiorno, belle bambini*![9]— anuncio a minha entrada e elas me olham por cima do vidro.

— Ei, Tefo — Antonella me cumprimenta —, não sabia que estava de chegada.

Entro e deixo a minha mala em um canto, pegando em sua mão e puxando Tina para os meus braços com a outra. Minha irmã dá uma reclamada, mas me aperta daquele jeito que ela faz todas as vezes.

— Vim cuidar dessa desmiolada que acha normal ficar desmaiando.

— Já passou, gente. Vocês todos são muito exagerados. São umas tonturas, e só.

— Não é só, Tina. Deixe de ser mentirosa — a amiga a entrega.

Olho torto para minha irmã, que tenta não me encarar.

— Qual é seu problema, Tina Ferri? Pare de agir feito um bebê. A gente vai para Cagliari e alguém vai ter que me dizer o que é que você tem.

— E se o médico disser que eu estou grávida? — Ela joga assim, em cima de mim, sem nem me preparar.

De repente, sinto como se o sangue escapasse inteiro do meu corpo.

— Você está transando, Tina?

---

[8] Em italiano, "beira-mar".

[9] Em italiano, "Bom dia, belas garotas".

Que porra que é essa?

A safada começa a rir de gargalhar. Até Antonella ri da minha cara. Dou um tapa na nuca de Tina e ela não para.

— Meu Deus, como você fica ridículo pagando de irmão ciumento. Eu tenho vinte e um, Stefano. Não sei se você sabe, mas sou uma mulher adulta.

Eu realmente não quero pensar nessa merda.

— Cale a boca, Tina, eu não quero saber. — Volto a pegar a mala para subir com ela para casa. — Vou ver os relatórios com a Antonella e a gente parte depois do almoço. Veja tudo o que precisa levar para as consultas e não se atrase, nós temos hora em Cagliari.

— Sim, senhor, general — debocha, como sempre, mas eu simplesmente ignoro.

Meia hora depois, sentado a uma das mesas da primeira *Gelateria* Ferri analisando números com minha gerente, ouço uma voz inconfundível. Levanto os olhos e miro pela porta, vendo Vince e Gabi vindo de mãos dadas da escola.

— Um segundo, Antonella, já volto. — Minha afilhada está em uma conversa animada com seu pai e meu sorriso é automático. De tudo, o que mais sinto falta em estar sempre por aqui é de ver essa menina crescer. E de poder estar mais perto de Vincenzo, meu melhor amigo desde que me entendo por gente. Na direção dos dois, falo: — Quem é a preciosa garotinha que vai ganhar um *gelato* de mirtilo hoje?

Vince me encara, surpreso, e abre um sorriso logo em seguida.

Minha menina solta um grito e diz:

— Sou eu, tio Stefano!

O abraço que recebo logo em seguida vale pela saudade de todos esses meses longe daqui. Aproveito para beijar todo seu rosto e levantá-la nos meus braços.

— Por que é que você não me avisou que estava aqui, *stronzo*10? — Vincenzo para na minha frente me questionando.

— Cara, foi na loucura. Eu não tinha planos. Urgências familiares.

Deixo minha afilhada no chão e abraço Vince.

— Como assim, familiar? Seus pais estão bem? — o dono dos Olivais Milani, o homem mais rico deste lugar, questiona.

— É a Tina. Andou tendo tonturas, alguns episódios de desmaios. Vou levá-la a Cagliari para fazer alguns exames.

---

[10] Em italiano, "idiota" "cretino" "imbecil".

— Eu não sabia. Posso ajudar de alguma forma? Estou indo para lá depois do almoço, tenho algumas reuniões de negócio nos próximos dois dias. Se precisar de mim, me fale.

— Com Tina, não se preocupe, dou um jeito em tudo. O que eu precisava mesmo era de uma noite de caras. — Bufo, ajeitando o cabelo para trás. — Preciso beber alguma coisa, jogar conversa fora, paquerar uma mulher bonita.

Jogo uma isca para Vince.

Desde que Francesca, sua ex-mulher, foi embora da cidade deixando meu amigo e minha afilhada para trás sem dar a mínima satisfação, Vincenzo se trancou dentro de um mundo só dele onde as únicas coisas que importam são a Milani e Gabriella.

Não pode ser saudável um cara achar normal não transar mais na vida só porque a vaca da esposa resolveu pular nas costas de um estrangeiro e ir embora sem dizer para onde.

O que o pau dele tem a ver com isso, cacete?

— Podemos nos encontrar por lá, é só me falar quando vai estar disponível. Eu ajeito a minha agenda.

Fico olhando para a minha afilhada por alguns segundos e devolvo ao meu amigo:

— Ela está cada dia mais linda, cara. Você tem feito um bom trabalho cuidando da Gabi.

Vincenzo olha para seu *girasole*, como a chama, e me diz:

— Tenho feito o meu melhor, você sabe. Nem sempre é fácil.

— É claro que tem feito, Vince. Ninguém nesta comuna tem dúvidas disso.

— Não são os outros, Stefano. Sou eu. — O que tenho mais raiva na história de Francesca e Vincenzo é o quanto ela deixou meu amigo na lama, e o quanto ele se cobra para ser para Gabi tudo o que a mãe dela não foi. — Ela é uma menina, e demanda atenção, cuidado. Não sei se as coisas que eu faço são suficientes, entende? Eu sou um pai, um homem e, por mais que me esforce, nunca vou ser a mãe dela. A figura materna.

— Ninguém espera que você seja, nem Gabi — digo com convicção. — Não entendo de psicologia, mas acredito que a doutora trate disso com ela nas sessões. Ela é só uma garotinha de seis anos, porém é mais inteligente do que muita gente que eu conheço, e não estou falando isso porque sou um padrinho apaixonado.

— Eu torço para que sim. — Não diz muito mais que isso.

— Soube que a prefeitura aprovou a mudança de uma mulher para assumir o prédio do castelo. Você soube de mais alguma coisa?

Assim como algumas outras cidades da Europa, Carloforte participa do programa de imigração do país, vendendo por preços simbólicos alguns dos prédios para que os novos donos reformem e criem uma nova vida aqui. Foi assim que Vincenzo teve a esposa levada embora. O último morador e dono do castelo, um americano, foi quem fugiu com Francesca.

— Antonio não aprende. Fica gastando tempo e dinheiro trazendo esse bando de forasteiros sem serviço para Carloforte, eles nunca ficam. Ainda por cima, quando são homens, roubam a mulher dos outros.

Aperto o braço de Vince e digo mais do que depressa:

— Cara, não faça isso com você. Teria sido qualquer um. Francesca só achou uma oportunidade.

— De deixar a própria filha para trás. — Meu amigo nem consegue esconder sua cara de nojo.

— Esta é uma dívida dela com a própria consciência, Vince, não sua.

— E você acha que aquilo ali tem consciência de alguma coisa, Stefano?

Milani olha as horas e chama por Gabi, que já entrou na loja e ganhou um *gelato* de Antonella. Meu amigo diz que precisa partir para sua reunião na capital, então me despeço da minha menina quando ela fala que, na próxima vez que eu for à sua casa, fará *seadas*11 para nós:

— É tudo de que eu preciso! Comer suas *seadas*. — Beijo Gabriella no rosto e completo: — O padrinho promete que da próxima vez vem pra ficarmos juntos, tá bem? Vamos à praia, como gostamos de fazer!

— Me ligue mais tarde então, ok? — Vincenzo se despede enquanto bato em suas costas.

— Até Cagliari, Vince.

E os assisto partir.

— *Papà* e *mamma* estão nos esperando em casa para almoçar, Tefo. Você não vem? — minha irmã pergunta já com sua bolsa no ombro, saindo pela porta da *gelateria*.

A casa dos meus pais fica a apenas duas ruas de distância. Olho para dentro e falo com Antonella:

— Podemos terminar isso na minha volta? Se não, vamos nos atrasar.

— Fique tranquilo, Tefo. Vou guardar no escritório e vemos quando puder.

— Obrigado — agradeço e dou o braço para Tina, que o pega de pronto.

Andamos pelas pequenas ruas de Carloforte enquanto cumprimentamos a maioria das pessoas. Algumas delas, mulheres que eu conheço muito bem.

— Você já reparou como todas elas olham para você? Meu Deus, isso chega a ser constrangedor!

Dou uma gargalhada e balanço a cabeça.

— O que há de constrangedor nisso, Tina?

---

[11] Um dos doces mais típicos da Sardenha. São uma espécie de pastel de queijo frito, cobertos com mel.

— Todas elas te olham como se quisessem te ver sem roupas! — Arregala os olhos enquanto me encara.

— Algumas já viram, de fato.

Ela me dá um tapa no braço e faz cara de nojo.

— Você era podre, isso que você era. Deixou metade desta cidade de coração partido.

Olho para minha irmã caçula e levanto uma sobrancelha.

— Ninguém era criança, não, Tina. Elas sabiam que eu não valia a água que bebia.

— Coitada da Betina. Você a deixou arrasada. E eu adorava quando ela me dava aulas, foi a melhor professora de reforço que eu já tive.

A menção à Betina Cerutti faz meus passos vacilarem um pouco.

Eu já me arrependi de ter feito muita merda nessa vida, mas ter magoado Betina há tantos anos é um dos meus maiores arrependimentos.

Não que eu tenha prometido nada para a garota. Ela, como todas as outras, sempre soube que eu não prestava mesmo. Mas a verdade é que eu fui bem baixo.

Tirei a virgindade dela na minha casa, comi Betina pelos próximos dois meses inteiros e de repente estava enfiando minha língua na melhor amiga dela também.

Ninguém nunca me olhou com tanto desprezo como Betina fez naquele dia na *Reppublica*, anos atrás.

Vince, como sempre, o único sensato de nós dois, foi quem levou a garota embora para casa e lhe deu um pouco de dignidade no momento em que eu roubei completamente a professora da minha irmã.

Como eu era um fodido filho da puta.

— Como é que você sabe de Betina? — curioso, questiono a minha irmã.

— Eu era uma criança, Stefano, mas não era burra. Vocês acham mesmo que eu não percebia que você ficava rondando a gente a tarde inteira e ela ficava doida para eu ir para a casa da *nonna*? E, além disso, todo mundo dizia que ela foi embora para Florença por sua causa.

— Não foi por minha causa. Ela já estava de viagem marcada, ia visitar algumas escolas de culinária.

Eu me lembro dessa conversa dias antes de a merda acontecer.

— E será que nunca mais voltou por que motivo? Porque você aprontou. Ainda bem que ela arrumou alguém que lhe deu valor de verdade.

Neste momento, eu me lembro das últimas notícias. Betina perdeu o marido há alguns meses.

Quando chegamos à porta da casa dos meus pais e minha irmã tira a chave da bolsa para abrir o portão, eu me pego por alguns segundos pensando em como Betina pode estar hoje.

Os pais, alguns familiares e a avó ainda moram em Carloforte, mas eu nunca mais pus meus olhos nela depois daquela noite.

Betina se foi dias depois e nunca mais voltou.

Ainda naquela época, eu gostaria de ter pedido desculpas, e eu teria sido sincero. Por mais que eu não desejasse levar nada adiante com ela, muito menos com Isabella, eu gostava do que a gente tinha.

Eu gostava das tardes que ela passava na minha cama e como sua pele era macia e cheirosa. Gostava como a via fascinada com cada nova coisa que eu lhe ensinava sobre sexo e de como Betina amava cada uma delas.

Gostava da forma como cuidava de Tina, como uma irmã mais velha. De como era carinhosa às vezes até mesmo sem perceber. Por isso minha irmã sofreu tanto quando ela se foi.

Betina talvez tenha sido a primeira mulher que me fez repensar a forma louca como eu vivia a minha vida quando rapaz, sem medo do que minhas escolhas traziam para a vida dos outros.

— Você não vai entrar? — Minha irmã me acorda do transe em que me meti e eu respiro fundo, colocando os pés para dentro.

De repente, sinto-me voltando no tempo e vendo Betina entrar pela primeira vez por esse portão, tímida, com um vestido azul que ia até um pouco acima dos seus joelhos.

A gente se conhecia a vida inteira, mas foi naquele momento que eu decidi que não sossegaria enquanto não a tivesse embaixo de mim.

Ela estava linda para caralho.

E de repente uma pergunta se impregna na minha mente:

Como seria encontrar Betina Cerutti outra vez?

Capítulo 3

Betina

Eu sempre amei Cagliari.

A cidade tem essa vibe de capital com o charme interiorano que me traz um aconchego. Quando me mudei para Florença, era do que eu sentia mais falta.

Enrico simplesmente ama tudo o que vemos e me pergunta sobre o que tem curiosidade. Apesar de já ter visitado a cidade antes, ele não tinha muita idade, por isso os detalhes só ganharam interesse agora.

— Por que a senhora não quis ficar aqui, *mamma*? — ele me questiona enquanto nos sentamos um pouco, descansando as pernas do nosso passeio pela marina da cidade.

Sua pergunta é genuína, porque quase nunca falamos sobre isso.

Sacudo os ombros e olho em sua direção.

— Florença era o que eu precisava para mim, filho.

— Mas existem escolas de culinária aqui também, não existem? — Ele ajeita o cabelo escorrido que cai em seus olhos.

— Sim, existem. Muito boas, inclusive. Mas tudo aconteceu como tinha de acontecer. Eu fui até Florença, conheci seu pai naquele mesmo dia e então me apaixonei três vezes ao mesmo tempo. Pela cidade, por ele e pela Apicius, a escola onde me formei.

De tudo o que digo, nem todas as coisas são verdade.

Não me apaixonei de cara por Florença, mas eu precisava dela.

De presente, ela me deu Marco, assim, no primeiro dia. Como se soubesse que eu precisava de alguém que enxergasse além da minha alma.

E ele conseguiu.

Marco, o filho da dona do hostel no qual me hospedei, virou a minha vida de cabeça para baixo.

Ele me deu atenção, ele me deu carinho, ele me deu a mão, no meio da rua; ele me assumiu.

Foram os cinco dias mais loucos da minha vida. E os meses que se seguiram também.

Tudo foi tão intenso que, de repente, aos vinte anos eu era uma aspirante a chef de cozinha, grávida do namorado que tinha conhecido meses antes, que foi passar uns dias apenas para pensar no futuro e o decretou mais rápido do que poderia imaginar.

— Ele adorava contar essa história. — Meu filho ri, lembrando-se do pai.

— Qual parte dela?

— A que te convenceu a ser namorada dele em apenas alguns dias.

Solto uma gargalhada, porque é totalmente verdade. A história preferida do meu marido era contar como me olhou quando entrei naquele hostel, assustada e sozinha, e que ele teve certeza, naquele momento, de que eu era a mulher da sua vida.

Em um mês e pouco descobrimos que Enrico chegaria, o que não foi nada planejado, nada mesmo, e de repente éramos uma jovem de vinte anos e um homem de vinte e cinco construindo uma família.

Meus pais quase surtaram quando tudo aconteceu, mas, quando foram até Florença, conheceram Marco e sua mãe; ele lhes prometeu que faria de mim e do nosso filho as pessoas mais felizes do mundo, meu marido conquistou o coração dos dois.

— É, seu pai gostava bastante de se gabar sobre isso.

Meu filho sorri, mas fica mudo por alguns segundos. Olha para os barcos e iates parados na marina, e depois diz:

— Eu sinto tantas saudades dele, *mamma*.

E quem quer que esteja passando por nós agora é capaz de ouvir quando meu coração se parte ao meio.

— Também sinto, meu amor, o tempo inteiro. — Pego sua mão que está descansando em cima da sua perna. Nós dois nos encaramos e eu suspiro antes de continuar. — Mas sei que agora ele está muito orgulhoso de nós dois.

— Acho também que está. — Sua voz, que aos poucos deixa de ser a de uma criança e parece mais com a de um pré-adolescente, chega aos meus ouvidos. — Eu prometi a ele que vou chegar às Olimpíadas.

Isso é uma novidade para mim.

Sei que é o que meu filho deseja para sua vida, seguir a carreira profissional de natação. Por esse mesmo motivo, sempre o incentivamos e garantimos que ele tivesse os melhores professores, que dedicasse o máximo de tempo que conseguisse. Mas, sobre os jogos olímpicos, é a primeira vez que o vejo falando de fato.

— Quando, meu amor?

— Um dia antes de ele partir.

Às vezes me assusto com a maturidade do meu filho. Enrico parece um adulto no corpo de uma criança. Suas falas e a forma como lida com algumas coisas sempre me surpreendem.

— Tenho certeza de que você vai conseguir cumprir, *piccolo pesciolino* — incentivo-o, como sempre.

Ele sorri e me devolve com convicção:

— É claro que vou, mãe. *Papá* nunca quebrou uma promessa, não posso quebrar uma que tenha feito a ele também.

Tenho uma vontade absurda de chorar agora. De gritar, de xingar a vida, de chamá-la de *figlia di una puttana*[12] por ter feito isso conosco.

Meu filho não merecia perder o pai assim. Eu não merecia perder o grande amor da minha vida assim.

O mundo não merecia perder uma alma como a de Marco Benedetti.

— Vou estar lá, na arquibancada, te aplaudindo de pé. Por mim e por ele.

Seu sorriso agora é tão genuíno que junta todos os pedaços antes quebrados dentro do meu peito.

— Eu sei que vai, mãe. E vou apontar na sua direção e dizer: *mamma, papà*, é para vocês!

Puxo Enrico para perto de mim e ele gargalha. Aperto seu corpo esguio contra o meu e devolvo:

— Não existirá mãe mais metida e orgulhosa neste mundo que eu!

— A senhora já é! Toda aquela gritaria que arruma toda vez que eu estou competindo...

Agora quem gargalha bem alto sou eu, outra vez.

Eu realmente não sou a mãe mais comportada das competições. Grito tanto o nome de Enrico que sempre volto rouca para casa.

Meu filho fica de pé e estende a mão para mim:

— Vamos andar mais um pouco, não consigo ficar parado.

Dou-lhe a mão e voltamos para a nossa caminhada.

Pelo trajeto, mostro a ele todos os pontos importantes de Cagliari e, como um bom amante de história, meu filho presta atenção em tudo o que falo.

De repente, eu me dou conta de que passamos pela porta da Milani, a loja de azeites de Vincenzo.

Acompanho poucas coisas sobre ele e sua vida, mas minha mãe nunca deixa de dizer nada do que acontece em Carloforte. Eu me entristeci ao saber que Chesca, sua esposa, teve coragem mesmo de largá-lo com a filhinha para trás.

Chiara, irmã de Vince, Francesca e eu éramos boas amigas naquela época. Foi um choque quando liguei de Florença e disse que não voltaria mais. Vi Chiara duas vezes, quando ela estava de passagem pela cidade e visitou o restaurante onde me tornei chef, mas nunca mais vi Francesca.

O movimento é intenso de pessoas entrando e saindo. De repente me pego sorrindo, pensando no quanto Vince prosperou na vida e tornou o

---

[12] Em italiano, "filha da puta".

negócio dos Milanis em um verdadeiro império. Ele nem chegou aos quarenta e já é um dos maiores milionários de toda a Itália.

— Para o que você tanto olha, mãe? — Enrico questiona.

— Nada, filho. Quer dizer... A loja é de um amigo meu de infância. Um cara muito especial.

— É daquele azeite de que você gosta, não é?

Rio da sua lembrança, pois é justamente o único azeite que entra em nossa casa.

Sigo com Enrico e mostro mais algumas coisas da cidade para ele. Passamos em frente a um restaurante que sou doida para conhecer e digo que viremos à noite para jantar e cumprimentar o chef, um ex-colega de turma de quem gosto muito.

Nas ruas à frente vemos uma fila gigantesca de pessoas paradas na calçada, esperando para entrar em algum lugar.

— Tem que ser alguma coisa muito boa para ficar parado nessa fila, debaixo desse sol. — Meu filho tapa os olhos para tentar ler o que diz a placa e eu faço o mesmo, nos aproximando.

Quando meus olhos enxergam a palavra, não posso evitar que meu coração dê um salto estranho dentro do peito.

Gelateria Ferri.

— Ah, é uma *gelateria* — diz ao meu lado me cutucando. — Deve ser bom de verdade. Podemos tomar um, *mamma*?

De repente uma enxurrada de lembranças cai sobre mim. Coisas que guardei em um lugar bem escondido porque não fazia mais sentido acessá-las e nem as relembrar. A vida seguiu como deveria ser e eu não poderia ser mais grata por isso.

Se Stefano Ferri não tivesse me magoado tanto aquele dia, como estaria minha vida hoje?

— Tem certeza de que quer enfrentar toda essa fila?

— Ah, podemos tentar. — Ele me encara enquanto responde. — Aproveito e compro uma água.

Dou de ombros e faço que sim com a cabeça. Vamos ao final da fila, que é de pelo menos umas vinte pessoas na nossa frente, e aguardamos.

Uma coisa não dá para negar: se os *gelatos* de hoje em dia forem tão bons quanto os da época do avô de Stefano, é totalmente explicável o motivo dessa quantidade de gente esperando aqui, neste sol de matar da primavera sarda.

Enrico e eu engatamos em uma conversa sobre sua nova escola, já que será a mesma em que estudei quando garota. A fila anda um pouco e eu vejo o vulto de um homem muito alto saindo de dentro da loja.

Os cabelos escuros estão molhados de gel, penteados para trás. Está vestido em uma camisa social branca, dobrada nos braços fortes, e a calça cinza, um pouco justa, marca as pernas longas e torneadas.

Levo alguns segundos para processar a informação, mas acho que ele é mais rápido que eu quando para de prestar atenção no celular e me enxerga aqui, no meio desse tanto de gente que espera. Seus olhos se conectam comigo e paro de ouvir o que meu garoto está dizendo.

Conheço aqueles olhos castanhos.

Por muitas vezes, nas tardes de Carloforte, eles moraram dentro dos meus.

Ele para de andar bem de frente para nós e ficamos em um silêncio que parece eterno.

Seu rosto tomba devagar para o lado e os olhos caminham por todo o meu rosto, procurando a resposta que ele já tem.

Deus! Quais as chances de isso acontecer? Ele fica aqui em Cagliari?

— Betina?

E, quando meu nome sai da sua boca, tenho certeza de que não há como não ser verdade o que está acontecendo aqui.

É Stefano Ferri.

Capítulo 4

Stefano

— No que é que você está pensando aí, cara? — pergunto a Vince assim que o vejo no *lungomare* de Poetto, praia badalada de Cagliari.

Ontem passei pelos médicos com Tina e agora só nos resta esperar pelos resultados. Eles não acreditam em nada grave, mas decidi ficar algum tempo em Carloforte vigiando essa maluca.

— No calor de merda que está fazendo neste lugar — devolve.

— Todo ano é a mesma coisa.

— E todo ano eu falo que odeio do mesmo jeito. Não tem como ser fã de calor tendo de usar um terno preto praticamente um dia inteiro. — Milani me olha por trás dos óculos escuros.

Nós nos encontramos ontem à noite para uma cerveja, mas minha irmã não se sentiu muito bem, então deixei meu amigo sozinho e fui ficar com ela no hotel.

— Eu já te falei que você precisa ser mais informal. Terno é coisa do seu pai. Você é a nova geração dos Milanis, Vince. Faça diferente. Ninguém fica usando terno o tempo inteiro, porra! Quem dá conta disso?

— Pelo jeito nem eu estou dando mais — o pai de Gabi faz uma pausa antes de acrescentar —, sei que você fala muito que pareço um velho, mas eu me pareço mesmo? Ou é porque você não perde a oportunidade de me importunar?

Passo os braços pelo ombro do meu melhor amigo e gargalho. Ah, Milani... Você me diverte.

— Vince, Vince... Meu amigo. Agora você está preocupado com isso?

— Minha mãe veio com uma conversa dessas para o meu lado e acho que estou um pouco pensativo desde então — manda assim, desse jeito mesmo.

Quase caio para trás de tanto rir.

Veronica é uma figura!

— Ela te chamou de velho?

— Quase isso. — Até Vince ri.

Milani acabou de fechar um dos seus maiores contratos à frente do Olival. Ele me ligou e perguntou se eu topava um banho de mar. É claro que eu topo. Acabei de mandar Tina de volta para Carloforte e irei a Olbia para resolver algumas coisas antes de ficar totalmente ausente da cidade por um tempo.

Caminhamos pela areia e achamos um guarda-sol.

— Sua mãe é uma mulher sábia, Vince. Você deveria ouvi-la — provoco meu amigo, que me olha torto.

Tiro minha camisa, ele faz o mesmo.

— Ela quer é que eu arrume outra esposa, é isso. Chegou com uma conversa de que preciso sair, distrair, conhecer pessoas novas, que só penso na Milani e na Gabi. Mas o que ela quis dizer mesmo é que preciso de outra mulher ao meu lado.

— E você precisa? — Vou direto ao ponto.

Vincenzo me encara por alguns segundos antes de devolver:

— Não consigo pensar direito sobre isso, Stefano. Meu cérebro não consegue processar a ideia de ter outra pessoa na minha vida dessa forma. Existe uma chance enorme de eu me envolver, colocar alguém na vida da Gabriella e, se isso der errado, vou fazer minha filha sofrer outra vez. Eu não posso fazer isso com ela.

Nós nos sentamos nas cadeiras abaixo do guarda-sol. A areia está queimando os pés, mas a vista do Mediterrâneo a nossa frente faz o calor valer a pena.

— E com você? Você pode? Viver uma vida inteira sozinho por medo das pessoas te machucarem ou machucarem Gabi? Veja só, eu não sou o maior exemplo de um cara em relacionamentos porque, você sabe: eu não os tenho. Nunca. Então talvez ache que o que vou falar é um tanto de bobagens sem fundamento. Mas eu te conheço. Você se preparou a vida inteira para isso: crescer, ter uma família e tornar-se dono das coisas dela. E não existe nenhum problema nisso — digo isso porque é verdade.

Não é como se os Ferris também não fossem criados para isso. Fomos.

O problema sou eu mesmo, talvez.

Primeiro, porque cresci meio maluco. O fato de pensar em me amarrar a alguém sem poder aproveitar a vida e conhecer quantas mulheres eu quisesse estava fora de cogitação.

Depois, quando amadureci, percebi que nunca encontrei uma mulher com quem estivesse disposto a dividir a vida, os sonhos e meus planos.

Abaixo os óculos só para ver a mulher que passa na nossa frente com um biquíni preto e conferir a reação de Vince quando o faço.

— Enfim... Até quando você deixará Francesca comandar a sua vida, mesmo a milhas de distância daqui? Não coloque todas as mulheres do mundo no mesmo balaio que ela.

— Eu não faço isso. — Sua resposta é imediata e ele nem olha em direção a ela.

O que fizeram com o meu amigo?

— Mas é o que está parecendo, meu irmão. — Espreguiço na cadeira e estico as pernas. — Você acha que qualquer uma vai chegar, vai arrasar ainda mais este terreno pedregoso que se tornou seu coração e vai embora como a outra fez. No seu lugar, caro Vince, eu já teria enfiado meu pau em todo e qualquer buraco de mulher que eu visse pela frente, você sabe disso.

Dio, é tanta mentira que sai da minha boca que, às vezes, até eu acredito um pouco nas merdas que eu falo.

Sim, eu sei. É nisso que todo mundo acredita.

Stefano Ferri é um grande pegador.

Mas isso está bem longe de ser a verdade.

Descobri no auge da minha vida adulta que sou um homem que tem preguiça de sair se aventurando por aí, talvez por esse motivo eu esteja há dois anos, de tempos em tempos, frequentando a casa de Bianca.

Eu gosto da inteligência dela.

Gosto do papo, gosto das risadas. Gosto da construção dos nossos diálogos.

Eu me sinto muito mais confortável na presença e na cama de alguém que me conhece de alguma forma do que na de uma pessoa aleatória, que encontrei num bar, numa balada ou em qualquer outro lugar.

Ainda assim, Bianca também não é a mulher que me despertou o desejo de ir além. Nem ela nem ninguém.

Por isso eu prefiro que as pessoas continuem pensando que em mim ainda há muito daquele moleque inconsequente que preferia a degola a se comprometer com alguém.

É mais fácil ser o filho da puta pegador do que explicar que ainda não encontrei quem de fato me fará ter certeza de que não nasci para ser de outra que não seja dela.

— Mas também sabemos que não somos iguais, então não é o tipo de conselho que estou aqui para te dar — continuo com meu raciocínio. — A única coisa que quero dizer é: pegue leve consigo. Você já leva uma vida dura demais tendo que cuidar de uma empresa do tamanho da Milani, dar conta de criar Gabi, suprir uma falta que seu pai faz na ordem da sua família, manter a tradição que tanto preza. Se permita, porra! Não quer uma namorada? Tudo bem. Mas umas transas às vezes com alguém que não vai esperar outra coisa amanhã ou depois, que mal tem? Vai virar a porra de um celibatário agora porque a maluca da sua ex foi embora e te deixou com uma filha para criar sozinho?

— Não sou celibatário. Eu transo. — Vince parece até ofendido.

— Ah, Milani. Quem você quer enganar? Me fale, qual foi a última vez que você trepou?

— Há uns seis meses — fala como se fosse uma coisa assim, bem comum para um homem da idade dele.

Porra!

Antes de namorar a esposa, Vince também não foi lá o cara mais santo da face da Terra. Perdi a conta de quantas vezes ele deixou um bocado de garotas espalhadas por essa Sardenha apaixonadas por ele.

— E acha isso normal? Você precisa pelo menos beijar na boca então, caralho. Sei lá. Lembrar o que é sentir uma mulher nos seus braços, tudo aquilo que eu não preciso ficar aqui te explicando.

— Eu beijo, porra! Para de ser maluco.

— E quando foi a última vez que você beijou, Vince?

— Ontem.

Minha língua é mais rápida que minha cabeça.

— Ontem? No Soul? — O pub onde nos encontramos à noite. — Você pegou uma mulher ontem, Vincenzo Milani?

Não consigo esconder o sorriso que chega até minha boca.

E o que vem em seguida faz meu queixo cair.

Vincenzo Milani beijou uma garota bem mais nova do que ele.

— Você beijou una brasiliana? Treze anos mais nova?

— Beijei.

— Você não vai me falar mais nada? — É só isso que esse *stronzo* vai me contar?

— O que você quer saber? — Faz aquela cara dele de desentendido, como se isso não fosse uma grande informação.

— Porra! Eu quero saber tudo. — Jogo as mãos para o alto, curioso.

Meu amigo rasga elogios para a tal garota e, olha, quanto tempo esperei para ver esse filho da puta assim?

Será que Vincenzo agora vai deixar sua vida ir para frente?

— Esse é o Vince que eu conheço. É esse aí. — Empurro um dedo em seu peito. — Vamos logo entrar nessa água. Você vai ter que me contar detalhe por detalhe dessa sua noite.

— Você é pior do que as idosas de Carloforte que vivem por uma fofoca, Stefano. Não tem vergonha? Homem de negócios, famoso na Sardenha, querendo fofoca.

— Vá te ferrar, Milani! Eu sei que você quer me contar tudo. Anda, vamos logo.

De volta a uma das unidades da Ferri aqui em Cagliari, preparo-me para pegar o voo do fim do dia para Olbia. Antes, faço algumas ligações do meu escritório interno, vendo pela pequena janela a movimentação enorme de gente na loja.

É quase fim de tarde e os turistas não param de chegar. Há uma fila que já está do lado de fora.

Paro por alguns segundos e penso se o *nonno* fazia ideia de que aquela portinha de esquina com a Piazza *Reppublica*, lá em Carloforte, aquele lugarzinho com seis mil habitantes, viraria o que é hoje.

Às vezes nem eu mesmo acredito.

Encerro a chamada e me preparo para deixar a *gelateria* em direção ao hotel.

— Angela — chamo minha gerente, que está ajudando os atendentes de tanta gente que espera por atendimento. — Estou indo agora. Volto aqui antes de ir para Carloforte, está bem? Qualquer coisa, me chama.

— Vá tranquilo, Stefano. Está tudo sob controle, mesmo que não pareça. — Faz referência à quantidade de pessoas que estão aqui dentro.

Dou uma gargalhada e toco em seu ombro, para em seguida sair. Uma mensagem apita no meu telefone enquanto ando pela calçada, ao lado da fila gigante de clientes aguardando.

Não sei exatamente em que momento minha atenção se desprende do aparelho, mas eu olho para o fim da fila. Uma mulher e um garoto, rindo juntos em um papo que parece animado.

Meus pés param antes mesmo de eu entender o motivo pelo qual fizeram isso.

Estudo devagar cada parte do seu rosto. Os grandes olhos esverdeados, quase mel, o nariz reto e fino, os lábios ligeiramente abertos. O cabelo escuro, agora curto, na altura da nuca.

Cazzo!13Será que eu estou ficando maluco?

— Betina?

Ela e o garoto me olham de volta e eu vejo o reconhecimento em seu olhar.

— Stefano. — Sua voz nem vacila.

Responde e me dá um sorriso de lado. Aquele mesmo que ela me dava todos os dias lá em casa, quando eu passava pela sala só para dar uma olhadinha na roupa que ela estava usando naquela tarde.

Dio mio...

Balanço a cabeça meio atordoado e solto um sorriso. Quando dou por mim, já andei os passos que nos separam e a abraço.

Eu nem sei se deveria fazer isso, merda!. Ela me odeia! Ou eu acho que odeia, não sei.

— Eu juro que Tina e eu falamos de você há dois dias. Quanto tempo!

Afasto-me dela, mas não antes de sentir um cheiro doce e envolvente vindo de Betina Cerutti.

Não acho que eu esteja louco agora, porque tenho certeza de que ela está ainda mais bonita do que quando garota.

Seu sorriso amistoso ao nos soltarmos vem seguido de uma pergunta:

---

[13] Em italiano, "merda".

— Falaram bem, pelo menos? — Ela ajeita a bolsa no ombro e suspira, puxando o garoto para perto de si. Curioso, ele me olha enquanto Betina diz: — Filho, esse é Stefano Ferri. Éramos vizinhos quando mais novos, lá em Carloforte. Stefano, este é o meu filho, Enrico.

É claro, ela tem um filho. Eu já sabia disso.

E é exatamente a cara da mãe dele.

— E aí, cara? — digo ao garoto, que me dá um sorriso como o da mãe. — É um prazer te conhecer.

Pego em sua mão e ele aperta forte.

— Prazer, Stefano. — Olha de volta para Betina e diz: — Você não me falou que a *gelateria* era de um amigo seu.

Nós dois nos olhamos por uma fração de segundos.

Betina morde os lábios por dentro e eu imagino que ela queira dizer que não somos amigos. Nunca fomos, essa é a verdade.

O que eu vejo agora na minha frente é uma mulher muito diferente daquela garota que magoei tantos anos atrás. Betina Cerutti tem um ar de confiança muito forte, uma postura de mulher bem resolvida, dona de si, até um pouco intimidante.

Mas ainda há aquele brilho ali. Aquele mesmo que eu vi tantas vezes enquanto ela estava comigo, na minha cama.

— Sua mãe era professora de reforço da minha irmã mais nova — mudo o assunto para que Betina não precise se preocupar com uma resposta que não tem agora para dar.

— É sério? — O garoto de cabelos escuros ri olhando para a mãe, que sorri de volta.

— Sim. Ela era uma ótima aluna, por sinal.

Betina passa as mãos pelo cabelo, colocando-o atrás da orelha.

Não sei por que, mas isso me destrava uma memória de quando convivemos um com o outro. Ela fazia exatamente o mesmo movimento.

E me admira que eu consiga me lembrar justamente disso, depois de tanto tempo.

Cacete. Ela está linda demais.

Demais!

Libero os pensamentos e olho de novo para os dois, voltando ao presente.

— Por favor, vamos entrar. Vou pedir para atendê-los.

Faço menção à porta da loja com as mãos, mas Betina diz que não.

— Imagina, Stefano. Olha a quantidade de gente que está aqui esperando.

— Pelo amor de Deus, Betina. Não vou fazer vocês dois esperarem. Vamos lá — insisto.

Eu tenho hora de check-out no hotel, mas quem se importa?

Enrico mais do que depressa começa a andar. A mãe olha para ele, depois para mim, e ri.

— Eu juro que o eduquei — ela brinca e agora, sim, seu sorriso inteiro surge para mim.

Que sorriso bonito da porra!

Eu queria saber como Betina Cerutti estava. A verdade é que ela está muito melhor do que eu poderia imaginar.

CAPÍTULO 5

Stefano

O garoto está alguns passos na nossa frente e Betina anda ao meu lado.

— Estão passeando por Cagliari então? — questiono assim que entro de volta na minha loja.

Angela me olha de novo, sem entender direito, e a chamo, pegando uma mesa de canto que acabou de ficar vaga, puxando a cadeira para que Betina se sente.

Ela me encara um pouco admirada e agradece. Enrico se senta ao seu lado.

— Por alguns dias — Cerutti me devolve. — Estou me mudando de volta para Carloforte.

E, quando as palavras saem da sua boca, não posso esconder a surpresa no meu rosto.

Ela ri, como quem quer dizer: Pois é, estou voltando.

— Angela, esta é Betina Cerutti, uma amiga de Carloforte. O que ela e o Enrico quiserem é por conta da casa, está bem?

— Claro, Stefano! Bem-vindos à *Gelateria* Ferri. Vou atendê-los.

— Quer ver como os *gelatos* são feitos, Enrico? — pergunto ao garoto, que, curioso, olha de mim para a mãe.

— Eu posso, mãe?

— Só se não for atrapalhar.

— Imagina — Angela é prestativa. — Vem comigo, Enrico.

O menino, quase do tamanho da mãe, se levanta e vai com a minha gerente. Betina e eu olhamos as costas dos dois e eu digo:

— Ele é a sua cara.

Cerutti vira para mim e a gente se olha bem de perto.

Um filme se passa na minha cabeça sobre a nossa juventude em Carloforte.

— Mas o jeito é todinho do pai dele.

Não sei como falar isso, porque é estranho, mas é o mínimo que eu posso fazer, não é?

— Sinto muito pela sua perda, Betina. Eu soube da morte do seu marido.

Ela abaixa a cabeça e suspira alto.

É quase palpável, a alguns centímetros de distância, a dor que exala dela.

O marido de Betina deve ter sido um grande homem.

— Obrigada, Stefano. — Volta a me olhar com um sorriso triste nos lábios.

Sei que ela se casou pouco tempo depois de ter ido embora definitivamente de Carloforte. Coisa de paixão à primeira vista, foi o que sua mãe contou pela comuna àquela época. É estranho pensar que tão nova já é uma mulher viúva.

Não convivi com ela por muito tempo, mas, ainda assim, só em vê-la há apenas cinco minutos, posso chutar que está no auge de toda a sua beleza, do seu vigor.

Ela era uma garota linda, mas agora... Betina é uma mulher espetacular.

— Soube que fez sucesso como chef em Florença — mudo o assunto, o que desperta sua atenção.

— Fiz meu melhor!

E ri.

Betina é totalmente gentil com as palavras e com a forma de se expressar.

Confesso que esperava ver um pouco de mágoa ou rancor de sua parte.

A verdade é que nada em Betina Cerutti parece ter raiva de mim.

O que vejo na minha frente é uma mulher linda para um caralho, com aquele mesmo brilho no olhar, mas de alguma forma muito diferente do que deixou para trás na pequena comuna onde crescemos.

Talvez, além da garota que foi, Betina também tenha deixado para trás tudo o que dizia respeito a nós dois quando foi embora.

E quem pode culpá-la?

— Vai montar seu próprio restaurante em Carloforte? — pergunto bem curioso.

O que uma chef de renome igual a ela vai querer fazer por lá?

— Na verdade, não sei. — Seus ombros se balançam e alguém lhe traz uma água, depois que fiz o sinal para o balcão pedindo por uma. Ela para e agradece ao meu atendente. — Estou voltando porque é a hora. A *nonna* não está muito bem, não sei se você sabe. O Alzheimer avançou bastante. Não sei quanto tempo mais terei dela, já que perdi tantos anos morando longe.

— Minha mãe me disse. Eu sinto muito por ela também.

Sou sincero em cada uma dessas palavras.

Betina tinha com a avó o mesmo tipo de ligação que eu tinha com o *nonno*. Assim como ele me ensinou a arte de criar *gelatos*, sua avó foi quem passou o dom da culinária para ela.

— Não tem sido um tempo fácil — completa. — Mas eu não sou mulher de abaixar a cabeça, então... Vamos lá, recomeçar.

— Se eu te falasse sobre coincidências, você acreditaria? — Ela me encara, curiosa, e eu termino: — Também estou voltando para Carloforte, depois de anos longe de lá.

Betina estreita os olhos em minha direção.

— Onde você mora agora?

— Em Olbia. Há bastante tempo já. Precisei sair de Carloforte. — Coço a barba, tentando achar a melhor maneira de explicar que o que fiz a ela eu fiz com mais um monte também, mas nem precisa. Betina simplesmente ri e eu acabo rindo junto. — Enfim... Você me conheceu bem, não vou ficar aqui explicando o que você já supõe.

— E o que está te levando de volta?

— Tina, aquela maluca.

Ela gargalha.

— Dio... Sinto saudades daquela garota! A única coisa que realmente lamentei quando decidi não voltar mais: não estar todas as tardes com sua irmã.

Ai.

Essa doeu.

Ego ferido de merda!

— Ela também sentiu sua falta. Muito, inclusive. — Tina vai ficar maluca quando souber que Betina está voltando. — Está um pouco doente, então vou voltar para ficar de olho nisso. Depois, regresso para Olbia mais uma vez.

— Espero que ela fique bem. Vou visitá-la assim que puder!

A gente apenas sorri e a hora do silêncio constrangedor chega.

Quem nos salva é Enrico, que volta com uma casquinha na mão cheia de *gelato*.

— Mãe, é muito maneiro. Você tem de ver que legal.

Meu sorriso se abre instantaneamente.

— Fico feliz que tenha gostado.

O garoto me encara com brilho nos olhos.

— É o melhor que eu já provei, com certeza. Nunca tomei nada parecido em Florença. O *papà* ia gostar muito. Ele era louco por *gelatos*.

Paro por alguns segundos e penso no peso que deve ser para um garoto da sua idade não ter mais o pai por perto. Eu simplesmente não consigo imaginar.

Betina concorda com ele.

— Amaria, *amore mio*.

Fico parado, olhando para os dois e vejo quanto orgulho Betina sente do garoto.

Meu celular apita.

É a companhia aérea alertando sobre o horário de embarque do voo.

Preciso ir.

— Betina, infelizmente eu preciso ir. Meu voo é daqui a pouco.

— Claro! Imagina, Stefano. Fique à vontade, nós também já estamos indo.

Fica de pé, preparando-se para ir embora.

Devagar seguro seu braço e seus olhos vão para a minha mão. Depois, ela me olha de novo nos olhos.

Bonita demais.

Cazzo!

— Por favor, fique. Tome seu *gelato*. Aproveite seu fim de tarde em Cagliari sem correria, Cerutti.

Ela ri e agradece com um gesto.

— Foi bom te ver, Stefano. Boa viagem de volta!

— Vejo vocês em Carloforte, Betina — e a abraço novamente.

A mãe de Enrico parece um pouco reticente, mas depois me abraça forte.

É engraçado como me parece tão familiar, mesmo depois de tanto tempo.

Além de familiar, é como se parecesse certo.

De repente, minha ressaca moral me varre com força. Aquele dia, aquele olhar...

Betina não merecia o que eu fiz a ela.

A palavra "desculpa" fica presa na ponta da minha língua, mas não acredito que seja o momento apropriado para isso. Enrico está ao nosso lado distraído com seu *gelato*, mas não me parece ser um garoto desatento.

Quando nos soltamos, ela me olha outra vez.

— Nos veremos, sim, Ferri.

Alguns segundos se passam antes que eu consiga desgrudar meu olhar do dela. Afasto-me e me despeço de Enrico, que me agradece pelo *gelato* e por conhecer a loja.

Ainda fico algum tempo olhando para os dois, tentando prolongar este momento, mas sei que estou atrasado.

Droga de voo!

Solto o ar pesadamente e pisco para Betina.

— *Ci vediamo*!14

Ela acena devagar com a mão antes que eu me vire e saia.

---

[14] Em italiano, "nos vemos"

CAPÍTULO 6

Betina

É. O tempo fez bem a Stefano Ferri.

Bonito, charmoso e educado, do jeito que me lembro de sempre ter sido.

Mas também, em algum momento, daria para cogitar a hipótese de ele envelhecer e piorar? Stefano é aquele tipo de cara que só melhora com o tempo, todo mundo sempre soube disso.

Não é como se eu não soubesse como ele estava. Vez ou outra eu o vi nas redes sociais, com amigos em comum como Chiara, por exemplo, mas nunca procurei saber dele de verdade, os detalhes mais profundos. Simplesmente porque não me interessava.

Stefano não me incomoda mais. É uma história que ficou lá no passado, onde deveria ficar.

Se eu for fria e calculista, preciso lhe agradecer por ter feito tudo errado comigo aquele dia. É por isso que não guardo as lembranças ruins como se elas fossem ditar como me comportar diante de um encontro como o que tivemos ontem, em Cagliari.

Não nascemos para ser parte da história um do outro, e fim.

Acordo dos pensamentos e observo meu filho, que olha pela janela do *ferryboat* enquanto atravessamos o Mediterrâneo em direção a Carloforte.

Meu coração está disparado de tanta ansiedade!

Eu realmente nunca pensei que voltaria, pelo menos não para morar. E, agora, não faço ideia do que nos espera.

— É muito bonito, não é, *mamma*? Não pode ser ruim morar em um lugar desses.

Às vezes me pergunto se ele diz essas coisas só para não me deixar mais preocupada do que ando, mas no fundo sei que é genuíno. Enrico é um garoto aberto às possibilidades da vida.

Uma alma livre, diriam outros.

— É realmente encantador, querido.

Alguns minutos depois e estamos definitivamente na marina de Carloforte.

Quando descemos, vemos um sorridente senhor Carlo acenando para nós dois. Meu sorriso é instantâneo, enquanto puxo uma das malas. Enrico larga a sua no meio do caminho e corre para abraçar o avô.

— *Ma* quanto sei alto, *mio bambino*. *Mi sei mancato*!15— meu pai grita, apertando Enrico e conferindo o garoto de cima a baixo.

Solto uma risada do seu jeito exagerado, do qual senti muitas saudades.

Respiro fundo e olho devagar para o *lungomare*.

Um pouco mais moderno, obviamente, já que tantos anos se foram, com algumas lojas novas, restaurantes, barracas cheias de coisas frescas na feira, um tanto de gente andando de um lado para o outro no movimento pacato da comuna escondida ao sul da Sardenha.

Sinto a brisa do Mediterrâneo encher meus pulmões e me trazer um pouco daquela sensação de "lar". Uma nostalgia me invade de uma forma muito, muito boa.

Ando ao encontro deles enquanto fazem o mesmo na minha direção. Meu filho corre até a sua mala e meu pai me puxa para os seus braços, abraçando-me forte, enchendo meu rosto de beijos.

— Como estou feliz em te ter de volta, *amore mio* — diz baixinho ao meu ouvido, com a voz emocionada.

Aperto o corpo contra o meu pai e deito a cabeça em seu ombro, sentindo seu perfume bom misturado com o cheiro de mar.

Sua empresa de pesca é uma das maiores da região. Eles exportam milhares de quilos de atum para toda a Itália e até para alguns outros países da Europa. Por mais que já não precise colocar a mão na massa há bastante tempo, senhor Carlo é um homem do mar e não abre mão de participar das pescas.

— É bom estar de volta também, pai.

Ele beija minha testa antes de dizer:

— Ajeitamos sua casa como deu, querida. Depois, vamos te ajudar a colocar tudo no lugar como você preferir.

Aluguei uma casa na Piazza Repubblica, bem próximo dos meus pais; assim, poderei estar perto deles e da *nonna* o máximo de tempo que eu puder.

— Não se preocupe com isso, pai. Teremos tempo para pensar sobre, depois. Agora eu quero matar a saudade!

— Sua mãe não sabe falar de outra coisa. — Seu sorriso sobe e ele completa: — Ela e sua avó estão preparando o almoço para vocês. Vocês vão comer *culurgiones*16.

---

[15] Em italiano, "Mas como você está alto, meu menino. Senti sua falta"

Minha boca saliva instantaneamente.

Os *culurgiones* da *nonna* são simplesmente os melhores que já provei em toda a minha vida.

— A *mamma* pensa em tudo! — brinco, enquanto ele pega a alça da minha mala e a arrasta para mim.

Enrico vem ao nosso lado e diz:

— Haja natação para não engordar. Antes era só a minha mãe, agora é a *nonna* e a *bisnonna* também.

Meu pai cai na gargalhada e bagunça os cabelos do meu filho.

Eu amo como esses dois se amam.

O velho Carlo passa a mão na barriga proeminente e responde ao neto:

— Querido, veja só como seu *nonno* está. É melhor dar o sangue nessa natação mesmo.

Atravessamos os três em direção ao pequeno centro da cidade, na mesma rua da nossa casa. Vamos juntos, conversando sobre tudo, enquanto eu encaro cada pedacinho da minha cidade natal com atenção.

As casinhas ainda parecem as mesmas, com alguns detalhes mais modernos. Agora as lojas são muitas, aguardando sempre o movimento de turistas, principalmente nessa época, em que a nossa principal festa, o *Girotonno*, está chegando.

— O prefeito está aguardando o maior e mais movimentado *Girotonno* da história. Já quase não tenho estoque disponível de atuns, já me encomendaram tudo — meu pai fala como se lesse os meus pensamentos.

— Isso é incrível, pai. Vocês só crescem! Em breve, Carloforte não será só mais uma comuna escondida da Sardenha.

— É o que desejamos, né, *figlia*? Precisamos fazer este lugar crescer.

Quase chegando a casa, Enrico, que observa tudo e faz perguntas ao meu pai a todo tempo, grita:

— *Mamma*, é a *gelateria* do Stefano!

Sim, vou ser vizinha da loja de Ferri.

— É, *figlio*. É a primeira loja deles.

Meu pai me olha com uma cara de interrogação.

— Como *questo bambino*17 sabe quem é Stefano?

Balanço os ombros com indiferença.

— Nos encontramos ontem com ele em Cagliari.

— Ah, sim...

---

[16] Massa típica da região da Sardenha.

[17] Em italiano, "este garoto", "este menino".

Meus pais acabaram sabendo que, antes de ir embora daqui, Stefano e eu tivemos alguma coisa. Claro, não sabem os pormenores. Melhor que continuem achando que não passava de beijos na boca, e só.

Quando passamos pela porta, olho para dentro. Está movimentado.

Vejo uma garota atendendo alguns clientes com um sorriso lindo no rosto, cheia de papo.

Eu jamais esqueceria aquele sorriso. Nunca.

Tina Ferri.

— *Ciao*, Tina! — grito e ela deixa de prestar atenção no cliente, olhando para mim.

Seus olhos captam os meus e por uma fração de segundos não me reconhece. Depois, abre um sorriso ainda maior e vem correndo.

— Ah, meu Deus! Meu irmão não mentiu. É você de verdade! — E pula em mim, quase me derrubando.

Eu gargalho e a aperto, sentindo um carinho no coração por vê-la tão bonita e tão bem. Tem aquele mesmo rosto de quando era uma garotinha, os olhos bonitos e tão vivos!

— Você está lindíssima. — Seguro suas mãos quando nos soltamos.

Tina me olha e diz:

— Você já se olhou no espelho para me dizer uma coisa dessas? Está uma verdadeira gata! Eu nem acredito que voltou!

— Pois acredite! — Dou outro abraço rápido nela antes de falar: — Tina, este é *mio bambino*, Enrico. *Figlio*, ela é a irmã de Stefano, para quem eu dava aula quando garotinha.

Tina olha para mim e depois para Enrico.

— Ele está quase do seu tamanho! É um prazer te conhecer, Enrico.

Os dois se abraçam.

— É um prazer te conhecer também, Tina. Seu irmão é muito maneiro.

Ela ri e faz uma careta.

— Você diz isso porque não é irmão dele. Mas, sim, quando quer, ele é um cara legal!

Todo mundo ri, inclusive meu pai.

— *Ciao*, Tina — ele cumprimenta a garota.

— *Ciao*, Carlo!

— Bem, preciso chegar à minha casa. Depois volto para te ver com calma, está bem? — anuncio a ela.

— Estou aqui todos os dias pela manhã. Minha mãe vai amar recebê-la lá em casa. Vamos tomar um café juntas um dia desses?

— Com toda certeza! Nós vamos combinar.

— Tchau, Enrico. Depois volte para tomar uns *gelatos* de graça.

Meu filho ri.

— E eu venho mesmo!

— Vou ficar te esperando. — Ela brinca com seu cabelo e depois me olha de novo. — Estou feliz em te ver de novo, Betina!

— E eu em ver você, Tina! — Dou um beijo em sua bochecha e seguimos rumo à casa dos meus pais.

Algumas pessoas aqui e ali já percebem a minha presença e nos cumprimentam.

As fofoqueiras da cidade já têm assunto para o próximo mês inteiro com a minha chegada.

Quando paramos em frente ao portão, um misto de saudade e nervosismo me toma. *Papà* abre e nos convida a entrar. De longe, ouço a voz da minha mãe.

— Eles chegaram!

E a vejo surgir na porta da sala, secando a mão em seu avental.

Enrico corre em sua direção como fez com meu pai e os dois se atracam em um abraço apertado.

Meus olhos se enchem de lágrimas e eu respiro fundo.

Nunca pensei que voltaria. Nunca mesmo.

Ao mesmo tempo em que parece errado, como se tivesse deixado Marco para trás e o estivesse traindo, meu peito grita como se quisesse me dizer que eu não poderia estar em outro lugar que não fosse aqui. É como se as raízes neste momento estivessem falando bem mais alto.

De repente, eu a vejo sair pela porta, assim como fez a *mamma*.

Aqueles cabelos brancos que amo e o sorriso mais lindo do mundo.

Seus olhos se conectam com os meus e o canto da boca se levanta, tão típico dela.

Então, no meio dos beijos e abraços do meu filho com minha mãe, ouço sua voz bem calma, direcionada a mim, dizer:

— Anda, Lucia. Precisamos terminar a encomenda da Guilhermina.

Sinto meu coração murchar dentro do peito.

Todo mundo para o que está fazendo e olha para a *nonna*, que ainda olha para mim.

Ela pensa que eu sou minha mãe.

Guilhermina, uma conhecida da Calábria, que vinha nos visitar todos os anos, já morreu há pelo menos dez.

Mamma suspira e olha para mim, Enrico também.

Uma lágrima, aquela que eu estava segurando, escorre no meu rosto.

Deus! Será que realmente perdi tempo demais?

Capítulo 7

Stefano

Termino minha série no abdominal paralelo e é a vez de Vince assumir o aparelho.

Milani frequenta a academia todo dia e eu decidi ontem à noite, enquanto chegava a Carloforte, que agora farei o mesmo.

Eu costumo frequentá-la em Olbia, mas não com a mesma disciplina que Vincenzo. Talvez um incentivo amigo seja tudo de que eu preciso.

— Até quando você fica, Ferri? — meu amigo pergunta assim que equilibra o corpo no aparelho e começa seus abdominais.

Eu aproveito para pegar minha garrafa de água e molhar a garganta seca.

— Não sei. Até o médico me dizer exatamente o que Tina tem. Talvez eu espere até o *Girotonno* passar também, por que não? Você vai discursar este ano outra vez?

Vince vira a cabeça para mim e faz que sim. Termina mais quatro abdominais e me dá a vez.

— Chiara sempre joga para mim, sendo que ela tem muito mais jeito com esse tipo de coisa. — Balança o cabelo suado e pega toalha para limpar o rosto, tentando recobrar um pouco do fôlego.

Volto a concentrar minha atenção no exercício, depois completo:

— O bom é que não é nada demorado.

Faço mais três e desço, indo com Vince em direção aos aparelhos de braço.

Quando ele pega o Cross Over, paro ao seu lado e falo:

— Você se lembra da Betina?

O pai da minha afilhada nem começa o exercício, ele me olha de um jeito meio estranho, como se estivesse fazendo uma pergunta idiota.

E talvez eu esteja mesmo.

— O que tem Betina, Tefo?

— Encontrei com ela e o filho no dia da praia, na fila da Ferri.

— Betina estava em Cagliari? — Ele começa o exercício, mas presta atenção no que estou dizendo.

— Estava. Agora já deve estar por aqui.

— Aqui em Carloforte? — Ele pega os puxadores com força.

— É. Ela está voltando, de vez.

Vince dá uma risadinha.

— Eu já te vi sendo canalha muitas vezes nesta vida, mas como naquele dia, olha... *Porca puttana*18.

Minha risada não tem a mesma graça que a dele, mas sai sem eu perceber.

— Já pensei várias vezes naquele dia, sabia? Depois de anos. Eu ficava relembrando aquele olhar de desprezo que ela me deu. Aquilo nunca saiu da minha cabeça — confesso.

— A garota não merecia o que você fez a ela, essa é a verdade.

— Você está coberto de razão — respondo enquanto ele termina sua série e eu me preparo para começar a minha.

Concentro a força nos músculos do braço e trago os puxadores na direção certa.

Vincenzo fica de frente para mim, encarando-me como quem espera me ouvir confessar alguma coisa.

Está bem, porra!

— Ela está linda.

Milani gargalha daquele jeito dele e balança a cabeça.

— Toma vergonha na sua cara, Stefano. Você fodeu com o juízo dela quando era mais nova. Agora ela é uma mulher viúva, não começa.

— Eu não falei nada, *cazzo*.

Termino minha parte e troco outra vez de lugar com ele.

— Eu te conheço, seu imundo. A sua cara não esconde.

Minha cara? O que tem a minha cara?

— Você está viajando, Milani. — Pego a água outra vez enquanto tento me distrair dando uma olhada na ala feminina da academia, mas não há nada ali que me interesse. — Eu só disse que ela está linda, porque está mesmo. Um mulherão.

— Eu sei. Quando Chiara a visitou, vi fotos. Ela está bonita. Sempre foi.

Meu compadre me diz algo que é verdade.

Ela sempre foi linda.

— Juro que estive há alguns segundos de pedir desculpas por aquele dia. Parece tão óbvio que eu deveria fazer isso, mas sei lá. Nada em Betina parece guardar rancor de mim, entende?

---

[18] Em italiano, "puta que pariu".

Ele continua sua contagem e depois volta à conversa:

— A vida seguiu, Ferri. Ela foi viver, teve um casamento que, até onde eu sei, segundo Chiara, era um casamento feliz. Teve um filho. A vida que Betina sonhava. E que a gente sabe, você nunca teria dado a ela, nem a qualquer outra.

— Naquela época, não mesmo — completo.

— Pois é. — Ele larga o aparelho e para ao meu lado, batendo com a mão no meu ombro. — Já pensou que talvez ela tenha gratidão por você ter sido um pau no cu?

— Vai que é isso aí mesmo. — Tento terminar o assunto porque essa é uma parte que bate bem lá no meu ego e não sei se sou maduro a ponto de me sentir bem pensando que alguém é agradecido por eu ter sido um escroto. — Mas você está aí falando sobre a vida que seguiu... Devia seguir o exemplo da Betina então.

Depois de secar o rosto e a cabeça com sua toalha, Vincenzo me olha com aquela cara de poucos amigos e eu dou uma risada alta.

— Você acha que estou fazendo o que da minha vida, *stupido* idiota?

— A gente precisa mesmo falar disso de novo? Todas as nossas últimas conversas não valeram de nada?

— Ah, Stefano. Vá encher a porra da paciência de outro. Estou atrasado para a Milani. — Anda até perto dos armários e pega seus pertences, colocando dentro do bolso do short.

Faço o mesmo com os meus e o sigo para a porta da academia.

Assim que colocamos o pé para fora, bato em seu ombro para me despedir. Vincenzo me cumprimenta e diz que nos falaremos mais tarde. Quando ele coloca os pés na rua, Antonio, o prefeito, passa com sua moto e buzina, gritando o nome de Vince bem alto.

Meu amigo não tem muito tempo para raciocinar quando outra moto vem logo atrás.

A garota que pilota a Vespa parece desconcertada e solta o mais alto que pode:

— *Togliti di mezzo*!19

De repente, vejo Vince esborrachando no chão.

[19] Em italiano, expressão que significa "saia da frente" "saia do caminho".

Ninguém nunca vai conseguir me convencer de que a merda que aconteceu hoje mais cedo com Vincenzo Milani não foi a sacada mais genial do destino a que já assisti em toda a minha vida.

Quais as chances de a garota que ele conheceu em Cagliari, com quem se envolveu, ser a nova moradora do castelo? Quais?

Pois é. É ela.

E ainda quase atropelou Milani com aquela sua motinha vermelha.

Foi uma das cenas mais hilárias a que já assisti em toda a minha vida. E a única coisa que posso dizer é que nunca me senti tão ansioso para ver um amigo dar para trás na sua palavra.

Vince está jurando que não vai cair nos encantos da garota brasileira, mas ele mal sabe da sua cara de bobo quando viu quem estava em cima da Vespa.

Aproveito a tarde longe de reuniões para visitar um ponto comercial de Carloforte que fica do outro lado da ilha. O lugar tem recebido muitos turistas e, segundo meu pai, é uma boa chance de expandirmos o negócio dentro da nossa própria casa.

— O preço é justo pelo tamanho do espaço — diz, já que fez questão de vir comigo ver o imóvel.

Olho cada canto e já consigo imaginar como a loja ficaria com a nossa padronização. Aproveito e introduzo o assunto com meu pai:

— Estamos estudando a viabilidade de abrir franquias da Ferri, pai.

Meu velho me olha por alguns segundos, depois sorri.

— É. Você levou mesmo a sério todo esse negócio, não é, *figlio*? Veja só no que a Ferri está se transformando.

Sacudo os ombros e devolvo o sorriso.

— Em breve, estaremos em toda a Itália. É só uma questão de tempo.

Meu pai me dá um tapa no ombro e aperta com certa força.

— Sempre soube que você conseguiria — solta, e eu sei que está pensando no *nonno*.

A verdade é que não descansei enquanto não fiz a Ferri ser o sucesso que é. Recorri a empréstimos, ajuda de amigos como Vince, usei do meu charme e minha lábia para conseguir uma coisa de que precisava aqui e outra ali.

Desde muito novo eu disse que seria um cara milionário e trabalhei para isso. Duro!

Enquanto muita gente na minha idade perdia noites e noites na balada, eu escolhia somente um fim de semana para me divertir com os amigos. O restante do tempo, quando não estava na cama de alguma mulher em que geralmente não deveria estar, eu estudava feito um louco, fosse com meu avô, vendo todas as suas técnicas para um *gelato* que ninguém neste lugar sabe fazer igual, ou tentando entender sobre gestão de negócios e administração.

Em poucos anos eu paguei todos os meus empréstimos, quitei as dívidas que adquiri durante o tempo que precisei investir, e o lucro só foi crescendo. Em dez anos à frente do negócio, eu me tornei um milionário. Parece inacreditável quando se fala assim, mas eu sempre soube que essa seria a minha realidade e, quando a gente acredita, não há força que conspire contra aquilo que o Universo tem guardado para você.

— Eu também, pai. — Puxo-o para um abraço.

Hoje meu pai cuida da nossa casa de campo, próxima ao olival de Vince. É do que ele gosta: da vida de interior. E já que posso lhe dar o que merece, é assim que ele vive seus dias.

— Você acha que Tina tem alguma coisa séria? — muda de assunto.

Acho que ele e minha mãe têm evitado falar disso, com medo de que sua caçula esteja passando por algo pior do que nós todos imaginamos.

— Acredito que não, mas os médicos vão entrar em contato ainda esta semana, saberemos em breve. *Stai tranquillo, vecchio mio.*20 — Beijo sua careca e volto a olhar para o imóvel vazio. — Vamos fechar negócio. Tentar um contrato de tempo maior para diminuir o valor do aluguel. O senhor pode cuidar disso para mim?

— Com toda certeza. — Ele ajeita o cinto na calça e estufa o peito, orgulhoso. — Me deixe perto da imobiliária, que vou conversar com Arturo. Vamos resolver isso logo.

— Vamos logo então, antes que feche.

Nós dois voltamos pelo caminho falando sobre coisas aleatórias. Quando chegamos ao *lungomare*, vemos o sol na linha do horizonte se despedindo do Mediterrâneo. É sempre minha hora favorita do dia por aqui.

Não há na Itália pôr do sol como o de Carloforte.

Paro o carro no sinal e meu pai me avisa:

— Vou descer aqui e vou a pé, tudo bem? Apareça lá em casa mais tarde, sua mãe está cozinhando para você.

Enquanto ele abre a porta e desce, eu me despeço:

— Está bem. Estarei lá. Obrigado pela ajuda, pai.

— Não há de quê, filho. — Ele bate a porta e acena, virando e indo em direção ao Centro.

Volto a atenção para o sinal, mas meus olhos são puxados para um dos bancos próximo à marina.

O cabelo cortado à nuca não pode ser confundido.

Betina está sentada ao lado da avó, com os braços em torno dela. As duas estão rindo de alguma coisa que Cerutti diz e, quando percebo, estou sorrindo também.

---

[20] Em italiano, "Fique tranquilo, velho"

A brisa do mar balança os seus cabelos e ela tenta os ajeitar atrás da orelha, daquele mesmo jeito que já conheço.

Suspiro enquanto observo as duas.

Alguém buzina atrás de mim e percebo que o semáforo finalmente abriu.

Arranco com o carro por mais alguns metros e acabo estacionando perto do embarque dos *ferryboats.*

Pergunto-me antes de descer do carro se devo mesmo fazer isso. Olho pelo retrovisor, avistando as duas daqui, e vejo que agora estão em silêncio. Deve ser um momento só de neta e avó.

Tamborilo os dedos no volante, um pouco inquieto.

Realmente não sei se eu deveria, mas quero muito vê-la de novo.

Algo dentro de mim quer uma prova de que ela não me tratou bem aquele dia só porque estava na presença do filho.

— Anda logo, seu *figlio di puttana*, é o que você quer — digo a mim mesmo.

Desço antes que eu desista e tranco o carro, colocando os óculos escuros no rosto e seguindo firme na direção das duas.

Capítulo 8

Betina

Enrico e eu tivemos um dia exaustivo. Fisicamente os dois, emocionalmente eu.

Por enquanto, tudo para o meu garoto é uma novidade, e não tão ruim. Ele já fez amizade com um vizinho de porta, adorou nossa ida à escola, onde descobri que alguns dos meus antigos professores ainda lecionam, e me ajudou a ajeitar nossa casa. Decidimos juntos onde queríamos que cada objeto ficasse.

Foi difícil ver na minha frente o que é a realidade da *nonna* agora. Uma coisa era pelo telefone, longe. Outra foi vê-la olhar dentro dos meus olhos e simplesmente não me reconhecer.

Aquilo me destruiu de formas que não sei se consigo explicar com palavras.

— Ele realmente leva muito jeito. Alguém já te disse isso?

Volto à realidade e me dou conta de que estou à beira da piscina de uma das academias de Carloforte, onde trouxe Enrico para olharmos as aulas de natação. Meu filho parece completamente à vontade, dando braçadas de um lado para o outro.

Olho para o professor, um conhecido de infância, e respondo:

— Sim. Enrico já ganhou muitos campeonatos em Florença. Ele me disse esses dias que ainda irá para as Olimpíadas.

Germano ri e me devolve:

— E vai mesmo, viu? Com todo esse potencial eu não vejo como ser diferente.

— Então você acha que consegue colocá-lo em sua equipe?

— Claro que sim. Vamos disputar o regional em alguns meses. Há tempo para prepará-lo. Fique tranquila, seu garoto tem lugar garantido comigo. Só preciso que providencie alguns exames de rotina, tudo bem? A gente acompanha de perto a saúde de todos eles, precisamos de parâmetros.

— Com certeza. Diga o que precisa, vou levá-lo a uma consulta.

Respiro, aliviada.

Enrico não me daria sossego enquanto não conseguíssemos uma equipe para a qual ele pudesse entrar. Nem que eu tivesse que atravessar até Sant'Antioco todos os dias, onde estaria a equipe mais próxima. Meu filho vai poder seguir fazendo aquilo de que gosta e eu confesso que isso é um grande alívio.

— O horário da escola dele será pela manhã. Como ficam os treinos?

— Todos os dias à tarde. Treinamos das três até as cinco horas.

— É um ótimo horário!

Volto a observá-lo na água e ele sai logo em seguida. Germano abre um sorriso e aperta seu ombro, enquanto meu filho tira os óculos do rosto.

— Bem-vindo à equipe, Enrico.

— Mentira! — Seu sorriso se abre instantaneamente, e ele me olha sem acreditar.

Do jeito que está, Enrico me abraça, deixando-me toda molhada. Começo a rir e o aperto contra mim.

— Parece que alguém realmente vai se preparar para ir às Olimpíadas — brinco, mas ele me olha sério.

— E vou mesmo, *mamma*. Eu falei sério.

— Sei que sim, meu amor! — Beijo sua testa quando Germano chama nossa atenção.

— Eu te aguardo amanhã pela tarde, está bem?

— Estarei aqui — meu garoto responde tirando a touca da cabeça. — Obrigado, Germano!

— Não há o que agradecer, *bambino*.

— Só vou me trocar e já volto, mãe. — Sai correndo em direção ao vestiário.

Enquanto aguardo, o treinador me passa a lista dos exames necessários.

Minutos depois, já estamos caminhando de volta para casa.

O fim de tarde em Carloforte está deslumbrante, como sempre.

— Os garotos iam amar Carloforte, mãe — meu filho fala abraçado a mim enquanto andamos. — Eu posso convidá-los para nos visitarem um dia?

— Que pergunta boba é essa, Enrico? É claro que pode! Seus amigos sempre serão bem-vindos.

Ele dá uma risadinha e suspira.

— Você ficou muito triste por causa da *bisnonna*, não foi?

Seu comentário me pega de surpresa, pois não conversei com ele sobre o que aconteceu ontem quando chegamos.

— Um pouco, querido. — Ajeita a mochila de natação no ombro e eu o ajudo. — Para mim, é difícil vê-la assim. A *nonna* ensinou muitas das coisas que me fizeram ser a chef que você conhece.

Ele me encara com seus olhos castanhos e intensos.

— Sei que ela não lembra muito mais quem a *signora*21 é, mas tenho certeza de que, no coração dela, a *bisnonna* nunca vai deixar de te amar.

Fico emocionada com suas palavras e maturidade.

O que eu fiz para merecer um garoto tão incrível como Enrico?

— Tenho certeza disso, filho!

Beijo seu rosto demoradamente, então entro na casa da minha mãe. Do portão, ouço os gritos. É a minha avó.

— Me deixe ir para a minha casa! Eu quero ir embora.

Entramos pela sala e vejo mamãe respirando fundo, cansada. Minha avó anda de um lado para o outro, agoniada.

— O que houve, *mamma*? — pergunto.

Ela me olha, tenta dar um sorriso, mas consigo ver o quanto a doença da vovó está acabando com seu coração.

O quanto um filho pode suportar ser esquecido pela própria mãe?

— Agora é assim, todos os fins de tarde. Ela jura que não está em casa e quer ir embora para a casa dela.

Enrico olha para toda a confusão que está aqui e me diz:

— Eu posso ajudar, *mamma*?

Meus olhos se enchem de lágrimas novamente e faço que sim com a cabeça.

— Faça companhia para a *nonna*? Vou sair um pouco com a bisa, está bem?

— Claro! — Meu filho vai até a minha mãe e sugere: — Vamos fazer *cannoli*? O da minha mãe até que é bom, mas o seu é bem melhor.

Nós três olhamos uns para os outros e rimos. Enrico está nitidamente tentando distrair a avó do que está acontecendo aqui.

Nonna chega a mim e diz:

— Lucia, quero ir para a minha casa! Me deixe ir embora!

— Vou acompanhar a senhora, está bem? Vamos para a sua casa. — Nem tiro a bolsa do ombro, apenas a ajeito, assim que pego minha avó pela mão, cruzando nossos dedos. Olho para trás e aviso aos dois: — Voltamos em meia hora.

A felicidade dela em ver que estamos saindo daqui me corrói por dentro.

O que a *nonna* está tendo são picos de síndrome do pôr do sol.

---

[21] Em italiano, "senhora".

Nestes últimos meses eu estudei muito sobre o Alzheimer. A síndrome do pôr do sol tem por característica a confusão mental e agitação dos acometidos pela doença. Nesse horário, quando o dia está quase acabando. Eles ficam inquietos, não reconhecem a casa como o lugar onde moram e ficam pedindo para ir embora. Por isso vou caminhar um pouco com ela, para ver a rua, a claridade, as pessoas. Quem sabe assim consiga acalmá-la?

Vamos andando na direção da marina. Ela começa a me falar coisas como se eu realmente fosse a minha mãe e eu escuto cada uma delas com muito carinho.

— Vamos esperar o seu pai voltar do mar? — questiona, pensando no *nonno*.

Assim como meu pai, seu genro, *nonno* Augusto também era um homem do mar.

— Isso!

Atravessamos do asfalto para a rua e então chegamos próximo ao desembarque dos *ferryboats*. Escolho um banco para nós duas e sento minha avó com cuidado.

— Mas não tenho tempo, *figlia*. Preciso terminar as encomendas — diz, preocupada.

Nonna Giulia sempre foi totalmente compromissada com suas encomendas de massas e disso ela não se esquece.

— Nós temos todo o tempo do mundo, está bem? Eu vou te ajudar com suas encomendas, fique tranquila.

Aproveito para analisar cada pedacinho do seu rosto envelhecido e cansado. Ao mesmo tempo em que a situação me deixa completamente arrasada, sinto gratidão no coração em poder estar aqui, neste momento, cuidando dela, como tantas vezes ela fez comigo.

— Hoje eu vou fazer *linguine* de atum. — Sua voz sai orgulhosa.

É, sem dúvidas, o melhor que já comi.

Sorrio e passo o braço por ela, mantendo seu corpo magro junto ao meu. O cheiro de rosas do seu sabonete preferido continua o mesmo.

— Já nem posso esperar por esse momento!

Ouço sua risada e ficamos olhando para o infinito azul bem à nossa frente.

Marco adoraria passar um tempo por aqui.

Não que ele não tivesse tentado. Meu marido insistiu por várias vezes que passássemos uma temporada em Carloforte, mas eu simplesmente não queria voltar. Não queria mesmo. A sensação que eu tinha era de que, se eu voltasse para cá, todo o encanto da vida que eu vivia com meu marido e meu filho ia se acabar. E veja só onde estou agora...

— Desculpe atrapalhar as duas belas senhoritas...

Ouço uma voz forte vinda da minha esquerda e minha cabeça gira para o lado automaticamente.

Stefano Ferri.

Ele tira os óculos escuros do rosto e pendura em sua camisa perfeitamente alinhada no corpo, depois coloca as mãos nos bolsos da calça.

— Ferri — cumprimento com meu melhor sorriso gentil.

Eu pensei que o veria em algum momento, mas não tão rápido.

— Estava passando por aqui e vi vocês, resolvi parar para dar um oi. Olá, Giulia!

Minha avó olha para Stefano e não entende nada. Respiro fundo e olho de novo para ele.

— Ela não está mais reconhecendo algumas pessoas, Stefano. Desculpa.

Ferri fica desconfortável, como se tivesse ultrapassado alguma linha.

— Mil desculpas, Betina. — Faz gestos com as mãos como se estivesse se despedindo. — Vou deixá-las à vontade.

— Fique tranquilo!

Quando o vento bate em Stefano, a brisa traz até mim seu perfume. E, diferente daquele dia, eu reconheço esse cheiro. É o mesmo que ele usava quando estávamos juntos.

É um cheiro muito bom.

Por muitas vezes eu voltava para casa e só deixava minha mãe lavar minha roupa do dia na manhã seguinte, para dormir grudada com a peça e sentir seu cheiro a noite toda.

Dio mio... Como eu era uma tola!

— Não sei o que te dizer. — A voz de Ferri agora é de pesar.

— Dói muito. — Sou sincera.

Ele fica em pé me olhando e, de repente, afasto-me um pouco dando espaço para que ele se sente ao meu lado.

Stefano pensa por alguns segundos antes de fazê-lo. Assim que se acomoda no banco, sinto o calor que exala do seu corpo bem perto do meu. Stefano Ferri sempre foi um homem alto, acima de 1,90m e, agora, depois de tantos anos, parece-me ainda maior.

— Como sua cabeça está lidando com tudo isso? Seu marido, sua volta, a sua avó?

Vejo o exato momento em que ele deixa de olhar para frente e se conecta comigo, através dos olhos.

O que eu não teria dado naquela época para que Stefano tivesse esse cuidado comigo? Que tivesse se preocupado com meus sentimentos, com o que estava se passando dentro da minha mente?

Que tivesse se importado!

— É tudo muito novo, não é só sobre mim. — Balanço os ombros. — É sobre um garoto de doze anos também, que tem de aprender a lidar com a ausência do pai, com a mudança para uma cidade completamente diferente da dele, de ter resiliência para compreender que uma das pessoas que você mais ama na sua vida agora acha que você é sua mãe.

Meu sorriso triste sai antes que eu perceba.

A testa de Stefano forma um vinco quando ele sente a minha dor.

Minha avó continua olhando para o mar, jurando que o *nonno* voltará de lá a qualquer momento. Deixo-a no seu mundinho.

— Você é uma mulher muito forte, sabia? Não é todo mundo que daria conta. E mesmo te vendo assim agora, com esse olhar triste, sei que está lutando para aguentar o que for preciso.

— Eu não tenho escolha, Stefano.

Miro devagar sua barba recém-aparada e as marcas que o tempo deixou em seu rosto.

É até engraçado ver Stefano Ferri assim, um homem tão maduro. De repente, estou rindo. Ele fica me observando sem entender, mas também ri.

— O que houve, Cerutti?

Meu sobrenome na sua voz sempre sai muito bonito.

— Sei lá. Nunca em minha vida pensei que estaria sentada em um banco da marina de Carloforte conversando sobre as merdas da minha vida com Stefano Ferri.

Seu sorriso de lado sobe e ele arqueia as sobrancelhas.

— Como o mundo dá voltas, não é mesmo? — brinca comigo.

— Agora você é um homem importante, não deveria ter tempo de parar para ouvir meus choramingos.

— Eu sempre tenho tempo para os amigos, Betina. — A forma como fala é muito firme, querendo passar confiança no que diz.

— Nunca fomos amigos, Stefano — devolvo, ajeitando os cabelos que balançam pelo vento atrás da minha orelha.

Ele fica mudo e dá uma risadinha fraca, olhando para o chão.

— Ok. Nós não contávamos nossos segredos um para o outro, mas eu nunca te quis mal. Isso, de alguma forma, é ser um pouco amigo, não?

Estou prestes a dizer que "amigos" não fariam o que ele fez comigo, mas não tenho tempo nem energia para falar de uma coisa que agora pouco me importa.

— Bons conhecidos.

Sua boca se abre para contra-argumentar, mas minha avó diz para mim:

— Eu quero ir embora para a minha casa. Vamos?

— Claro, meu amor. Vou te levar.

Ajudo minha *nonna* a ficar de pé e Stefano se levanta com a gente.

— Posso deixá-las lá, Betina — oferece, mas faço que não com a cabeça.

— Agradeço, Ferri, mas caminhar é bom para ela.

Sua cabeça faz que sim, mas sinto que ele quer me dizer algo que não consegue.

— Então nos vemos por aí. — Volta a ficar sem jeito, como se não soubesse como agir perto de mim.

Isso chega a ser realmente hilário.

— Nos veremos, sim. Até mais, Stefano — despeço-me, encarando o irmão de Tina pela última vez.

Seu cheiro, ao contrário dele, não fica para trás, parece ter grudado em mim.

— Até. — Acena com uma das mãos e fica parado no lugar. Antes que a gente atravesse a avenida, ele me chama. — Betina! — Olho para trás e Ferri está lá, bonito demais, parado de costas para a marina. — Se precisar de alguma coisa, qualquer coisa mesmo, em que eu possa ajudar, você sabe onde me encontrar. Me procure.

Fico alguns segundos em silêncio e sinto minha respiração pesada.

— Obrigada — digo no exato momento em que o semáforo abre para nós.

Caminhamos devagar por todo o caminho e, quando chegamos de volta à porta de casa, minha avó sorri e diz:

— Até que enfim, minha casa. Vamos entrar, *figlia*.

Sorrio da sua inocência e deixo que ela entre sozinha.

Na mesma casa que disse há meia hora não ser a sua.

Capítulo 9

Stefano

Despeço-me de Vincenzo assim que o vejo seguir na direção da casa de sua mãe.

Passamos a noite em Sant'Antioco, a comuna vizinha, cada um resolvendo suas coisas de negócios. Aproveitamos a manhã, fomos ao clube jogar tênis e conversa fora.

Metade da comuna hoje está no castelo ajudando a tal garota, Caterine, a ajeitar o lugar para começar o seu negócio. Tudo encabeçado, claro, pelo demoninho que eu chamo de irmã mais nova. Pelo menos ela apronta as coisas para fazer o bem. Abraçou Caterine como se fosse da família e está ajudando a moça, que pelo que eu soube vai montar um buffet de casamentos no lugar onde antes era o restaurante do cara que fugiu com Francesca.

Nem contei para Vince o que o pessoal ia fazer hoje. Do jeito que ele está cheio dos chiliques, querendo convencer alguém de que não está mexido com a brasileira morando na cidade, achei melhor deixar para lá.

Entro pela porta lateral, ao lado da *gelateria* e subo para o meu sobrado. Largo a mala na pequena sala e abro a janela para entrar um ar. Tiro minha camisa e jogo no sofá, olhando o movimento da cidade aqui de cima, que está intenso.

Tiro os tênis e ligo a Alexa, pedindo para tocar uma playlist qualquer de rock dos anos oitenta quando meu celular apita. Tiro o aparelho do bolso cantarolando uma música do Guns'n Roses e vejo a mensagem na tela:

Bianca - 3 notificações

Abro e de cara vejo uma foto da sua bunda arrebitada enfiada em um fio-dental no espelho do seu banheiro.

Estamos com saudades. Quando você volta?

Fecho os olhos e passo a mão pelo rosto, conferindo a imagem de novo.

A porra do meu pau sobe, porque nem ele e nem eu somos santos. E a verdade é que já vai para mais de uma semana que eu não transo, desde aquela manhã em sua casa.

Digito rápido:

Bela imagem :) Ainda não sei quando volto, mas nos falaremos.

Não gosto dessa merda de sexo virtual e eu sei que, se eu continuar dando papo, Bianca vai querer falar de sacanagem por telefone.

Meu negócio é transar de verdade.

O problema é que aqui em Carloforte não tenho o tipo de pessoa que Bianca é em Olbia. E, se eu me aventurar a cair na tentação de me envolver com alguém que eu conheça e fazer uma besteira, vou ter de sair daqui correndo. Isso não é mais meu tipo de negócio.

Largo o telefone na mesa de centro e vou até o meu quarto em busca de uma roupa limpa para tomar um banho e descansar um pouco, antes de voltar para minhas planilhas, que parecem nunca acabar. Meu pai deixou aqui o contrato de aluguel da nova loja e eu fiquei de ler antes de assinar e enviar de volta para a imobiliária.

Quando abro a janela do quarto, dando de frente para a praça, olho por cima das casas e meu olhar cai sobre duas pessoas mexendo em coisas de um lado para o outro em seu quintal.

Ela prendeu o cabelo curto em um pequeno rabo e colocou uma faixa nos cabelos. O vestido amarelo que contrasta um pouco com sua pele morena de bronze destaca ainda mais sua beleza.

O garoto ajuda a mãe a carregar pequenos móveis pela porta do que me parece ser a sala.

Eu nem tinha me dado conta de que Betina está morando bem aqui, na Piazza *Reppublica*.

Fico olhando por mais um tempo e decido ir para o meu banho; colocar bermuda e uma camiseta fresca, para aguentar o restante do dia nesse calor de matar.

Por alguns segundos paro e penso naquele dia na marina. Betina me parecia machucada. Parecia ferida.

Não é para menos. Perder o marido, agora toda essa situação com Giulia...

Aquilo me incomodou de uma forma que ainda não consigo explicar para mim mesmo.

Nas palavras soltas da minha cabeça, é como se fosse injusto ver Betina Cerutti sofrendo assim. Ela não merece nada disso.

Penso rápido enquanto me visto e decido por minha conta e risco que posso me preocupar com essas planilhas depois, já que fiz isso antes. Um dia a mais não vai matar meu time de logística, eles podem lidar com isso.

Ajeito o cabelo molhado antes de pegar o telefone e a carteira, descendo por dentro, direto na *gelateria*. O vai e vem de gente é enorme e eu peço a uma das minhas atendentes que encha um pote grande com alguns sabores específicos.

Quão rápido ela volta com a embalagem, eu saio pela porta da frente, atravessando a praça em direção ao meu destino. Não hesito quando bato ao portão.

Segundos depois, uma Betina sorridente surge por detrás dele, mas seu sorriso some quando me vê, e dá lugar à curiosidade.

— Stefano?

Levanto a mão que está desocupada em sinal de desculpas e digo:

— Fiz uma coisa feia, aparecer no seu portão sem ser convidado. Mas é que eu vi sem querer da minha janela que vocês dois estão em um trabalho duro aí com os móveis e resolvi trazer *gelato* para refrescar o dia de vocês.

Ela tomba a cabeça e me olha, passando devagar a língua pelo lábio inferior, antes de rir.

— Está me vigiando, Ferri? — Seu tom é de brincadeira, mas sei que a pergunta é séria.

— Longe de mim, Betina. Juro por Deus! Nem sabia que você estava morando aqui na praça. Eu vi pela janela do quarto. — Aponto na direção do meu sobrado e ela vira o rosto para ver, fixando o olhar alguns segundos na janela. — Não quero atrapalhar, só vim fazer uma gentileza de vizinho.

Só me convida para entrar, Cerutti, penso comigo mesmo.

Estendo a sacola com a embalagem de *gelato* para ela e Betina pega pelas alças, olhando dela para mim.

— É uma gentileza enorme da sua parte, Stefano. O Enrico vai gostar.

— Do que é que eu vou gostar, *mamma*? — Ouço sua voz lá de dentro, aproximando-se ao perguntar. Enrico coloca a cabeça atrás da mãe e me vê, sorrindo em seguida. — Stefano!

— E aí, rapaz? Como você está? — Aceno para ele, que passa por ela e vem ao meu encontro, pegando na minha mão.

— Estou bem. E você? Andei provando mais uns sabores do seu *gelato*, sua irmã me chamou lá para provar.

Meu sorriso se abre ao saber que Enrico já anda frequentando a Ferri.

Eu gosto desse moleque.

— Fique à vontade para voltar sempre que quiser. É só pedir e eles vão te servir. Inclusive, vi vocês trabalhando duro lá na minha janela e trouxe um *gelato* para os dois.

— Que janela? — O garoto fica curioso.

— Da minha casa. — Mostro a ele o que mostrei à mãe.

— Você é nosso vizinho então?

Dou de ombros com as mãos nos bolsos da calça. Betina não tira os olhos de mim, observando minha interação com seu filho.

— Até eu voltar para a cidade onde eu moro, sim.

— Você gosta de videogame, Stefano? A minha mãe até tenta, mas coitada, ela é um verdadeiro desastre.

— Garoto! — Cerutti repreende o filho e eu dou uma gargalhada alta.

Enrico ri comigo, provocando a mãe.

Imagino que algumas coisas ele só fazia com o pai e que não ter mais essa figura deixe para Betina a difícil missão de ser alguém que antes ela não precisava ser.

— Eu tenho um PS 5, se um dia quiser perder para mim, o convite está feito.

— Olha só ele, *mamma*. — O menino ri de verdade. — Eu era o melhor entre os meus amigos de Florença. Acho que você vai perder feio para mim, Stefano.

— Pode me chamar de Tefo, é menos formal. — Observo Betina trocar o peso das pernas, ainda parada ao portão. — Vamos ver quem vai se dar melhor então — brinco.

— Eu posso jogar com ele um dia desses, mãe?

— Pode. Mas agora entre, precisamos terminar com a nossa bagunça — diz somente.

— Eu posso ajudá-los, Betina.

Antes que eu termine, ela fala:

— Não precisa.

Dou um passo para trás, porque sinto um pouco de agressividade em sua voz.

Ok.

— Uma ajuda não vai ser ruim, viu? Precisamos, sim. Está todo mundo com a tal moça hoje e minha mãe resolveu pintar alguns dos cômodos da casa. Seria bom ter alguém para ajudá-la.

Olho para ela, que está visivelmente irritada.

E linda. Porra!

Linda.

— É. Tina que organizou tudo. Levou a comuna inteira para lá. — Encaro Cerutti de novo, da forma mais amistosa possível. — É sério, Betina. Acabei de chegar de Sant'Antioco, estou com o resto do dia livre. Deixe que eu ajude. Assim vocês acabam mais rápido e tiram o resto do sábado para descansar.

Ela respira fundo e olha para o filho, que sai pegando minha mão e me arrastando para dentro. Dou uma risadinha baixa da sua cara, mas sigo o garoto.

Não posso evitar perceber quando meu corpo esbarra no seu ao passar pela fresta estreita que ela deixou ao segurar o portão. Meus olhos descem em direção ao seu rosto, que bate na altura do meu peito. Seu olhar sobe para me encarar e eu sinto exatamente o momento em que seus pulmões soltam de uma vez o ar, como se o estivesse prendendo.

Enrico me puxa com mais força e sou obrigado a quebrar esse contato dos nossos olhos, mesmo contra a minha vontade.

Não menti quando disse a ela que poderia me procurar para ajudá-la com o que fosse. Não faço ideia do que é criar um garoto nessa idade sem a ajuda do marido.

O quanto de coisa Betina tem sido obrigada a carregar nas costas desde que ficou viúva?

Ela me parece uma mulher que gosta de ter tudo sob seu controle e cuidar das suas coisas por si mesma, mas até as pessoas mais fortes precisam de ajuda em algum momento.

Precisam ser cuidadas.

Sou a melhor pessoa para isso? Provavelmente não.

Como diz Vincenzo, eu fui um verdadeiro pau no cu com ela, Betina não deveria nem me dar confiança, mas, já que tem dado pelo menos um pouco, vou aproveitar o que puder.

Ouço quando ela bate o portão atrás de nós.

Enrico fala bastante coisa comigo sobre videogame, mas estou mais interessado no que ela vai falar em seguida:

— Filho, guarde o *gelato* na geladeira, por favor! — Entrega a sacola na mão do garoto e o filho vai sem reclamar. Cruza os braços e me olha. — Me desculpe se pareci indelicada, mas detesto incomodar os outros. Você não precisa nos ajudar, de verdade.

Olho bem para ela e respondo com calma:

— Estou fazendo isso porque quero, Betina. E não é nenhum incômodo, juro. Apenas aceite a minha ajuda. Pintar tudo isso aqui não me parece uma tarefa fácil.

Observo a casa, é pequena, porém bem-arrumada. Ideal para dois moradores.

— E desculpe Enrico. — Ela tenta escapar com o olhar do meu quando termina de falar. — Acho que ele sente falta de uma presença masculina. Por mais que o meu pai tente, já não tem mais idade para as aventuras do neto.

— É compreensível. Ele é só um garoto. Se não te incomodar, meu convite para o videogame é de verdade.

Antes que ela responda, o garoto surge novamente, interrompendo nossa conversa.

Para que as coisas não voltem a ficar um pouco tensas, eu me adianto.

— E aí, por onde posso começar?

Enrico corre até um balde e pega um rolo de tinta, entregando na minha mão.

— Vocês podem começar pela sala, eu vou tirar mais coisas lá de dentro — diz a mim e à mãe, como se estivesse coordenando toda a reforma.

Nós dois nos olhamos e acabamos rindo, então eu digo a ele:

— Sim, senhor. Como desejar!

Betina está ao meu lado, em silêncio, enquanto subimos e descemos com o rolo sujo de tinta bege por toda a parede. Enrico ligou alguma música de fundo e acho que ela não percebe que está cantarolando.

E eu, o que percebi é que está ainda mais cheirosa hoje do que estava nas últimas duas vezes em que a vi. Percebi também que faz suas coisas de forma muito concentrada, assim como quando ensinava à Tina os deveres de casa.

— Você corta tomates com toda essa concentração aí também? — pergunto brincando e ela parece acordar de um transe, virando-se para mim.

— Como?

Rio e balanço a cabeça.

— Você estava em outro mundo — concluo, subindo o rolo até o encontro da parede com o teto e voltando pelo mesmo caminho.

Betina para um pouco o seu trabalho e fica me encarando, mordendo a bochecha. Paro devagar e presto atenção nela.

— É estranho ter alguém me ajudando. Alguém além da minha família, digo. Éramos sempre Marco, Enrico e eu. Coisas fora dessa configuração me deixam meio apreensiva, o que acaba sendo um pouco ridículo, já que meu marido nunca mais vai voltar.

Percebo o quanto de dor existe em suas palavras. Betina parece um pouco perdida.

— Faz quanto tempo exatamente? — Vejo até onde ela me permite chegar.

Coloco o rolo dentro da lata de tinta, apoiando a mão no cabo.

— Fará um ano em dois meses.

Quando não consegue me encarar, entendo o quanto ainda é difícil para ela falar sobre isso e não estou aqui para passar de qualquer limite.

— Foram muitos anos juntos. É normal que ainda não seja tranquilo para você.

— Eu realmente não quis ser grossa naquela hora, sabe, Stefano...

Ela faz uma inspiração profunda, mudando totalmente o assunto, e coça a cabeça bem debaixo da faixa que está ali, segurando sua franja.

Betina não quer me falar sobre o marido.

Ela finalmente me olha outra vez.

— Para mim, só é estranho pensar que, desde que voltei, toda hora nossos caminhos se cruzam. Não me leve a mal... É só que...

— Peço desculpas se pareci invasivo, não quis me intrometer em nada. Só me pareceu lá de cima que era muita coisa para uma mãe um pouco cansada e uma criança de doze anos.

Seu olhar de lado me escrutina, mas depois um sorriso bem singelo surge no canto da boca de Betina. Essa mesma que eu beijei por tantas e tantas vezes no meu quarto, às escondidas.

É tão errado o que estou pensando agora, mas nunca me esqueci da primeira vez que ela me chupou.

Essa boca grande não teve piedade de mim.

E para um primeiro boquete da vida, Betina Cerutti parecia saber exatamente o que fazer com um pau na boca. Ela me engoliu como se eu fosse sua fruta preferida e ainda deixou que eu gozasse em seu rosto inteiro.

A merda do meu pau mexe na cueca, duro feito pedra.

Ainda bem que ela continua olhando para o meu rosto, não para baixo.

— Está tudo bem. Foi gentil da sua parte. — Ela olha para o teto e completa: — Eu ia morrer de torcicolo se precisasse ficar olhando para esse teto tempo suficiente para pintá-lo da forma que precisava.

Fiz esse trabalho para ela com bastante facilidade. Ser alto tem lá muitas vantagens.

— Viu? Eu sabia que você precisava de um bom pintor de tetos, por isso apareci. — Pisco enquanto ela ri.

Ri mesmo. E eu fico perdido entre a merda do tesão que estou sentindo só por estar assim, a centímetros dela; uma felicidade meio esquisita que toma meu peito por consegui-la fazer sorrir.

Meu lado filho da puta imagina como Betina reagiria se o garoto não estivesse aqui e eu tentasse avançar algum sinal. Meu lado que tem juízo pensa que meu lado filho da puta é bem pior do que ele supunha, já que há segundos ela estava falando do marido morto para mim e eu estou aqui, com o cacete de pé pensando no seu boquete.

Que porra, Stefano Ferri!

— Obrigada... De verdade... — Sua voz suave faz todos os pensamentos impuros deixarem minha cabeça.

Sinto uma pontada atravessar o que acredito ser meu coração quando essas palavras saem da sua boca, porque sei que são genuínas.

Betina Cerutti está me agradecendo porque fiz uma coisa boa para ela, quando tudo o que eu fiz no passado foi ser um grande cretino de merda.

Quando tomo coragem para falar sobre o passado, Enrico surge pela porta com uma jarra de suco e dois copos.

— Vocês devem estar com sede!

Betina sorri para o filho e vai até ele, ajudá-lo.

— Acertou, meu amor.

Fico parado no lugar, olhando para os dois, e as palavras somem.

Não quero que Enrico saiba o que fiz com a sua mãe. O tipo de homem que seu pai foi para ela provavelmente é completamente diferente do que eu fui. Sei que o cara que eu era não diz sobre quem sou hoje, mas não quero desapontá-lo.

Por isso engulo as palavras e aceito o suco, envolvendo-me em uma conversa dos dois que não sei exatamente dizer sobre o que é, porque não consigo prestar atenção.

Não consigo explicar exatamente o que sinto quando vejo Betina, quando estou perto dela.

Convivo com várias mulheres do meu passado e até hoje não havia experimentado essa coisa meio estranha de querer estar tão perto como sinto com ela. Seria só pelo pedido de desculpas que ainda espero fazer? Ou seria curiosidade para saber cada detalhe sobre todos esses anos longe e que eu ainda não sei?

Ou seria porque ela continua atraente, linda além da conta, e tão cheia de camadas que eu adoraria desvendar uma por uma?

Porra! Eu não sei de verdade.

Não faço a mínima ideia, para ser sincero.

Mas acho que, pela primeira vez em todos os meus trinta e seis anos de vida, estou disposto a descobrir o que isso possa ser.

Capítulo 10

Betina

Já estou a umas duas horas estudando com detalhes todas as informações do testamento de Marco. Como única família viva, tudo ficou para mim e Enrico.

Minha sogra morreu há alguns anos e eram apenas os dois.

Faço algumas contas separando os valores para o que devem ser destinados. Poupança de Enrico para a natação e faculdade, outro valor para que ele possa investir na compra de um imóvel quando for a hora. Valor da venda de imóveis que tínhamos, carros, motos...

Paro por alguns segundos, olhando para todas essas letras e números, e abaixo a cabeça sobre a mesa, exausta. Tenho vontade de gritar.

Que mulher aos trinta e quatro anos quer se preocupar com o que fazer com o dinheiro do marido que morreu?

A campainha toca e eu me assusto. Ainda não é hora de Enrico voltar da natação e, além do mais, ele tem as chaves de casa.

Junto as anotações em um canto da mesa e vou até lá. Quando abro o portão, dou de cara com uma sorridente Chiara Milani.

— Não acredito que eu não tinha te visto até hoje, senhora Betina Cerutti!

Ela me abraça tão forte que tenho vontade de chorar.

Chiara, assim como o irmão, é uma das pessoas mais bondosas que já conheci na vida.

— Me perdoe por não ter avisado que ia voltar — eu me desculpo.

A verdade é que não avisei a ninguém sobre minha volta.

Chiara me solta e me olha de perto, sorrindo.

— Você não tem que pedir desculpas de nada, está bem? Estou feliz que esteja aqui!

— E eu estou feliz em te ver!

Abro mais o portão e convido Chiara para entrar.

Levo-a até a sala recém-pintada e nos sentamos no meu novo sofá, escolhido por meu filho.

— Eu queria ter vindo antes, mas a Milani me deixa maluca, e sábado fomos até o castelo da Cat, a nova moradora, para ajudá-la com alguns reparos...

— Eu soube! Meus pais também foram. Insisti que eles ajudassem, porque queriam de qualquer jeito ficar para me ajudar com a minha própria reforma. Ela precisava mais que eu, com certeza. Aquilo devia estar uma bagunça.

Chiara olha para os lados, olhando para a pintura fresca das paredes, e pergunta:

— Mas você e Enrico fizeram tudo isso, sozinhos? Você contratou alguém, não é?

Balanço a cabeça em negativa e suspiro.

— Não contratei ninguém e não fizemos sozinhos. Stefano Ferri apareceu para ajudar.

Os olhos da minha amiga esbugalham e tenho vontade de rir.

— Stefano Ferri? Sério isso?

— Mais sério do que qualquer coisa nesta vida.

Ela tomba a cabeça para o lado, analisando-me, e eu faço um sinal para que pare.

— Pelo amor de Deus, Chiara. Me dê algum crédito!

— Você tem todos os créditos comigo, imagina! — responde de imediato. — Minha cara não é para você. É para ele! O que Stefano quer, se oferecendo para pintar sua casa? Eu nem sabia que vocês agora tinham algum tipo de proximidade... Vocês se viram em Florença?

— Claro que não! — falo um pouco mais alto, em um misto de confusão e frustração. —Quando estava vindo para Carloforte, parei alguns dias em Cagliari, e adivinha com quem dei de cara? O próprio. Com tanta gente daqui para eu encontrar, foi justo Stefano quem cruzou o meu caminho.

— Cristo... — Ela ri em descrença. — Mas o que ele veio fazer aqui?

— Eu também gostaria de saber. De repente, Stefano está em todo lugar em que eu estou e, quando não é isso, aparece à porta da minha casa. Não tenho raiva dele, Chiara. Aquilo tudo aconteceu há quatorze anos. Também não guardo mágoa. Mas não tenho uma opinião formada sobre tê-lo perto o tempo todo. É estranho...

— Não é para menos. Eu amo Tefo como amo meu próprio irmão, mas, querida, ele foi nojento com você! E te deve no mínimo um pedido de desculpas por toda aquela palhaçada!

— Ele não me deve nada, Chiaretta — chamo-a pelo apelido. — O que aconteceu aquele dia ficou aqui, quando fui embora para Florença e conheci Marco. Eu não olho para trás nem desejo uma vida diferente da que tive.

— Mas como olha para o futuro? — A pergunta da irmã de Vince me pega desprevenida.

— Como assim?

Seu sorriso terno chega antes das palavras:

— Você voltou para "casa", amiga. Marco, agora, não está mais aqui.

— Decida sua opinião! Você está insinuando que eu deveria ter alguma coisa com Stefano Ferri, Chiara Milani?

Ela gargalha e até eu rio, porque isso me parece tão absurdo que é difícil até cogitar pensar em algo assim.

A verdade é que, independentemente de ser Stefano ou não, nunca consegui parar para pensar nisso.

A hipótese de colocar alguém no lugar de Marco me rasga a alma, mesmo que esse tenha sido um pedido dele, anos antes.

Em um dado momento de uma viagem que fizemos só nós dois para a Espanha, em dias que jamais me esquecerei, Marco me fez prometer que, se algum dia algo acontecesse a ele, eu me permitiria voltar a ser feliz com outra pessoa.

Segundo meu marido, a pessoa mais incrível de todo o planeta merece viver o amor por toda a sua vida.

Eu prometi naquele momento, pois ele insistiu, porque na minha cabeça era fácil viver o amor para sempre, eu estava com ele. Jamais imaginei que algum dia teria que pensar sobre isso de verdade.

— Sou sua amiga, Betina. Minha pergunta não é sobre Stefano, é sobre você mesma. Você voltou para um lugar onde alguém te machucou muito e, infelizmente ou não, vai precisar lidar com o fato de que ele pode estar por aí, o tempo todo. Sei que você está aí me dizendo que aquilo tudo não importa mais, mas ver Stefano o tempo inteiro traz memórias que talvez você não queira ter, não?

— Ele nem mora aqui. Vai embora para Olbia em breve!

— Nunca vi Stefano ficar tanto tempo em Carloforte como tem ficado por esses dias. E agora, com o que você está me dizendo, talvez eu tenha uma resposta sobre o motivo — conclui.

— Pare com isso, Chiaretta! Tina está doente. Ele está aqui para cuidar da irmã. — Tenho certeza de que é isso.

Não foi o próprio Stefano que disse a Enrico aqui em casa que em breve voltará para casa?

— Aham... — diz apenas e ri para mim. — Bem, podemos parar de falar do Tefo, não é? Vim saber de você. Está precisando de alguma coisa? Quais são os planos para daqui em diante? Posso fazer algo por você e Enrico? Me diga, amiga!

Ela pega em minhas mãos, deixando-me completamente atordoada com as coisas que acabou de falar.

Stefano não está em Carloforte por minha causa! Que coisa ridícula, Dio!

Ou está?

Stefano

— Seus exames chegaram — falo para Tina assim que a vejo sentada, estudando na sala da casa dos meus pais.

Seu olhar encontra o meu, ansioso.

— Por favor, diga que não estou morrendo!

Dou uma risada do seu exagero.

— Mesmo se estivesse, eu iria até o inferno para que isso não acontecesse.

Minha irmã me olha e faz aquela carinha debochada dela, mas tenta esconder que ficou tocada com as minhas palavras.

— Você é babaca muitas vezes, não é? Mas é tão fofo quando quer. Que raiva eu tenho de você, Stefano Ferri. — Tina se levanta e vem em minha direção, abraçando-me forte.

Agarro minha caçula entre os braços e beijo sua testa.

— É labirintite o que você tem. Pelo menos as suspeitas do doutor se confirmaram. Agora precisa seguir o tratamento à risca, por favor. Os dois já não têm mais idade para ficarem tão preocupados como estão.

Minha irmã respira fundo e concorda com um aceno.

— Prometo que vou tomar todos os remédios, seguir as orientações do médico. Não é só você que se preocupa com eles, Tefo.

— Isso mesmo. Me ajude a cuidar desses dois. — Bagunço seus cabelos do jeito que ela detesta e continuo: — Já pedi à farmácia que traga os remédios de que você precisa. Comece hoje ainda, me ouviu?

— Sim, senhor sargento. — Ajeita os cabelos me dando uns tapas e pergunta: — Quando você volta para Olbia?

Paro por alguns segundos e encaro minha irmã, estalando a língua entre os dentes.

— Resolvi estender um pouco mais minha temporada por Carloforte.

Tina aperta os olhos, mirando em minha direção, e coloca as duas mãos na cintura.

— Para quê? Você nem gosta de ficar muito aqui. — E os revira.

— Quero cuidar de perto da nova loja. — Tento encerrar o assunto.

— O *papà* pode muito bem fazer isso por você.

— Mas quero fazer eu mesmo.

Dou as costas para Tina indo em direção à porta para sair. Ela, mais que depressa, corre até mim e gruda no meu braço.

— Você não me engana, Stefano! O que está aprontando?

Paro no meio do caminho e a encaro.

— Não posso querer ficar perto da minha família? — Tina solta uma risada tão alta que me assusto. — Que risada foi essa?

— Para cima de mim, *fratello*[22]? Conte outra história. Você está é atrás da Betina.

Quando vou dizer alguma coisa, as palavras travam, ela dá pulinhos e ri, fazendo uma dancinha bem da feia.

— Garota, de onde você tirou uma merda dessas?

— Eu tenho meus informantes, Stefano. Você levou *gelato* na casa dela.

— Quem te disse isso? — questiono, com as mãos dentro dos bolsos da calça.

— Rita — solta o nome da minha atendente, aquela fofoqueira.

A verdade é que falei sobre Betina para a única pessoa que eu não deveria: minha irmã. Quando a encontrei na capital e, tempo depois, liguei para Tina querendo notícias suas, acabei falando que a encontrei junto com o filho.

A caçula dos Ferris me fez mil e uma perguntas e acho que, por eu ter respondido com certo entusiasmo, agora ela supõe que o motivo da minha permanência aqui seja Betina.

E, ok. É mesmo.

Que mal vai fazer? Eu consigo resolver tudo o que preciso daqui de Carloforte. Enquanto isso, tento pelo menos pedir desculpa da forma correta sobre o que aconteceu. Talvez ganhar um pouco mais da sua confiança.

Sei que ela está incomodada com a minha aproximação, mas talvez eu queira de alguma forma mostrar para Cerutti que sou um homem em quem ela pode confiar.

Tenho pensado em sexo com Betina? Porra! É a única coisa que penso todos os dias.

De repente, minha mente tem trazido flashes daquelas tardes como se elas estivessem acontecendo ali, naquele momento, e os detalhes me deixam a ponto de explodir. Se ela era deliciosa ainda àquela época, em que quase nada sabia sobre isso, imagino agora, uma mulher feita.

Só que eu sei que há vários *poréns* nessa história e eu não pretendo passar por cima de nenhum deles. Existe a dor de um marido que faleceu, existe um garoto que, querendo ou não, é o homem da vida de Betina agora.

---

[22] Em italiano, "irmão".

Eu realmente não sei o que estou de fato fazendo e onde pretendo chegar com isso, a única coisa que sei é que preciso tentar.

E eu nunca quis tentar antes na minha vida. Nunca.

Nunca quis provar para nenhuma mulher que sou um bom homem, alguém que tem princípios.

Alguém que vale a pena.

— Não pago meus funcionários para ficarem vigiando a minha vida, avise para Rita.

— Então é verdade! Você está babando porque ela é simplesmente maravilhosa, não é? — A garota nem consegue esconder o quanto está feliz.

— Ela sempre foi bonita, Tina. — Suspendo os ombros em um balanço que tento fazer desinteressado, mas ela me conhece.

— Não estrague tudo outra vez, Stefano. E, principalmente, não brinque com Betina. Se vai mesmo fazer o que eu acho que vai, a respeite.

— E o que você acha que eu vou fazer?

Volto a andar na direção do portão e ela não desgruda de mim.

— Você vai tentar conquistá-la.

Dou uma risada de lado e paro no portão, virando-me para minha irmã.

— Se fosse isso, você acha que eu teria alguma chance?

— Se for para colocar uma aliança no dedo dela e fazer tudo direito, eu espero que tenha, Stefano Ferri.

— Tenho cara de quem quer casar, Betina Ferri? Valha-me Deus! — provoco-a e bufo.

Ela faz uma careta para mim e completa:

— Então espero que você morra tentando um minuto de atenção sequer dela e que Betina te ignore completamente!

— Ouch! — Finjo que suas palavras doem em mim e imito a careta dela. — Tchau, caçula. Os remédios, ok? Estou de olho em você.

Abro o portão e vou para a rua.

Ela grita atrás de mim:

— Não faça merda! Não faça merda! Não faça merda! Quem está de olho em você, rei do *gelato*, sou eu!

Ando enquanto rio de suas palavras, respirando o ar puro de Carloforte.

Capítulo 11

Betina

Escuto quando Enrico desliga o telefone com algum dos seus amigos de Florença. Ele falou por cerca de meia hora de um jeito bem animado sobre como a cidade pequena da mãe é irada e que já fez bastante amizade na escola e na equipe de natação.

Confesso que, a cada dia que passa, vou ficando mais em paz em relação ao meu filho. Pensei que seria uma empolgação de começo, de ares novos, pessoas novas. Mas não. Esse menino realmente ama Carloforte.

— Pronto, *mamma*. Nós já podemos ir! — chama, animado.

Hoje o *Girotonno* começa e ele está enlouquecido pelo festival, porque meu pai não sabe falar sobre outra coisa desde que chegamos.

— Como estou? — pergunto a ele, mostrando o vestido branco e fresquinho que escolhi para usar.

Meu filho me olha com aquele sorriso gigante para me responder.

— Uma verdadeira gata! *Papà* adorava quando você usava esse vestido, eu me lembro.

— Ele gostava mesmo, filho!

Até porque, foi ele quem me deu. Segundo Marco, este vestido, com certeza, foi feito especialmente para mim. Dou uma risada quando lembro e meu filho percebe.

— É bom poder rir quando a gente pensa nele, não é, mãe? Percebi que tenho feito isso mais do que chorado.

Meu pequeno homem.

Meus lábios tremem um pouco e eu me sento na cama. Enrico para ao meu lado.

— Não queria te deixar triste — preocupa-se.

Mais do que depressa, tento lhe mostrar que não se trata disso.

— Não estou triste, meu bem, só me preocupo um pouco com você, com a ausência dele na sua vida.

Meu filho balança a cabeça, muito maduro, e pega minha mão.

— Está tudo bem, *mamma*. Às vezes eu choro escondido no quarto, à noite, sozinho, mas aí eu me lembro de que ele não ia gostar disso, então me esforço para pensar em alguma coisa engraçada que vivemos juntos. Aí começo a rir, e percebo que gosto realmente mais da parte em que eu rio do que a parte onde choro. *Papà* não gostava de tristeza. Não quero que me veja triste de onde está. Ele também ia querer te ver feliz.

— Sei disso, querido. — Beijo seus cabelos e o abraço de lado. — Toda vez que a tristeza tenta me pegar, eu faço o mesmo que você faz. Os momentos alegres sempre são melhores.

— É isso aí! — Aquele seu sorriso que ilumina meus dias me abraça.

— Bem, agora vamos. Você precisa conhecer o *Girotonno*!

Meu filho pula da cama feito um raio.

— Já combinei de me encontrar com o pessoal da natação por lá! Vou só colocar meus tênis, já te encontro na sala.

Rio da sua afobação e fico de pé também, pegando minha bolsa e saindo para aguardá-lo.

Quando chegamos à casa dos meus pais, encontro uma *nonna* Giulia bem animada! Minha mãe a ajudou a colocar seu vestido preferido, que eu mandei de Florença especialmente para ela, e então ela me olha e diz:

— Já estou pronta, *bambina* Betina. A que horas nós vamos?

Esses são alguns dos raros momentos em que ela se recorda de mim e eu os tenho aproveitado como se fossem os últimos!

— Então vamos, *nonna*, agora. Enrico e eu viemos buscar vocês.

— Me dê somente um minuto, querida. Já termino por aqui! — minha mãe grita do seu quarto.

Enrico e minha avó engatam em um papo engraçado e eu fico de pé, apenas assistindo aos dois.

Quando minha mãe por fim está pronta, saímos todos para as ruas de Carloforte.

A cidade está completamente lotada há alguns dias e agora, com o festival acontecendo nas ruas, quase não há espaço para andar.

Senti falta disso!

Acabo encontrando muita gente pelo meio do caminho que ainda não tinha visto desde a minha chegada.

O cheiro delicioso dos pratos feitos com atum invade meus sentidos. As inúmeras barracas, a música alta vinda do palco, as brincadeiras para as crianças, tudo isso me faz entrar em um *looping* de nostalgia que faz cócegas na minha alma.

— Que sorriso bonito, querida! — Mamãe me acorda dos meus pensamentos, encarando-me, feliz. — Acho que é um dos sorrisos mais sinceros que vi em você desde que chegou aqui.

— É, não é? — Dou uma risada realmente alta. Gostosa. Do fundo do meu coração. — Só agora, aqui, estou me dando conta do quanto gosto disso tudo, mãe! O quanto amo estar aqui, junto de vocês, no lugar em que nasci.

Ela me abraça de lado e diz:

— Então aproveite, meu amor!

— Betina! — alguém grita por mim antes que eu responda a minha mãe. Olho para trás e vejo uma sorridente Tina vindo ao meu encontro. Abraço a caçula dos Ferris. — Você precisa me contar o segredo de ser bonita desse jeito!

Minha mãe e eu rimos, e ela se despede de nós, andando atrás de Enrico e *nonna*, que já sumiram na nossa frente.

— *Ciao*, Tina!

— *Ciao*, Lucia! — Acena para minha mãe e depois gruda no meu braço.

— De onde você tira essas coisas, garota?

— Eu? — Aponta para o próprio peito, depois para a multidão. — Eu e a cidade inteira, não é? A única coisa que se ouve por aqui: que você está deslumbrante, e sobre a Cat também, a nova moradora do castelo!

— Vocês são completos exagerados! — Empurro-a de brincadeira com o ombro.

A verdade é que isso faz um bem danado para o ego. Que mãe de um pré-adolescente não se sentiria bem com um elogio desses? Às vezes, sinto-me uma verdadeira velha!

— Nada disso. É a mais pura verdade. — Tina sai me arrastando pelo meio das pessoas e vamos olhando as coisas, aqui e ali, que acontecem ao nosso redor. Pelo caminho, vamos comprando um prato e outro, experimentando as iguarias deste ano. Vejo meu pai, sempre apoiador do evento, andando entre as pessoas e ajudando os expositores. — Encontrei as garotas! Vem, quero te apresentar Caterine.

Tina e eu vamos por onde ela me guia e, de longe, meu olhar tromba com o dele.

Stefano.

Ele está ao lado de alguém que eu queria muito encontrar desde que cheguei, mas ainda não tive oportunidade. Vincenzo Milani.

Stefano me encara e dá um meio-sorriso, acenando devagar com uma das mãos. Ele está todo despojado, feito aquele dia na minha casa. Alto, moreno, os cabelos totalmente alinhados.

Bonito feito o diabo. E tão perigoso quanto, também!

Sorrio em resposta e tento desviar o olhar, mas, por algum motivo, não consigo. E eu gostaria de saber por que meu coração está disparado assim.

As palavras de Chiara não saem da minha cabeça.

Ferri ainda está na cidade por minha causa?

Isso é tão, tão absurdo. E, de tão absurdo, fico me questionando se teria um pouco de verdade nisso.

Não sei se a irmã dele percebe, mas vejo que ela está parada, deixando que nós dois tenhamos este momento que eu nem sei dizer o que é.

Quando olho para Tina, ela me dá um sorriso todo bobinho e me puxa outra vez, parando na frente de uma jovem de cabelos claros.

— Cat, quero te apresentar uma pessoa muito especial para mim. Essa é Betina Cerutti. Ela era minha professora de reforço quando eu era pequena, voltou agora para a comuna, ficou anos fora. Betina, essa é a Caterine Izzo, nossa nova moradora!

— É um prazer te conhecer, Caterine. Todo mundo é só elogios para você. — Pego em sua mão e ela me devolve um sorriso lindo.

— O prazer é todo meu, Betina!

Seu italiano é perfeito! Como pode?

— Ela é chef de cozinha, Cat — Tina fala à brasileira. — Acho que deveriam conversar depois. Você não está precisando de alguém para a cozinha de buffet?

— É sério? — Caterine olha na minha direção, curiosa.

— Eu morava em Florença. Era chef em um restaurante local. Acabei de perder meu marido, enfim... — Não quero entrar nos detalhes disso agora, então dou um sorriso e continuo: — Acabei voltando às origens. Ainda não havia pensado sobre a parte profissional, mas, se precisar de ajuda com alguma coisa, podemos conversar.

A verdade é que, financeiramente, eu não precisaria.

Marco acumulou muito dinheiro todo esse tempo. Era arquiteto de empresas importantíssimas, inclusive de celebridades de toda a Itália e outros países europeus. De alguma forma, meu marido construiu sua pequena fortuna.

Comigo não foi diferente.

Ter renome no meio gastronômico me rendeu mais dinheiro do que eu supunha um dia ganhar com isso.

Mas confesso que não trabalhar está me deixando um pouco frustrada.

É o que eu amo fazer! Emocionar as pessoas através da comida.

Eu gosto de criar, de combinar sabores, de arrancar um suspiro aqui e outro ali quando meus pratos são degustados.

— Betina, sinto muito pelo seu marido — a moça diz.

— Está tudo bem, Caterine. Agradeço seu gesto. Foi uma fatalidade... — Hoje, em um dia tão alegre, realmente não quero falar da morte de Marco.

— Olha, eu vou amar se você quiser bater esse papo comigo! Agora que consegui deixar o castelo pelo menos em ordem com a ajuda carinhosa de todo mundo, preciso passar para os próximos passos. Se estiver disponível um dia desses, eu te conto sobre minha trajetória no Brasil, meus planos para o castelo e, quem sabe, a gente consiga se ajudar?

— Vai ser um prazer, querida! Pegue meu telefone.

Será que não é disso que estou precisando?

Talvez voltar a colocar a mão na massa seja somente o que falta para as coisas voltarem a parecer mais normais para mim.

Digo meu telefone e ela também me informa o seu.

Quando levanto os olhos, dou de cara com Stefano e Enrico juntos, em uma das barraquinhas. Os dois conversam e riem.

De alguma forma, sinto-me incomodada com isso. Então, apresso-me em dizer:

— Meninas, preciso ir. Não sei onde está o levado do Enrico — minto, sabendo exatamente onde meu garoto está.

— É o filho dela — Tina explica e não percebe que o irmão está com meu menino alguns metros para trás.

— Bem, eu te aguardo então! — Caterine completa e eu digo que em breve nos falaremos.

Afasto-me calmamente, andando entre os milhares de pessoas que tomam Carloforte, sabendo muito bem qual é o meu destino.

Capítulo 12

Stefano

Fico um tempo na *gelateria* ajudando com o movimento intenso de gente que espera para ser atendida.

Na época do *Girotonno*, nosso festival de atum, preciso dobrar a produção e quase sempre não dá para todos os quatro dias.

— Bom *gelato*, senhorita! — Entrego a sobremesa para a moça, que me agradece com um belo sorriso.

Chamo o próximo.

— O que você me sugere? — pergunta.

— Bem, sou suspeito. Eu gosto de todos os sabores. Mas, se você for um homem que não tem problemas em experimentar coisas diferentes, sugiro hoje dar uma chance ao manjericão com gengibre.

Ele me olha, desconfiado, e eu rio, porque sempre é assim. Mas, quando provam, sempre voltam querendo mais.

— Não sei quem foi que inventou isso, mas vou dar um voto de confiança.

— Fui eu mesmo, junto ao meu *nonno*. — Pego um pouco na pá e entrego ao senhor, que fica admirado quando digo quem sou.

Ele prova e em segundos a cara de satisfação está ali.

— Como vocês chegaram à conclusão de que manjericão e gengibre juntos poderiam ser bons em um *gelato*? — A sua cara confusa é de admiração ao mesmo tempo.

Nonno e eu tínhamos tempo e criatividade o suficiente para sair experimentando as coisas mais doidas que imaginávamos. Algumas eram horríveis, outras eram muito melhores do que nós dois supúnhamos.

— Quase ninguém sabe, mas são sabores que se complementam. — E assim, ele escolhe levar o tamanho grande.

Despeço-me dos atendentes e vou em direção à casa de Vince. Combinamos de irmos juntos para o meio do festival.

Assim que me aproximo do seu portão, do outro lado da praça, Gabi e ele saem.

— Será que há alguém aqui com saudade do dindo?

Eu me abaixo para ficar da sua altura, e minha afilhada pula nos meus braços.

— Eu estou! — diz bem animada. — Dindo, por acaso você é dindo de outra pessoa também?

Há um pouco de ciúme em sua pergunta e eu gargalho, fazendo cócegas nela.

— Não sou, mas, o dia em que seu pai fizer um irmãozinho para você, com certeza serei dindo dele também, é, ou não, velhote?

Provoco Milani, que me olha puto da vida.

É tão fácil tirá-lo do sério.

— Você vai ter outro filho, *papà*?

— É claro que não, girasole. Tio Tefo fala muita bobagem às vezes. Não leve a sério.

Continuo rindo da sua cara de panaca enquanto fico de pé e vamos andando entre as pessoas. Aproveito e puxo o assunto com ele:

— Não te contei, mas meu time de marketing já colocou no ar nossa proposta de franquias. Já recebemos vinte e sete pedidos de análise.

— Em quanto tempo isso? — Vincenzo fica curioso.

Contei para ele que estávamos estudando o mercado para entender qual seria o comportamento, e chegamos à conclusão de que estava completamente favorável.

— Em vinte e quatro horas!

Nem eu acreditei quando me contaram. Sempre tive noção e consciência do que a Ferri hoje representa para a Sardenha, mas ver os números assim, na minha frente, foi uma coisa insana.

— Se todos fossem aprovados, inicialmente estaríamos falando em cerca de...

— Seis milhões, setecentos e cinquenta mil euros. — Por mês, a mais, nos lucros da Ferri.

Paramos com Gabi por alguns minutos, já que ela pede para ver uma apresentação circense.

— Você vai muito longe, meu irmão, e tudo por seu mérito. Você me inspira. — Vince me olha daquele jeito meio orgulhoso, coisa de irmão mais velho, e eu agradeço com um aceno.

— Que bom é poder te dizer o mesmo, meu caro. Tem muito de Vincenzo Milani em Stefano Ferri. — Cruzo os braços e olho para frente, dando de cara com minha irmã e sua turma. Com ela, a nova garota, a brasileira de Milani. — E aí, que dia você vai parar de agir feito um *stronzo* e pedir desculpas para a garota pelas suas grosserias?

— Cat! — minha afilhada chama por ela e sai correndo no meio da multidão.

— Ihhhhh, pelo visto até a sua filha já está caidinha pela loirinha, hein, Milani? — Cutuco Vince, que faz cara de poucos amigos.

— Você acha que essa aventura vai durar por quanto tempo, Ferri? Uma garota nova assim, sozinha em uma ilha, querendo tocar um negócio do zero... Quais as chances de ela dar um surto e ir embora?

— E se der, o que você tem a ver com isso? — questiono o idiota. Vincenzo está tentando de todas as formas encontrar um motivo para não se arriscar. — Eu já te disse que não precisa se casar com ninguém, Vince. Apenas se divertir está de bom tamanho. Já que tem tanta certeza de que a garota vai pegar as coisas dela e dar o fora daqui, aproveite logo então.

— Não vou fazer isso. Minha mãe e Chiara já estão apaixonadas por ela. Se esse povo de Carloforte ficar sabendo que ando passeando pela cama da forasteira, vai virar uma história com a qual não estou disposto a perder tempo resolvendo. Também não a quero perto de Gabi assim.

— Por que não?

— Não quero que a minha filha sofra quando ela for embora.

Milani, então, acha que a menina vai dar no pé feito a maluca da ex-esposa dele.

Pelo amor de Deus!

— É por isso então? Por Gabi? Você acha que vai levar um chá quando comê-la, vai ficar de quatro pela garota, mais do que já está, e, quando Gabi estiver apegada, ela vai pegar as coisas dela e partiu Brasil?

— Que chá, Stefano? Que porra você está falando?

— Vamos fazer uma aposta, Milani? — Não consigo evitar quando meu sorriso se abre. Que delícia vai ser ganhar isso de Vincenzo Milani, caralho. — Eu aposto que em trinta dias você vai ter se deitado com a garota. Você não vai resistir!

Ele me olha com desprezo e bufa.

— Isso não vai acontecer, Ferri. Acredite em mim. Não vou tocar em um fio de cabelo dela.

— Trinta dias. — Estico a mão em sua direção para selarmos um acordo. — Se você ganhar, eu te dou uma das minhas franquias. Se eu ganhar, você vai comprar uma delas.

O pilantra ri na minha cara como se eu fosse mesmo me ferrar nessa. Como Vincenzo é ingênuo.

— Prepare-se para perder, Stefano.

Pisco em sua direção e afirmo:

— Nunca estive tão pronto na vida para ganhar, Vincenzo.

Depois de presenciar uma interação entre esses dois, onde só eles não veem que um é o fogo e o outro é a gasolina, Vince precisa se ausentar para ir até o palco fazer seu discurso de patrocinador master do *Girotonno*.

Antes que ele saia, um corpo magro e bronzeado dentro dum vestido branco, ao lado da minha irmã, recebe toda a minha atenção. Fico vendo de longe Betina caminhando como uma fada sorridente no meio da multidão.

A droga do meu coração acelera na hora e eu torço por alguns segundos que ela coloque os cabelos atrás da orelha como sempre.

E ela o faz.

Sem ao menos perceber que estou aqui, fascinado pelo movimento dos seus dedos e pelo sorriso que surge logo depois.

Quando seus olhos finalmente encontram os meus, fico hipnotizado. Suas grandes íris verdes estão brilhando e ela sorri de volta quando aceno devagar. Vince me pergunta:

— Para quem você está acenando?

— Cerutti.

Ele olha bem na direção dela, que já se virou com Tina e foi para perto de Caterine e as outras garotas.

— E esse sorriso de idiota aí é por isso então? E você aqui cagando na minha cabeça, falando que eu é que estou caidinho pela Caterine. — Ele estala a língua em um gesto de deboche.

—Talvez eu esteja pela Betina, e daí?

— Você está admitindo mesmo isso para mim, ou está brincando com a minha cara? — Arqueia a sobrancelha.

— Estou admitindo que a volta dela mexeu comigo.

— Mas isso não é um segredo, Stefano. É seu único assunto agora. — Ele olha no relógio, conferindo o tempo para ir até o palco.

— Ok, vou melhorar minha resposta: a volta dela mexeu comigo a ponto de eu querer entender o que é que isso significa.

Vincenzo olha bem para mim e segura o riso.

— Eu poderia te falar o que acho sobre isso, mas não vou fazê-lo. Só vou te dizer mais uma vez o que falei nesses últimos dias: cuidado. Não vá repetir as babaquices que fez no passado. Sei que hoje você é um homem feito, que tem mais juízo na cabeça, enfim...

Ele começa a se afastar em direção ao palco, mas completa:

— Betina é uma boa pessoa, Stefano, não deve ser fácil fazer o que ela está fazendo neste momento. Cuidar de um filho, sozinha, e olha que eu tenho propriedade para falar sobre isso — diz pensando em Gabi. — Voltar para uma cidade como Carloforte depois de ser tão bem-sucedida como foi em Florença... Se realmente está disposto a isso, tenha ciência de que não tem margem para erros. Seja o homem que não foi quando teve a oportunidade.

Ele acena com um toque do indicador na testa e sai, sendo cumprimentado pelas autoridades da cidade que o aguardam para suas palavras.

Vincenzo sabe que tem a liberdade de me dizer o que bem entender. Com a gente as palavras não têm meio-termo, sempre foi assim. E eu sou grato por ter alguém como ele ao meu lado.

Milani está coberto de razão. Não posso supor que quero algo a mais com Betina Cerutti, só posso fazer isso se tiver certeza. O negócio é que a minha única certeza diante disso tudo é que sinto que preciso arrumar as coisas entre nós. Sei que toda sua postura é sobre não se importar com o que fiz, mas dentro de mim está tudo errado. Meu pedido de desculpas precisa ser feito e só a partir dele é que vou saber o quanto tenho de chances para tentar adentrar o terreno emocional de Betina.

Queria mais tempo com ela. Conversar, saber da sua vida durante todo esse tempo. Saber do marido, da relação deles, da sua vida profissional, de tudo!

Quero descobrir quem é essa nova Betina que tem tomado tanto tempo dentro da minha mente. Tenho certeza de que não há muito mais da inocente garota que levei para a cama tantos anos atrás.

Respiro fundo e olho para os lados, à procura dos meus pais, mas quem encontro sozinho e se divertindo na barraca de pescaria é Enrico. É quase automático que meus pés me levem até o garoto de Betina.

— E aí, Enrico?

Ele está concentrado com sua varinha, tentando pescar um atum de plástico no meio da areia onde os peixinhos estão enterrados. Quando ouve a minha voz, me olha e sorri.

— Ei, Stefano! Bom te ver.

Batemos na mão um do outro desse jeito que os adolescentes costumam se cumprimentar.

— Pelo visto você está seguindo a tradição do seu avô — brinco sobre o atum de mentira e ele gargalha.

— Ah, acho que não levo jeito para a pesca, não. Mas confesso que gosto de sair com ele nos barcos às vezes. Meu negócio mesmo é nadar. Um dia, eu vou competir nas Olimpíadas.

O garoto diz com muita naturalidade. O engraçado é que consigo me ver nele, quando eu dizia para os quatro ventos de Carloforte que um dia seria um homem rico. Enrico tem certeza de que será um nadador olímpico.

— Que bom, cara! Faço questão de estar na arquibancada assistindo quando você for ouro, então. — Bato devagar no seu ombro e ele ri largamente, enquanto tenta encaixar o anzol na argola.

Peço ao cara da barraca outra varinha e começo a brincar com ele.

Quando garoto, eu também amava nadar. Na verdade, participei de várias competições por Carloforte. Com o tempo, a responsabilidade de tocar o negócio da família falou mais alto e eu larguei a pequena carreira de atleta de lado.

— Eu prometi ao meu pai — solta, sem deixar de focar no seu objetivo.

Sinto o peso das suas palavras.

Ele só tem doze anos. É um menino. Mas, ainda assim, sabe a importância de uma promessa feita. E sei que, muito mais do que por ele, Enrico um dia será conhecido pelo mundo, pois prometeu ao homem que mais amava na vida que chegaria lá.

Foi assim que fiz com meu avô, quando disse que transformaria o nome Ferri em um dos mais importantes da Sardenha.

— Tenho certeza de que ele tem muito orgulho de você, lá do lugar maneiro onde ele deve estar agora.

— Sei disso. — Suas palavras soam naturais e muito convictas.

Que carinha especial Betina Cerutti colocou no mundo!

— Ei, Stefano.

Ouço sua voz chegar até mim, mas o que me alcança antes mesmo é seu cheiro delicioso, um cheiro que me parece inocente, misturado com o próprio aroma de Betina, de mulher.

Como vou conseguir disfarçar perto do menino o quanto a presença de sua mãe tem mexido comigo?

— Ei, Cerutti. — Viro-me e encontro seu olhar no momento em que ela coloca as duas mãos nos ombros do filho, olhando para nossa tentativa de pesca desastrosa. — Enrico e eu chegamos à conclusão de que pescaria de atum é coisa para o seu pai mesmo.

Ela ri e balança a cabeça.

— Vocês estão apanhando de peixinhos de plástico?

— Ah, mãe. Então pesque você. Quero ver!

— Ok. — Ela pega a varinha da mão do garoto.

Cerutti se espreme na grade que separa a gente da piscina de areia e fica na ponta dos pés. Paro minha tentativa só para ficar admirando a mãe de Enrico disputando com o filho quem é que consegue pescar um peixe de plástico.

Ela não percebe, mas está tão concentrada que coloca a ponta da língua para fora, de lado, e morde, como fazia no dia da pintura. Enrico só consegue olhar para o anzol, e eu só consigo pensar em como gostaria de morder eu mesmo essa língua.

Cerutti joga o corpo um pouco mais para frente e sobe uma das pernas, ficando em uma posição muito engraçada. E, de repente, está lá!

— Pesquei! — ela grita e começa a dar pulinhos.

Enrico ri da mãe e eu também. Betina balança um dos braços para cima, entregando o peixinho na mão do moço da barraca.

— Pelo visto a senhora só não é boa mesmo com o videogame — o garoto debocha e a mãe pega o brinde que recebe pela pesca.

É um chapéu de rabo de atum.

Ela tira do plástico e o encaixa na cabeça do filho, que ri muito.

Eu gosto de assistir aos dois assim. Betina e Enrico parecem muito mais que mãe e filho, os dois parecem almas gêmeas.

Tenho a sensação de que eles não poderiam ter vindo à Terra sem pertencerem um ao outro.

— Sinto muito se não sou tão perfeita a ponto de não entender nada daqueles joguinhos que você acha o máximo. De resto, eu dou para o gasto — completa sorrindo, depois olha para mim, tentando suprimir o sorriso. — Achei que você ia voltar para Olbia.

Simplesmente direta.

Largo a varinha e me viro para ela.

— Estou alugando outra loja, do outro lado da ilha. Vou cuidar pessoalmente de tudo até que esteja funcionando.

— Hum, entendi. — Sua voz é um pouco desconfiada, mas ela não tira os olhos de mim. Deveria ser errado o modo como isso me deixa tão bagunçado por dentro. — Tina me contou da labirintite. Que bom que ela não está com nada grave.

Respiro fundo e faço que sim com a cabeça.

— Essa menina ainda vai ser o motivo de todos os meus cabelos brancos, eu tenho certeza. Quando penso em algo de ruim acontecendo com ela, eu sinto como se alguém estivesse me espancando.

Betina abre o sorriso de novo e fala:

— Que bonito isso, Ferri. Existe um coração aí dentro então!

E está bem aí, no meio dessas palavras despretensiosas.

Ela pode agir como se tivesse me perdoado, mas não esqueceu.

— Betina... — Acho que não tenho mais como escapar. Com Enrico ou não, já passou da hora de eu dizer o que guardo por todos esses anos. — Sei que não fui um cara...

— Mãe! — Enrico, que estava entretido vendo as outras pessoas tentarem pescar seus peixes, volta. — Vai começar o show. Podemos ir para frente do palco? Por favor! Combinei com o pessoal por lá.

Betina olha para mim e revira os olhos, rindo em seguida:

— Meu filho já tem o seu pessoal em Carloforte.

Acho que ela nem se deu conta do que eu estava prestes a dizer.

Engulo as palavras de volta e rio do seu comentário sobre Enrico.

— Você vem com a gente, Stefano? — ele me convida.

Olho para sua mãe, que está me olhando também, e ela solta:

— Vamos lá.

— Claro! Vamos.

Vince está terminando o seu discurso enquanto andamos os três na direção do palco. Em seguida, a banda convidada para tocar se ajeita para começar o show.

Olho vez ou outra na sua direção e Betina segue agarrada ao filho, furando espaço entre a multidão. Em dado momento, eles vão e eu fico alguns passos para trás, mas acho que sem perceber Betina rapidamente estende a mão e procura pela minha.

Agarro seus dedos finos com força. Ela se vira para trás e olha diretamente para mim, enquanto um meio-sorriso surge no meu rosto.

Sinto o calor que vem da sua palma e ele parece se alastrar pelas veias do meu corpo. Enquanto não somos ninguém dentre tantas pessoas e essa multidão não faz ideia do quanto fiz mal para essa mulher, fico me lembrando de todas as vezes que ela confiou em mim. Que Betina me entregava seu corpo, seus gemidos, seus suspiros e seus orgasmos. De todas as vezes que ela gritava meu nome baixinho, para ninguém nos ouvir no meu quarto.

De repente, nossa conexão é quebrada quando ela encontra minha irmã, meus pais, as amigas de Tina e mais um tanto de gente que conhecemos. Acordo do transe enquanto sou cumprimentado por uma quantidade enorme de pessoas.

Tina me olha de lado porque, com certeza, não perdeu o que estava acontecendo aqui.

O som da música ganha nossos ouvidos, então os espectadores do show ficam enlouquecidos quando eles escolhem *Sarà Perché Ti Amo* para iniciarem a apresentação.

— *Che confusione, sarà perché ti amo?* — todo mundo canta ao mesmo tempo e eu solto uma risada ao ver Tina muito empolgada com a música.

— A gente precisa fazer um trenzinho! — diz, formando sua própria fila. Coloca Caterine com Gabi no meio, meus pais, puxa Antonella, e depois Enrico, com a mãe atrás. E então grita para mim. — Agarre em Betina e venha logo, Stefano!

Cerutti entra na dança sem ouvir o que minha irmã disse, e eu simplesmente agarro sua cintura e vou. Alguém também está atrás de mim, mas não faço ideia de quem seja. Só me interessa quem entra na minha frente.

Sinto o corpo de Betina se contorcer ao sentir minhas mãos nele. Ela arfa devagar e, de lado, posso ver seus lábios ligeiramente abertos. Dio, isto não está me ajudando, Betina!

Aperto devagar a cintura, brincando com os meus dedos ali. As pessoas cantam alto à nossa volta, uma verdadeira festa italiana como todos nós gostamos.

Quando dou por mim, encosto a boca ao seu ouvido e sussurro:

— Me perdoe, Betina.

Sua boca solta um barulho baixo, mas eu consigo ouvir.

É mais uma espécie de gemido.

Eu fico tão duro que não faço ideia de como vou sair de trás dela quando isso tudo acabar.

— Pelo quê, Ferri? — ela murmura, mal conseguindo formar as palavras.

Pelo visto, não sou o único afetado aqui.

O cheiro que vem do seu cabelo e da sua pele está me deixando completamente maluco. Sinto a saliva se formando na minha boca de vontade de lambê-la, sentir seu gosto e ter certeza de que continua tão bom quanto era antes. Sinto vontade de subir as mãos, agarrar seus pequenos seios redondos e forçar seu quadril de encontro ao meu pau.

Só de imaginar, sinto meu cacete pulsar.

— Você sabe, Cerutti.

Ela respira com dificuldade enquanto rodamos atrás de todo mundo, mas não diz mais nada.

— *E vola vola con me e stammi più vicino. E se l'amore non c'e, ma dimmi dove siamo. Che confusione, sarà perché ti amo?*

Rodamos pela frente do palco inteiro, e no fim da música todo mundo se solta, começando a bater palmas. Betina se vira na minha direção, atordoada.

Cerutti não é criança, e olha para minha bermuda, que me entrega pelo volume.

Bato palmas junto com todo mundo, olhando dentro dos olhos dela, que inicia as suas próprias de um jeito errado, confuso.

Diga que me perdoa, Betina.

— Eu já volto, fique aqui — dirige-se ao filho e sai andando, sem me dizer sequer mais uma palavra.

Capítulo 13

Betina

Caterine chamou a mim e Tina em seu castelo esta tarde. Pelo horário, estarei de volta em casa quando Enrico sair da natação, ou quem sabe eu passe lá para buscar meu menino? Acho que ele vai gostar da surpresa!

Este lugar já tinha sido tantas coisas enquanto eu ainda morava aqui, mas acabava que nada dava muito certo. Eu me lembro de quando ele entrou para o programa de leilões do governo. E, pelo que estou vendo, Caterine e a comuna conseguiram dar um jeito em tudo.

— Então, meninas, é isso!

Cat acaba de nos convidar para sermos a sua chef de cozinha e assistente pessoal do seu buffet. Ela me contou um pouco do seu trabalho no Brasil e como pretendia seguir com ele aqui na Itália.

Tina nem consegue disfarçar toda a sua felicidade.

— Claro que eu aceito ser sua assistente, Cat! É claro que sim!

Ela pula em cima da brasileira, gritando, e a gente começa a rir.

Eu amo essa garota. Já disse isso, não é?

— Não é o melhor salário do mundo, pelo menos até eu conseguir realmente fazer a empresa funcionar. Mas acho que vai ser ótimo para você aprender várias coisas.

— Qualquer coisa que não seja trabalhar com Stefano. *Dio mio*. Como chefe, meu irmão é um porre. — Tina revira os olhos e eu dou meu melhor sorriso sem graça.

O que foi aquilo que aconteceu no *Girotonno*?

Por alguns segundos, a Betina jovem reapareceu, como se fosse uma entidade dentro de mim.

Eu reconheci o toque.

Senti a respiração cadente que soprou perto da minha nuca e depois da minha orelha. O cheiro delicioso, aquele que eu amava manter nas minhas roupas.

O cheiro dele.

Em seguida, veio a voz. Rouca, cheia de desejo, de vontade.

Eu me senti como nas tardes em que me perdia nos seus braços.

Stefano Ferri está tentando se aproximar de mim e eu não sei até onde isso pode ser saudável.

Eu só tive dois homens em toda a minha vida. Stefano e Marco.

Não consigo compará-los, e nem vou, pois ambos foram completamente diferentes, de um jeito muito, muito bom.

Stefano me ensinou tudo o que eu não sabia sobre sexo. Marco me deu liberdade de ser a mulher que eu gostaria numa cama.

E eu fui, por todos esses anos juntos.

O sexo com meu marido era formidável. A gente nunca se cansava um do outro, nem nos limitamos às coisas comuns. Sempre dávamos um jeito de descobrir novas formas de prazer que movimentassem a nossa relação.

A aproximação de Stefano vem justamente em um momento em que a falta disso tudo tem mexido muito comigo. Algumas noites, meu corpo implora por um toque, por afago, por explosão. E, quando penso nisso, somente os dois me vêm à cabeça.

Eu não soube como agir.

Não confio em Stefano Ferri. E, por mais que ele pareça ser um homem diferente agora, não estou disposta a arriscar tudo que me tornei por um capricho de revisitar um passado que para ele pode ter sido muito bom, mas que para mim tornou-se traumático.

Por isso eu esperei até que ele saísse do meio da multidão e fosse embora para voltar e buscar Enrico.

Não tenho uma resposta pronta para o que ele me pediu. Não sei se posso lhe dizer que o perdoo, pois talvez isso sinalize para Ferri que estou livre para suas investidas.

— E você, Betina, sei que está acostumada ao glamour dos restaurantes famosos de Florença, mas prometo que vou fazer isso dar certo, e ser uma cozinha à sua altura. — Acordo dos pensamentos ao ouvir a voz de Cat me chamando.

— Caterine, pare com isso! Você está me dando um emprego, tem ideia? Voltei para cá sem saber o que ia fazer, e agora eu já tenho até uma cozinha para chamar de minha! — devolvo, animada.

Desde nossa conversa, naquele dia, venho pensando muito sobre isso. Conversei com meu pai e minha mãe, ambos me incentivaram muito a aceitar a oferta.

Enrico foi o mais animado de todos com a possibilidade, e não vejo a hora de retornar para casa, contar a ele que vou voltar a cozinhar.

Caterine Izzo vai até a cozinha e volta com um espumante e três taças. Ela estoura a rolha da garrafa e nos serve.

— Obrigada, meninas, por toparem essa loucura comigo! Sou uma chefe legal, eu prometo. Mas, acima de chefe, sou amiga. Quero que sejamos amigas antes de qualquer coisa. Obrigada por me acolherem tão bem. Noto toda a emoção na sua voz. Ainda não sei ao certo o que há entre ela e Vincenzo, mas os dois protagonizaram uma cena e tanto alguns dias atrás, bem na feira do *lungomare*, e a comuna não sabe falar de outra coisa! Para mim, talvez Francesca se torne totalmente passado mais rápido do que o irmão de Chiaretta espera! — Ser descendente de italianos é completamente diferente de viver profundamente na cultura. Tudo para mim ainda é novo e vocês fazem questão de me ajudar e tornar as coisas mais fáceis para mim. Não tenho como agradecer.

Não consigo imaginar a força que existe dentro de Caterine. A menina foi abandonada pelo noivo duas semanas antes de se casar, com tudo pronto e, para piorar, segundo Tina, ela descobriu que na verdade ele já estava com outra.

Mudar para um lugar desconhecido, com a cara e a coragem igual ela fez, depois de tudo isso, não é para qualquer um.

Alguma coisa dentro de mim me diz que nos daremos muito bem.

— Posso dizer o mesmo, Cat. Estava há anos sem colocar os pés aqui e você está me ajudando em um momento em que eu preciso muito recomeçar. Um brinde aos bons encontros da vida! — Suspendo a taça na direção dela e de Tina.

— Um brinde! — Elas me acompanham.

Então nossas taças se tocam e Tina diz a nós duas:

— Vamos comemorar no sábado, lá na Repubblica.

— O que é isso? — Caterine fica curiosa.

O pior lugar do mundo, meu coração diz para mim mesma.

— A única balada de Carloforte! É aniversário do Leone, lembra?

Não faço ideia de quem seja o rapaz.

— Comemorem por mim, garotas.

Sorrio e dou mais um gole na minha taça.

— Nada disso. Você vai com a gente. — A irmã de Stefano aponta para mim.

Mas não existe a menor chance!

— Claro que não vou. Eu sou mãe de um quase adolescente, Tina. Não tenho mais idade para ficar frequentando essas baladas de vocês — uso meu filho como a primeira desculpa que me vem à mente.

— Você só tem trinta e quatro anos, Betina, e está falando como se fosse uma idosa de setenta! Você vai e está decidido. Caterine e você precisam de um pouco de diversão e nós vamos dançar até nossos pés não aguentarem mais nos manter sobre eles.

Reviro meus olhos e rio. Quais as chances de eu pisar naquele lugar outra vez na minha vida?

— Eu topo! Acho que estou mesmo precisando de um pouco de diversão — a dona do castelo responde.

— É isso, queridas. Sábado é dia de festa!

— Ainda não estou convencida, vou pensar sobre isso.

— Ah, Betina! Não seja uma estraga-prazeres, por favor!

Elas falam por mais meia hora na minha cabeça e eu digo que vou pensar.

Stefano

Coloco a cabeça para fora da água e respiro fundo, tentando recobrar o fôlego. Desde que voltei a nadar na academia de Germano, tiro pelo menos uma hora do meu dia para me dedicar a isso.

Talvez não por coincidência, seja no momento em que Enrico também frequenta o lugar. Depois que ele me disse sobre a promessa ao pai, fiquei com aquilo na cabeça e, após conferir de perto como o menino é simplesmente um fenômeno dentro da água, entendi como será muito fácil cumprir com o que prometeu.

Enrico Cerutti tem muita técnica e o corpo parece completamente preparado para dar um pouco mais a cada vez que ele vai e volta com tranquilidade pela sua raia.

Saio da piscina e busco minha toalha, indo devagar para o outro lado da academia, dar uma olhada no treinamento da equipe. Germano está de pé na beirada da piscina os coordenando.

Fico paralisado olhando o garoto cruzar de uma ponta a outra, nadando borboleta. Acho que fico tão impressionado que nem vejo Germano se aproximar.

— Bom como esse, aqui em Carloforte, eu só vi um até hoje.

Tiro os olhos de Enrico, dando atenção para ele.

— Quem?

— Você. Que pergunta idiota, Stefano!

Solto uma gargalhada e ele ri comigo.

— Tempos bons, mas estou um pouco enferrujado. Saio daqui cheio de dores todos os dias.

— Você teria dado um nadador de sucesso se tivesse insistido.

Penduro a toalha molhada no pescoço e volto a olhar para a piscina.

— A responsabilidade dos negócios me chamou, fazer o quê?

Enrico termina a sua série e vem para a beirada.

— Ei, Tefo! — O garoto acena.

— E aí, campeão? Pronto para perder para mim?

A verdade é que ele ganha todos os dias.

Desde que voltei a treinar, espero que Enrico termine com a equipe e a gente sempre disputa algumas séries contra o outro. Não venci uma até hoje.

Cada dia que passa eu gosto mais de estar perto dele. O menino é inteligente, altruísta, focado e muito bem-humorado.

Quando fala do pai, é sempre com muito respeito e a maioria das vezes no presente, como se Marco ainda estivesse aqui, com ele e sua mãe.

Betina é um caso à parte em toda essa história.

Ela fugiu de mim no *Girotonno*. E eu respeitei, não fui atrás.

Talvez eu tenha ultrapassado algo que não pretendia.

Queria muito ouvir de Cerutti que ela me perdoa, mas pode ser que este seja um assunto no qual ela não queira voltar.

Porém, quanto mais tempo passo ao lado de Enrico, mais vontade eu tenho de estar perto deles. Conhecer Betina pelos olhos do filho é simplesmente fascinante.

Ele me conta sobre como a mãe é famosa em Florença, como o restaurante em que ela era chef vivia sempre lotado por sua causa. Como Betina foi convidada para ministrar algumas aulas para uma turma de culinária na escola em que se formou e como ele e o pai morriam de orgulho da mulher maravilhosa que é.

Eu não poderia concordar mais com os dois.

Cada nuance de Betina que descubro abaixo da camada de proteção que ela parece erguer em volta de si desde que nos encontramos novamente me deixa mais atiçado.

— Que dia podemos ter nossa primeira aula de *gelatos*? — ele me pergunta enquanto nos preparamos para pular na piscina em nossa primeira disputa.

Ajeito os óculos no rosto e a touca na cabeça, olhando em sua direção.

— Me diga que dia você pode e eu darei um jeito em minha agenda, está certo?

Prometi ao menino que vou lhe ensinar o processo artesanal de fabricação dos *gelatos* da Ferri. Agora ele não fala de outra coisa comigo.

— Podemos combinar nosso videogame e o *gelato*, o que acha?

— É uma boa, viu? Vamos ver se pelo menos lá eu ganho alguma coisa de você.

O garoto ri alto e me pergunta:

— Peito?

Minha pior modalidade. Mas, ok. Vamos lá.

— Perfeito.

— Um, dois, três e...

Nós dois pulamos na piscina e eu dou o meu melhor, mesmo sabendo que não vai chegar nem perto do que Enrico é capaz de fazer dentro da água. Ainda assim, vou até o fim, entrando e saindo com a cabeça da piscina no ritmo mais acelerado que eu consigo.

Não sei quanto tempo se passa, mas, quando chego de volta, levanto a cabeça de uma vez e vejo Enrico já parado, esperando por mim. Seu sorriso é enorme.

— Viu, mãe? Ele nunca aguenta!

Olho rápido para cima e dou de cara com uma Betina que parece meio puta, com os braços cruzados nos peitos, olhando diretamente para mim.

— Sim, *figlio*, eu vi. Você pode ir trocar de roupa? Precisamos ir para casa.

É a primeira vez que a vejo desde aquele dia.

Não que eu quisesse que fosse um segredo para ela que ando nadando no mesmo horário que Enrico, mas, como me parecia que isso não se tornou pauta dentro da casa deles, eu simplesmente deixei as coisas como estavam.

— Eu te espero amanhã para perder de novo, Tefo. — O filho de Betina sai da piscina e corre para o vestiário.

Respiro fundo e dou impulso para sair também, ficando de frente para ela. Betina tenta evitar, mas vejo quando seus olhos varrem meu corpo molhado, só de sunga. E rapidamente eles voltam para o meu rosto.

— É impressão minha, Ferri, ou agora você faz questão de estar em qualquer lugar em que eu esteja, ou o meu filho também? — Sua voz não é nada amigável.

— Eu só estou voltando a nadar, Betina. O que há de mais nisso?

Sim, estou tentando me fazer de sonso, é minha única alternativa agora.

— É mentira sua — acusa e coloca o cabelo atrás da orelha, aquele seu gesto de sempre. — Não sei o que você está tentando fazer, mas eu vou ser bem direta e dizer apenas uma vez: pare! Pare de perseguir o meu filho, pare de me perseguir. Deixe a gente em paz!

— Você não pode estar falando sério — devolvo a ela. — Eu por acaso tenho cara de quem persegue alguém, Betina?

— Você tem cara de quem não é confiável, Stefano, e Enrico e eu não precisamos de alguém como você o tempo todo em volta da gente.

Suas palavras saem duras. Betina está com muita, muita raiva.

— Eu te pedi desculpas, você é quem não conseguiu me dizer pelo menos que não me perdoava. Me deixou lá, esperando sua resposta. — Encaro-a de cima, pela nossa diferença de altura. Vejo seus lábios tremendo ligeiramente, mas ela não cede. — Eu não sou o meu passado, Cerutti, as pessoas mudam.

— Ficou lá, esperando uma resposta e de pau duro! — Acho que ela está com tanta raiva que nem se deu conta de que disse isso em voz alta. — Eu não sou mais a garota idiota que você conhecia, Stefano. Você quer que eu te perdoe pelo quê? Por ter sido um babaca filho da puta que me levava para sua cama toda tarde e depois foi enfiar seu pau de bosta na minha melhor amiga? Que diferença faz isso na sua vida? Você nunca precisou do perdão de ninguém simplesmente porque você não se importava com o que fazia e o quanto deixava os outros arrasados para trás.

Quando vejo a mágoa estampada nos olhos de Betina, eu murcho.

Dói mais do que eu acreditei que doeria, e isso, realmente, é uma novidade para mim.

Tiro a touca da cabeça e jogo no chão, perto da minha toalha.

— Eu não transei com Isabella, Betina. E eu poderia ficar horas aqui te explicando sobre aquele dia, se isso te fizesse me perdoar.

Ela me interrompe, balançando as mãos em um gesto para eu me calar.

— Guarde as suas explicações para você. Eu não me importo com elas, não preciso delas. Só me deixe voltar para Carloforte em paz, Stefano. Apague da sua memória que um dia a gente teve alguma coisa, que eu tive a brilhante ideia de perder a virgindade com você, que você acha que me deve qualquer tipo de desculpas. Me esqueça, pelo amor de Deus!

Eu quero tanto argumentar, mas as palavras não saem.

Betina Cerutti realmente me odeia e aquele dia não ficou no passado para ela, é tão latente em sua voz e nos seus gestos que eu posso sentir seu desgosto daqui de onde estou.

Quero abraçá-la. Quero dizer o quanto eu sinto por aquele dia. O quanto me arrependo de tê-la magoado daquela forma, como um moleque.

Era isso mesmo o que eu era: um puta moleque imaturo e sem noção.

Enrico aparece logo em seguida, todo alegre. Sua mãe se recompõe e pega sua bolsa, ajudando o menino.

— Vamos, querido. — E ela nem volta a me olhar.

Enquanto o garoto se despede e eu apenas aceno, alguma coisa dentro de mim sente-se muito desapontada. Muito magoada.

Nunca senti tanta vergonha de quem já fui como estou sentindo agora.

Capítulo 14

Betina

Tudo tem um limite. Stefano Ferri está ultrapassando todos eles.

Não deixo que Enrico perceba a raiva que está fervendo nas minhas veias agora, porque tudo o que eu queria de verdade era esmurrar o irmão de Tina até ele me pedir para parar.

— E aí, *mamma*? Como foi com Caterine? — questiona cheio de curiosidade.

— Foi ótimo, querido. Vou trabalhar com ela — anuncio.

— Mãe, que demais! — Enrico me abraça forte enquanto caminhamos, o que me acalma um pouco. — Estou feliz pela senhora. Sei o quanto ama cozinhar.

— Obrigada, meu bem. Eu também estou. — Sorrio, mas, quando passamos pela Ferri, resolvo dizer a ele: — Querido, não quero saber de você andando com Stefano, está bem?

Ele me olha, confuso, tombando a cabeça para o lado.

— Mas por quê?

— Eu só não quero.

Que argumento vou dar ao meu filho sobre isso?

— Ele te fez alguma coisa? — Agora seus olhos me estudam, preocupados.

— Não. Ele não me fez nada. É só que... Que eu quero que você se dedique às suas coisas com seriedade. Não que fique disputando séries aleatórias com Stefano. Ele não quer ir às Olimpíadas, você quer!

Que espécie de mãe eu sou por mentir assim para o próprio filho?

Stefano Ferri, você me paga, maldito!

— Ah, mãe. Eu gosto dele! Ele é um dos únicos adultos aqui, tirando você, com quem eu consigo me divertir.

Paro por alguns segundos e respiro fundo, mordendo os lábios por dentro. Meus olhos se enchem de lágrimas e, de forma irracional, sinto ódio de Marco.

Por que você teve de morrer, droga?

Por que me obrigou a voltar para este lugar?

Por que não está aqui para me ajudar com Enrico?

Por quê?

— Filho, eu entendo... — Viro-me para ele e pego seu rosto, fazendo Enrico olhar para mim. — Só me promete que vai se dedicar mais, sem distrações? Deixe Stefano fazer as aulas dele enquanto você fica com sua equipe, pode ser?

Seu olhar triste me corta o coração.

Dio santo!

E não bastasse toda essa merda, eu mal posso acreditar em quem acaba de parar na minha frente.

Os olhos estão fundos, com uma olheira enorme. Os cabelos parecem descuidados, sem brilho, e a roupa não viu um ferro de passar depois da última vez que foi lavada. Ela me encara, um meio-sorriso no rosto, um pouco de lágrima nos olhos. Sua respiração é pesada, e eu me pergunto o que é que estou sentindo agora? Raiva, desprezo, rancor?

Eu não sei o que é.

— Ei, Betina. — A voz ainda é a mesma, e isso me desperta um gatilho ruim.

Quantas vezes essa voz me aconselhou? Quantas vezes esperei para ouvi-la me dizer o que eu deveria fazer?

Isabella Perrone.

— Oi! — É a única coisa que consigo dizer.

Ela olha de mim para Enrico e os seus lábios tremem.

— Quanto tempo. — Ri, mas parece haver desespero em seu sorriso.

Puxo meu filho para perto de mim.

— É verdade, muito tempo.

Nada nela se parece com minha melhor amiga de juventude.

Isabella sempre foi uma garota de alto-astral, uma beleza única, uma energia que parecia irradiar sol por onde passava. Agora, simplesmente parece sem vida.

Ela tentou por várias vezes ter contato comigo, mas eu a ignorei em todas. Não há como confiar em alguém que prefere trocar sua amizade por um homem.

Se em algum momento ela tivesse sido honesta comigo sobre como se sentia sobre Stefano, nós teríamos resolvido juntas. Não sei o quanto de maturidade teríamos, mas tenho certeza de que colocaríamos nossa amizade acima de qualquer homem neste mundo. Mas o que ela fez foi cravar um punhal bem no meio das minhas costas, sem nenhuma piedade.

— É o seu garoto? — Aponta para Enrico, que assiste calado à nossa interação.

— Sim, é meu filho. Querido, essa é Isabella, uma ex-vizinha.

Acho que as palavras a machucam, porque Isabella, sem perceber, dá alguns passos para trás.

De repente, um homem que desconheço aparece logo atrás dela. Meio descabelado, com cara de bravo, a camiseta suja de escamas de peixe. Deve ser pescador.

— Anda logo, que eu não tenho a tarde toda por sua conta, Isabella. — É rude com ela, sem ao menos se envergonhar por estar em nossa companhia.

Ela se encolhe quando ele encosta a mão em seu braço e me encara, assustada.

— Nos vemos depois, Betina. É um prazer te conhecer, Enrico. — O sorriso murcho aparece enquanto o homem nos olha torto, dá as costas e sai andando.

Isabella vai atrás dele.

O que você fez da sua vida, Isabella?

— Isso foi estranho — Enrico conclui, olhando-me com uma cara engraçada.

Dou uma risada para ele, mas na verdade estou me sentindo esquisita.

— É, foi um pouco assustador.

— Achei a cara dela muito triste.

Nós dois começamos a andar de novo, atravessando a praça para a nossa casa.

Passo um braço pelo seu ombro e respiro fundo, antes de concluir:

— É, ela estava.

Porque, por mais que eu odeie admitir isso, a verdade é que conheço Isabella e ela não está nada, nada bem.

Chego à casa da minha mãe e a encontro com a *nonna* na cozinha, preparando massas. Abraço as duas e minha avó me olha hoje como quem me reconhece.

— Mas você está tão magrinha. Não é possível que seja uma cozinheira chique. O que você servia nesse restaurante? Folhas?

Minha mãe ri alto e eu a imito. Beijo o rosto da *nonna* e a abraço por trás, bem forte, enquanto suas mãos habilidosas cortam e enrolam a massa no formato perfeito, como sempre fez.

— Eu já tenho trinta e quatro, vou fazer trinta e cinco, preciso manter a forma, *nonna*.

Ela gesticula com a mão suja de farinha.

— Mas que grande bobagem! Vocês e essa mania de acharem a magreza bonita. — Bufa, voltando sua atenção para o que está fazendo.

Vou até a panela de molho e roubo uma colher para provar. Perfeito, como sempre.

Enquanto *nonna* ainda consegue, minha mãe deixa que ela ajude nas encomendas. Principalmente na chegada do verão, quando Carloforte fica lotada de turistas, os pedidos nunca param de chegar e as duas têm trabalho por meses a fio.

Encosto-me na bancada e cruzo os braços, observando-as.

— Encontrei Isabella ontem na rua — digo a minha mãe.

Ela sabe que tivemos uma briga no passado, mas nunca revelei o motivo que me levou a romper nossa relação. Minha mãe, sempre muito discreta quanto a isso, nunca ficou me questionando, e também nunca me deu notícias sobre ela.

— E como foi? — Guarda alguns pedaços de *gnocchi* dentro do saquinho.

— Estranho — confesso.

Minha mãe ri, mas não é um riso de graça. Parece de pesar.

— Você viu com seus próprios olhos então.

— Aquele homem esquisito é marido dela? — Não consigo parar de pensar sobre isso desde a hora que nos despedimos.

— Aquele nojento, agressor? É.

Uma pontada atravessa o meu peito quando as palavras saem da boca de *mamma*.

— Ele bate nela?

Os olhos dela reviram de uma forma discreta e sua respiração sai mais pesada.

— Bate, humilha na frente de qualquer um, fala com ela como se fosse um pedaço de lixo encontrado no meio da rua.

— Mãe...

Uma tristeza toma conta de mim.

O fato de não sermos mais amigas não significa que desejei o mal para ela em qualquer momento de todos esses anos.

— Ah, querida... Ele chegou aqui, de Palermo, um homem bonito, encantador, cheio de conversas. Fez a menina se apaixonar. Acredito que ela nunca tenha cometido um erro tão grave na vida para merecer uma coisa dessas. Justo Isabella, aquela alegria em pessoa.

Seguro minha garganta com uma das mãos, sentindo o engolir amargo da minha saliva.

Penso em como tive sorte de ter um marido feito Marco, que não fez outra coisa da vida que não fosse me amar e me venerar. Ele nunca levantou a mão na minha direção, nunca falou mais alto para tentar me intimidar, nunca cogitou a hipótese de me agredir.

Não consigo conceber a ideia de que Isabella Perrone vive assim.

— Que tristeza... — São as únicas palavras que saem da minha boca.

Não consigo expressar exatamente tudo o que eu sinto agora.

— Não poderia ter descrito melhor — conclui.

Vejo *nonna* com um pouco de dificuldade em cortar a massa, por isso pego um avental atrás de nós, coloco no corpo e paro ao seu lado para ajudá-la. Ela não argumenta, apenas aceita.

— Como foi com Caterine, meu amor? — Minha mãe quer saber.

— Aceitei o trabalho. Acho que vai ser bom para mim. Nunca coordenei uma cozinha de buffet, mas não acredito que vá ser muito diferente da loucura que eram os restaurantes em que trabalhei. Estou muito feliz, confesso!

— Aos poucos, tudo vai entrando no lugar, não é?

— É só o que eu espero, mãe. Em alguns dias, ainda é difícil. Quase um ano e eu ainda tento processar, aceitar, entender... Eu te digo que não é fácil acordar aqui. Não porque eu não esteja feliz, não me interprete mal, mas porque eu daria qualquer coisa para ainda ter a minha vida de Florença, ao lado de Marco.

— Eu sei, meu bem. — Para com seu trabalho e olha diretamente para mim. — Não imagino qual seja o tamanho da sua dor, porque seu pai pode me tirar do sério na maioria do tempo e me deixar nervosa como só ele sabe deixar, mas sei como seria difícil viver sem ele.

Paro alguns segundos com a massa só para prestar atenção nela.

— Mas não há como entender os mistérios da vida até que ela os desvende para nós. Em algum momento, saberemos por que as coisas aconteceram assim para você e Enrico.

— O destino de Betina sempre esteve em Carloforte — *nonna* diz, do nada.

Minha mãe e eu olhamos uma para a outra, um pouco assustadas.

— E por que a *signora* acha isso, *nonna*?

Ela me olha com ternura e sorri, respondendo simplesmente:

— Eu não acho, *amore mio*. Eu sei.

Capítulo 15

Stefano

A arquiteta que veio direto de Cagliari me ajudar com a nova loja está tirando as medidas necessárias enquanto Tina e ela conversam sobre onde cada coisa deveria ficar. Minha irmã acabou de me pedir demissão, já que Caterine a contratou como assistente, mas disse que fazia questão de me ajudar com a nova Ferri antes de deixar o trabalho por aqui totalmente de lado.

Sei que isso não vai acontecer, ela não aguenta. Vai passar um tempo ou outro lá, mas fico feliz em ver minha irmã tomando seu próprio rumo e suas responsabilidades. Se ela não quer continuar nos negócios da família, eu a respeito.

— Acho que já tenho tudo o que preciso, Stefano — Marta, a arquiteta, avisa. — Vou fazer todos os orçamentos para você e te mando em até três dias.

— Perfeito assim — agradeço enquanto ela junta suas coisas. — Vai passar o resto do dia em Carloforte?

— Ah, eu adoraria, mas tenho um compromisso hoje ainda em Cagliari. Quem sabe da próxima?

— Nós te levaremos para jantar — Tina afirma.

Nossas famílias são amigas e frequentamos a casa uns dos outros há bastante tempo.

— Eu vou amar! Bem, agora preciso ir. Vamos nos falando, Tefo — despede-se de nós com um abraço.

— Eu aguardo — digo antes de ela ir.

Olho novamente para toda a loja enquanto Tina está parada ao meu lado.

— Acho que vai ser a sua loja mais bonita! — afirma, com olhar sonhador.

— Nossa loja. Se é meu, é de vocês também.

Ela ri e estala a língua, fazendo uma pequena careta.

— Você não está mesmo com raiva porque vou trabalhar com Cat, não é?

Bagunço um pouco seus cabelos, mas passo o braço pelos seus ombros, andando em direção à porta da loja.

— Não estou. Tenho orgulho de você, de te ver seguir sua vida da forma como prefere. A Ferri é nossa de qualquer forma, você não é obrigada a estar ali só porque essa foi uma decisão minha.

Pisamos do lado de fora e ela me ajuda com a porta. Nós a puxamos para baixo e eu tranco logo em seguida. Viro-me para a praia, que está lotada neste fim de tarde, e acabo me sentando no degrau. Minha irmã faz o mesmo ao meu lado.

— Estou te achando triste nesses últimos dias. Vai me contar o que houve? — pergunta sem rodeios.

Miro bem o rosto de Tina e dou uma risada baixa.

— Por que você acha isso?

— Eu te conheço. Você não tem sorrido, e isso é o que mais faz o tempo todo.

Volto a olhar para o mar e abraço os joelhos de forma largada, apenas para ter o que fazer com as mãos.

— Acho que vou voltar para Olbia. A ideia de ficar não foi muito boa.

— Mas como assim? Semana retrasada você disse que ia ficar, Tefo! — Sua voz me parece um pouco triste.

Eu digo: ela não vive sem mim!

— É melhor, Tina.

— Você já fez merda, não foi? — Empurra meu ombro com o dela e eu suspiro, lembrando-me de novo daquele dia.

Nunca pensei que eu falaria sobre isso justo com a minha irmã caçula, mas também não quero compartilhar isso com Vince. Não tudo, pelo menos. Estou em uma ressaca moral absurda para enfrentar até o meu melhor amigo, que naquela noite foi o único sensato.

Como ele ainda é meu amigo? Eu realmente não sei.

— Tina, sei o que as pessoas disseram por aí naquela época. Contaram que magoei Betina e que esse foi um dos motivos pelos quais ela nem voltou de Florença. Mas a verdade é muito pior que isso. Eu não só machuquei Cerutti, eu fui muito, mas muito filho da puta mesmo com ela. — Minha irmã me encara, os olhos atentos. — Por muitos anos eu pensei em tudo aquilo, porque depois, um homem crescido e maduro, vi o quão longe eu fui naquela noite.

Coço a barba e solto a respiração com força, fechando os olhos por alguns segundos.

— A verdade é que eu não estava preparado para vê-la outra vez. Betina tem a força de um acontecimento, não é mais a menina que eu conheci desde moleque. Quando a vi em Cagliari, sei lá! — Sacudo os ombros e olho para ela. — Fiquei meio hipnotizado. Acho que essa é a palavra.

Tina sorri de lado e chega mais perto de mim, ouvindo com atenção. Ela suspira e eu rio.

— Caralho, esquece tudo o que eu te falei.

— Não, por favor! — ela insiste. — Me fala. E então?

Fico na dúvida se realmente continuo, ou paro por aqui, mas seus olhos meio que me convencem. Aliás, o que essa garota não consegue de mim?

— E então que não sei como agir perto dela. Ensaiei na minha mente por várias vezes um pedido de desculpas e o fiz da forma mais covarde que eu podia, deixando o desejo misturado, sem ser sincero sobre o quanto eu realmente sinto muito tê-la ferido como feri.

— Você está gostando da Betina, Tefo? É isso?

— Como gostar de alguém que não conheço, Tina? Isso existe? — Minha pergunta é sincera. — Eu não sei quem é essa mulher que voltou para Carloforte. Não me deixa chegar perto além de um limite que estabeleceu ser seguro. E está certa, ela não confia em mim. Tudo o que sabe sobre Stefano Ferri é que ele não é um cara que vale a pena.

Como dói falar isso em voz alta, puta merda!

— Mas você vale! — ela fala mais que depressa, enlaçando os braços ao meu. — Você é o cara mais incrível que eu conheço, e não é porque é meu irmão.

Agradeço o elogio e beijo o canto da sua cabeça.

— Mas ela não quer saber disso. Ela perdeu o marido, a vida que tinha fora daqui, precisa criar um garoto, sozinha, e lidar com a doença da avó. Ela não tem tempo para as investidas de um homem que quer provar que mudou.

— Vou te perguntar de novo: você está gostando dela? — insiste.

— Eu não tenho essa resposta. Nunca gostei de alguém para te dizer se o que eu sinto toda vez que a vejo na minha frente é gostar. Mas, também, nunca quis tentar descobrir com mais ninguém. Isso deve ser sinal de alguma coisa pelo menos, ou eu estou maluco?

Ela faz que não com a cabeça.

— Se eu disser que vou te ajudar, você me promete que vai fazer tudo certo, Stefano? Por favor. Eu brinquei aquele dia em casa sobre a aliança no dedo, mas, olha... É o que Betina merece! Ela não é esses casos convenientes que você tem espalhados pela Sardenha! Não dá para brincar de achar que quer e depois cagar tudo.

É a segunda vez que Tina fala sobre isso e eu pensei até mais do que achei saudável sobre esse seu argumento.

Eu me casaria com Cerutti? Prometeria a ela fidelidade na alegria e na tristeza, na saúde e na doença, na riqueza ou na pobreza até que a morte nos separe?

Em trinta e seis anos, esse assunto nunca foi pauta na minha mente quando pensei em qualquer mulher. E o fato de eu me questionar isso a esta altura me assusta, mas também me traz algumas respostas.

— Não tem como "cagar" mais do que já caguei, acredite em mim, caçula. Mas, olha, não quero você metida nisso, está bem? Eu vou embora para a minha casa, já passei do tempo de validade neste lugar. Você agora está bem e eu posso tocar a minha vida.

— Não desista, por favor! Deixa comigo. Mas saiba aproveitar as oportunidades, está certo? Vou fazer a minha parte, mas não faço milagres.

Dou uma risada do seu jeito sério de falar.

— Não confio nos seus métodos. Você vai me colocar em enrascadas, eu te conheço.

Ela me dá um tapa no braço, que dói. Reclamo com uma careta.

— Não seja um ingrato! Estou te ajudando a conquistar a mulher que você quer, tenha um pouco de modos comigo. E eu quero um carro novo se vocês dois começarem a namorar!

Rio tão alto que meu corpo até se balança para trás.

Interesseira dos infernos!

— Você não vale nada, garota!

— Aprendi com o melhor. — Pisca para mim e dá aquele sorriso típico dela, cheio de si.

Ok. E o que eu posso fazer agora? Confiar que minha irmã mais nova e sem nenhum miolo na cabeça vai me ajudar a me aproximar da forma certa de Cerutti? Bem, pelo visto essa é minha única alternativa.

A que ponto eu cheguei...

Capítulo 16

Stefano

Assim que eu e Tina colocamos os pés para dentro da *gelateria*, vejo um garoto sentado no canto, tomando tranquilamente seu *gelato*.

Enrico Cerutti.

Antonella se antecipa na minha direção e diz:

— Ele disse que ia te esperar aqui, então dei um *gelato* a ele.

Agradeço com um aceno de cabeça e me dirijo a Tina:

— Vou lá, está bem?

— Ok. Estou por aqui.

Enrico percebe minha presença quando dou alguns passos em sua direção. O garoto sorri, sentado onde está, e espera que eu me junte a ele.

— Como vai, medalha de ouro? — chamo-o pelo apelido que lhe dei desde que começamos a nadar juntos.

Enrico ri e limpa a boca um pouco suja.

— Ei, Tefo! Senti sua falta hoje.

Isso me quebra. Tento dar meu melhor sorriso assim que me sento ao seu lado e coloco as mãos no meio das pernas, antes de sacudir os ombros.

— Hoje tive de cuidar de algumas coisas do trabalho. Vida de empresário.

O garoto de Betina ri da minha meia-mentira. É verdade que eu precisava cuidar das coisas da nova loja, mas não escolhi o horário da tarde à toa.

— Achei que você não tinha ido por minha causa — confessa, e agora parece um pouco apreensivo.

Viro-me em sua direção sem entender exatamente porque pensa isso.

— Mas de onde você tirou isso, campeão? — Bato com os dedos na aba do boné que ele usa e o menino diz:

— É que minha mãe não quer mais que eu fique perto de você. Ela disse que isso atrapalha meus treinos.

Fico mudo por alguns segundos, absorvendo a desculpa que Betina deu ao filho para que se afaste. Pelo menos ela não foi cruel, virando-o contra mim.

— E ela está certa, cara. Você precisa se concentrar para ganhar o campeonato. Sei que está chegando. Distrações neste momento não são bem-vindas.

— Mas eu gosto quando a gente tá junto. Você é meu único amigo adulto de verdade aqui.

Porra, Enrico!

Sinto minha garganta travar com um sentimento estranho, porque eu não sei definir exatamente o quanto essas palavras acabaram de foder comigo.

Por que eu não fiz da forma certa aquele dia, no *Girotonno*? Por que a merda do meu pau tinha que ficar de pé e estragar tudo, cacete?

Antes que eu perceba, puxo Enrico para perto de mim e o mantenho apertado em um abraço de lado, beijando o topo do seu boné.

— Mas nós somos amigos. Vamos ser para sempre, está certo? O fato de que sua mãe prefira que agora você se dedique às suas coisas não muda em nada a nossa amizade.

— Então você ainda vai me ensinar a fazer *gelato*?

Ah, caramba...

Eu não estava me lembrando disso. Essa é uma ideia bem ruim. Aliás, Betina sabe que ele está aqui?

— Você avisou a sua mãe que viria me ver?

Ele se afasta um pouco de mim e faz uma carinha de quem está aprontando.

— Ela está em Sant'Antioco hoje à tarde. Eu aproveitei e vim conversar com você sem levar um sermão. Minha mãe é muito brava quando quer.

É, eu sei. E rio ao ouvi-lo dizer isso, mas depois falo sério:

— Olha, estou muito feliz que tenha vindo, mas não pode mentir para a sua mãe, estamos combinados? Isso não é certo. Se ela prefere que a gente passe um tempo longe, vamos respeitá-la.

— Mas e o *gelato*? Você me prometeu.

Ele parece um pouco frustrado e até bravo comigo.

Respiro fundo e tombo a cabeça, encostando-a na parede atrás de nós dois.

Como é que vou explicar essa situação para ele?

— Ela vai brigar comigo e com você. É isso que você quer? — Jogo meio baixo, mas ele tem uma resposta pronta na ponta da língua.

— Se for um segredo só meu e seu, ela não vai brigar com ninguém. — E seu sorriso travesso está ali outra vez.

Dou uma gargalhada e Tina se aproxima de nós, curiosa.

— O que é que os dois estão rindo aí no cantinho, hein? — Encosta-se à nossa mesa.

Enrico olha para ela e se anima, como se tivesse uma ideia mirabolante.

— Você pode dizer para a minha mãe que eu estou com você enquanto o Tefo me ensina a fazer *gelatos*, não pode, Tina?

Minha irmã olha dele para mim.

— E por que eu deveria fazer isso, mocinho?

— Só para ajudar a gente — diz simplesmente.

Minha irmã estreita os olhos na direção dele.

— Você sabe que mentir é errado, certo?

— Claro que eu sei! — Sua voz sai mais alta, tentando nos convencer de que isso não é uma coisa que ele costuma fazer, e eu tenho certeza de que não.

— Então realmente estarei, pelo menos, no mesmo lugar que você, está certo? A gente pode só "omitir" a parte do Tefo, que tal? Podemos fingir que não percebemos que ele estava aqui, te ensinando a fazer *gelato*, até porque, quem percebe a presença de um homem de quase dois metros de altura, feio e chato feito meu irmão, não é?

Tina faz sua melhor cara de desentendida e o menino ri alto, feliz.

Eu nunca pensei que me sentiria tão contente por vê-lo feliz assim, principalmente porque se trata de mim. Ao contrário de como é com a mãe, eu tenho a confiança de Enrico, com toda a sua pureza de garoto, e não estou disposto a quebrá-la.

Quero que, antes de qualquer coisa, ele encontre a segurança de uma amizade verdadeira quando se tratar de nós. É só o que desejo.

— Eu ainda acho errado — digo enquanto me levanto. — Mas, se você realmente quiser aprender como se faz um bom *gelato* Ferri, por uma grande coincidência, estou indo preparar um pouco agora.

Mais que depressa ele fica de pé ao meu lado, o que arranca uma risada de Tina. Ela pega o telefone do bolso e disca rápido para um número; alguém parece atender na mesma hora do outro lado da linha.

— Oi, Betina! Sou eu, tudo bem? Ah, sim! Acabei de saber. Vi Enrico voltando da natação e o chamei para passar um tempo comigo aqui na *gelateria*, tá bom? Vou ajudá-lo com um trabalho da escola e depois vou para a cozinha com ele ensiná-lo a fazer *gelato*! — Ela olha para nós dois fazendo careta e continua: — Ah, não vai incomodar em nada! Somos só nós dois lá dentro. É bom que ele me faz companhia. Prometi ao meu irmão que vou fechar a loja hoje para ele. Eu o levo a sua casa mais tarde, fique tranquila. Ah, ok! *Ciao*!

— Que trabalho de escola? Eu não tenho nenhum trabalho para fazer!

Ela desliga o telefone e guarda no bolso.

— Ah, pois agora você finja que tem! Estou mentindo por vocês dois, e mentir é errado, então se vira!

Enrico ri, animado, e eu o puxo pelo pescoço, brincando de apertá-lo contra a lateral do meu corpo. Tina me olha por cima da cabeça do garoto e sussurra:

— Seu enteado te ama! — E faz um coração com a mão.

Seguro a risada dentro do peito e falo um enorme e silencioso:

— Vá se ferrar, garota!

E nós dois vamos caminhando pela loja, rumo à cozinha.

— Vamos lá, repita comigo: eu não devo mentir para a minha mãe — falo com ele, que repete entre risadas.

— Eu não devo mentir para a minha mãe.

— Outra vez, medalha de ouro: eu não devo mentir para a minha mãe!

— Eu não devo mentir para a minha mãe!

E assim seguimos, até estarmos dentro da primeira cozinha da *Gelateria* Ferri.

Devidamente vestidos, pego a base do sorvete pronta e explico para Enrico, que me olha, atencioso:

— Essa é a base para qualquer *gelato*. Aqui nós temos leite, açúcar e creme de leite. Você sabe o que é um leite pasteurizado?

— É quando a gente quase ferve o leite para que mate os microrganismos que fazem mal, não é isso?

Gosto da sua definição simples, mas muito certeira.

— É isso aí, garoto. — Bato no seu ombro e continuo: — A gente mexe isso tudo junto com esse pó, que é a mistura de outros açúcares presentes no *gelato*. Ali — digo, mostrando do outro lado da cozinha, onde o meu mestre gelateiro está trabalhando agora — estão as máquinas que fazem isso de forma industrial para nós. Mas quero saber se você está disposto a colocar esses braços de nadador para trabalharem hoje — provoco.

— Mais que disposto. — Sua ansiedade está estampada no rosto e eu consigo literalmente ver o Stefano menino nele agora.

Era essa mesma ansiedade que eu sentia toda vez que ficava ao lado do *nonno* observando como ele fazia aquela mistura de leite e outras coisas se tornarem minha sobremesa favorita em toda a vida.

— Qual é o sabor que você quer fazer? — Deixo que escolha, enquanto preparo a bancada gelada para fazermos o *gelato* artesanal com a espátula.

— Eu posso inventar? — Para e pensa um pouco. — Pode ser Nutella e morango?

— Hoje pode ser o que você quiser. — Sorrio, indo até onde os ingredientes estão. Trago os morangos e o pote de Nutella. — Agora nós vamos fazer assim...

Jogo o preparo de leite em cima da bancada de aço gelada, coloco duas colheres generosas do creme de avelã e depois os frescos morangos do bosque.

— Está pronto para fazer seu próprio *gelato*?

— Muito! — Seus olhos nem piscam quando eu pego as duas espátulas e começo a misturar tudo, picando os morangos.

A base neutra começa a tomar a cor marrom, cheia de pequenos pedaços da fruta vermelha. O contato com a superfície gelada vai fazendo com que comece a tomar forma.

— Tome. É a sua vez agora. — Entrego em suas mãos, que já são grandes para um garoto de doze anos. — Você vai usando as duas pás pequenas para misturar tudo e fazer tomar consistência. Vê as pequenas casquinhas geladas já se formando? Isso é um *gelato* feito artesanalmente.

— Isso é muito maneiro! — Solta, já mexendo do seu jeito meio torto o próprio sorvete.

Rio e apenas encosto ao lado de Enrico, vendo-o brincar com sua criação, totalmente concentrado, feito a mãe.

É incrível como ele é uma cópia dela em muitas coisas, mas acredito que deva ter muito do pai também.

Não faço ideia de como e quem era esse homem, mas para ter criado com Betina um cara sensacional como Enrico já é e será ainda mais quando adulto, eu gosto dele de alguma forma.

Ele fez Betina feliz e isso por si só já deveria me fazer gostar muito dele, porque, de algum jeito, Marco não permitiu que minha burrice traumatizasse Cerutti a ponto de ela não acreditar nunca mais em homem algum.

Aos poucos, o sorvete de Enrico enfim vai surgindo, as camadas grossas vão se enrolando nas espátulas e ele está tão feliz que por alguns segundos me sinto mal de não estar arrependido por termos mentido para Betina, mesmo achando completamente errado.

— Caraca, o meu pai ia gostar muito disto aqui — fala, distraído, mexendo tudo de um lado para o outro.

— Batize seu *gelato* em homenagem ao seu pai então. — As palavras saem facilmente da minha boca.

Enrico para e me olha. Enquanto nos encaramos, sinto uma conexão tão forte com esse moleque que é difícil de explicar.

Eu gosto dele demais, como gosto de Gabi.

— Eu posso?

— É claro que pode. É o seu *gelato*, medalha de ouro!

— Meu pai era meio bobo. — Ri, enquanto pego uma taça para que se sirva do que acabou de criar. — Ele daria um nome idiota para um *gelato* de Nutella com morango. Alguma coisa como Nutellorango ou Morantella.

Seguro na sua frente o pequeno recipiente de vidro, enquanto com muito cuidado ele pega o *gelato* e transfere para dentro dela.

— Nutellorango Morantella, juntos, são um ótimo nome, hein? Quem sabe eu não adote esse sabor aqui na Ferri? Se fizer sucesso, te prometo cinquenta por cento dos lucros, que tal?

O sorriso do garoto se expande e ele ri alto. Quando menos percebo, estou sorrindo também.

Pego duas colheres, uma para ele e outra para mim, então provamos sua obra de arte.

— Não é que você leva jeito mesmo? — elogio Enrico.

— Eu nem gosto tanto de Nutella assim, sabia? — confessa enquanto prova um pouco. — Eu só queria matar a saudade. Era o sabor preferido dele. — Fica alguns segundos em silêncio antes de completar. — Meu pai ia gostar muito de você, Tefo. Eu tenho certeza!

Sua convicção faz um buraco no meu estômago, porque isso está longe de ser a verdade.

Se em algum momento da vida Betina contou ao marido quem eu fui em seu passado, esse homem morreu me odiando.

— É uma pena que não tenhamos nos conhecido, Enrico. Tenho certeza de que seu pai era um grande homem.

— O melhor. — O sorriso fraco não parece triste, apenas cansado. — Outro dia a gente pode fazer de novo?

— Mais *gelato*? Claro.

— Você me ajuda a inventar um para a *mamma*? Um só para ela? Um que você nunca fez?

Um *gelato* para Betina?

— Vamos pensar em algo legal. — São as únicas palavras nas quais penso agora.

— Valeu, Tefo! — Oferece-me a mão e eu bato nela, puxando o garoto para um abraço. — Talvez assim ela não fique tão brava com a gente.

Entendo toda sua tática e balanço a cabeça, sem conseguir parar de rir.

Ah, Enrico. Como eu gosto de você, garoto.

Capítulo 17

Betina

Não acredito que deixei que Tina e Cat realmente me convencessem a me arrumar para ir para a balada! Justo eu, que nunca mais pisei em uma. Só posso estar louca!

Fico em dúvida do que usar, porque não faço ideia do que pode ser apropriado para isso, sendo assim desço praticamente todo o meu guarda-roupa para a cama.

Enrico, que vai dormir na casa dos meus pais, chega à porta e me vê impaciente.

— Qual é o problema, *mamma*?

Está com sua mochila nas costas, com as coisas que disse que precisaria para passar a noite lá.

Olho para meu filho e bufo.

— Estou velha para essas coisas, querido, só isso.

Enrico ri e balança a cabeça, discordando.

— Não tem nada de velha, mãe. Para de falar assim. Você só vai sair com as suas amigas.

— Por que motivo, às vezes, tenho a impressão de que você é mais adulto do que eu? — brinco, jogando uma blusa que sei que não vou usar em sua direção.

Enquanto gargalha, a pega no ar, dando de ombros.

— Estou indo para a casa do *nonno*. Vamos assistir futebol.

— Ok, *figlio*. Amanhã bem cedinho estarei lá com vocês. O telefone estará comigo, então, se precisar de alguma coisa...

— Mãe, eu não vou precisar de nada. Para de se preocupar comigo e vai se divertir um pouco.

Faço um beiço, já sentindo a dor de ver o quanto ele precisa cada vez menos de mim. Faço sinal com a mão e ele vem para perto, então abraço Enrico e encho seu rosto de beijo. Ele me dá um sorrisão, enrugando o nariz e apertando os olhos com força.

— Eu vou, eu vou — termino beijando seus cabelos e deixo que ele então se vá.

Olho de novo para as minhas roupas e respiro fundo, dando uma risada, porque me sinto voltando ao tempo, tendo que me preocupar com o que usar para ir às festas.

Naquela época, eu não tinha tanto problema, porque Isabella sempre estava por aqui me ajudando com sua praticidade em resolver as coisas em um piscar de olhos.

Quando ela vem a minha mente de novo, aquele sentimento ruim toma conta de mim. Não consigo esquecer as coisas que minha mãe me contou sobre ela e o marido. É surreal imaginar que ela está vivendo uma vida assim, totalmente diferente do que se imaginava.

Olho pela última vez o que tenho e decido por um vestido verde, um pouco mais curto do que costumo usar geralmente, de alças mais grossas. Já que hoje é para reviver os tempos de garota, escolho um salto alto e fino, mesmo sabendo que isso não vai ser lá muito confortável, mas, como não pretendo ficar por muito tempo, vou fazer esse esforço.

Quando estou pronta, espirro um pouco do meu perfume preferido e vou até o celular, onde vejo uma mensagem de Tina dizendo que me encontra na porta da Repubblica com Caterine.

Passamos muito tempo juntas nesses últimos dias. Fiz um estudo de pratos que faz sentido oferecer para casamentos feitos aqui, principalmente porque sabemos que a maioria deles será realizada entre a parte da tarde e da noite, já que os noivos não vão querer perder o pôr do sol no Mediterrâneo. Então pensamos com muito cuidado no que podemos oferecer aos nossos futuros clientes e eu já me sinto mais que pronta para atendê-los.

Guardo tudo de que preciso dentro da pequena bolsa e saio de casa, rumo ao único lugar de Carloforte em que pensei nunca mais precisar entrar.

Perto de casa, eu não demoro muito a chegar e dar de cara com a imensa fila da porta. Vejo as duas já me esperando.

— Eu nunca mais vou perdoá-las por me fazerem isso! — brinco, dando um beijo no rosto de cada uma.

Elas riem e Tina solta:

— Não queria vir, mas caprichou no visual, não é, Cat? Olha que musa! — Cutuca a amiga.

— Você está um arraso, Betina! — minha nova chefe me fala, o que me arranca uma risada.

Essas duas precisam se olhar no espelho antes de ficarem falando essas coisas. Estão duas maravilhosas.

— Vamos? Já estou com a nossa entrada. Nada de filas! — Tina tira da bolsa alguns papéis e puxa o movimento.

Um déjà-vu horrível me atravessa quando começo a descer as escadas da Repubblica. Respiro bem fundo, porque este não é o momento de fraquejar diante de uma coisa que não deveria mais me incomodar.

Olho bem para os meus pés, os saltos finos batendo nos degraus, e, quando termino a escada, olho para frente, vendo o lugar bonito e descontraído que a boate sempre foi.

De repente, sinto meu coração bater tão forte dentro do peito que tomo alguns segundos antes de ir atrás das duas, que já estão se misturando entre a multidão.

Caterine vê que eu fiquei um pouco para trás e me puxa pela mão, então me junto a ela. O barulho da música está altíssimo e me sinto um pouco perdida no meio de tanta gente mais jovem.

— Pode tirar essa ruguinha daqui. — Tina chega perto da gente e encosta o dedo no vinco entre as minhas sobrancelhas. — Viemos comemorar, pare de se preocupar com o que quer que seja. Vou te pagar uma bebida. Diga o que quer beber.

Rio alto e balanço a cabeça. E pensar que eu ajudava *questa bambina* a aprender a ler e escrever; hoje ela é minha colega de trabalho e quer me pagar uma bebida... Quantas voltas o mundo tem dado comigo!

— Uma gin tônica está de bom tamanho. — Agradeço e ela sorri, antes de se virar e ir até o bar.

Cat e eu ficamos no meio das pessoas, tentando nos ambientar. Logo a caçula dos Ferris volta com as bebidas.

— Divirtam-se, meninas! — E começa a dançar.

Brinco de me balançar de um lado para o outro, ficando um pouco distraída com as lembranças que insistem em voltar. Eu quase posso sentir a energia daquele dia aqui, outra vez.

— Ei, Betina — Cat me chama e eu volto minha atenção para ela. Percebo que Tina está um pouco mais afastada agora, com outro grupo. — Queria te agradecer.

— Pelo quê, Cat? Eu que preciso te agradecer. Agora eu tenho um emprego. — Levanto a minha taça em sua direção, saudando-a. — E um emprego que amo, diga-se de passagem.

Ela segura firme sua cerveja, toda sorridente.

— Não é sobre isso. É sobre não ter perguntado nada da situação com Vincenzo. Sei que a comuna inteira só falava disso.

Ah, sim! Sobre a briga que tiveram.

Coloco a mão em seu ombro e a tranquilizo.

— Querida, ninguém tem nada a ver com a sua vida. Isso nem deveria ser uma pauta. Mas acostume-se. Viver em uma cidade pequena do interior da Itália é isso, ter sua vida vigiada vinte e quatro horas por dia.

— Estou começando a me acostumar — Sua respiração sai pesada e ela continua: — Só que foi muito constrangedor. Eu me descontrolei. Eu me senti horrível depois.

Tenho certeza de que está rolando alguma coisa entre esses dois. Nem agora, enquanto ela fala disso, consegue disfarçar o brilho nos olhos ao me lembrar de Milani.

De repente, o rapaz aniversariante, que eu conheci em algum momento dessa semana, chega até nós duas.

— E aí, *le mie belle ragazze*[23]? Gostando da noite?

Eu o cumprimento e deixo que engate uma conversa com Caterine. Do lado dela eu não sei, mas ele, com certeza, está a fim dessa garota. Será que a brasileira está no meio de um triângulo amoroso?

Rio com o pensamento ao mesmo tempo em que vejo alguém que reconheço de costas, lá do outro lado do bar. Vincenzo Milani.

Meu Deus! Será que Izzo sabe que seu desafeto está aqui?

Olho para os dois e vejo que o rapaz está mesmo tentando uma aproximação com ela, então rio e anuncio:

— Acabei de ver um amigo do outro lado ali. Vou lá mexer com ele e depois volto, tá bem?

Ela faz a melhor cara de "por favor, não me deixe aqui sozinha", mas eu é que não vou me meter nisso.

Saio buscando caminho entre as pessoas até que paro ao seu lado.

— Vincenzo Milani!

Ele se vira na minha direção e o sorriso largo, aquele que conheço de tantos anos, surge em seu rosto.

— Betina Cerutti. Até que enfim! — Vince me abraça forte, deixando um beijo no meu rosto. — Até hoje só te vi de longe.

— É verdade! Eu te vi no *Girotonno*, mas não consegui ir até você.

Vince olha para os lados como se estivesse procurando por alguém perto de mim. Tento segurar o sorriso, pois sei exatamente quem ele está procurando.

— Chiara me contou que andou te visitando. Eu deveria ter feito mesmo, mas a Milani está me mantendo mais ocupado do que de costume. — Com seu sorriso gentil, volta atenção para mim. — Você está incrível. Nem parece que se passaram... — Faz uma pausa, em dúvida.

— Quatorze anos.

— Meu Deus! — Ele gargalha, e depois coça a barba. — Eu realmente estou ficando velho! Como o tempo passou rápido.

— Você não tem vergonha de me dizer que está velho, Vince? Olhe só para você!

Vincenzo Milani sempre foi muito bonito, mas, com a idade, preciso confessar que ficou ainda melhor.

É fácil entender porque Caterine está envolvida.

A risada de Milani é aquela mesmo risada bonita da qual me lembro.

---

[23] Em italiano, significa "belas garotas".

— Preciso conhecer o seu garoto! — diz enquanto pega dois copos de bebida que o barman acaba de lhe entregar.

De repente, eu me dou conta de que não está sozinho.

— Eu conheci a sua garotinha, a Gabi. Que encanto de menina!

Vince mostra todos os dentes quando falo de sua menina, orgulhoso.

— Girasole é uma criança incrível. Fico feliz que tenham se conhecido. Quem sabe não fazemos um jantar lá em casa um dia desses? Você, Chiara?

— Ah, seria ótimo! — agradeço o convite e emendo: — Acho que estou te atrapalhando, não é?

Vince me olha confuso e eu aponto para os dois copos.

— Ah, não, não. Não estou acompanhado. — Ele olha por cima da minha cabeça e, com certeza, está vendo Caterine. — Não assim, pelo menos. Estou com o...

E antes que ele termine de falar, vejo Stefano entrar no meu campo de visão, vindo da direção dos banheiros, na área externa. Aquela mesma onde anos atrás tive o desprazer de vê-lo sendo a porra de um babaca.

O problema é que, como naquele dia, Ferri está incrível, vestido em uma camisa polo preta, calça cáqui de corte impecável e um tênis bonito, bem casual. Seus olhos encontram os meus e ele para no lugar, alguns passos antes de chegar até nós.

Vincenzo olha do amigo para mim, faz uma cara engraçada e entrega o copo de cerveja para ele.

— Stefano — diz e aponta na direção desse sorveteiro de uma figa.

Meu estômago parece dar cambalhotas dentro da barriga e sinto a ansiedade subir pela minha garganta.

Sou uma mulher bem resolvida, mas não sou imune à sua beleza.

Stefano Ferri transpira sofisticação de uma forma muito natural e sua presença enche o lugar, como se ele estivesse em todos os cantos ao mesmo tempo.

O jeito como está me olhando agora, parecendo que sou a única pessoa neste lugar lotado de gente, deveria ser ilegal.

— Bem, preciso ir ao banheiro, Betina. — O irmão de Chiara me faz olhar para ele, quebrando meu contato visual com Stefano. — Mas já volto. Fiquem aqui.

Bate no ombro do amigo, que ainda está mudo, e sai nos deixando a sós.

Era só o que me faltava!

Capítulo 18

Stefano

Quando digo que os métodos de Tina Ferri são péssimos e que eu sei que ela vai me meter no meio de enrascada, é por coisas como essa que está acontecendo agora.

Eu já sabia que Betina estava aqui, porque a vi chegando com minha irmã e Caterine. Porém, quando a maluca da caçula disse que viria à Repubblica hoje para comemorar o aniversário de um amigo, dando-me a brilhante ideia de convidar Vince para tomar qualquer coisa justamente aqui, ela não me disse que viria com Cerutti.

E é claro que ela está olhando para a minha cara pensando justamente o contrário.

Dio mio![24] Eu não tenho um dia de sossego na minha vida, cacete.

— Juro que eu não sabia que você estava aqui — eu me adianto, enquanto ela leva a taça de bebida à boca, tentando não me encarar.

Até porque, acreditei que este seria um lugar a que Betina não gostaria de voltar depois de tudo o que aconteceu.

Ela está tão bonita que é difícil tirar meus olhos dela, por mais que eu tente.

— A Repubblica é um ambiente público, Stefano, pare de se desculpar por estar no mesmo lugar que eu — fala um pouco mais alto para que sua voz chegue a mim por cima da música que está tocando.

— É que eu sei que está parecendo justamente o contrário. — Coloco a mão desocupada no bolso da calça e dou um gole na cerveja que Vince comprou para mim.

A bebida desce amarga. Este lugar, Betina, nossa última conversa, nada aqui parece se encaixar.

---

[24] Em italiano, "Oh, meu Deus!"

— Bem, eu só vim cumprimentar Vince. Boa noite para vocês dois.

— Não. Fica... — Antes que eu perceba, estou implorando pela companhia de Betina.

Seus grandes olhos verdes e bonitos demais me encaram quando seguro de leve o seu braço. Sinto quando ela prende a respiração por alguns segundos enquanto olha para os meus dedos em contato com a sua pele, que está quente e macia.

Eu mesmo preciso me controlar para fazer certo dessa vez, senão, talvez, nunca mais tenha uma oportunidade de fazer como deve ser feito.

— Stefano... — começa a falar, mas eu a interrompo.

— Me dê quinze minutos da sua atenção, Betina. É só isso que eu te peço.

Seu corpo vira outra vez para mim e eu encurto a distância entre nós dois. Ela está em uma sandália alta, o que faz com que seus olhos estejam mais próximos dos meus. Olho diretamente dentro deles e posso ver seus lábios se abrirem devagar, milímetros quase imperceptíveis.

Mas eu percebo.

Porque não quero perder a menor das reações que Betina Cerutti tem quando está assim, perto de mim.

— Nós podemos sair? Não acho que este seja o melhor lugar para conversar.

Ela suspira e passa a ponta da língua pelos lábios, o que atinge diretamente o meu peito. Coloca a taça no balcão e diz:

— Preciso avisar a sua irmã, estou com ela.

Olho por cima e vejo Tina cheia de papo com Lorenzo.

Essa é outra conversa que terei com ela, mas não agora.

— Não se preocupe, minha irmã vai ficar bem.

Derramo o resto da cerveja na boca e deixo que Betina tome a frente.

Aproveito e mando uma mensagem para Vince, dizendo:

Vou conversar com Cerutti. Me espere, que eu volto.

Guardo o telefone e a vejo andando, sem perceber que rebola. Seu quadril estreito se balança com o movimento das pernas, que parecem longas em cima desse salto enorme e fino.

O que eu não daria para vê-la somente nele?

Assim que chegamos à rua, Betina passa devagar as mãos nos braços, quando a brisa atinge sua pele. Ela então me olha e eu digo:

— Quer sentar na praça?

Penso com certa crueldade comigo mesmo sobre nunca ter sido o cara que convidava qualquer garota para sentar na praça; parecia romântico demais e eu nunca fui dado aos romances.

Betina é a primeira mulher que convido a fazer isso.

Ela somente faz que sim com a cabeça e nós dois vamos andando devagar, já que nossa casa não está muito longe daqui. O único som entre nós dois é o barulho dos seus saltos se equilibrando no asfalto.

Quando chegamos, o movimento é fraco, então espero que ela se sente no banco para que eu faça o mesmo ao seu lado.

A mãe de Enrico permanece muda, agora sem olhar para mim.

Estou tão nervoso que sinto o suor escorrendo pela palma das mãos.

— O que eu te fiz não tem perdão, Betina, e eu deveria saber isso antes de ter feito aquilo com você no *Girotonno*. Foi inapropriado, foi feio, foi vergonhoso. — As palavras saem um pouco estranhas, mas são suficientes para que ela agora vire o rosto na minha direção.

— Não foi mesmo legal — diz, serena, sem fugir de mim outra vez.

Não consigo parar de admirar seus traços bonitos e como nem precisa de muita maquiagem para realmente parecer tão incrível, porque ela já é.

— É mais uma desculpa que eu te devo — assumo, passando as mãos suadas pelas minhas pernas. — Não tenho orgulho do que te fiz. E também não tenho nada em minha defesa para declarar. Eu era um garoto infantil, no auge da maluquice da minha vida jovem, achando que tudo o que eu deveria fazer era satisfazer minhas vontades de homem da forma que fosse. Não escolhi Isabella para te machucar ou qualquer coisa nesse sentido, mas eu tinha consciência de quem ela era para você, e só isso já faz de mim um grande babaca, eu sei.

Não sei como consigo dizer tudo assim de uma vez. Mas a sensação que eu tenho é de que meus pensamentos eram um grande balão cheio de ar, que agora está se esvaziando aos poucos.

— Stefano, eu não tenho raiva de você, se é isso o que pensa.

Enquanto Betina fala, o vento sopra seu perfume na minha direção e, por Deus do céu, como vou me segurar assim? Como será viver mais um dia resistindo a Betina Cerutti? Isso vai me deixar maluco, porra!

— Aquilo foi há quatorze anos — continua. — Eu tenho uma vida depois disso. Uma vida incrível, inclusive, mesmo que agora parte dela me falte. Não tenho espaço dentro de mim para ficar agindo feito uma criança magoada. O que não significa que eu tenha esquecido. Sinto muito se não confio em um cara que transa com a melhor amiga da mulher que andava levando para a cama.

Sacode os ombros com indiferença.

— Eu não transei com Isabella, Betina. Eu já te disse isso.

Ela sorri, não de um jeito bom.

— Só porque aquela noite aconteceu, Ferri. Só por isso. Porque você teria. Eu sei disso e você também, melhor do que ninguém.

É, eu teria.

— Você tem razão. — É a única coisa que posso dizer. — Mas não fiz. Seu olhar de desprezo para mim naquela noite é uma coisa que eu nunca esqueci em todo esse tempo, mesmo sem pensar que um dia estaríamos aqui de novo, frente a frente, e que eu poderia te falar sobre isso. De alguma forma, aquilo doeu. Aquilo me fez acordar para a forma como eu andava levando minha vida e agindo com imprudência com a dos outros.

Betina suspira alto e fecha os olhos por alguns segundos.

— Do que é que você precisa, Stefano? Diga logo — pede.

Se ela soubesse do que realmente preciso, não me faria essa pergunta.

Preciso de você, Betina. Preciso sentir você, pele contra pele. Preciso descobrir como seu corpo reage quando está debaixo do meu ou até mesmo quando está por cima.

Ainda é tão gostoso como eu lembro?

Preciso descobrir cada uma das suas camadas e aprender do que é que você gosta.

Na vida. No trabalho. Na cama.

Em tudo.

— Só preciso que saiba que eu sinto muito. Não precisa dizer que me desculpa ou me perdoa. Nada disso. Eu, no seu lugar, não me perdoaria e me mandaria para a casa do caralho... — Ergo os ombros, conformado. — Eu só preciso que saiba que eu não sou aquele garoto. Este homem que está aqui na sua frente tem muito pouco daquele cara que tirou a sua virgindade e foi tão covarde com você.

Betina, de repente, se encolhe um pouco ao meu lado. Minha mão automaticamente vai ao seu encontro e eu seguro seu braço, fazendo carinho devagar, sem ser invasivo ou assustá-la. Ela não se afasta.

— Você já parou para pensar como seriam as coisas se eu não tivesse te machucado? — Meu questionamento é totalmente sincero.

— Prefiro não pensar, porque foi a melhor coisa que me aconteceu, mesmo que pareça ridículo uma pessoa dizer que é grata por alguém ter sido um grande de um filho da puta com ela. — Betina nem titubeia ao dizer, e eu a admiro ainda mais por isso.

Nem posso falar que suas palavras me ferem, porque eu tenho total consciência de que é verdade. Vince já me disse isso. Eu mesmo já pensei assim por tantas vezes.

Eu não teria ficado com Betina naquela época e, talvez, a enrolasse ainda mais, fazendo com que acreditasse que teríamos algum futuro. Talvez ela não tivesse estudado onde estudou, tido a carreira que teve, o casamento feliz que merecia e o filho incrível que tem.

Ter sido um merda, no fim das contas, parece ter tido suas vantagens.

Rio com ironia.

— Eu só quero que a gente fique bem. Só quero que acredite que eu sou um cara legal, mesmo tendo todas as razões para pensar ao contrário. Não sou um aproveitador, não quero te ofender tentando me aproximar, nem de você, nem de Enrico. Eu realmente gosto do seu garoto, Betina. Gosto muito.

— Eu sei — admite, mordendo o lábio inferior. — Ele também gosta muito de você.

Sorrio um pouco mais tranquilo, porque não vejo preocupação nos seus olhos.

— Não vou negar. Não consigo parar de pensar em você. E não vou me fazer de santo também, você viu com seus próprios olhos no *Girotonno*, sabe do que estou falando. — A respiração de Cerutti acelera quando digo isso a ela. — Mas, ao contrário daquele dia, não vou deixar meu desejo falar mais alto do que o respeito que estou impondo aqui, agora. Sei que você tem um limite e que não quer pagar para ver. Eu te respeito. Mas se houver uma chance, Betina, uma única chance de que queira me conhecer melhor, saiba que não vou desperdiçá-la. E não estou falando de sexo.

— Stefano... — Os lábios de Betina tremem e eu respiro fundo, segurando-me.

O que eu não faria para beijar sua boca agora, aqui mesmo no meio desta praça?

— Não me odeie, Betina. É a única coisa que eu peço.

Se, de tudo o que eu puder ter dessa mulher por enquanto, isso for a única coisa que ela possa me dar, eu aceito.

— Eu não te odeio, Ferri. — Os olhos dela brilham e vejo toda sua sinceridade nas palavras.

— Então, eu já me dou por satisfeito. — Abro um sorriso enquanto pego uma de suas mãos entre as minhas e levo até os lábios, deixando um beijo ali.

Sinto quando Betina aperta os dedos nos meus e volto a olhar para ela.

— Não quero que você espere nada de mim, Stefano. Não sei se posso te oferecer algo além de não ter raiva e nem rancor, e espero que você me compreenda.

Não tenho certeza, mas sinto um impasse na forma como Betina diz essas palavras.

Isso me faz pensar que, quem sabe, apesar de manter firme sua postura, no fundo, ela não tenha tanta certeza assim.

— Tudo bem. Eu entendo você. Mas saiba que eu estarei atento a qualquer sinal que seja contrário a isso. — E pisco para ela.

Betina está séria, mas, de repente, me dá um sorriso.

— Você não tem jeito, Stefano Ferri. — E bufa.

Balanço os ombros, sentindo a situação mais leve, então relaxo.

— Não cheguei aonde cheguei desistindo no primeiro não, Cerutti. Uma das minhas grandes qualidades é ser paciente e resiliente.

Ela sacode a cabeça, como se estivesse incrédula e eu rio um pouco alto.

— Posso te pedir uma coisa?

— O que você quiser — devolvo.

— Deixe Enrico treinar em paz. A natação é importante para ele.

Levanto os braços em rendição.

— Eu sei, juro que sei. Não vou atrapalhar, eu prometo para você. Tem a minha palavra.

— Obrigada, Ferri! — Seu sorriso, agora contido, está ali.

— Estamos bem? — Ofereço a mão na sua direção, como em um acordo.

Ela olha para meus dedos e respira bem lentamente antes de tocar em mim outra vez.

— Estamos bem. Fico feliz que você tenha crescido e aprendido com seus erros, Tefo.

É a primeira vez em todo esse tempo que Betina Cerutti me chama pelo apelido.

É muito ridículo dizer que estou comemorando por dentro?

— Em algum momento isso tinha de acontecer — brinco, ficando de pé, e ofereço a mão a ela outra vez. — Vem, vamos voltar para lá. Você está bonita demais para desperdiçar toda essa produção sentada em uma praça, ouvindo meus pedidos de desculpas.

Betina prende o riso entre os lábios, sem saber se aceita minha oferta. Quando segura minha mão, eu a puxo devagar, ajudando-a a ficar equilibrada nos saltos. Meus dedos repousam na sua cintura.

Nós dois ficamos alguns segundos parados, somente nos olhando, e a única certeza que eu tenho é de que quero mais.

Assim, vendo como Betina respira diferente quando seu corpo está perto do meu, realmente quero mais.

Quero tudo com esta mulher.

E se o perdão já não é mais um problema que eu julgava ter, não me importo de esperar.

Vivi uma vida inteira sem saber que precisava de Betina Cerutti comigo, então ela pode ter o tempo que precisar para descobrir que precisa de mim também.

Capítulo 19

Betina

Stefano agarra meus seios e os aperta, vidrado nos bicos. Ele os gira devagar entre os dedos e eu solto um gemido tão alto, revirando os olhos, que sinto a pontada bem lá embaixo, no meio das pernas.

— Vou gozar assim... — anuncio, sentindo minha boceta encharcada.

— Você vai gozar, Cerutti, mas vai gozar no meu pau. — Ele me vira de uma vez na cama, ficando por cima de mim. Sinto o coração disparar enquanto suas coxas grossas empurram as minhas pernas para o lado, deixando-me completamente exposta para ele. O conjunto moreno e delicioso em cima de mim me encara com os olhos cheios de fogo. — Pede para eu me enterrar na sua boceta, Betina.

As palavras não saem da minha boca. Estou desejando tanto isso que só sei puxar Stefano pela bunda, tentando fazer com que sua ereção acabe de uma vez com meu sofrimento.

— Pare de falar, Ferri, antes que eu me arrependa.

Depois disso, a única coisa que sei é que Stefano entra inteiro em mim. Sinto cada centímetro do seu pau me invadir, indo até o fundo. Arfo enquanto ele puxa o quadril de volta para trás. Segundos depois, ele me fode com força.

— Stefano! — Minha voz sai abafada no meio do gemido.

Mas ele não me poupa. Ferri empurra o pau em um vai e vem que não tem nada de lento, fazendo com que eu sinta seu corpo em cada parte do meu.

— Eu lembro que você gostava assim, com força, rápido. — Sua voz é rouca e vai diretamente do meu ouvido para meu clítoris, que lateja, querendo explodir. — Você ainda gosta, não é? Olha como essa boceta está molhada para mim.

Enrolo as pernas em volta do seu quadril, então ele vai mais fundo, enterrando o pau inteiro, fazendo-me gemer mais alto, perdida no meu próprio tesão.

— Não vou aguentar muito — anuncio, porque a verdade está aí.

Eu só quero gozar. E gozar muito, até perder todas as minhas forças.

Ele suspende um pouco o corpo e aperta meu seio outra vez, fazendo o biquinho ficar na direção da sua boca. Quando ele me olha, safado, e coloca a língua para fora, choramingo, porque sei que ele não vai ter dó de mim.

Stefano chupa meu seio, esfomeado, sedento, sem parar de me foder. O quadril bate rápido contra o meu e o barulho do choque dos nossos corpos aumenta meu tesão. Sua língua me castiga. Arranho suas costas malhadas e suadas com uma das mãos, enquanto enfio os dedos da outra em seus cabelos e puxo com força. O grito que nasce na minha garganta o incentiva a ir até o limite e mamar feito um bebê.

— Eu vou gozar. Meu Deus... — digo meio confusa, sentindo minha boceta apertar o pau de Stefano com força.

Ele larga meu peito, dando uma última chupada, encarando-me em seguida.

— Tenho saudades de te ver gozar. Me deixe te assistir, querida. Não guarde os gritos para você, como fazia quando eu te comia no meu quarto. Geme gostoso enquanto fodo essa boceta, vai.

Suas palavras acabam comigo e eu mexo o quadril, procurando mais atrito com a virilha de Stefano, que agora empurra, curto e rápido.

Fecho os olhos quando sinto o gozo tomar todo o meu corpo e me levantar da cama, em uma onda de prazer tão intensa que começo a tremer inteira. Eu me balanço enquanto grito e meus olhos se semicerram. Stefano diz coisas safadas que não consigo compreender, porque só quero sentir isso para sempre.

Para sempre.

De repente, abro os olhos.

A luz da janela atinge o meu rosto e eu fico alguns segundos parada na cama, tentando processar tudo. Respiro fundo, com o coração acelerado, e olho para o lado da cama, onde estou sozinha.

Sento-me rápido, confusa, observando cada canto do meu quarto, em busca do vestígio de alguma roupa ou coisa que não deveria estar aqui. Mas não há nada.

Respiro pausadamente e caio deitada de novo na cama, esfregando o rosto.

Dio... Eu sonhei que estava trepando com Stefano Ferri.

Agradeço por Enrico não estar em casa, pois não sei o quanto fui discreta quanto a isso. Será que eu gritei?

Solto um gemido de verdade só de pensar nisso e, então, percebo que estou dolorida. Escorrego a mão para dentro da calcinha e confirmo que estou, de fato, completamente encharcada. Meu clítoris está tão inchado que solto um uivo quando esbarro os dedos nele.

Sento-me de novo na cama e bufo.

A verdade é que fui dormir pensando em cada mísera palavra que Ferri me disse ontem à noite, e o mais surpreendente é que eu sei que cada uma delas foi completamente verdadeira.

Voltamos para a balada e ele simplesmente foi um cavalheiro. Entendeu quando eu disse que não ficaria mais e que voltei somente para me despedir de Tina, já que Caterine não estava por lá naquela hora. Nem Vincenzo estava por qualquer lugar que vi. Eu tenho uma teoria sobre isso!

O que me assusta é o quanto aquilo mexeu comigo mais do que deveria. O quanto toda sua sinceridade e vontade de me pedir desculpas por algo que não deveria mais importar, nem para ele, está consumindo a minha mente. Stefano não fez isso porque quer ser meu amigo. Ele fez isso porque quer algo a mais, e só o fato de pensar nisso já me faz tremer inteira.

Eu, depois de tudo, voltar para Carloforte e me relacionar com Stefano Ferri? Não parece a coisa mais absurda que seus ouvidos já ouviram?

O resultado de pensar demais nisso está aí: estou sonhando com ele me fodendo até me fazer gozar feito uma louca. E o pior é que eu gostei de cada segundo desse sonho.

Devo estar com um parafuso a menos na cabeça. Não tem condições.

Solto um grito abafado de frustração e me levanto, indo direto para o banheiro, arrancando a calcinha e a camiseta pelo meio do caminho. Ligo o chuveiro no gelado e entro de uma vez, deixando a água correr por todo o meu corpo, enquanto me apoio na parede, de olhos fechados.

Antes que eu me dê conta, estou com a mão entre as pernas de novo, sentindo o quanto o sonho com Stefano me afetou. Esfrego o clítoris devagar e arfo, mordendo o lábio inferior.

A verdade é que estou sedenta por sexo. Cada dia que passa, meu corpo me implora mais por isso. A briga interna na minha cabeça sobre pensar em fazer sexo com alguém que não seja o Marco está me matando.

Agarro meu seio, que parece pesado, e aperto forte, tombando a cabeça para trás. Esfrego mais rápido e começo a gemer, sentindo todo o tesão acumulado pela transa de mentira tomar meu corpo de verdade.

Empino o quadril para trás e tento imaginar Marco me puxando e se enterrando em mim, como gostávamos de fazer, mas é Stefano quem aparece na minha mente, pelado, gostoso, com aquele pau que me deixava completamente mole, esfregando sua ereção na minha bunda.

Algo em mim diz que é para eu parar, mas não obedeço.

Fecho os olhos com mais força e me toco com pressa, imaginando suas mãos grandes agarrando minha cintura enquanto seu pau me fode com força.

— Ahhhh, Ferri... — Ouço minha voz sair como um sussurro, e enfio dois dedos em mim, sem parar de imaginar que é ele.

Deixo meus pensamentos insinuarem que ele desce a boca pela minha pele e lambe meu pescoço e minha orelha, enquanto me come com tanta força que minhas pernas tremem.

Puxo o bico de um seio várias vezes enquanto meus dedos se afundam completamente na minha boceta, que está pingando. Imagino tantas coisas entre nós dois que, assim como no sonho, meu gemido alto anuncia que estou me derramando.

Gozo na minha mão enquanto minha cabeça tem certeza de que é Stefano Ferri quem está fazendo isso comigo.

Busco apoio na parede, ainda no meio do orgasmo, gemendo alto, dando-me conta de que não tenho um assim há muito tempo.

Fico parada alguns segundos, tentando recuperar o fôlego, tirando a mão devagar. Recobro os pensamentos e me dou conta da água fria outra vez. Viro-me e encosto as costas na parede, com os olhos bem abertos, tomando ciência de tudo.

Sou uma viúva em ponto de ebulição, e o homem que quer me tirar disso é o cara que já partiu meu coração.

Isso seria totalmente cômico se não fosse completamente trágico.

Betina Cerutti... *Ma che fai!*[25]

Caminho em direção ao *lungomare* para ir até o castelo. Hoje Caterine está fora, em uma viagem curta até Sant'Antioco para terminar de comprar algumas coisas para o buffet, e Tina e eu receberemos dois assistentes de cozinha para entrevistá-los.

Já fiz isso tantas outras vezes na vida, confesso que estou com saudade de comandar uma cozinha agitada e cheia de energia.

Gosto de fazer o percurso a pé, porque assim posso ver as pessoas, os nossos costumes no dia a dia do nosso povo e respirar um pouco do ar puro que Carloforte tem. Ver o Mediterrâneo também é um convite e tanto.

Antes de sair de casa, recebi uma mensagem da assistente do médico que me atendeu quando levei Enrico para seus exames da natação, dias atrás. Ele parece ter encontrado algumas alterações nos resultados e pediu para conversar comigo. Perguntei se trata-se de algo sério, mas ela me garantiu que não, por isso marquei uma ida até lá na semana que vem.

Quando chego, Tina já está na cozinha, mexendo em alguma coisa no seu tablet. Ela não parece contente.

— *Buongiorno, bella*! — cumprimento, deixando minha bolsa na mesa próxima de nós.

— Ai, Betina, as contas não estão fechando muito bem. — Senta-se em um dos bancos altos e me olha. — Cat e eu contratamos uma empresa de marketing digital para nos ajudar com o site e as redes sociais do castelo.

[25] Em italiano, "o que você está fazendo!"

O trabalho está ficando incrível. O problema é que eles estão nos sugerindo fazer um ensaio de casamento para tirar fotos e alimentar tanto o site quanto as redes. Mas tem noção do quanto isso vai custar? O dinheiro dela está contado. Este lugar velho não para de ter coisas para consertar.

Sento-me de frente para ela.

— Teríamos de, de alguma forma, dar uma festa, é isso?

— É! — diz, desanimada. — Pensa o preço disso? Fora casting, fotógrafo, enfim... Eu nem contei para ela ainda. Acho que a Cat vai ter um pequeno surto.

— E se a gente contasse com um patrocínio? — sugiro.

Até eu mesma entraria nessa, se for para ajudar Caterine. Tenho dinheiro guardado, não me importaria de ajudá-la.

— Mas para quem eu pediria isso?

— Que tal para Chiara? Eu tenho certeza de que a Milani não se oporia em ajudar uma jovem empreendedora!

Até porque, penso que pedir a Vincenzo não seja o melhor dos cenários. Não sei como acabou a noite de sábado dos dois.

— Claro! Chiaretta. Como não pensei nisso?

— Ou até mesmo seu irmão — falo e cruzo os braços, olhando bem nos olhos de Tina, que estava sorrindo e agora murcha.

— Por favor, não fica com raiva de mim! — Ela coloca o tablet na bancada e dá um sorrisinho sapeca. — Eu não disse a ele que você estaria lá!

— Mas aposto que tem o seu dedo nisso. Seu irmão e eu, Tina, esqueça! Não tente.

— E por que motivo não? — Ela vem e para ao meu lado, abraçando-me. — Sei que ele não foi legal com você antes. Não sei o que foi, mas também não é da minha conta. Porééééém... — Estende a palavra e eu já espero o que vem em seguida. — Meu irmão mudou, eu juro para você que mudou.

— Eu não duvido de você, nem dele. O negócio é que não estou em busca de outro relacionamento. Estou viúva há menos de um ano. Não consigo pensar nisso, principalmente com Stefano!

— Dê a ele pelo menos a chance de te mostrar que, se um dia você quiser estar com outra pessoa, seria um ótimo candidato!

Começo a gargalhar de toda sua tentativa de me convencer que namorar seu irmão seria a melhor ideia do mundo!

— Quantos corações Tefo deve ter partido durante esse tempo em que estive fora, Tina Ferri?

— Alguns, provavelmente, mas sei que ele não quer partir o seu. — Ela me solta e do nada muda de assunto. — Não tem nada a ver com isso, mas sabe o que pensei aqui? Você e Cat podem ser as noivas. Eu tenho dois amigos que, com certeza, topam ajudar a gente. Nós alugamos as roupas e fazemos vocês de noivos!

A cabeça da caçula dos Ferris consegue transitar de um assunto para o outro com muita facilidade em questão de segundos.

— Eu, Tina? — Começo a rir só de pensar em entrar em outro vestido de noiva.

— Sim, você! Para ajudar Caterine. — Pega de volta seu tablet e começa a mexer rapidamente. — Se Chiara aceitar meu pedido de patrocínio, tenho certeza de que o pessoal da cidade aceitaria ser os nossos convidados de mentira. O que acha?

— Comida e bebida de graça, quem não quer? — concluo.

— Você poderia fazer o banquete para nós? Se os meninos forem aprovados hoje, já colocamos para trabalhar.

— Por mim, está perfeito.

— Ótimo! — Tira o telefone do bolso. — Vou ligar para Chiaretta, depois olhar algumas lojas em Sant'Antioco e Calasetta para vermos as roupas. — E sai andando, deixando-me aqui sozinha, pensando em como é fácil cair na lábia dessa maluca.

Acredite: Tina Ferri não vai descansar enquanto não fizer um casamento fake com toda pompa que um de verdade merece.

Balanço a cabeça, rindo, e me levanto, indo em busca de começar também o meu dia.

Capítulo 20

Stefano

Chego direto de Olbia, onde passei alguns dias, e sigo para a casa de campo, onde os meus pais estão hoje. Sei que Tina também está com eles para almoçar.

Assim que entro pela porta da frente, ouço minha mãe gritar:

— Ele chegou!

Vem apressada me abraçar e me encher de beijos.

Agarro *signora* Irene entre os braços, do jeito que ela adora.

— Não diga que ficou com saudades. Foram só uns dias de nada.

Ela me olha bem, com sua cara de desconfiada.

— Na verdade, achei que você nem ia voltar!

— Por que eu faria isso? — Deixo um beijo em seus cabelos e vejo Tina vir em nossa direção.

Minha irmã me abraça rápido e se senta no sofá da sala, ligando a TV.

— Porque conheço o filho que eu tenho. Fique aí com a sua irmã, já estou terminando o almoço. — Ela dá meia-volta e vai para a cozinha.

Vou até Tina e me jogo ao seu lado.

— Onde está nosso pai?

— Lá atrás, na horta. Como foi em Olbia?

— Foi bom.

Fiz uma visita técnica junto ao meu time a um dos imóveis adquiridos por um dos novos franqueados, em uma cidade vizinha. Quis ver com meus próprios olhos com o que estamos lidando e eu gostei do que vi.

Depois, passei em Bianca, que insistiu muito para que nos víssemos.

Foi bom conversar com ela. Eu precisava de um pouco de distração. Mas, na hora em que veio querendo o que a gente sempre faz, eu não quis.

A verdade é que ando feito camelo atrás de água no deserto quando penso em sexo. A última vez que transei foi naquele dia em que Tina me ligou e contou da sua saúde. Mas, desde que botei os olhos em Betina Cerutti outra vez, não estive com mais ninguém. E, quando penso em sexo, ela é a única pessoa que me vem à cabeça.

O que eu posso fazer?

Bianca não gostou muito, então expliquei o que estava acontecendo. Sei que de alguma forma ela andava pensando que as coisas pudessem mudar, mas fui sincero e cuidadoso ao dizer que ela não deveria esperar nada além.

— O que você disse a Betina no dia da Repubblica? — Do nada, solta essa.

— Eu é que pergunto que porra foi aquela, Tina. Você joga baixo para caralho. Quando ela me viu, quis me matar de raiva, achando que eu a estava perseguindo.

— Ela te disse isso?

— Com essas palavras? Não. Mas nem precisava.

— Mas deu tudo certo, não deu? Seja lá o que você tenha dito.

Viro-me na direção dela e questiono:

— Fala logo, fofoqueira. O que você quer saber?

Ela faz cara de desentendida e responde:

— Não quero saber nada. Só acho que funcionou. Ela anda com uma carinha bem feliz por esses dias.

— Ela te disse alguma coisa? — Fico curioso.

Não a vi mais desde então, portanto não faço ideia de como Betina possa estar. Só sei que cada dia mais tudo o que eu penso me leva para Cerutti.

— Não disse nada. Mas só o fato de não ter me dito já é alguma coisa. Pensa... Ela poderia ter ficado brava porque eu te induzi a ir para lá.

— E você fala isso com essa sua cara de pau em uma tranquilidade, não é, caçula?

— Ah, vá! O que eu te falei? Não faço milagres, aproveite as oportunidades que eu te arrumo. Inclusive, tenho outra e muito boa!

Sua voz sai animada e o jeito como Tina morde o lábio já me diz que essa peste está aprontando uma.

— Vai, acaba de me foder. O que é desta vez?

Ela se mexe no sofá em um pulo, virando-se na minha direção rápido demais.

— Vamos fazer um ensaio fotográfico para o buffet da Cat. Preciso simular dois casamentos para termos fotos e vídeos e usá-las no site e redes sociais. Isso tudo é muito caro, então estamos contando com a colaboração dos queridos moradores de Carloforte!

— Está bem, Tina. — Meu celular apita com um e-mail e eu peço um segundo para responder. Assim que finalizo, olho de novo para ela e completo. — E o que eu tenho com isso?

— Você vai ser um dos noivos!

— Eu, o quê? — Solto uma gargalhada alta e minha mãe pergunta da cozinha o que houve.

Digo que nada e me levanto, para ir em direção a ela. Quando dou as costas, minha irmã solta a bomba.

— Betina vai ser uma das noivas!

Meus pés param no mesmo instante. Quando me viro na sua direção, Tina está com um sorriso diabólico na cara, que vai de orelha a orelha. E eu, sabendo que ela não me falou nada disso por acaso, solto uma risada abafada, enquanto passo as mãos pelo rosto, depois olho para ela.

— Garota, como você é cretina.

— Não reclama, *stronzo*! Eu estou te ajudando. Se não for você, vou colocar outro para ficar bem grudadinho nela, fingindo ser casalzinho. — Imita, de uma forma ridícula, uns beijos exagerados.

— Ela sabe que você está me fazendo esse convite?

— É claro que não. Mas é pegar ou largar. Preciso de uma resposta logo.

Dá de ombros e volta a olhar para a TV, como quem está desinteressada no assunto.

Como posso, eu, um cara de trinta e seis anos, com uma empresa milionária para tocar, ficar caindo nessas conversas fiadas da irmã mais nova? O que é que essa garota tem que ela consegue me dobrar em tudo o que faz?

— Se Betina achar que fui eu que inventei isso, Tina, eu vou te jogar do alto daquele castelo — afirmo, dando as costas de novo.

— Isso é um sim?

Sua voz agora é mais animada, e eu grito:

— O que é que você acha?

Ela ri, dando um gritinho, e responde:

— Mal posso esperar para ir até Cagliari escolher meu carro novo!

Eu realmente sou um trouxa.

De volta ao centro da cidade, paro o carro na praça e desço com a mala para ir até o sobrado. Quando dou a volta para entrar na Ferri, vejo Enrico vindo pela rua, com uma bola de futebol debaixo do braço. Ele me vê e acena, sorrindo em seguida:

— Tefo!

— E aí, medalha de ouro? — Aguardo na porta da *gelateria* para que ele chegue até mim.

Viro seu boné para trás, brincando com ele.

— Não te vi aqui por esses dias — afirma.

— Sim, eu estava em viagem, voltei hoje mais cedo. E essa bola aí? — Aponto para o objeto que ele segura.

Enrico olha para ela e depois para mim outra vez.

— Fiz um time na escola. Em Florença eu gostava de jogar com os meus amigos no parque. Você gosta?

Faço uma careta.

— Na verdade, eu sou um belo perna de pau. Mas não conta isso por aí, não. Vincenzo adora tirar um sarro da minha cara.

Enrico ri alto, balançando-se. Aquela risada igual à da mãe.

— Meu pai também não era bom. Ele dizia: *Sono nato con due gambe sinistre*[26]*!*

— Eu sou alguma coisa parecida assim com o seu pai — digo e divirto o garoto.

— Mas é bom no *gelato*, não é? Não dá para ser bom em tudo mesmo.

— Sou bom com números também. — Tento me gabar um pouco.

— É por isso que você faz tanto dinheiro assim. — Seu sorriso aumenta e ele pergunta: — Que dia vamos fazer o *gelato* para a *mamma*?

Esse menino nunca esquece de algo que lhe prometem. Eu me abaixo um pouco para ficar na sua altura e respondo:

— Vou estudar algumas possibilidades e te chamar para fazermos, ok? Não me esqueci de você.

— Acho que ela vai gostar, não vai?

Volto seu boné para o lugar e afirmo:

— Tenho certeza de que vai. Vamos caprichar!

— Tem outra coisa que eu queria te falar... — Agora Enrico parece tímido e eu seguro em seu ombro, encorajando-o a dizer.

— Estou te ouvindo, medalha de ouro. Pode falar.

— Você acha que conseguiria ir a minha primeira disputa de natação? A competição está chegando e... — Hesita um pouco antes de completar. — Eu queria muito que você estivesse lá me vendo.

Porca miseria[27]! O filho de Cerutti tem um jeito muito particular de me deixar sem palavras.

— Se é importante para você, campeão, saiba que eu estarei lá! Vai ser uma grande honra para mim.

O sorriso que ele abre ilumina toda Carloforte.

— Eu vou dizer à minha mãe que te convidei, não precisa se preocupar, não vou mentir.

Toda a integridade de um menino de apenas doze anos, muito melhor e mais responsável do que eu quando tinha meus vinte, me comove.

— Sei que não vai. Você é um garoto de palavra. — Pisco para ele, que me devolve um sorriso tímido.

Enrico começa a andar na direção da sua casa e eu me viro para acompanhá-lo.

— Eu te conto o dia certo. Germano ainda vai nos confirmar.

---

[26] Em italiano: "Eu nasci com duas pernas esquerdas".

[27] Em italiano: "Caramba", "Pelo amor de Deus".

Aceno para ele enquanto respondo:

— Vou ficar ansioso te aguardando, então.

Ele coloca a bola no chão e faz o resto do caminho brincando com ela nos pés.

E eu fico aqui parado, observando sua alegria, até que ele cruze o seu portão.

Capítulo 21

Betina

Termino de colocar as folhinhas frescas de manjericão em cima das bruschettas que acabamos de montar. O cheiro de tudo está simplesmente divino e eu não consigo lembrar exatamente o último dia em que eu tenha me sentido tão feliz como estou agora. Toda vez que me desligo do mundo e me rendo à cozinha, eu vivo com a certeza de que fiz a escolha certa.

Com todos os antepastos já terminados, vou até o fogão, onde meu novo assistente, Fabrizio, está cuidando do cozimento das massas recheadas. Escolhi *tortellini, ravioli e capeletti* para hoje. Acompanhei os rapazes na preparação e vi que estão prontos para comandarem o trabalho da cozinha junto comigo. Fizemos ótimas contratações!

Provo um pouco do *pomodoro* e percebo que falta alguma coisa.

— Ainda está um pouco ácido, Fabrizio. Uma colher pequena de açúcar vai resolver. Ou se preferir usar a cenoura também, qualquer um dos dois vai servir.

— Pode deixar, chef! — Corre em direção ao armário para buscar o que é que tenha escolhido.

Alessandro está concentrado na montagem das saladas, junto com os queijos.

— Não se esqueça do azeite, ok? — digo enquanto ele faz sinal de positivo para mim. Paro e olho para tudo se encaminhando. — Posso ir me arrumar, gente? Afinal, a chef hoje também é "noiva"!

Abro as aspas com os dedos e eles riem.

— Vai lá, Betina. Está tudo sob controle por aqui — Fabrizio me tranquiliza.

Agradeço aos dois, tiro meu avental e o penduro, indo para o banheiro tomar um banho rápido e me ajeitar.

Perguntei às garotas se poderia ser uma produção leve porque, na verdade, detesto maquiagem demais. Caterine disse que não poderia concordar mais e me deixou à vontade para me produzir da forma que eu preferir. Por isso, uso a presilha de cabelo que Tina me deu, deixando um lado preso e o outro solto, enquanto minha *make* é a mais delicada que consigo fazer.

Volto para a cozinha e, segundos depois, Caterine entra pela porta. Está simplesmente linda!

— E aí? Pronta para ser noiva por um dia? — a dona da Casa Izzo, nome que escolheu para seu buffet, me pergunta, vindo em minha direção e me dando um abraço apertado.

Fiquei tão concentrada na cozinha desde cedo que nem a vi hoje.

— Justo eu, que prometi nunca mais colocar um vestido de noiva no corpo outra vez. Só por você mesmo, Cat! — brinco.

Mas a promessa não é uma mentira. Quando Marco morreu, disse a mim mesma que nunca mais casaria. Que sentido faz se casar com outra pessoa se ela não é o amor da sua vida?

— Ai, somos duas.

Caterine revira os olhos e eu sei bem o motivo. Foi cruel o que o ex-noivo fez com ela e imagino o quanto deve ser difícil pensar em casamento depois de tudo o que Cat viveu.

— Mas vai ser rápido, é por uma ótima causa e vamos poder ver como este lugar vai realmente ficar quando forem nossos clientes aproveitando o dia deles! — Tento animá-la e tirar sua cabeça de pensamentos ruins.

Hoje não é o dia para isso!

— Eu estou tão ansiosa, Betina! — De repente, está completamente animada e isso me deixa feliz. Mais feliz ainda em ver como a comunidade tem abraçado Caterine quando ela mais precisa. Chiara e a Milani patrocinaram praticamente tudo e o restante das pessoas sentiram-se muito honradas pelo convite. Aos rapazes que farão parte das fotos também diz: — Meninos, por favor, sirvam-se de tudo o que precisarem. Quero vocês maravilhosos nas fotos dos convidados, ok? Aproveitando de verdade!

— Já, já vamos nos arrumar, Cat — Fabrizio a tranquiliza.

— Vamos nos ajeitar, Betina? Os fotógrafos e amigos de Tina já estão chegando no próximo ferry.

Pelo que Tina nos contou, os rapazes estão vindo da comuna vizinha, Calasetta.

— Vamos, claro! — respondo a ela. — Garotos, obrigada pela ajuda. Nos vemos em breve.

Saímos em direção a sua casa, atrás do castelo, onde nossos vestidos estão. Deixei que ela escolhesse o que gostaria que eu vestisse, já que estamos falando de um trabalho para o negócio dela, e sem me surpreender Caterine, com todo seu bom gosto, escolheu vestidos simples, mas muito bonitos.

Nós duas nos ajudamos a nos vestir e a fechar os vestidos. Enquanto me sento para colocar as sandálias, ouço a voz de Tina gritando de algum lugar:

— Meninas? Já acabaram? Os rapazes e os fotógrafos chegaram. Vamos começar!

— Já vamos! — Izzo grita enquanto pega os buquês que estão em cima da poltrona do seu quarto.

Ela me entrega o meu e, de repente, assim, totalmente vestida de noiva, quase tenho uma crise de riso. É muito, muito estranho me ver assim outra vez.

O que não fazemos pelas pessoas de que gostamos?

— Pronta, noivinha? — pergunto enquanto ela ri, dizendo que sim.

— Pronta! Vamos nessa.

Saímos com cuidado, segurando a barra do vestido e indo em direção ao pequeno portão que separa as duas propriedades de Cat. Quando atravessamos e entramos outra vez na área do castelo, eu congelo.

Vejo dois homens de costas e, por Deus, eu os reconheceria a quilômetros de distância, mesmo virados.

Caterine e eu olhamos uma para a outra ao mesmo tempo e não temos outra reação que não seja dizer:

— Como é que é?!

Eu realmente não sei dizer o que estou sentindo agora: raiva de Tina, que é uma verdadeira trambiqueira e fez tudo tão bem-feito que não me deixou sequer pensar na hipótese de que ela aprontaria algo assim; ou se estou tendo um ataque de nervos porque Stefano Ferri se vira na minha direção, vestido impecavelmente em um smoking, com os cabelos alinhados para trás, olhando-me como se quisesse me atacar.

E tudo o que tenho pensado ultimamente é que eu adoraria que ele fizesse isso!

— Vamos lá, meus noivinhos? Enquanto um dos fotógrafos fica com as decorações, o outro vai adiantar as fotos de casamento para nós! Todos para o último andar, por favor. Vamos fazer fotos na varanda de frente para o mar.

Eu realmente quero matar Tina.

A cara dela nem muda de feição enquanto diz essas palavras.

Caterine fica completamente desconcertada na presença de Vince e eu decido que vou respirar fundo, fazer o que tenho de fazer e ir outra vez cuidar da minha cozinha. Com Tina Ferri eu me resolvo depois.

— Oi, meninas! — É Vincenzo quem diz.

Stefano para ao meu lado e nós dois nos olhamos sem conseguir dizer uma palavra que seja. É a primeira vez que o vejo desde o pedido de desculpas e não consigo entender porque meu coração está tão acelerado desse jeito.

Minha cabeça fica me dizendo coisas do tipo: "Será que ele imagina que você goza pensando nele?" e só de cogitar essa hipótese, eu me desespero.

O negócio é que não foi só naquela manhã de domingo. Houve várias outras vezes em que meu corpo me pediu por alívio. E, por mais que eu me esforçasse para pensar que era Marco ali, levando-me ao limite como sempre fizemos a vida toda, Stefano sempre tomava seu lugar nos meus pensamentos.

Não consigo parar de pensar em suas palavras: "eu te respeito. Mas se houver uma chance, Betina, uma única chance de que você queira me conhecer melhor, saiba que não vou desperdiçá-la. E não estou falando de sexo".

Meu medo é que não sei o quanto, agora, eu posso demonstrar algo que leve Stefano a acreditar que é um sinal da minha parte, porque só de senti-lo atrás de mim, ajudando-me com o vestido, minha pele inteira formiga.

Fico pensando em tantas coisas... Como Enrico reagiria ao saber que eu estaria com outra pessoa? O que diriam de mim, a menos de um ano viúva, aventurando-me na cama de Stefano Ferri? Como ficaria minha cabeça ao ceder, pensando em Marco?

Consigo ouvir sua respiração bem perto do meu ouvido, mesmo que ele mantenha uma distância respeitosa entre nós dois.

— Está tudo bem aí na frente? — pergunta.

— Está, sim — digo somente, embolando a barra do vestido nas mãos da forma que posso.

Quando chegamos ao andar da varanda, onde as fotos serão feitas, Ferri para ao meu lado.

Como pode Stefano estar muito mais bonito do que já é? Ou será que estou ficando tão louca com tudo isso na minha cabeça que estou enxergando o irmão de Tina diferente?

Ele me dá um meio-sorriso e parece um pouco ansioso.

— Você está incrível, Betina — diz calmamente, em um tom baixo, olhando-me devagar, dos pés à cabeça.

Cada área do meu corpo que seus olhos percorrem arde em chamas.

— Obrigada, Ferri! Você... — Acabo me engasgando um pouco nas palavras. *Mannaggia*[28]! — Você fica bem de noivo!

Quando saem da minha boca, fecho os olhos com vontade de me enfiar em um buraco.

Eu não tinha nada melhor para dizer?

Stefano me abre um sorriso enorme, e o seu cheiro marcante atravessa meus sentidos neste mesmo instante.

---

28 Em italiano, "Que droga!"

— Aqui, vocês dois — Tina nos chama, enquanto o fotógrafo nos orienta de como devemos nos posicionar.

— Noivo, preciso que abrace a noiva por trás, segurando-a por sua cintura. Preciso de muito sorriso e bastante intimidade. É um casamento na Sardenha, vocês precisam estar bem felizes, ok?

Stefano vai me abraçar por trás?

De repente, a cena do banheiro vem como uma enxurrada na minha mente. Como vou fazer agora para não o imaginar pelado atrás de mim, pronto para me foder?

Deus, como eu detesto Tina neste exato minuto!

Sinto as mãos cuidadosas de Ferri segurarem a minha cintura e me puxarem com muita calma contra o seu corpo. Imediatamente o calor do seu peitoral se alastra pelas minhas costas nuas. Tento evitar, mas não consigo: um pequeno tremor vem do meio das minhas pernas e se espalha pelo meu corpo inteiro.

Gentil, Stefano finge que não percebe e diz:

— Estamos prontos. Não é, Betina?

Demoro alguns segundos para responder, mas faço minha melhor cara de quem não quer sair correndo daqui agora e confirmo.

Nós dois sorrimos e os cliques começam.

Concentro-me em pensar que só preciso ajudar Caterine e logo vou estar livre disso.

Mudamos de posição vez ou outra e em alguns momentos precisamos olhar um para o outro. Stefano não economiza em me observar de um jeito que parece esperar me desvendar. Sei que nesta hora minha respiração escapa diferente e ele sorri outra vez, sabendo que está me afetando muito mais do que estou deixando parecer.

Cat e Vince acabam suas fotos e são liberados por Tina para descer, enquanto nosso fotógrafo pede a mim e a Ferri por mais alguns minutos.

Tiramos fotos sozinhos, em poses distintas, até que ele diz que o trabalho por aqui está concluído.

— Vou descendo na frente para ajudar lá embaixo. Vamos logo começar as fotos dos convidados. — Ela puxa o fotógrafo pela mão, ansiosa para nos deixar sozinhos.

Bufo para mim mesma, deixando os ombros caírem. Quando ninguém mais está perto, digo:

— Seu pai e sua mãe criaram uma pequena cobra dentro de casa!

Stefano olha na minha direção e ri alto. Eu, que estou à beira de um ataque, começo a rir também.

— A minha irmã não descansa enquanto não consegue o que quer. — Seus ombros largos se mexem e ele coloca as mãos dentro dos bolsos da calça. — Eu disse a ela que, se você acreditasse que fui eu quem fiz isso de propósito, a jogaria aqui do alto.

Dou uma gargalhada estranha e tapo a boca logo em seguida.

— Pois vá buscá-la. Não que eu ache que foi você, porque sei que foi ela. Mas sua irmã está merecendo. — Reviro os olhos e puxo o ar com força.

Ferri anda dois passos em minha direção.

— Como você está? Não nos vimos mais depois daquele dia.

— Estou bem! — Tento dizer mais animada do que realmente estou, porque Stefano não é nem de perto a pessoa certa para quem eu poderia dizer que ele mesmo está me deixando muito confusa. — E você?

— Melhor agora, com certeza. — Sua sinceridade faz meu coração bater rápido outra vez. Olhando assim de perto e com todo seu charme de noivo de mentira, minha cabeça fica imaginando como seria se fôssemos realmente marido e mulher e o que ele faria comigo quando estivéssemos somente nós dois. — Eu não sei o que é, Betina Cerutti, mas posso te ouvir pensando daqui.

Dou um passo para trás e me desequilibro na sandália. Mais que depressa ele me segura firme, puxando-me para perto dele.

— *Quel vestito ti sta proprio bene*[29]... — Ele olha diretamente para o meu decote. Stefano parece sofrer, antes de confessar: — Estou há alguns segundos de quebrar a promessa que te fiz, mas não posso fazer isso. Preciso que confie em mim, que acredite que mereço você. Me peça para não a quebrar, Betina, pelo amor de Deus! Me peça para não ser idiota e estragar tudo outra vez.

Sua súplica faz minha mão tremer tanto que o buquê cai ao chão, porque não tenho certeza de que sou capaz de fazê-lo. O rosto de Tefo está tão próximo agora que consigo ouvir o som que sai da sua boca toda vez que ele puxa e solta o ar. A minha respiração eu nem faço ideia de como esteja. Tenho a sensação de que parou.

Minhas mãos automaticamente pousam no seu peitoral, buscando equilíbrio.

— Eu não tenho dormido direito — continua, a voz quase um sussurro. Seus olhos castanhos brilham com o reflexo do pôr do sol logo atrás de nós dois, no horizonte do Mediterrâneo. — Tudo que eu penso é em estar por perto para que você falhe em sua fortaleza apenas uma vez, Betina, e me mostre que também quer. Me diga, Cerutti, seu corpo tremeu agora há pouco em minhas mãos porque me quer também, não foi?

Abro a boca para dizer alguma coisa, mas não consigo. Simplesmente não consigo.

Como vou negar para Stefano Ferri que ele tem me deixado maluca?

---

[29] [29] Em italiano, "Você está linda neste vestido..."

— Me peça, Betina. Me peça para parar ou eu vou te beijar. Eu vou estragar tudo outra vez. Diga que não quer.

Sua voz sai grave, rouca, cheia de desejo. Aperto uma perna contra a outra enquanto olho para sua boca perto da minha e sinto seu hálito se misturar ao meu, deixando-me inebriada, fraca... e desejosa.

Fecho os olhos e Stefano entende a minha resposta.

Sinto quando seus lábios se aproximam abertos dos meus e as mãos apertam minha cintura com força, mantendo-me no lugar. Ele roça devagar a boca na minha e solto um gemido, que lhe arranca outro também.

A antecipação me deixa à margem do desespero.

Mas, quando sinto sua língua atrevida pedir passagem pelos meus lábios, eu me derramo nos braços de Stefano. De repente, sou teletransportada para uma tarde qualquer em Carloforte, onde minha pequena aluna saiu para ir à casa dos avós.

O irmão mais velho me chamou para o seu quarto. Meu coração batia tão descompassado dentro do peito que pensei que ia desmaiar. Ele era o cara mais desejado da cidade e me convidou para ir ao seu quarto!

Quando me beijou, o tempo parou. Era como se não houvesse existido nada tão bom como aquilo na minha vida antes daquele momento. Era como se sua boca fosse feita para se encaixar perfeitamente na minha.

E é isso que sinto agora.

Reconhecimento.

Meus braços voam para o pescoço de Ferri enquanto minha língua entra em uma dança com a sua. Uma das suas mãos sobe e ele me segura pela nuca, mantendo-me assim, sob seu comando.

O gosto delicioso que vem da boca deste homem me faz arfar enquanto me entrego ao desejo de sentir Stefano outra vez. E, *Dio mio*! É ainda melhor do que eu me lembrava.

Ele puxa meu lábio devagar entre os dentes, os olhos semicerrados, carregados de tesão, enquanto sussurra:

— Caralho... Não vou conseguir parar.

Avança em mim outra vez, com mais vontade, tomando meus lábios com fúria, fazendo-me ficar na ponta dos pés para ter tudo o que posso dele.

Ele puxa minha língua e chupa devagar, de um jeito tão provocador e sensual que meu gemido aumenta, e minha boceta implora por Stefano no meio dela.

Meus dedos procuram seus cabelos e eu os puxo, assim como no sonho. Stefano afunda a língua na minha boca outra vez e tudo o que desejo agora é que este momento não acabe.

Sinto quando para de me beijar devagar, mas desce a boca pelo meu pescoço, beijando cada vestígio de pele que encontra pela frente. Tento me controlar, mas respiro fundo, gemendo baixo, os pelos do corpo completamente arrepiados, e ele adora cada segundo.

— Como você é deliciosa, porra! É tão melhor do que a minha memória me contava, Betina. — Deixa um beijo atrás da minha orelha. — Essa sua pele é tão cheirosa. Que vontade de lamber você inteira...

E suas palavras me arrastam para um abismo dentro de mim mesma. Porque eu também não conseguia ter com exatidão a ideia de que beijar Stefano e estar em seus braços era tão bom assim.

Abro a boca para responder, mas ele me interrompe.

— Por favor, não diga que a gente não devia. Não diga que foi um erro ou que você não queria.

Agora ele levanta o rosto e olha diretamente para mim, passando a língua pelos lábios. Suas mãos grandes seguram meu rosto entre elas, e eu me sinto uma fraude, porque é literalmente o tipo de coisa que eu falaria agora, mas é uma verdadeira mentira. Tudo o que quero é que Stefano me beije um pouco mais.

— Nós estaremos juntos de novo, Betina. Só nós dois. E eu não vou só beijar você, esteja ciente disso. — Respira rápido, as pupilas estão dilatadas. — Pareço a merda de um adolescente de tão ansioso que estou por isso. — Dá aquela risadinha de lado, que facilmente deixaria um estádio inteiro de mulheres completamente rendidas, e termina: — Mas estaremos juntos porque você vai querer. Você vai me procurar, Cerutti. Não vou quebrar a minha promessa, eu vou fazer certo até o dia em que você disser com todas as letras que me quer também. E, acredite: esse dia vai chegar.

Sua convicção me deixa paralisada e com o coração vindo à boca.

Stefano me beija de novo, de forma suave.

Nada no movimento dos seus lábios e língua tem urgência. E eu não me importo de entrar no seu ritmo, porque assim, tenho a sensação de que esse momento não vai acabar. De que no meio da loucura na qual acabei de me enfiar, vou aproveitar tudo o que puder.

Sua boca deixa selinhos na minha, repetidas vezes, até que Ferri para. Sua respiração, ainda descontrolada, bate nos meus lábios inchados. Ele então se distancia, colocando as mãos nos bolsos novamente. O irmão de Tina me encara e eu prendo o lábio inferior entre os dentes, sem conseguir disfarçar o quanto estou impactada.

Ele me dá um último sorriso e se despede:

— Te vejo lá embaixo.

E me dá as costas, andando na direção da escada tranquilamente, deixando um rastro de confusão e milhares de perguntas dentro da minha cabeça.

Sem perceber, levo uma das mãos aos lábios que estão doloridos e sensíveis, de uma forma muito boa.

Tenho uma crise de raiva e dou um grito abafado, frustrada, então me viro, olhando para o azul do mar bem à minha frente.

E agora, o que eu vou fazer?

Capítulo 22

Stefano

A vida de um cara com um propósito não é fácil.

Eu deveria saber que, a partir da hora em que beijasse Betina Cerutti, ficaria obcecado, porque não existia a hipótese de ser ruim ou de me arrepender. Na verdade, eu não consigo pensar em mais nada que não seja aquela boca deliciosa que ela tem.

Tive que me segurar como um filho da puta para não estragar as coisas, afinal precisava que ela permitisse.

Um beijo ela quis.

O restante, o que eu queria mesmo fazer, sei que ainda estava dentro das coisas consideradas como ultrapassar limites.

Enquanto eu beijava sua boca e Betina se entregava sem dificultar, minha vontade de verdade era levantar aquele vestido, descer a sua calcinha e chupar sua boceta até que ela perdesse o controle e me entregasse todo seu gozo na ponta da minha língua. Eu percebi como suas pernas se esfregavam, e, mesmo que ela tentasse não admitir, Betina Cerutti estava tão esfomeada quanto eu.

Agora, ela vai me pedir mais. Não importa o tempo que demore, vai querer. Eu sei que vai. E vou me dedicar todo maldito momento em que eu puder para fazer com que ela aceite que mereço uma chance de estar em sua vida.

A merda das minhas bolas acordam todos os dias doloridas. Não transar já estava sendo uma tortura. Não transar pensando em transar com Cerutti é a morte.

Bater punheta feito um garoto na puberdade virou meu mais novo vício. E, nelas, já me imaginei comendo Betina de tantas formas diferentes que parei de contar. Mas meu pensamento favorito é imaginar que a sua boca me chupa sem dó, assim como sua língua me beijou dias atrás. Como me lembro daquele primeiro boquete que ela me deu há tantos anos. Gostosa demais...

Seguro meu pau e aperto forte, masturbando-me lentamente. Enquanto aliso da base até a cabeça, apertando um pouco mais, imagino Betina montada em mim, aumentando o ritmo da sua cavalgada enquanto seus seios balançam, o cabelo curto caindo sobre seu rosto. A boca aberta, buscando fôlego. Os olhos ardendo de tanto tesão.

Acelero com a mão e sinto meu cacete pulsar.

No meu pensamento, Betina rebola bem safada, doida para gozar no meu pau. E como eu quero isso. Como quero Betina Cerutti perdendo a porra do juízo montada em mim.

Vou mais rápido, com a respiração ofegante, imaginando o exato momento em que ela grita e afunda o corpo inteiro em cima de mim, deixando que eu me enterre em sua boceta molhada, que me aperta.

— Merda... — digo alto, sentindo um puxão nas bolas quando gozo forte na minha mão.

Fico deitado, olhando para o teto alguns segundos enquanto minha respiração acelerada se acalma aos poucos.

O que vai ser de mim se eu continuar assim, caralho?

Levanto e vou para o banheiro me lavar, olhando para o relógio e pensando sobre o tempo que tenho até que a videochamada com meu time de marketing comece.

Depois de ficar dez minutos embaixo da água quente do chuveiro, tentando recobrar um pouco do juízo, eu me preparo para ficar o resto da manhã em frente ao computador. Passo um café rápido e encho a xícara, enquanto dou uma olhada pela janela e vejo o movimento de Carloforte.

A comuna parece um pouco agitada hoje, com muitos moradores e turistas andando de um lado para o outro. Observo de longe algumas pessoas que conheço e vejo do outro lado da praça Betina surgir de braços dados com a avó.

Dou um gole na bebida quente e sorrio, vendo seu cuidado com a *nonna* ao andarem pela praça no meio das pessoas. Sei que ela não esperava me ver aqui, mas Cerutti olha para a minha janela, dando de cara comigo.

Vejo quando ela dá um pequeno pulo para trás, assustada, como fez no castelo aquele dia. Está tão bonita que nem consigo descrever.

Cheguei à conclusão de que acho Betina bonita em qualquer ocasião, porque não é da beleza física que estou falando. A energia que vem dela faz com que Cerutti seja irresistível aos olhos. Ela tem uma luz só dela.

O que me assustou naquele sábado, na verdade, foi constatar o quanto vê-la de noiva mexeu comigo. Pareceu uma das coisas mais certas que já senti na vida, e eu poderia achar isso uma verdadeira maluquice, mas não é.

Agora que provei de novo do gosto da sua boca e percebi como seu corpo reage quando a toco, muitas das minhas dúvidas se tornaram certezas, e é por isso que, mesmo tendo o corpo implorando para fazer tudo errado, vou esperar até que ela ceda.

A ideia de estar em um altar esperando por uma mulher nunca foi real para mim como é agora, quando penso nela.

Aceno e Betina tenta não sorrir, mas falha, levantando a mão e me cumprimentando também. Meu *smartwatch* avisa que a reunião está prestes a começar, então preciso quebrar o contato visual com a mãe de Enrico e voltar para dentro.

— Fizemos o ajuste do spot de rádio, Stefano. Vamos te apresentar a versão dois agora — Lorena, minha gerente de marca, diz.

Estamos anunciando em algumas rádios da Sardenha nossa expansão em franquias.

A verdade é que eu não fazia ideia do tamanho do sucesso e proporção que isso tomaria em tão pouco tempo. Estamos falando agora em cerca de cem pedidos de análises para franqueados, com cadastros até em Nápoles e Palermo.

— Antes de colocar, Lorena, só quero confirmar com Stefano se posso dizer sim para a entrevista para o *Buongiorno*, Sardenha. — É Rafael, meu assessor, quem diz agora.

— Eles querem uma entrevista? — questiono.

— Para o mês que vem.

O *Buongiorno*, Sardenha é um dos programas mais assistidos da região, aonde levam celebridades e pessoas influentes para serem entrevistados.

— O motivo?

— O crescimento exponencial da Ferri. Você viu o relatório que te enviamos sobre estimativa de lucro do ano que vem com o fechamento das novas franquias? — Um dos rapazes do financeiro é quem me pergunta.

Sim, eu vi. Sou o dono, como não veria?

O mercado tem cogitado que no ano que vem subiremos no ranking da posição 47 entre as marcas mais valiosas da Sardenha para o número 25.

— Vou, com certeza. Pode fechar minha agenda o dia todo. Só me lembre com antecedência, posso ter planos próximos, preciso me programar.

— Já vou pedir Georgette para providenciar — comenta sobre minha secretária.

Ficamos mais meia hora entre aprovações e acerto de agendas e me perco no meio da agitação do meu dia.

Betina

— Até quando você vai ficar de cara virada para mim? — Tina pergunta com aquele semblante de cachorro pidão.

Hoje estamos recebendo alguns clientes em potencial para visitar o castelo e montei um menu degustação para apresentar os nossos pratos. Trouxe a *nonna* para ajudar, já que minha mãe hoje foi para Calasetta resolver coisas dela e do meu pai.

Nonna está amando cada segundo, contando seus casos para mim e os garotos, e nos ajudando com suas mãos habilidosas.

Olho na direção da caçula dos Ferris, com quem não tenho interagido muito nos últimos dias.

— Até quando eu não estiver mais sentindo rancor no coração. Por enquanto, parece longe de acabar.

— Ah, Betina. Poxa. — Os ombros dela caem derrotados. — Não dava para gastar dinheiro com mais gente. Os dois homens mais bonitos deste lugar, tirando Lorenzo, eram Tefo e Vince. Você precisa compreender meu lado. Foi pelos negócios de Caterine.

Paro de esticar a massa e olho bem para a cara dela.

— Você realmente acha que vai me convencer com suas conversas mansas, Tina Ferri? Pois saiba que eu não caio mais nelas.

Ela encosta ao meu lado e continua:

— Você acha o meu irmão uma pessoa ruim? Pode me falar.

Volto para a massa.

— Nunca disse isso, você já ouviu essas palavras saírem da minha boca?

— Não, por isso mesmo estou te perguntando.

Dou uma olhada na *nonna*, que está para lá de distraída.

— Tina, não é sobre seu irmão ser ruim ou não. É sobre você me respeitar diante de uma coisa que eu te pedi. Só isso.

Porque agora a única coisa que faço é viver em uma espiral onde só consigo me imaginar tendo mais de Stefano ao mesmo tempo em que penso que estou cometendo o maior erro de toda a minha vida. E isso é angustiante.

Eu não sou uma pessoa muito emocional. Sempre tento pensar com a razão antes de qualquer coisa, por isso às vezes sofro mais do que o necessário, porque penso nas mil hipóteses em que qualquer atitude minha possa me levar a algum desastre.

E Stefano Ferri é a cara do desastre.

Pelo menos tudo o que eu conheci dele há anos. Porém, não posso negar seu esforço para me provar o contrário.

Ferri só me beijou porque não neguei.

Ele só avançou uma casa nesse jogo porque permiti, e eu preciso ser sincera quanto a isso: não houve uma tentativa mínima de levar nada para além.

O homem tem sido um bom jogador e, pela primeira vez quando o assunto é Stefano Ferri em minha vida, eu me sinto como a pessoa que detém o poder, e na minha memória isso é inédito. Ele deixou bem claro: não acontecerá de novo se não for eu quem der o próximo passo. E Deus sabe o quanto tenho pensado sobre dá-lo.

— Eu sei... — confessa um pouco triste. — Posso ter me excedido, tem razão. Mas não fiz por mal, e você sabe disso.

— Sei, mas não deixa de ser errado.

Tina tamborila os dedos no balcão e completa:

— Eu vou parar de tentar bancar o cupido, prometo. Meu irmão que lute para te conquistar!

Dou uma risada do seu jeito de falar e bufo, porque não vou conseguir levar isso muito adiante.

— Você é uma pequena encrenca, Tina Ferri, mas eu te amo!

Ela me olha com aquele sorriso enorme no rosto e me agarra, beijando minha bochecha e fazendo todo mundo rir, mesmo que não entendam nada.

— Ah, eu também te amo — completa, toda feliz. — Olha, vou te contar uma coisa que vai te deixar um pouco brava, mas não quero que você descubra depois e fique chateada comigo outra vez.

Reviro os olhos porque Tina é sempre assim, suas coisas parecem nunca ter fim.

Enquanto corto os *raviolis*, incentivo-a a falar:

— O que foi agora?

— Sabe aquele dia em que te liguei para dizer que Enrico estava comigo na Ferri?

O dia do *gelato*?

— Tá, lembro. O que tem?

— Assim, talvez... — enrola, como quem procura o jeito certo de dizer. — Talvez não tenha sido comigo que ele aprendeu a fazer *gelato*. — E levanta as mãos, como se estivesse se rendendo.

Paro alguns segundos, com as mãos cheias de farinha, e me viro totalmente na direção dela.

— Você mentiu para mim, Tina?

— Sim, eu menti. Mas, olha... Enrico chegou todo tristinho lá porque Stefano sumiu da natação e porque tinha prometido a ele que o ensinaria a fazer *gelatos* e não cumpriu.

Quando a raiva começa a me tomar, ela completa:

— Stefano disse que era uma péssima ideia. Que ele não deveria mentir para você e deveria te respeitar, porque pediu que ele não ficasse perto do garoto. Mas Enrico insistiu, disse que Tefo é seu único amigo adulto de verdade aqui, eu não consegui negar, me perdoa!

Ela junta as mãos me implorando enquanto não consigo expressar o que realmente estou sentindo.

Stefano pediu para Enrico não mentir para mim?

— Essa foi a única mentira?

— Teve a do trabalho de casa também, né? Não sei de onde tirei aquilo. Sempre fui péssima com as coisas da escola, você melhor do que ninguém deveria saber.

Queria xingar Tina, mas acabo rindo. Ela parece respirar aliviada e ri também.

— E ele aprendeu a fazer *gelato*? — Fico imaginando Enrico em uma cozinha preparando sua própria sobremesa.

— Acredito que sim. Ele saiu bem feliz lá de dentro!

Enrico me contou que convidou Ferri para sua primeira competição de natação e eu realmente não tinha um motivo plausível para dizer a ele que não. Sei que Stefano não mente quando diz que gosta dele, assim como sei que é genuíno o sentimento do meu filho pelo irmão de Tina.

Stefano tem a mesma alegria de viver que Marco tinha. Acho que isso, de alguma forma, desperta no meu filho uma vontade de se aproximar.

Ter um pouco do pai de volta...

— Você pode me perdoar e não ficar com raiva dos dois por isso? Eu juro que eles só fizeram *gelato* e depois eu o levei para casa. Foi só isso que aconteceu.

Encho os pulmões de ar e solto rápido demais.

Como eu posso ficar com raiva do meu filho por querer um amigo e de Stefano por dar justamente isso a ele?

— Não estou com raiva de vocês, pode ficar tranquila.

Tento voltar para a minha comida, mas não consigo tirar Stefano e as informações de Tina da cabeça.

A verdade é que talvez todos os motivos que usei como argumento para me manter afastada de Ferri não estejam se sustentando mais.

Volto tarde da noite pelas ruas que estão, agora, menos movimentadas. A maioria das lojas já fechou e restam só os pubs, bares e restaurantes abertos.

Minha mãe buscou *nonna* ao fim da tarde; Tina e eu tivemos uma reunião e tanto com os clientes. Os dois, inclusive, me reconheceram e disseram que já jantaram no restaurante em que eu era chef em Florença. Isso me deixou tão feliz!

A verdade é que tenho pensado em ficar mais ativa. O emprego com Caterine é bom, mas ainda não me ocupa o tempo todo. Pensei em talvez criar pratos congelados, com a minha assinatura, e vender para os turistas de Carloforte. É uma ideia só minha, que não dividi com ninguém e estou tentando amadurecer antes de tomar qualquer decisão.

Caminho devagar em cima de saltos enormes que escolhi para impressionar os noivos, mas que estão me matando. Assim que passo pela Ferri, já fechada, vejo a luz acesa e ouço uma música tocar lá dentro. Uma voz masculina e grave acompanha a canção e eu paro bem em frente para poder ouvir.

Devo ficar mais de trinta segundos assim, só ouvindo a voz de Stefano completando a canção, em inglês, do Aerosmith.

— Don't wanna close my eyes, I don't wanna fall asleep 'cause I'd miss you, babe, and I don't wanna miss a thing...[30]

Me pego sorrindo porque me dou conta de que esse sorveteiro de uma figa canta bem.

Tudo o que eu quero agora é chegar à minha casa, tomar um banho, livrar meus pés desses sapatos e descansar, já que Enrico vai dormir na casa dos meus pais. Mas alguma coisa me faz dar alguns passos para frente e bater à porta da *gelateria*.

De repente, a cantoria para.

— Ferri, sou eu. Betina!

Ouço passos macios vindo em minha direção e a pequena porta lateral se abre, mostrando-me um Stefano descalço, sem camisa, exibindo o abdômen perfeitamente trincado e bronzeado, vestindo apenas uma calça de moletom baixa nos quadris.

Suspiro e olho nos seus olhos, que me estudam cheios de curiosidade.

— Cerutti! Está tudo bem?

Apenas afirmo com a cabeça antes de pedir:

— Preciso falar com você. Nós podemos conversar?

Stefano por alguns segundos fica mudo, apenas me encarando, até que abre caminho e aponta para dentro.

— Por favor, entre!

---

[30] Eu não quero fechar meus olhos / Eu não quero adormecer / Porque eu sentiria sua falta, amor / E eu não quero perder nada.

Capítulo 23

Stefano

Desço para a *gelateria* com uma taça de vinho depois de um banho que me fez parecer gente outra vez. O dia foi tão corrido que eu mal tive tempo de fazer uma alimentação decente, por isso encarei um sanduíche de queijo *pecorino* com nozes que minha mãe deixou mais cedo na loja para mim. Devorei em segundos.

Agora, mais relaxado, estou aqui na cozinha da Ferri, pensando em algumas hipóteses de sabor para ajudar Enrico na missão de fazer um *gelato* para a mãe.

Ligo a Alexa e peço para tocar alguma playlist de rock internacional enquanto preparo a base do sorvete. Pensei em algo com macadâmia, por isso pedi que trouxesse frescas para mim de Sant'Antioco. Para complementar, frutas vermelhas.

Dou mais um gole no vinho, presente de um amigo da Sicília, e volto a me concentrar. Levo a mistura até minha superfície gelada e derramo, acrescentando em seguida as macadâmias e as frutas.

Steven Tyler aparece cantando e eu acompanho a canção com ele, enquanto pego as minhas espátulas e começo a fazer a mistura tomar forma.

O cheiro me lembra a *nonna*, que adorava macadâmias. Sorrio ao pensar nela.

Enquanto misturo tudo com certa pressa, ouço alguém bater à porta da *gelateria*. Paro com o *gelato* por alguns segundos para ver se não estou imaginando coisas.

— Ferri, sou eu. Betina!

Ouço a voz do outro lado.

Betina?

Olho bem para o relógio e já passa das dez da noite. O que será que ela está fazendo aqui?

Não estava preparado para receber ninguém, por isso estou sem camisa, descalço e usando só uma calça de moletom. Vou mais que depressa pelo caminho até a porta e abro pela lateral. Quando olho para fora, Betina está vestida em uma saia daquelas que são justas no quadril, até um pouco acima dos joelhos, uma blusa social bonita, no que me parece um rosa-escuro, e saltos altos.

Bonita, porra! Como sempre.

— Cerutti! Está tudo bem? — É a primeira coisa que sai da minha boca. Será que aconteceu algo com Enrico?

— Preciso falar com você. Nós podemos conversar?

Seu tom não é sério, nem preocupado. Vejo quando confere, mesmo que de um jeito bem discreto, a forma como estou vestido.

Dou espaço para que ela possa passar.

— Por favor, entre!

Betina mais do que depressa encurta o espaço entre nós dois e passa por mim. Sinto seu cheiro invadindo meu nariz e penso que essa mulher tem um aroma de pecado, aquele do tipo que a gente não dá a mínima em cometer.

Fecho a porta e vejo que ela está parada há alguns passos de mim, olhando com cuidado para a loja toda.

— Como é diferente olhar para Ferri assim, sem ninguém aqui. Acho que nunca vi este lugar vazio. — Seu rosto se vira na minha direção e ela tem um sorriso ali.

— É meu momento preferido de estar aqui.

— Você está trabalhando até uma hora dessas? — questiona, curiosa.

— É mais ou menos um trabalho. — Convido-a com a cabeça para me seguir e Betina vem comigo. Quando chego à cozinha, pego as espátulas outra vez e volto a mexer a mistura. Ela para ao meu lado e assiste com atenção. — Estou tentando criar um sabor de *gelato*.

Misturo um pouco mais, pego uma pequena pá, tiro uma porção e ofereço a ela. Betina aceita de prontidão e prova, suspirando.

— Hummmm, é muito bom. Apesar de que, não sou muito fã de macadâmia em doces. — Ela me olha e ri. — Uma cozinheira um pouco chata, confesso.

Plano abortado. Betina Cerutti não gosta de macadâmia em sobremesas.

— Estou na fase de testes, mas vou anotar sua sugestão, chef. — Pisco para ela, que olha para o lado e vê a salmoura com a garrafa que estou bebendo.

— Estou tomando um vinho, aceita?

Betina faz uma cara engraçada e diz:

— Por favor! É tudo de que eu preciso agora.

Dou uma risada do seu jeito de falar e aviso:

— Vou subir para buscar a taça. Fique à vontade, eu já volto.

— Eu te espero lá. — Aponta para o lado de fora da cozinha e sai.

Vejo o exato momento em que ela volta para o salão principal da Ferri, puxa uma cadeira e se senta. Betina parece completamente à vontade.

Subo pelas escadas da cozinha até o meu sobrado. Vou o mais rápido que posso, porque não quero perder um minuto ao lado de Cerutti. Não sei o que ela tem para me dizer, mas estou bem curioso em ouvir.

Antes de descer, eu me pergunto se é uma ideia boa vestir alguma coisa na parte de cima, mas está um calor insuportável e, na verdade, ela não me pareceu incomodada em me ver assim, portanto é como vou permanecer.

Quando passo pela sala, vejo minha carteira. Olho para o objeto e penso por alguns segundos que parecem minutos, que é melhor me precaver. Pego rapidamente na mesa e coloco no bolso do moletom.

Voltando, pego a garrafa e levo até onde Betina está, ainda olhando para todos os lados.

— Aqui está. — Entrego em sua mão e ela sorri, enquanto derramo o líquido escuro em sua taça.

Deixo a garrafa de lado enquanto pego a minha e ofereço a ela em um brinde. Betina encosta o cristal no meu, olhando dentro dos meus olhos, e diz:

— Saúde, Ferri!

Pisco e respondo:

— Saúde, Cerutti.

Nós dois damos um gole longo, sem conseguir desgrudar o olhar. Só consigo constatar que ela fica sensual até bebendo um vinho, cacete.

Minha respiração parece errada agora.

Abaixo a taça e, fazendo menção à falta da camisa, digo:

— Me perdoe por estar assim. Está um calor dos diabos nesta comuna.

A mãe de Enrico olha diretamente para meu abdômen e suspira. A porra do seu olhar queima alguma coisa dentro de mim. E o pior é que estou sem cueca, porque detesto dormir vestido.

— Você não tem de pedir desculpas por estar em sua casa, na sua loja, vestindo o que quiser, Tefo. Eu não avisei que viria — ela me chama pelo meu apelido pela segunda vez desde que voltou. Essa me parece que realmente será uma conversa amistosa. Betina toma outro gole longo e depois geme baixo, olhando para o que restou em sua taça. — É delicioso. De onde é?

— Da Sicília — tiro sua dúvida, sem conseguir parar de assistir ao quanto Betina parece relaxada perto de mim, a primeira vez desde que ela discutiu comigo na academia de natação.

— Está explicado. — Sorri novamente e coloca a taça ao seu lado. — Eu vim te agradecer.

Acho que a minha cara de espanto fica mais que evidente, já que Cerutti dá uma gargalhada.

— Ok, eu não esperava por isso — solto, balançando os ombros.

— Tina me contou sobre você e Enrico fazendo *gelato* juntos.

Caralho! Não existe ninguém mais fofoqueira neste mundo do que minha irmã mais nova.

— E você veio me agradecer porque mentimos para você?

Betina balança a cabeça e cruza as pernas de forma despretensiosa, apoiando o corpo no encosto de sua cadeira.

— Claro que não. Vim agradecer por tê-lo incentivado a não mentir para mim.

Pelo menos Tina contou toda a história.

Puxo uma das outras cadeiras e coloco bem de frente para ela, sentando-me também.

— Eu jamais faria de outra forma, Betina. Você me pediu para me afastar e entendi. Nunca tive a intenção de me aproximar para criar qualquer conflito entre vocês, e já te disse isso. —Termino o vinho e deixo minha taça no balcão atrás de mim. — Mas eu havia prometido para ele que ia ensinar, e seu filho é um garoto de honra, porque não esquece sobre coisas que promete e lhe foram prometidas, eu não tive como negar.

O sorriso gentil nos lábios de Betina me diz que ela aprecia meu gesto.

— Obrigada por ser amigo do meu filho, Stefano. — A forma como soa sua voz é sincera e realmente agradecida. — Tudo pelo que passamos foi demais para ele. Enrico tinha em Marco mais que o pai, eles eram melhores amigos. E aí, do nada. — Sacode os ombros. — Perdeu os dois.

— Não consigo imaginar pelo que vocês dois passaram, Betina.

Ela afirma com a cabeça e continua:

— Eu vivi o inferno da pior forma que alguém pode viver. De repente, a pessoa que você ama simplesmente não existe mais.

O mais perto que cheguei de entender o que Betina e Enrico passaram foi quando perdi meus avós, que eu amava como se fossem os meus pais.

— Marco era como o Sol. Era quem iluminava tudo — continua.

— Como foi quando vocês se conheceram? — Relaxo na cadeira, ansioso pela resposta.

Nunca tivemos essa abertura e, de repente, ela parece confiar em mim o suficiente para contar a fundo coisas que eu vou amar descobrir.

— Você tinha acabado de partir meu coração. — Ela ri e eu também, colocando a mão no peito, assumindo minha culpa. — Cheguei a Florença tão perdida, me sentindo tão magoada... — Seu suspiro é alto e ela olha para o lado, mas depois retorna para os meus olhos. — Quando coloquei os pés no hostel da mãe dele e Marco apareceu lá cheio de livros e cadernos da faculdade, alguma coisa mudou dentro de mim. Era como se alguém me enxergasse de verdade, mesmo não sabendo quem eu era. — Cerutti parece viajar no tempo enquanto conta e solta um riso que me parece nostálgico — Foi a coisa mais louca que eu já senti e vivi.

— Foi amor à primeira vista então... — concluo e ela concorda.

— De um jeito que pensei que jamais pudesse existir. Eu me via tão perfeita aos olhos de Marco. Era como enxergar alguém que eu nem sabia que existia dentro de mim.

Suas palavras, de certo modo, machucam.

Eu poderia ter sido esse cara na vida de Betina. Eu poderia ter tido juízo no momento certo e ter uma mulher que é incrível ao meu lado há muito tempo, mas penso que a vida, o destino, Deus, ou seja lá como dá para chamar tudo isso, sabia que eu não estava preparado e, assim sendo, não deixou que eu estragasse ainda mais a vida de Cerutti.

Betina e Marco tinham que pertencer um ao outro de alguma forma.

— Ele amou Enrico muito antes que eu, que fiquei completamente apavorada em estar grávida em menos de um mês de relacionamento, pronta para encarar os estudos, longe da minha família, do que eu sempre conheci como lar. Mas não mediu esforços para que eu sentisse que a minha família era ele, o nosso filho, e tudo que iríamos construir juntos dali em diante.

— Marco foi um cara de sorte, Betina. — Meu sorriso é sincero, porque sei que estou dizendo a verdade.

— E eu também fui uma mulher de sorte, acredite. — Seu sorriso ilumina tudo ao meu redor.

— Não me agradeça por ser amigo do Enrico — volto ao assunto que a trouxe aqui. — Eu me sinto privilegiado. Você criou um menino diferenciado. Quando estou perto dele, sinto que ainda tenho tanta coisa para aprender... Se eu fosse pai, ele é como eu gostaria que meu filho fosse um dia.

— Não fala isso com ele. Enrico é leonino, vai ficar se achando.

Solto uma gargalhada porque não faço ideia do que significa ser do signo de Leão. Eles são vaidosos, então?

Levo os dedos cruzados até a boca e beijo em sinal de uma promessa.

— Deixa comigo.

Levanto-me e sirvo mais um pouco de vinho nas duas taças. Betina logo dá um gole na sua e reclama:

— Meu Deus, que dor estou sentindo.

— Dor? O que houve?

Balança a perna e levanta os pés.

— Esses sapatos malditos. Hoje tivemos uma visita de noivos no buffet e eu quis parecer elegante, mas eles estão me matando!

A cara que Cerutti faz é cômica.

Tomo um pouco da bebida e coloco minha taça ao lado da sua, na mesa logo atrás de nós.

— Posso? — Aponto para um dos seus pés.

Ela me olha em um misto de seriedade com um sorriso que está bem ali, querendo aparecer.

— Você não está me oferecendo massagem nos pés, não é, Ferri?

— Foi exatamente o que acabei de oferecer — respondo simplesmente, aguardando sua resposta.

Betina fecha os olhos e morde os lábios, rindo.

— Você sabe quando eu imaginei que um dia teria Stefano Ferri aos meus pés? Jamais! — E o som da sua risada enche todo o espaço em volta de nós.

— Pois estou aos seus, e você sabe disso, Cerutti — afirmo, pegando devagar sua perna, levantando-a.

Betina assiste ao que faço sem tirar os olhos das minhas mãos. Desencaixo o salto alto do seu pé direito, deixando o sapato de lado, e apoio seu calcanhar no colo, enquanto massageio a planta lentamente.

Cerutti fecha os olhos por alguns segundos e tomba a cabeça para trás, como se estivesse apenas apreciando um momento pelo qual aguardou muito, e eu mal consigo respirar de tão sexy que esta mulher está. Assim, cansada de um dia de trabalho, vestida como chegou, precisando apenas ser cuidada.

Idolatrada.

Ela balança a cabeça devagar, cheia de sorrisos, antes de abrir os olhos e me encarar de novo. Continuo brincando com o seu pé, os seus dedos pequenos e delicados. A pele de Betina é tão macia e eu sinto como se arrepia a cada toque das minhas mãos quentes por ela. Escorrego devagar os dedos pelo seu calcanhar, subindo pela parte de trás da sua panturrilha.

— Fecharam negócio, pelo menos?

— Não concretamente, mas acho que sua irmã vai conseguir convencê-los. O que a pestinha dos Ferris não consegue?

Solto uma risada irônica e volto para o pé, apertando em um lugar que faz Betina uivar. Meu pau dá sinal dentro do moletom enquanto olho para o caminho que sua perna desnuda faz até a barra da saia.

— Caterine deve estar feliz com vocês duas. — Aperto outra vez os dedos e Betina passa a língua pelos lábios devagar, encarando-me.

Agora, sim, estou duro de vez. Caralho!

— Estamos todas. Apesar de que estou pensando em outra coisa para fazer no meu tempo ocioso. — Leva a taça até a boca e bebe mais um pouco, sem tirar a atenção de mim. — Pensando em talvez cozinhar para fora, quem sabe?

— Abrir seu próprio ateliê culinário? Isso seria incrível. — Solto um pé e pego o outro, fazendo o mesmo processo.

Betina nem reclama.

— Na verdade, não... — Para alguns segundos para pensar. — Eu tinha imaginado comida congelada, com a minha assinatura. Você acha que eu teria público para ensinar nossas comidas tradicionais em um ateliê?

Parece interessada na ideia.

— Por que não teria? Você é Betina Cerutti, chef renomada em Florença. É filha de Carloforte. Teria filas te esperando. Veronica, mãe de Vince, agora trabalha assim e quase nunca tem vaga nas turmas.

Aperto no mesmo lugar que apertei no outro e o corpo de Betina solavanca devagar.

— Jesus! — solta, depois ri. — Você leva jeito para isso, Ferri.

— É a primeira vez que faço massagem em alguém. Se está bom, então esse pode ser um talento inato que eu tenho e só descobri agora, com trinta e seis anos. — Pisco para ela, que não para de sorrir.

— O que é isso aqui? — Tira o pé da minha mão e esbarra os dedos no meu peitoral, bem abaixo do mamilo esquerdo, onde tenho uma cicatriz de corte.

— Você não vai querer saber — advirto.

Sua cara de diversão me diz o contrário.

— Claro que eu vou — insiste, brincando de passar a unha curta e pintada de vermelho bem ali.

Minha ereção está marcando a calça, ela só não viu se não quis.

— Tive que fugir por um muro, quando o marido da mulher com que eu estava chegou a casa mais cedo. Acabei rasgando a camisa e o peito. — Tento soar o mais sério que posso.

Ela fica calada por alguns segundos, mas de repente gargalha sem parar.

— Por que será que eu não estou surpresa ouvindo isso, Stefano? É tão a sua cara!

Até eu rio agora, porque achei que ia morrer nesse dia.

— Já fui muito doido. Hoje em dia tenho juízo. As marcas ficam para nos lembrar de não repetir os mesmos erros. — Ela agora contém as risadas e me olha ainda sorridente, deixando que eu volte a massageá-la. Fico olhando para Betina, que parece querer dizer alguma coisa. — O que foi?

— Estou aqui me perguntando por que é que não consigo me arrepender de ter beijado você.

Ah, Betina...

Desço um pouco a mão pela sua perna e ela arfa, correspondendo ao meu toque.

— É nisso que você está pensando enquanto estou dando alívio aos seus pés?

— É nisso que eu tenho pensado desde que aconteceu — solta na minha direção, os olhos brilhando.

Desço seu pé do meu colo e me levanto. Puxo Betina para cima e, de uma vez só, a coloco sentada na mesa onde estão a garrafa e nossas taças. Surpresa, ela abre as pernas e eu me encaixo nelas, diminuo a distância entre nós dois. O rosto dela tomba para trás, para enxergar o meu acima do seu.

— Isso é você, ou as duas taças de vinho, falando? — questiono.

Ela afasta bem as coxas, fazendo a saia escorregar para cima, mostrando a pele branca.

— Acredite, Ferri, você precisa de muito mais do que duas taças de vinho siciliano para me embebedar. — Seu tom é firme.

Paro as duas mãos ao lado do seu corpo, abaixando a cabeça em direção a sua. Betina não se afasta, não foge, apenas abre os lábios devagar sem parar de me encarar.

— Está me dizendo então que veio aqui porque quer, Betina? Eu já te disse que, quando disser que sim, não vou apenas beijar você.

— É por isso que voltou com a carteira dentro do bolso?

Certeira, sem hesitar.

Meu cacete pulsa dentro da calça com sua língua afiada e cheia de certeza.

Eu me arrumo entre suas pernas, puxando as coxas de Betina de uma vez só para a beirada da mesa. Sua saia sobe inteira e eu roço meu pau na sua calcinha, deixando Cerutti consciente do que está prestes a acontecer aqui.

— Me diga com todas as palavras. Eu te falei que não daria um passo em qualquer direção se não fosse por um pedido seu. Se está aqui agora querendo o mesmo que eu, Betina, me diga.

Sinto quando seu pé começa a subir pela minha perna, provocando-me. Betina brinca com ele pela lateral da minha coxa e eu me seguro para não a empurrar logo em cima desta mesa.

Ela estuda minha reação enquanto sobe e desce o pé, respirando de um jeito mais pesado. Cerutti tomba a cabeça para o lado, parecendo pensar no próximo passo, enquanto eu estou aqui, morrendo a cada segundo que passa.

— Eu quero, Stefano Ferri.

Quando meus ouvidos escutam meu nome e sobrenome, bato a mão nas duas taças e na garrafa, mandando-as para longe.

Ouço o barulho do cristal estilhaçando no chão no exato momento em que, de uma vez só, avanço em cima de Betina Cerutti.

Ela disse sim!

Capítulo 24

Betina

Deus, eu não sei o que estou fazendo.

Realmente não sei. Só sei que preciso de Stefano Ferri dentro de mim como preciso de ar para respirar.

Quando sua boca se choca com a minha, ao mesmo tempo em que ouço as taças virar cacos pelo chão da *gelateria*, puxo seu corpo com as duas pernas, trazendo seu quadril ao meu encontro.

Minha boca se abre facilmente no mesmo momento em que sua língua reivindica a minha. Dou a Stefano tudo o que ele quer e me dou tudo de que preciso.

Sinto suas mãos quentes e grandes me segurarem pela cintura. Seu pau está bem aqui, atormentando-me, apertado contra a minha boceta, que já está pronta desde a hora em que entrei neste lugar e dei de cara com Ferri assim, despojado, trabalhando em um novo *gelato*, sem camisa, sexy como sempre foi.

Quantas vezes eu não vi Stefano exatamente assim na sua casa, naquelas tardes, esperando por mim?

— Vamos subir — murmura contra a minha boca, lambendo meus lábios enquanto segura minha nuca.

— Eu quero aqui — respondo sem fôlego.

Eu só quero transar. Rápido, forte.

Agora!

Minhas palavras incentivam Stefano, que enrola minha saia até a cintura, deixando-me apenas de calcinha na parte de baixo. Sinto o exato momento em que sua mão entra e toca a minha boceta, um gemido escapa da minha boca. Os dedos de Ferri brincam na minha carne encharcada e inchada, e meus lábios formam um grande ó quando ele toca meu clítoris.

— Porra, Betina! É assim que você fica quando pensa no nosso beijo? — Tira a mão de dentro de mim e leva os dedos lambuzados para a boca, chupando os dois ao mesmo tempo, encarando-me com aqueles olhos grandes e cheios de desejo. — Que delícia de boceta.

Sinto pulsar bem onde sua mão estava agora há pouco, sofrendo pela antecipação ao ouvir suas palavras.

Ver Stefano Ferri duro nesse moletom e chupando os dedos que estavam me tocando, com essa cara de safado, me faz sofrer. E me faz desejar relembrar o passado.

Uma das minhas mãos voa para sua ereção e Ferri fecha os olhos. Sua boca pragueja alguma coisa que eu não entendo.

É como me lembro: grande, quente, totalmente gostoso.

Aliso por cima da calça e Stefano solta um palavrão, tomando minha boca na sua outra vez.

O beijo é tão sensual, cheio de paixão, e eu não economizo em tocá-lo. Subo a mão da base até a cabeça, esfregando e sentindo como mela sua calça.

— Nem sei quantas vezes pensei neste momento desde que te reencontrei — ele solta no meio do beijo, tirando minha mão do seu pau e puxando a calça para baixo, dando-me a visão que eu tanto queria.

Ele salta para fora e bate na sua barriga, brilhando, fazendo minha boca se encher de água.

Sinto-me uma completa depravada agora, porque tudo o que desejo é que Stefano Ferri me foda como fez tantas vezes antes.

Levo os dois pés até sua ereção e agarro com os dedos. Apoio o corpo com os braços na mesa e começo a masturbá-lo. Stefano fica paralisado, olhando para o movimento, depois me encara.

— Você é uma safada gostosa, não é, Cerutti?

— Vai ter de provar de novo para descobrir. — Jogo em sua direção, sentindo o líquido que escorre pela cabeça do seu pau sujar os dedos dos meus pés.

Ele está pulsando tanto que posso jurar que Stefano Ferri está prestes a gozar.

Empurra o corpo contra os meus pés, fazendo a fricção apertar seu pau. Depois os tira da ereção e chega perto de mim, colocando as duas mãos de uma vez no meu quadril, puxando minha calcinha.

Arfo com o movimento, porque ele faz tudo isso sem parar de me encarar, mas, quando olha para minha boceta pela primeira vez, não consegue mais tirar os olhos de lá.

— É tão linda quanto me lembro. Droga! — Em um movimento brusco, enquanto minha calcinha já foi parar no chão, pega o pau e começa a se tocar. Parece um deus grego nesse corpo totalmente esculpido, dourado, como se fosse um pecado personificado. — Me dê essa boceta na boca, Betina.

Ele se abaixa na minha frente, abre minhas pernas, colocando as duas por cima dos seus ombros. Sinto o calor da sua respiração chegando perto quando a ponta da língua passa por mim, de baixo para cima, lentamente. Solto um grito.

De repente me dou conta de que tudo o que tenho pensado sobre esse homem todos os dias realmente está acontecendo e é tão, mas tão gostoso.

Stefano afunda a boca e chupa devagar, mas com precisão, minha boceta. Levo uma das mãos aos seus cabelos enquanto solto um gemido alto e sofrido.

Que saudade de ser chupada. *Dio mio*!

— Você não faz ideia do que é seu gosto misturado com vinho, Betina. — Ouço sua voz ecoar do meio das minhas pernas. Stefano abre os olhos e me encara, com a língua para fora, lambendo devagar, fazendo-me revirar os olhos de tanto tesão. — Não dá vontade de parar.

Agarra meu clítoris com os lábios e suga. Grito e pulo na mesa, sentindo um raio atingir todo o meu corpo.

— Era assim que você gostava quando eu te chupava, lembra? — faz uma pergunta retórica. — Nunca vou me esquecer da primeira vez que gozou na minha boca inteira.

Nem eu.

Naquele dia, eu descobri o que era um orgasmo de verdade.

Entre todas as famas que Stefano Ferri sempre carregou por uma comuna, a de que ele tinha uma boca bem habilidosa era, com toda certeza, uma das mais verdadeiras.

E, pelo visto, continua sendo.

— Quero gozar de novo. A sua boca inteira — afirmo.

Se esse homem está disposto a me dar tudo o que eu quero, vou aproveitar cada segundo disso.

Como se minhas palavras fossem um pedido à lâmpada mágica que me concede desejos, Ferri volta a me chupar sem parar, rodando com a língua no ponto certo e sugando minha boceta como se precisasse dela para sobreviver. Puxo seus cabelos repetidas vezes e ele geme comigo.

— Isso! Isso... — Tombo a cabeça para trás enquanto as palavras saem confusas da minha boca.

Os dedos dos meus pés se contorcem e eu sei que não vou demorar muito se ele continuar assim.

Ferri começa a bater a ponta da língua no meu clítoris inchado e dolorido sem parar e meu corpo começa a tremer. Balanço tanto que escuto a mesa sacudir debaixo de mim.

Com a mão desocupada, Ferri abre mais os grandes lábios, deixando-me totalmente exposta. Ele circula a minha entrada e depois suga, fazendo isso várias vezes antes de voltar para cima e se dedicar onde deve.

— Você vai me matar desse jeito — digo rouca, mordendo os lábios por dentro logo em seguida, ouvindo que no som agora toca U2.

Nunca pensei em transar ouvindo U2.

— Deixa vir, *bella*, enche a minha boca como naquele dia.

Stefano espalma a mão na minha barriga, buscando apoio e volta se dedicar, pincelando minha boceta inteira sem parar.

Quando o gozo chega, meu gemido escapa em ondas da minha boca e eu pressiono a cabeça de Stefano contra mim, pedindo para ele não parar.

— Chupa! Meu Deus... Não para. Por favor, não para!

E ele me obedece sem reclamar.

Gozo forte, tremendo inteira, sentindo a intensidade do orgasmo em cada minúsculo pedaço do meu corpo, buscando por ar, que agora parece não existir dentro desta sorveteria.

Derramar-me na boca de Stefano desta forma, enquanto seus olhos não saem de mim, é uma das coisas mais intensas e gostosas que já experimentei em toda a minha vida. Grito tanto que me pergunto se o U2 é capaz de abafar todo o barulho que estou fazendo agora, porque, com certeza, devem estar me ouvindo lá fora.

E, por Deus, não estou dando a mínima.

Antes de se levantar, ele deixa um beijo em minha boceta, e já de pé passa a língua por fora, nos lábios, como se não quisesse perder nada. É tão bonito.

Mannaggia!

Ele se aproxima outra vez e deixa seu pau pesado e quente encostado na minha coxa.

Como recobrar o juízo com ele assim?

Sem fôlego, respirando feito um fumante de décadas, ouço-o dizer:

— Me diga você mesma se vinho e sua boceta gostosa não combinam, Betina.

O irmão de Tina me puxa pela nuca e enfia a língua na minha boca.

Seguro seu rosto com as duas mãos, equilibrando-me assim, e aceito de bom grado o seu beijo com meu gozo. Stefano rapidamente leva as mãos aos botões da minha blusa, abrindo de baixo para cima, enquanto me deixa sugar seus lábios que têm gosto de sexo e vinho.

— Quero gozar de novo — digo, completamente inebriada.

E nem me importo que ele acredite que eu esteja desesperada por sexo, porque estou. E, agora que comecei, não quero parar.

Ferri sorri de lado, daquele seu jeito safado que tem desde menino, e abre minha blusa completamente, deixando que ela caia pelos meus ombros.

— Você vai, Cerutti. Estou desde o dia em que te reencontrei sem tocar outra mulher, só esperando por este momento, e eu ficaria quantos dias mais fossem necessários. Você vai gozar quantas vezes quiser, vou me certificar de te dar isso.

Uma de suas mãos abaixa a alça do meu sutiã de um lado, depois do outro. O contato da sua pele na minha outra vez me faz gemer baixo.

— Eu te disse que você diria sim, se lembra? E eu também disse que não perderia a oportunidade quando me desse. — Sua voz está completamente afetada pelo tesão e ele sente quando tento apertar as pernas, tomada pelo desejo que me consome outra vez. — Quando sair por essa porta, quero que saia querendo voltar, Betina.

As palavras de Stefano mexem comigo, porque sei o que significam.

Mas não quero pensar nisso agora.

Sua boca vem ao encontro de um dos meus ombros e o beija devagar. Seus lábios vão se espalhando por toda parte, lentamente, e eu não consigo manter os olhos abertos de tanta coisa que sinto. Ele passa para o outro enquanto as mãos habilidosas soltam meu sutiã na parte de trás e a peça cai pelos meus braços e minha barriga.

— Que perfume você usa? — questiona enquanto lambe a parte de trás da minha orelha e eu me seguro para não o puxar logo para o meio das minhas pernas.

— Não é um perfume. É óleo corporal. Champanhe com morango — mato sua curiosidade.

Stefano volta a me olhar e, dando-me um sorriso preguiçoso, afirma:

— Parece ter sido feito para você.

Sua voz sai no exato momento em que suas mãos se juntam nos meus seios, amassando-os devagar.

Eles cabem perfeitamente dentro das mãos de Ferri, que os observa enquanto suspira pesadamente. A próxima coisa que faz é levar a boca até um deles.

— Stefano! — grito, puxando-o com força para mais perto.

Sinto quando a cabeça do seu pau esbarra na minha boceta e quase entra. Eu me contraio com tanta força que tenho certeza de que poderia gozar só assim.

Sua língua mais uma vez me maltrata de um jeito que eu não quero que pare. Stefano brinca com o bico e suga, beliscando o outro mamilo com os dedos. Quando abre os olhos e me observa, sabe que estou no limite, mas nem liga. Ele me chupa como se estivesse provando do seu *gelato* favorito.

— Camisinha — digo entre um fôlego e o outro.

O dono da Ferri me ignora por alguns segundos, mamando, esfomeado.

— Eu lembro que você gostava quando eu brincava com os seus seios — solta enquanto troca para o outro. — Sempre ficava encharcada quando eu os colocava na boca deste jeito.

E suga rápido com os lábios, deixando-me em um misto de dor e prazer quase insuportável. Quando solta, faz um estalo com a língua no meu bico intumescido e sensível; ele me olha, safado, provocando. Aperta-os de novo quando para de chupar e em seguida puxa a saia que estava na cintura para cima, acabando de me deixar completamente sem roupa.

— Como você é linda. — Seus olhos passeiam por todo o meu corpo devagar. Sinto-me despida pela segunda vez. — É exatamente como imaginei por todos esses dias em que durmo e acordo pensando em você, Betina.

Sua confissão me choca. E sua simplicidade em falar, mais ainda.

Ele tira a carteira do bolso e termina de abaixar a calça que estava na metade das suas coxas, ficando completamente nu.

Não havia como ser diferente: Stefano Ferri pelado é uma das coisas mais bonitas nas quais já pus os olhos em toda a vida.

Ele pega o preservativo e rasga a embalagem, jogando para o lado de qualquer jeito. Enquanto cobre seu pau, sinto meu corpo inteiro em alerta, esperando ansiosamente pelo que vem em seguida.

Quando se aproxima outra vez, abro mais as pernas, o que faz Stefano soltar um palavrão.

— Merda, Cerutti. — Suas mãos afastam minhas coxas ainda mais, como no meu sonho; a lembrança me deixa maluca.

Stefano segura seu pau e posiciona devagar na minha entrada, que engole a cabeça, rápido.

— Ah, caralho... — geme me olhando. — Olha como essa boceta está escorregando, Betina.

Solto um grunhido com ele.

— Tudo, Stefano. Mete tudo — eu peço, desesperada.

— Tudo o que você pedir, *bella*... — E de uma vez Ferri empurra os quadris, preenchendo-me inteira.

Quando agarro com força a beirada da mesa e tombo a cabeça para trás, libertando o grito que segurei por quase um ano inteiro, sei que estou perdida.

Stefano

Quando empurro meu pau inteiro dentro de Betina Cerutti, sei que acabei de me sentenciar a algo que não posso mais voltar atrás.

É a porra da boceta mais gostosa na qual já estive.

E a forma como me aperta, quase acaba comigo.

Firmo os pés no chão e meto novamente, arrancando um gemido do fundo da garganta de Betina. Seus pés se prendem atrás das minhas coxas, dando abertura o suficiente para assistir quando meu cacete entra e sai dela.

Cerutti parece consumida pelo tesão, sem medo de transparecer tão entregue como estou aqui agora, fodendo-a.

Agarro seu seio e vou mais forte. O estalo do meu corpo no dela enche todo o salão da Ferri, misturado com a música de fundo.

— Se você continuar me apertando assim, não vou conseguir cumprir a promessa que te fiz — aviso, sentindo sua boceta se contrair tão forte que nós dois gememos juntos.

— Não consigo parar. — Sua voz sai trêmula, arrastada, os olhos me encaram pesados. — Não consigo parar. — E me aperta de novo.

Junto seu cabelo pela nuca e trago sua boca até a minha. Nós dois ficamos a centímetros um do outro e enquanto soco meu pau com força, fazendo a mesa se mexer, sussurro:

— Você quer gozar neste pau, Cerutti? É assim que você quer gozar de novo?

Ela apenas faz que sim com a cabeça.

Estoco outra vez e mais forte, o que faz Betina choramingar.

— Responda com a boca, meu bem — digo e ela revira os olhos, mordendo os lábios.

— Quero gozar no seu pau, Ferri.

— É tão bonito ouvir meu nome saindo dos seus lábios — confesso —, principalmente agora, que estou enterrado em você.

Puxo o quadril e meto de novo. Betina sorri. Eu levo a boca até o seu pescoço e chupo tudo que encontro. Ela arfa e geme, agarrando meus cabelos, forçando com os pés nas minhas pernas para que eu entre mais fundo na sua boceta gostosa.

— Você é a última pessoa para quem eu deveria dar, Stefano. — Ouço ao meu ouvido, e sinto o exato momento em que seus dentes agarram a ponta da minha orelha. — Mas é a única com quem me imaginei fazendo isso.

Sinto todo o sangue do meu corpo se concentrar na porra do meu pau agora.

Betina está assumindo que andou pensando em sexo. Comigo, *cazzo*!

— Você me imaginou te comendo assim, foi? — incentivo-a a não parar de falar.

Quero saber tudo o que tem se passado na cabeça desta mulher sobre nós dois.

— De tantos jeitos diferentes — assume enquanto tenta mexer o quadril, fazendo com que meu pau entre até o talo.

Que delícia, cacete!

— Me fala o seu preferido. — Volto a olhar nos seus olhos e puxo seu lábio com os dentes.

— Em pé, por trás — admite enquanto empurro o pau com mais força. Ela solta um suspiro alto e clama: — Não para!

Seguro Cerutti pela cintura, levantando-a de uma vez só da mesa. Ela se agarra em meu pescoço com força, e eu viro em cento e oitenta graus com ela assim, encaixada em mim.

— Então você gosta de imaginar que eu te como por trás? — Encosto suas costas no balcão de sorvetes.

Betina treme e grita, depois ri com a sensação gelada no seu corpo quente. Meto tão forte que o balcão se mexe um pouco atrás de nós dois. Ela me aperta com mais força, de olhos fechados, e solta um grito sofrido.

— Gosto. — Betina lambe os lábios e abre os olhos devagar. — É sempre quando gozo mais gostoso.

O quê?! Ela se toca pensando em mim?

Que mulher gostosa!

Beijo sua boca com tanta força que tenho receio de machucá-la, mas não consigo evitar.

Ela não tem medo de me dizer as coisas que imagina com a gente e eu não poderia ficar ainda mais louco por esta mulher do que estou agora.

Betina Cerutti gosta de foder e não tem problema em verbalizar sobre o que gosta ou quer. E Deus, que eu nem deveria citar agora, sabe como estou disposto a satisfazê-la de todas as formas que ela desejar.

Desencaixo Betina do meu pau e a desço, deixando seus pés no chão. Viro seu corpo de uma só vez e volto a encostá-la no balcão. Ela cola o rosto ali, de lado, deixando-me ver a cara cheia de tesão que faz.

Sem que eu peça, empina a bunda na minha direção, pronta para me receber. Com meu joelho, afasto suas pernas para que possa me dar passagem.

— É assim que você quer gozar então, Betina? Sendo fodida por trás, em pé, encostada no meu balcão?

— Sim, é bem assim que eu quero. — Uma de suas mãos espalma o vidro gelado enquanto a outra se agarra na beirada do balcão.

Seguro meu pau e me ajeito atrás dela, sentindo quando sua boceta escorregadia, outra vez, me engole. Sem me segurar, empurro tudo, enquanto Cerutti aperta forte o balcão de *gelatos* e escorrega a outra mão por ele, deixando a marca dos seus dedos pelo caminho.

— Ahhhhhh... — Ouço a satisfação saindo dos seus lábios e fecho os olhos, porque a forma como me segura lá dentro é quase difícil de suportar.

Betina sabe o que fazer com essa boceta para levar um homem ao limite, caralho!

Aperto sua bunda, segurando com as duas mãos, puxando e empurrando de novo, forte, balançando seu corpo.

Assisti-la assim, completamente entregue, de costas, recebendo meu pau inteiro... É a merda da coisa mais bonita a que já assisti nos últimos tempos.

Passo uma das mãos pelo meio da sua coluna e Betina se contorce inteira. De repente sinto seu quadril se mexendo, rebolando, e soco mais forte, para que ela tenha o que quiser de mim.

— Era assim que você imaginava? — provoco-a, aproximando a boca da sua orelha.

Assim, consigo ouvir o quanto ela respira pesado.

— É muito melhor agora, de verdade — admite e rebola mais.

Ela vai acabar comigo desse jeito.

Junto seus cabelos curtos entre os dedos e seguro um pouco forte, para estabilizar o movimento de Betina. Assim, acelero o quadril e meto forte na sua boceta. Cerutti vai perdendo as forças e vejo como morde seu lábio, segurando-se.

— Vou gozar! Dio... — ela anuncia de forma sofrida, enquanto me aperta cada vez mais.

Suas palavras me trazem junto ao limite.

Pego as duas mãos de Betina e coloco no vidro do balcão. Entrelaço meus dedos com os seus e encosto meu tronco nas suas costas.

— Quero sentir seu corpo inteiro enquanto você goza no meu pau. Cada tremor, cada barulho, cada gemido, tudo, Betina. — Meto forte e ela aperta os dedos nos meus com muita força. — E quero que você se lembre porque fui a sua escolha. Porque é comigo que você se imagina transando. Porque disse sim para mim. Muito além do começo de tudo, muito além de quem eu fui antes.

Paro de falar e soco de novo, mais rápido, mais duro, do jeito que vejo que ela gosta. Seus dedos agora apertam os meus tão forte que machucam, mas eu não ligo.

— É porque você sabe quem eu sou. No fundo, você sabe. E eu não vou descansar até te provar que eu mereço não só ser a sua escolha para te comer quando o tesão for quem tomar conta dos seus pensamentos, mas também quem faz amor com você quando isso for tudo o que você desejar.

Não paro o quadril, enterrando-me mais fundo em Betina, ouvindo o som das minhas bolas estalando na sua pele molhada. Nesse exato momento sinto quando se contrai tão forte que não consigo mais me mexer dentro dela.

Cerutti solta um gemido arrastado, parecido com um choro, gozando forte no meu pau. Não consigo me segurar e gozo junto, sentindo seu corpo tremendo na frente do meu enquanto esporro sem parar.

Que delícia. Merda. Merda. Merda!

Fecho os olhos e deixo o orgasmo percorrer meu corpo. Como é boa a sensação de gozar dentro dela.

De gozar com ela!

Betina Cerutti acaba de se tornar o meu lugar favorito em todo o mundo.

Suas mãos começam a escorregar pelo vidro outra vez e eu as seguro no lugar, empurrando mais uma, duas, três vezes, até que ela encosta a testa no balcão, sem conseguir respirar.

Apoio a minha no seu ombro, tentando recuperar a respiração. Nós dois ficamos parados, em silêncio, ouvindo agora o encontro descompassado do ar que sai dos nossos pulmões.

O suor escorre pelas minhas costas no exato momento em que sei que preciso sair dela, mas não quero. Quero permanecer assim o máximo de tempo que puder, para, quem sabe, garantir que tudo o que acabou de acontecer entre mim e Betina Cerutti, a garota de quem parti o coração e que agora é a porra da única mulher que desejo, não vai acabar aqui.

Não pode acabar aqui.

Capítulo 25

Betina

Estou esperando pela minha vergonha moral há três dias. Há exatas setenta e duas horas aguardo que o remorso e o arrependimento me atinjam, mas eles nunca chegam.

Não consigo pensar em outra coisa que não seja aquela noite e em como Stefano dedicou cada um dos segundos em que estivemos juntos para fazer com que eu sentisse exatamente tudo o que busquei ali, quando resolvi que não me seguraria mais.

O sexo com ele é ainda melhor do que eu me recordava.

Claro, estamos falando agora de um homem e uma mulher. Uma mulher, inclusive, que não é mais uma aprendiz como era naquela época. A forma de me tocar, de me olhar, de me satisfazer como sua prioridade naquele momento... Tudo foi melhor do que qualquer um desses dias em que fiquei imaginando a gente junto novamente.

Gozar na sua boca foi delicioso.

No seu pau... Bem, eu ainda não encontrei palavras que me ajudem a descrever.

O problema é que agora eu só penso em repetir. Só penso em ouvir todas as sujeiras que Stefano gosta de falar enquanto fode. De sentir o peso do seu corpo atrás do meu enquanto me come. De ter suas mãos por cada parte do meu corpo, com sua boca e tudo mais o que eu tiver direito.

Tentei colocar Marco nessa equação, para ver se é de juízo que estou precisando, mas a verdade é que ele não me deixou fazer isso, porque sei que, se os papéis fossem outros e eu tivesse ido em seu lugar, gostaria que ele pudesse aproveitar o resto da vida que tivesse. E isso inclui sexo, obviamente.

O que me assusta um pouco é que sei que não é só sexo que Stefano Ferri está procurando. Eu já entendi, ele fez questão de frisar.

"... e eu não vou descansar até te provar que mereço não só ser a sua escolha para te comer quando o tesão for quem tomar conta dos seus pensamentos, mas também quem faz amor com você quando isso for tudo o que desejar fazer também."

Stefano está me oferecendo mais do que seu corpo. Está me oferecendo o seu coração. E eu realmente não sei se estou pronta para isso.

— *Mamma*, estou indo para o treino. — Enrico aparece na cozinha, onde estou com *nonna*, e pega uma maçã no cesto, mordendo em seguida. — Posso jogar bola perto da escola na volta?

Como Enrico se sentiria se eu permitisse que algo além da cama acontecesse entre mim e Ferri? Sei que ele gosta de Stefano como um grande amigo, mas como seria se ele fosse mais do que isso na nossa vida?

— Temos retorno com o médico hoje, se lembra?

— Ah, é mesmo, mãe. Vou marcar o futebol para outro dia. — Pisca para mim e acena, despedindo-se de nós duas e colocando seus fones de ouvido enormes na cabeça.

Minha avó balança a mão suja de farinha e volta ao seu afazer.

Assisto ao meu filho se afastar e tento parar de pensar em Stefano pelo menos um pouco, o que não adianta muito, porque agora minha cabeça só consegue imaginar sua ideia sobre o ateliê culinário.

Isso não é nenhuma novidade ou como inventar a roda. Pela Itália, existem várias famílias, inclusive, que abrem suas fazendas ou casas para fazerem imersão em nossa cultura através da culinária e do vinho, mostrando o nosso dia a dia. E, na verdade, tem tudo a ver comigo, porque adoro ensinar, assim como *nonna* e *mamma* fizeram quando eu ainda era uma menina.

— No que é que você está pensando, querida? — questiona, quando vê que parei de sovar a massa que estou trabalhando.

Trouxe *nonna* para ficar comigo hoje, já que não estou de folga.

— Em uma loucura, eu acho.

Ela gargalha e me olha, balançando a cabeça.

— Saudade de ter a sua idade e poder pensar em loucuras. — Suspira, voltando a moldar alguns capeletti.

— A senhora acha que seria uma boa ideia se eu abrisse um ateliê aqui em casa? Como o da Veronica?

Nonna me observa por alguns segundos, parecendo pensar.

— Por que não daria?

E, de repente, Stefano está aqui outra vez nos meus pensamentos.

— Eu sou famosa em Florença, não na Sardenha. — Volto à sova, esticando a massa.

— Você é famosa onde quiser, *mia bambina*. — Seu sorriso orgulhoso enche meu coração de amor.

Sinto-me tão abençoada por seus momentos de lucidez, mas eles têm acontecido cada vez com menos frequência.

— Tenho um dinheiro de alguns imóveis que vendi com a morte de Marco. Acho que consigo adaptar o fundo da casa para receber grupos de umas dez pessoas por vez. — Mordo o lábio antes de levar a unha à boca e beliscar a beirada.

De repente, sinto uma ansiedade misturada com medo. A verdade é que toda vez que penso nisso sinto que é de verdade o que eu deveria fazer enquanto não estiver liderando a cozinha de Cat, o que eu também tenho amado fazer.

— Então o que é que você está esperando? — Seus olhos julgadores parecem me chamar de tola e eu rio, porque *nonna* tem esse jeito prático de lidar com as coisas.

— Vou fazer algumas contas, pensar com calma e, quem sabe?

Ela fecha a massa com toda aquela sua maestria e faz que sim com a cabeça; em seguida, vira-se de novo para mim e fala:

— Depois você pode ir comigo à casa dos meus pais? Estou com saudade da *mamma*, há muito tempo não a vejo.

È, assim como meu sorriso veio fácil, ele vai sumindo do meu rosto.

Olho para minha avó e, como tenho feito a cada vez que passado e presente se confundem dentro da sua cabecinha cansada, seguro para não chorar.

Agora, ela pede para ver os pais e às vezes chora quando dizemos que não podemos levá-la lá. Então, temos de fazer aquele ritual de sempre: sair, andar pelas ruas da comuna com ela até que se distraia e esqueça o que queria.

Tento dar um sorriso, mas sinto a dor atravessar meu peito quando penso que o tempo em que ela realmente se lembra de quem, e o que, somos em sua vida está cada vez mais próximo do fim. É só uma questão de tempo.

— É claro. Em breve, te levo lá.

A sua felicidade ao me ouvir esmaga o meu coração com tanta força que é quase difícil de suportar.

— Obrigada, *principessa!* — agradece e volta a trabalhar.

— Não é algo que você precise ter medo, Betina. Só precisamos acompanhar de perto. Porém, para a idade dele, o nível de ferro está bem acima do esperado. Eu tenho uma suspeita e para confirmá-la precisaríamos fazer um exame mais apropriado, como um mapa genético. Mas, antes, vou pedir exame de ferritina sérica e também testes de função hepática, só para ficarmos mais tranquilos.

Olho para o doutor e penso em sua explicação sobre o resultado alterado de Enrico.

— Mas qual é a sua suspeita?

O jovem médico sorri para o meu filho e depois para mim.

— Eu acredito que Enrico possa ter uma mutação de gene que o leva a desenvolver uma doença hereditária chamada hemocromatose. Ela gera uma disfunção no organismo, que acumula mais ferro do que deveria pelo corpo, sobrecarregando alguns órgãos. Se confirmarmos, vocês têm sorte, porque na infância as chances dos danos são poucas. Vamos precisar pensar em uma dieta mais balanceada, entrar com algumas medicações e monitorá-lo de tempos em tempos.

— Se é hereditário, quer dizer que meu marido e eu passamos isso para ele, correto?

— Ou só um de vocês, também existe a chance. Eu recomendaria que fizesse seus exames. Mesmo que os seus valores não se mostrem alterados, você pode ter o gene e deveria observar mais de perto, como faremos com seu garoto.

— Meu marido já fez um mapa genético uma vez. Eu ainda tenho em algum lugar, lá em casa.

Não faço ideia de por que guardei isso comigo, mas pelo visto vai ser útil.

— Ótimo. Traga para que eu possa dar uma conferida, quando seus exames estiverem prontos, está bem?

— Doutor, e a natação? — Enrico entra na conversa, um pouco preocupado. — Isso pode atrapalhar minha carreira?

Fala como um verdadeiro adulto. O doutor e eu rimos.

— De forma alguma, rapaz! Mas precisamos tomar cuidado com certas proteínas que você provavelmente consome. Carnes vermelhas possuem um valor considerável de ferro e agora é o que precisamos evitar com mais frequência na sua alimentação. Vou te encaminhar para uma nutricionista esportiva; assim, vocês vão conseguir chegar a uma decisão sobre como seguir com uma dieta que te ajude no desempenho na piscina e não sobrecarregue seu corpo.

Não posso dizer que pensar em Enrico com qualquer coisa que seja não está me dando certo pânico, mas, se o médico está me dizendo que não preciso me preocupar, vou tentar seguir seu conselho.

Quando saímos do seu consultório, marco os exames laboratoriais e com sua secretária eu pego uma indicação de clínica que possa fazer nossos testes genéticos.

Vou tentar resolver isso o mais rápido possível.

Stefano

Chego à Milani e peço que Cora me anuncie para Vincenzo. Preciso ir a Cagliari para uma negociação de fornecedores, mas recebi uma ligação dele mais cedo me chamando até aqui e decidi dar um oi para esse velho rabugento que agora anda mais sumido do que de costume; eu quase posso apostar que isso se deva ao fato de que ele anda frequentando a cama de uma tal forasteira mais do que previa.

Eu nem preciso dizer que Milani perdeu sua aposta, não é? Meu mais novo franqueado é nada menos do que meu melhor amigo.

Nunca ganhei uma aposta tão facilmente em toda a vida, caralho!

— Pode entrar, Tefo. Vince já está te aguardando.

— Muito obrigado, Cora — agradeço e abro a porta do escritório de Vincenzo. — E aí, velhote! Como você está?

Encurto o espaço entre a porta e a mesa do Milani, sentando-me de frente para ele. Vince levanta a cabeça e estende a mão para mim.

— Tudo certo, cara. E você?

Minhas próximas palavras dirão a ele como estou.

— Transei com Betina.

Vincenzo me encara e começa a gargalhar, dando um tapa na sua própria mesa.

— É claro que transou, Ferri. Até demorou. O tanto que você anda empenhado em reviver essa história, não poderia dar em outra coisa. Conseguiu arrancar alguma informação dela sobre... aquilo?

Sei sobre o que é aquilo. Aquilo é o nome que dei para minha suspeita de que Tina anda fazendo coisa que não deve com *quel mascalzone*[31] do Lorenzo. Eu disse a Vince que na primeira oportunidade que tivesse de perguntar à Betina, eu faria.

E eu fiz.

Depois que transamos, achei que as coisas iam ficar estranhas, mas Cerutti agiu como se tivéssemos acabado de jantar e pedido um pouco mais de vinho, porque foi o que fizemos.

Busquei outras duas taças, trouxe outra garrafa, desta vez um sardo, e bebemos como se fossemos dois bons amigos que transam às vezes. É como se Betina me colocasse no mesmo lugar onde coloco Bianca: amigos com benefícios.

Nenhuma palavra sobre o que eu disse enquanto ela gozava no meu pau. E nenhuma palavra sobre a vida sexual da minha irmã também.

Eu já deveria imaginar que Betina não entregaria Tina tão fácil assim.

Balanço a cabeça negando e bufo, frustrado.

— Eu fui um bosta, né? Eu fui muito cretino. Como tive coragem de magoar justamente Betina?

É a única coisa na qual consigo pensar desde que estivemos juntos na *gelateria*. Como eu pude? Merda! Como eu pude perder uma mulher igual a ela?

---

[31] Em italiano, "aquele malandro, aquele canalha".

Ainda que eu saiba que foi a melhor coisa que aconteceu na vida de Cerutti, meu egoísmo, depois daquela noite, provando exatamente tudo o que eu já imaginava a respeito dela, está me atormentando.

Quanto tempo de uma vida feliz ao lado de uma mulher incrível como Betina eu perdi...

— O que vou falar não justifica, mas você ainda era um garoto, totalmente inconsequente, diga-se de passagem. Como sempre, só estava pensando com a cabeça do seu pau. Isso, às vezes, nos custa coisas boas. Betina foi uma delas.

— É assim que a gente se sente quando gosta de verdade de alguém? Vulnerável pra cacete?

Não existe ninguém melhor para falar disso para mim do que Vincenzo Milani, muito menos alguém para quem eu possa confessar sem medo o que estou sentindo a respeito de Betina.

Eu gosto dela. De verdade.

Gosto a ponto de imaginar uma vida ao seu lado sem nem cogitar se estou louco ao pensar sobre algo do tipo.

— É assim, meu querido amigo. É exatamente assim. Eu poderia zombar de você agora, neste exato minuto, mas não o farei, porque tenho uma coisa para te comunicar.

Sorrio agradecido, pois sei que ele esperou uma vida inteira para tirar sarro da minha cara por conta disso.

— O que é? — questiono, curioso.

— Estou em um relacionamento com a forasteira.

Isso foi mais rápido do que eu previa!

— Você está de sacanagem?

O sorriso do homem entrega que tem gente aqui mais apaixonada do que eu. Vincenzo Milani nunca consegue me enganar.

— Nunca falei tão sério em toda a vida. Jantamos juntos ontem lá em casa, ela, Gabi e eu.

Eu poderia zombar de Vince e dizer que eu sabia o tempo todo, mas, em cordialidade pelo que acabou de fazer por mim, farei o mesmo por ele. Fico de pé e vou até meu amigo, abraçando-o.

— Parabéns, irmão! De verdade, eu sempre soube que isso ia acontecer. Era só você que não fazia ideia de como seus olhos ficavam quando estava perto dela. Se você e Gabi estão felizes, então eu estou mais do que isso.

— Estamos — assume. — Nem lembro a última vez que vi minha filha sorrindo daquele jeito. E nem lembro a última vez que me senti completo como estou me sentindo agora. Que loucura...

Dou outro abraço em Milani. Se existe alguém nessa vida que merece ser feliz depois de tudo que passou, essa pessoa é ele.

— É isso o que importa, cara.

— Eu o chamei aqui porque decidi fazer um almoço na casa da praia. Quero reunir a família para Caterine e eu contarmos a todo mundo de uma vez só. Domingo é um bom dia para você?

— Qualquer dia é bom para compartilhar a felicidade de um irmão, Milani. Conte comigo!

— Traga Tina e seus pais também. Vocês são minha família.

E não há mentira em nada do que fala, porque a verdade é essa. Mesmo carregando sobrenomes diferentes, fomos e sempre seremos família um do outro.

— Vai ser um prazer para os Ferris, Vince. Você também é a nossa família.

Capítulo 26

Stefano

Não costumo ser um cara ansioso, mas confesso que não dormi essa noite.

Primeiro, porque acumulei um bocado de trabalho e precisei ficar além do que devia dedicado a isso. Segundo porque Vincenzo me fez o favor de contar que Caterine convidou Betina e Enrico para o almoço na casa de praia.

Nós dois não nos encontramos desde aquela noite e, foda-se! É isso mesmo: pareço um garoto idiota sabendo que vai encontrar a menina por quem está apaixonado.

Eu não sei se posso usar essa palavra para me referir à Betina. Paixão é algo precoce? Já imaginei algumas outras formas de dizer a mesma coisa, mas a única palavra que encontro é essa.

Estou apaixonado depois de ter tomado o maior chá de boceta da minha vida. De uma, inclusive, que já provei antes.

É claro que dizer que foi só o sexo é uma puta de uma mentira. Antes do corpo, eu me encantei pela mulher que ela se tornou, pela mãe que é para Enrico, pela neta que é para a avó doente, pela profissional que se destacou lá fora e começa a ganhar seu espaço também aqui; no lugar ao qual pertence.

O conjunto Betina Cerutti me dá um tesão que é difícil resumir em algumas palavras somente. Ela é um poço de inteligência, determinação e ousadia em um corpo delicioso que ama ser adorado e levado ao limite.

Tudo o que ela me mostrou naquela noite é que aprendeu o valor que tem e é exigente quando o assunto é sexo. Não tem vergonha, não tem pudor. Quer se satisfazer e sabe o quanto merece isso. O quanto merece cada orgasmo que deseja e que cada um deles seja ainda melhor do que o outro.

Quando estamos todos aqui, em festa por Vince e Cat, e vejo Betina surgir com Enrico pelo caminho entrada da casa que traz a para o fundo, onde estamos todos, sinto meu coração parar.

Ela é a mulher mais linda em que já pus os olhos. Era antes, continua sendo agora.

Quando nosso olhar se esbarra, Betina sorri de forma gentil. Está vestida com uma dessas blusas curtas que deixam a barriga aparecendo, e uma saia longa, branca, que fica linda nela.

Cerutti cumprimenta as pessoas ao redor e recebe uma taça de espumante para celebrar junto com todos nós. Quando Vince faz seu discurso sobre Caterine, nós dois não conseguimos parar de nos olhar. Estou tentando dar o meu melhor, porque sei que ela ficaria completamente incomodada se alguém desconfiasse que demos passos maiores do que as pessoas possam imaginar, então me controlo. Olho para Enrico e aceno para o garoto, que após o brinde vem até mim.

— Que casa maneira, Tefo! — comenta eufórico. — A gente também tinha uma casa de praia, lá em Castiglioncello.

— É mesmo? Adoro Castiglioncello.

— Eu gostava de ir para lá. — O garoto parece se lembrar de alguma coisa boa, mas guarda só para si. — Você está se lembrando da competição, não é? Vai ser em Cagliari, daqui a duas semanas.

— Claro que estou — tranquilizo o menino. — Já vou deixar a agenda reservada. Estarei lá, não tenha dúvidas.

Sinto sua presença ao nosso lado antes mesmo que ela se anuncie. Meus olhos sobem e encontro Betina parada perto de nós dois.

— Ei, Stefano! — O sorriso é discreto, mas sei que não estou louco.

É diferente agora. Para mim, parece o sorriso de quem é cúmplice.

Aquele cheiro delicioso que vem da sua pele toda vez que se aproxima está aqui, tomando meus sentidos e me provocando de um jeito gostoso, quase proibido. Abraço-a devagar, segurando-me no exato momento em que sinto os pelos do seu corpo reagindo ao meu toque.

— Como vai, Betina? — Quando nos distanciamos, toco a minha taça na sua e ela olha para o movimento.

Vejo como seus olhos se movem do cristal para mim.

Lembranças.

Eu sei, Cerutti... Eu sei.

— Tefo confirmou que vai me assistir na competição, *mamma*! — o garoto interrompe nosso momento e ambos lhe damos atenção.

— Eu não perderia o próximo campeão olímpico competindo, por nada neste mundo! — brinco, bagunçando seus cabelos.

Ele ri feliz e um pouco orgulhoso do que eu digo.

— Germano disse que eu tenho chances!

— Claro que tem, rapaz — afirmo.

E a mãe, orgulhosa do garoto, sorri para mim.

— Stefano foi um grande nadador, como você já sabe. Acho que ele consegue reconhecer um campeão, *figlio*.

Quando as palavras saem da boca de Betina, vejo um passo grande acontecer aqui. Ela está me inserindo no mundo dos dois, mesmo que de uma forma superficial. Porque, depois de tudo o que aconteceu com a gente, poderia escolher manter as coisas separadas o máximo que pudesse, a fim de me provar que só quer sexo comigo. Mas ela está criando um diálogo entre nós, com o filho, onde me coloca como uma figura de quem Enrico deve levar as palavras em consideração.

Por que é que estou me segurando como um filho da puta para não rir feito um garoto bobão?

— Ei, vocês dois aí. — Vince se aproxima de nós, dando um beijo no rosto de Betina, que o abraça outra vez. — Vamos jogar bola — chama por mim e Enrico.

— Ah, não... — reclamo, e os dois riem.

— Você não tem ideia de como Ferri é perna de pau, Enrico — meu amigo diz, puxando o filho de Betina para perto dele. — Vamos ser do mesmo time e ver o que *questo stronzo* sabe fazer com as pernas.

— Ele me contou! — o garoto diz, animado, e já passa para perto de Milani. — Vamos, Tefo!

— Mas o que é isso? Campeonato de quem me humilha mais?

Betina solta uma risada e eu olho bem na direção dela, que balança os ombros se divertindo.

— Deixe de ser um reclamão. Vem. — E Vince me puxa, junto do menino.

Viro o rosto de novo e encaro Cerutti, que apenas acena como se dissesse: boa humilhação para você!

Ela me paga.

De preferência, gozando na minha boca.

Betina

Fiquei extremamente feliz quando Caterine convidou a mim e Enrico para estarmos aqui hoje com eles, comemorando um momento tão importante para ela e Vincenzo.

Sei o quanto um passo como esse é especial para ambos, já que vieram de relações tão dolorosas. E como duas pessoas do bem, com corações como poucos que conheço, desejo que esse seja o começo de uma história que, enfim, seja para sempre.

Claro que eu sabia que Stefano estaria aqui, ele é o melhor amigo de Vince. E a verdade é que estava muito curiosa para saber qual seria a minha reação ao vê-lo. E, como eu já previa, Stefano Ferri me atrai como se fosse um ímã.

Tudo o que meu corpo me implorou foi que eu me aproximasse, que sentisse da forma que pudesse o calor que vem do corpo dele, seu cheiro fresco e cítrico ao mesmo tempo. E eu não posso negar: o homem foi educado e cordial sem deixar transparecer que deixamos de ser apenas dois conhecidos.

Deixo que eles se divirtam no seu futebol e dou atenção às pessoas ao meu redor. Veronica, como sempre, querida e carinhosa. Os pais de Stefano me convidam para passar um dia na casa de campo e conheço a tia de Caterine, Margô, que mora em Cagliari, e me conta sobre seu trabalho na capital.

Entre um papo e outro, uma tacinha de espumante e boas risadas, eu me pego assistindo ao jogo mais que deveria. Em dado momento, sento-me em um dos bancos de madeira do jardim de Vince e observo como Tefo e Enrico parecem se encaixar na dinâmica um do outro. Mesmo em times adversários, eles parecem se complementar.

— Tem alguma coisa que eu deva saber, Betina Cerutti? — Chiara se senta ao meu lado e eu volto dos pensamentos.

Sorrio para a minha amiga, que está com o pequeno Bento no colo.

— Posso? — pergunto a ela, que me oferece seu garotinho. Pego Bento nos braços e o encho de beijos. — Que saudade de Enrico deste tamanho! Foi há tanto tempo...

Amasso a bochecha redonda do menino com os lábios, e ele ri para mim.

Sua mãe continua olhando na minha direção e me questiona outra vez:

— Não fuja da minha pergunta. — Desvia seu olhar para os homens, todos correndo atrás da bola, e eu suspiro, balançando os ombros em rendição.

— Não tenho muito para falar. Se você está me perguntando, já deve imaginar.

— Dio! — Ela ri e chega mais perto. — Ele te dobrou, Betina?

— Não sou tão inocente assim, Chiaretta, acredite — afirmo e dou uma risada. — Aconteceu porque eu quis!

— E foi bom?

Assisto o exato momento em que Enrico dribla Stefano e dispara com a bola para o gol improvisado que eles arrumaram.

— Em níveis que não consigo descrever. — As palavras saem enquanto a irmã de Vince, espantada com minha confissão, tampa a boca e ri.

— Você e Stefano... O que é a vida se não uma caixinha de surpresas, não é mesmo?

— É errado eu querer estar com ele, mas não querer ao mesmo tempo?

— Errado não é. — Chiara ajeita a blusa de Bento. — Eu só não entendi direito. Me explica!

— Preciso do sexo, Chiara. Sinto falta, entende? Minha vida com Marco nunca esteve tão boa quanto nos últimos anos, e eu sinto falta disso! De ser tocada, desejada, de me sentir satisfeita em uma cama... — Minha amiga me olha com compreensão. — Mas não sei se estou pronta para ir além disso. E Stefano quer. Você consegue acreditar quando te digo isso em voz alta? Ferri não perde uma oportunidade que tenha de tentar me mostrar que não é mais aquele cara e que não quer só frequentar a minha cama... Ele quer ser quem eu cogitaria a hipótese de ser, depois de tudo o que me aconteceu, alguém que eu possa... amar!

A palavra amar me assusta de tantas formas quando penso em Stefano Ferri...

— Você tem medo de se envolver de novo, querida? Digo... Você tem medo de colocar alguém no lugar de Marco? Como se sua morte te sentenciasse a ser uma mulher sozinha para sempre?

— Eu não sei — assumo um pouco frustrada, porque essa é a dúvida que me corrói. — Eu nunca pensei que um dia seria viúva aos trinta e quatro anos, muito menos que voltaria para Carloforte e que justamente Stefano, alguém com que eu não deveria cogitar a hipótese de qualquer aproximação, é quem tem se esforçado para me fazer repensar as coisas em que eu acredito, que penso e quero!

— Quando você pensa nele, o que é que vem à sua cabeça?

Bento faz um barulho com a boca e nós duas rimos.

Beijo seu menino outra vez e respondo:

— Que quero transar com esse homem sem parar...

Chiara dá uma risada tão alta da minha sinceridade que algumas das pessoas ao nosso redor olham para nós duas. Ela acena, dizendo que não foi nada, e volta a falar baixinho comigo.

— Meu Deus! O homem tem mel mesmo, pelo visto — zomba de mim e eu rio baixo, concordando.

— Stefano não tem a fama que tem à toa, Chiaretta. Pode apostar!

Enrico faz um gol e comemora com Vince. Stefano finge que está triste, mas ri da alegria do meu menino. Olho para os dois assim, tão amigos, e meu coração se aperta, em uma mistura de sentimentos que me confunde.

Eu gosto dessa versão que Stefano Ferri se tornou e não sei até onde vou conseguir resistir a isso.

— Seus olhos brilham olhando assim para ele. — Minha amiga me cutuca, sorrindo toda boba.

— Não brilham, não — afirmo categórica, o que faz Milani rir da minha reação.

— Betina, tome o seu tempo. Respire, relaxe. Ninguém pode te obrigar a entrar em um território se não se sente preparada. Mas seja sincera com Stefano: se é só sexo que você quer, que ele esteja ciente disso. Ferri pode ter errado antes de uma forma horrível, mas, se agora ele está disposto agir diferente, que tenha direito de saber com o que está lidando.

Fico muda, pensando nas palavras de Chiara, e ela está coberta de razão. Sei que Stefano vai aceitar de muito bom grado qualquer chance que eu der a ele de transarmos loucamente e nos satisfazermos, mas sei que em cada uma dessas vezes ele vai esperar que, enfim, eu abra meu coração para que entre.

— Podemos agora falar de outra coisa? Você acha que eu teria boas chances em Carloforte de ter um ateliê feito o da sua mãe?

E, com o papo mudando para os negócios, faço Chiara mudar seu foco, e falar sem parar sobre como acredita que eu nasci para isso.

Quando todos estão se despedindo para ir embora, depois de uma tarde que foi deliciosa, pego meu telefone para chamar o táxi de volta. Stefano para ao meu lado e, como se soubesse o que estou fazendo, diz:

— Vocês vão comigo.

Abaixo a mão com meu telefone e o encaro.

— E como é que você sabe que estamos indo para casa? — provoco-o.

— Enrico me disse que vocês vão estudar para a prova dele de amanhã.

— Não quero incomodar, Stefano.

— Primeiro, vocês nunca me incomodam. Segundo, vocês são meus vizinhos de porta. Que sentido faz você chamar um táxi para te levar para o mesmo lugar a que eu vou? — Aponta para a irmã, que já caminha na direção da porta da propriedade de Vince com os pais. — Tina está de carro, vai levá-los. Vocês vêm comigo.

Sem argumentos, aceito seu convite. Enrico e eu nos despedimos de Cat e Vincenzo, seguindo com Ferri até seu carro.

Ele faz questão de abrir a porta para Enrico entrar atrás e, em seguida, faz o mesmo para mim. Agradeço seu gesto gentil e Tefo apenas sorri, sussurrando:

— Não há de quê, Cerutti. — Aguarda que eu me sente e a fecha para mim.

Até o carro tem aquele cheiro bom do Stefano.

Ele entra do outro lado e olha na minha direção.

— Não vejo a hora de ter idade e tirar a minha própria licença — Enrico diz a Ferri, enquanto ele arranca devagar da propriedade de Vince. — Minha mãe detesta dirigir!

Stefano joga o rosto de lado para me encarar, em um gesto de curiosidade.

— Por quê? — Quer saber.

— Sei lá. — Dou de ombros.

Não gosto de contar aos outros que sou um desastre ao volante.

— É que ela é ruim mesmo.

Mas, meu filho faz questão de me fazer passar essa vergonha.

Stefano dá uma gargalhada com Enrico e eu olho feio para os dois, já que o garoto acaba de colocar o rosto entre nós.

— Você tem uma mania horrível de contar para Stefano as coisas nas quais não sou boa — reclamo. — É videogame, é dirigir. Que tal dizer que eu sempre faço sua sopa favorita quando está doente? Que eu costurei sua bermuda surrada porque você aprontou um escândalo quando eu disse que ia jogar aquele trapo velho fora? Que eu fui goleira do seu time de futebol em Florença quando seu amigo machucou o pé?

— Você, goleira? — Ferri me olha, divertido, amando cada segundo da conversa.

— E ainda peguei três bolas! — eu me gabo e Enrico entra de novo no assunto.

— Ela é melhor pegando bolas do que dirigindo, isso é com certeza.

Nós dois nos encaramos no exato momento em que tenho certeza de que ele vai falar alguma coisa que não deve.

Ferri, cale essa boca!

Ele ri, abre bem os olhos e comenta:

— Ah, mas eu acredito em você, viu, medalha de ouro? Tenho certeza de que ela é melhor com bolas.

Filho da puta!

Quero rir, mas tomo toda a minha concentração para não fazer isso. Ele, por sua vez, aproveita a estrada reta e olha diretamente para mim, esperando minha reação.

Você me paga, Stefano!

Quinze minutos depois e estamos na praça de casa. Stefano faz questão de nos acompanhar até a porta. Quando abro o portão, Enrico diz a Ferri:

— Foi mal, Tefo, estou apertado para ir ao banheiro. Preciso correr! Valeu pela carona. — E dispara para dentro feito um furacão.

— Mas também, bebeu umas duas jarras de suco sozinho — comento, ainda olhando por onde ele passou. Ouço a risada de Stefano e volto a atenção para ele. — Você não sabe guardar essa merda de língua na boca? Meu filho não é burro!

Seus ombros se balançam enquanto ele me oferece aquele seu sorriso cheio de malícia. Seu corpo grande se encosta ao muro ao lado do portão e me viro em sua direção.

— Não tenho culpa se você é bem habilidosa com bolas, Cerutti.

— Ai, cala a boca! — Dou um tapa no seu ombro, rindo, o que não faz Stefano mover um centímetro do seu corpo alto e forte.

Seu sorriso presunçoso não some, e eu respiro fundo, porque ele me parece ainda mais bonito agora, assim, pensando em sacanagem.

— É muito cedo para dizer que talvez eu esteja sonhando que você vai bater à porta da Ferri qualquer noite dessas outra vez?

Respiro fundo enquanto troco o peso de uma perna para a outra, ansiosa.

— Talvez eu bata — brinco e ele balança a cabeça em negativa.

— Não faz assim comigo, Betina... Não tenho mais sossego nos meus dias só pensando naquela noite. — Stefano se desencosta do muro e passa as mãos pelos cabelos, jogando-os para trás, depois se aproxima um pouco mais, olhando-me diretamente nos olhos — Quando é que vai dizer sim para mim outra vez?

— Eu não sei, Stefano. — Sou sincera. Não posso agir só com meu corpo, preciso ser um pouco sensata agora. — Nós sabemos que há mais em jogo nisso, não estamos falando apenas de nos satisfazermos. Você foi bem claro quanto a isso. Posso não ter respondido, mas ouvi cada palavra que você disse.

— Enquanto você gozava para mim? — provoca, fazendo meu corpo ficar completamente arrepiado.

É um pecado ouvir esse homem falando assim, no fim de tarde, com essa praça cheia de gente, para lá e para cá, como se estivesse falando da mudança do clima.

— Sim, enquanto eu gozava para você. — Dou a Ferri o que ele quer.

Seus olhos se apertam em sofrimento e ele tomba a cabeça olhando para cima, depois esfrega o rosto com as mãos.

— Do que tem medo, Betina? Diz o que eu preciso fazer para quebrar o resto desse muro que colocou em volta de você?

— Eu preciso de tempo. Do meu tempo. Eu queria sexo, você me deu. Não me arrependo, Stefano. Saiba disso. Eu teria feito tudo de novo, cada segundo daquela noite... — Tudo sai com tanta sinceridade do meu coração que resolvo não parar por aqui e ir até o fim. — Mas preciso organizar as coisas dentro de mim. Não posso te prometer nada além do meu corpo agora, e, por mais tentador que me pareça a ideia de repetir tudo sem parar com você, preciso ser racional.

Ele fica parado com o olhar fixo em mim por alguns segundos, depois afirma com a cabeça.

— Você pode ter seu tempo. Não tenho pressa.

— Não fique me esperando, Tefo. Não é isso que estou pedindo — resmungo.

— Você não precisa pedir por nada. Essa é uma escolha minha, Cerutti. Fique tranquila.

— Vá transar com alguém. Vá viver. — Eu quase grito.

E, por mais que na verdade seja difícil dizer cada uma dessas palavras, minha cabeça fica me dizendo que parece mais fácil resolver isso tudo se Stefano cair na tentação de se deitar com alguém e me provar mais uma vez que não vale nada, como sempre foi.

Ele ri, um riso irônico, e se aproxima mais. Sua altura, seu jeito de me olhar, o aroma que exala, tudo me faz tremer, quase vacilar.

— Boa tentativa, *mia bella*. Não vai funcionar. — Passa a língua pelos lábios de um jeito demorado, depois sussurra: — *La figa che voglio è tra le tue gambe.*[32]

Eu amo quando ele fala "boceta". É tão sujo e sexy ao mesmo tempo.

---

[32] Em italiano, "a boceta que eu quero está entre as suas pernas."

Suspiro, derrotada, porque no fim era isso que eu queria ouvir. E não sei a quem estou tentando enganar, afinal.

— Por que eu, Stefano Ferri? — pergunto, quase sem forças para lutar contra todo seu esforço.

— Por que não você, Betina Cerutti?

Abaixa o rosto na minha direção e beija a minha testa de forma demorada, alisando meu cabelo e colocando-o atrás da orelha, como costumo eu mesma fazer.

O gesto bate direto no meu peito e a dança de borboletas que eu já não sinto há tanto tempo começa desesperada no meu estômago.

Stefano, com a ponta dos dedos, sem palavras me disse que percebe muito mais sobre quem eu realmente sou do que eu estava me dando conta.

Ele me reconhece nos detalhes.

— Estou te esperando, Cerutti. Por cada maldita noite daqui em diante, te esperarei. É só bater, não importa a hora que seja, eu estarei lá.

Ainda me olhando, Ferri dá dois passos para trás antes de se virar e ir em direção a sua casa.

Consigo ouvir o barulho do meu coração batendo tão desenfreado dentro do peito agora, que preciso de alguns segundos para me lembrar como é que de fato se respira.

Capítulo 27

Betina

Depois de tomar minha decisão, convidei Veronica para vir até minha casa. Ela e minha mãe sempre foram grandes amigas, e, por ter crescido perto de Chiaretta, sempre tive um carinho muito grande por ela e toda a família Milani.

— E então, o que acha? — Mostro a ela o espaço que pensei em usar para fazer meu ateliê gastronômico.

A mãe de Vince analisa com cuidado, como se fizesse contas em sua cabeça, e diz:

— Se você colocar a mesa grande bem aqui no meio, os fogões lá no canto, freezers e geladeiras logo atrás, facilmente poderá ter turmas de oito a dez pessoas. Seu espaço é ótimo, querida. — Veronica afaga meu braço em um carinho, cheia de sorrisos no rosto.

Respiro aliviada.

Não queria comprar uma casa agora nem fazer mudanças bruscas na minha vida e na vida de Enrico. Já basta estarmos aqui, longe de Florença.

A casa alugada perto dos meus pais, por ora, é tudo de que preciso. Não me importo em gastar dinheiro para adaptá-la, mesmo não sendo minha.

— Confesso que nunca estive tão animada assim nos últimos onze meses. — O olhar da mãe de Chiaretta é de quem me entende. Ficamos as duas paradas, uma ao lado da outra, e ela me incentiva com o sorriso a continuar. — Eu tive tanto medo, Veronica... De voltar, do que eu ia encontrar aqui. A *nonna*, uma vida nada agitada como em Florença, lidar com a morte do meu marido estando longe de onde vivemos... — Stefano Ferri, penso comigo mesma, mas ignoro essa informação. — E agora, trabalhando com Caterine e pensando no ateliê, sinto como se eu pudesse, de alguma forma, ser um pouquinho da Betina que sempre amei ser.

— Você pertence à cozinha, *carina*, é por isso que está feliz. Eu sabia, quando disse a Caterine que você seria a pessoa perfeita para ajudá-la, porque sei que, de alguma forma, comandar uma cozinha ajudaria você também.

Sento-me no pequeno banco de dois lugares que deixo no jardim onde estamos. Veronica se senta ao meu lado e então a encaro.

— Você também sente falta de contar ao Sr. Milani tudo o que acontece no seu dia? De chegar a casa com entusiasmo sobre alguma coisa boba, mas saber que ele ia te ouvir com toda atenção do mundo?

Veronica ri e balança a cabeça afirmando.

— Alguns dias eu penso comigo mesma: Dio, preciso ligar para Milani. Ele precisa saber disso. Mas, daí, em seguida eu me lembro de que não há mais ligação para fazer e procuro algo que me distraia para que a tristeza não me consuma mais do que já me maltrata todos os dias.

Ouvi-la é como ter alguém me descrevendo.

— Quando eu cozinho, quando estou criando algo, tenho a sensação de celebrar a vida. A oportunidade de provar um prato que me desperta lembranças ou novas sensações. E sei que era assim que ele gostava de mim. Pensar em voltar a fazer o que eu amo, todos os dias, me deixa mais próxima não só de quem eu era, mas de quem ele amava que eu fosse.

— E continua amando, querida, não importa onde é que esteja agora! — Veronica pega minhas mãos e faz carinho. Eu retribuo. — Que bom que você teve essa ideia, Betina. Era disso que essa comuna precisava. De uma mente jovem, com traços contemporâneos, sem perder a inspiração nas raízes.

— A ideia não foi totalmente minha — confesso. — Mas não sai da minha cabeça desde que Stefano me fez pensar sobre isso.

Vejo um sorriso de canto brotar nos lábios da mãe de Chiaretta.

— Stefano, não é? Sei! — E ri baixinho.

Tento ficar séria, mas não consigo.

— Até você, Veronica?

— Meu bem, eu não disse nada. — Balança os ombros de forma despreocupada. — Mas eu vi. Sou uma ótima observadora.

Solto o ar de forma pesada e olho para o espaço ainda vazio à nossa frente.

— Eu estou completamente confusa. A cada dia que passa ele está mais impregnado em tudo ao meu redor, ao redor do meu filho, nos meus pensamentos, me ajudando nos meus planos...

— Não sei muito sobre o que houve, mas sei que ele te magoou. Lembro de Chiara me contando quando você foi embora e decidiu não voltar mais. Mas, Betina... Stefano é um homem bom, e não estou falando isso porque o considero meu próprio filho, sim, porque é a verdade. Sei que a fama do garoto nunca foi das melhores e ele fez por merecê-la. Mas todo mundo merece uma chance de fazer certo alguma vez na vida, não é?

— Merece, claro que merece — concordo, mesmo que relutante. — É que ele desperta em mim coisas que não pensei que iria sentir por mais ninguém. Minha vida estava muito bem desenhada na minha cabeça, entende? Viver o resto dela com Marco e ser feliz para sempre. De repente, sou uma jovem viúva, com um garoto para criar, se vendo no meio de algo com o único homem de que ela, se fosse certa da cabeça, não deveria se aproximar.

— E por que não? O que faz de Stefano alguém que não mereça uma segunda chance, Betina? Estamos falando sobre Stefano ou estamos falando sobre você?

Sinto quando minha garganta se aperta, ficando seca.

Não sei como responder.

— Ainda amo Marco.

— É claro que ama! — Seu jeito de dizer parece querer amenizar minha preocupação. — Ele é o pai do seu filho, sempre será. Foi o homem que te fez feliz, dividiu a vida com você, querida. Mas não está mais aqui. Você está. Viva, cheia de saúde, linda como sempre foi, de quando era *ragazzina*, com a vida inteira pela frente para amar e ser amada, como ele te amaria se estivesse vivo.

— Não faz nem um ano que ele se foi. — Tento argumentar.

Veronica me olha sabendo exatamente o que estou tentando fazer.

— Betina... O amor por acaso avisa quando vem bater à porta? Você, uma mulher tão moderna, à frente do seu tempo, presa às convenções da época da sua *nonna*?

Eu queria chorar, mas de repente começo a rir.

Veronica Milani é uma mulher incrível!

— Estou sendo careta? — brinco com ela, que confirma.

— Bastante!

Abaixo os olhos diretamente para nossas mãos unidas.

— Não consigo parar de pensar nele. No quanto foi gentil, amável e respeitoso comigo. O quanto tem se esforçado para me mostrar que merece uma chance. De tudo o que eu imaginava me esperar aqui, ter Stefano querendo ser mais do que uma figura guardada no meu passado estava totalmente fora dos meus planos.

— Que bom que a vida na maioria das vezes não acontece da forma que a gente planeja, não é mesmo? Assim ela tem chances de nos surpreender! — Veronica solta minhas mãos, dando-me dois tapinhas leves na perna. — Não morra com Marco, *amore mio*.

Ouço isso da boca de Veronica e sinto como se ouvisse de Marco também, mesmo sabendo que ele fez isso em vida.

Transar com Stefano fez a vida pulsar tão forte por cada parte de mim que a única coisa que desejo é me sentir assim outra vez, e outra vez, e outra vez... E eu sei o que ceder aos meus desejos fará com meu coração.

Sei que estou há apenas alguns passos de me render e dar a Ferri a chance que ele vem buscando.

— Você já agradeceu a Tefo pela ideia do ateliê? — Veronica me puxa dos meus pensamentos e eu apenas nego com a cabeça. — Pois deveria! Por que não vai lá à Ferri ver se ele está por lá?

A mãe de Vince tem razão.

De alguma forma, Stefano abriu minha mente com sua ideia, e, se vou realmente colocar tudo isso de pé, ele merece saber.

Ou, talvez, essa seja só uma desculpa para estar perto dele outra vez.

— Vou em breve. Preciso antes terminar algumas coisas aqui em casa— digo a ela, que prende o sorriso e se levanta devagar.

— Vem assistir uma aula comigo na próxima semana? Vou receber um grupo da Alemanha. Acho que você vai gostar da experiência.

— É claro que eu vou! — Levanto-me e abraço Veronica muito apertado. Seu abraço é tão firme quanto o meu, e ela sussurra no meu ouvido:

— A vida não costuma nos levar para o mesmo caminho duas vezes, Betina. Quando leva, há sempre um propósito. Pense nisso. — Segura meu rosto com as duas mãos e me dá um beijo em cada bochecha. — Eu te espero na semana que vem.

E assim ela se vai, saindo pelo meu portão e me deixando aqui com um frio na barriga tão grande, que me sinto uma idiota em estar assim, ansiosa, simplesmente porque vou atravessar a rua à procura de Ferri.

Capítulo 28

Stefano

Estou na cozinha da Ferri e peço que Antonella fique de olho na rua. Preciso que ela chame Enrico para mim quando o vir voltando do treino de natação.

Meus mestres *gelateiros* estão na produção a todo vapor, enquanto me concentro na mistura que estou preparando. Jogo um pouco da bebida, depois das frutas frescas na placa gelada e começo a manusear. Aos poucos, misturando tudo, vejo a consistência do preparo nascer. Essa é a minha parte favorita!

— Tefo, ele está aqui. — Ouço a voz da minha gerente.

— Peça que venha até aqui, por favor. — Paro de mexer as espátulas e pego uma pá, provando.

Respiro fundo quando o sabor invade meu paladar, porque tenho a sensação de ter Betina Cerutti na minha boca neste exato momento.

Deixo que o *gelato* derreta na minha língua devagar, sentindo cada nota que minhas papilas conseguem perceber.

Puta merda... Como isso é bom!

— Ei, Tefo. — O garoto surge à porta com sua mochila de treino nas costas e o fone enorme de ouvidos pendurado no pescoço — Antonella disse que você queria me ver.

— Como você está, campeão? — Nós dois batemos na mão um do outro.

— Cansado — bufa, mas sorri. — Perto da disputa o treino fica muito apertado. Ainda estou no meio das provas da escola...

— Mas tudo isso vai valer a pena, pode apostar. — Dou uma batida na aba do seu boné e digo: — Coloque suas coisas ali de lado e pegue o avental. Acho que descobri o sabor do *gelato* que vamos fazer para a sua mãe.

Os olhos de Enrico brilham e ele se atrapalha tentando tirar tudo do corpo.

— Calma, rapaz. — Rio da sua bagunça e ajudo com a mochila.

— Eu posso fazer?

— Foi por isso que te chamei.

Volto para minha bancada, raspo tudo o que acabei de fazer, colocando em um pote, pedindo que um dos rapazes traga um pouco da base pronta. Enquanto isso, peço que ele vá até a pia e higienize a mão. Enrico volta animado, já com a touca na cabeça.

— Vai ter morangos, como o do *papà*? — Olha para a caixa cheia das frutas vermelhas e doces.

— Sim, vai — acabo com sua curiosidade. Pego uma quantidade boa de morangos e jogo no meio da base. — Pode começar a picar e misturar.

Mais que depressa, Enrico pega as duas espátulas que eu estava usando agora há pouco e se diverte. Acho engraçado que, mesmo não tendo nenhum contato com o ofício antes, o menino parece ter nascido para isso.

— O que mais vamos colocar? — questiona sem perder a atenção do que está fazendo.

Pego a garrafa de *Roger Daltrey Brut*[33]e derramo a quantidade necessária na mistura de Enrico.

— Champanhe? — Ri, achando divertido quando o líquido da mesma cor da palha cai sobre sua criação com morango.

— Um dos melhores do mundo, porque sua mãe merece, concorda? — brinco com medalha de ouro, que confirma balançando a cabeça.

— A gente não vai ficar embriagado, não?

Solto uma gargalhada alta gostando bastante do seu raciocínio.

— Não vamos, fique tranquilo. A quantidade é somente o necessário para dar sabor ao *gelato*. Agora mistura e vamos ver se você aprova. — Deixo a garrafa na mesa ao meu lado e assisto ao Enrico Cerutti criar sua sobremesa.

Depois de muito mexer, o garoto me olha com expectativa.

— Já posso provar?

Pego a pá e entrego em sua mão.

— *Faccia pure, bambino*[34]!

Enrico não economiza na quantidade que pega e coloca tudo de uma vez na boca. Como se entendesse de técnicas sobre a mistura de sabores, segura o *gelato* na boca, degustando aos poucos. De repente, seus olhos se arregalam e ele dá um sorriso, mesmo com a boca cheia.

— Isso se parece com o cheiro da minha mãe!

---

[33] Champanhe criado pelo consagrado vocalista da legendária banda The Who em comemoração aos 50 anos do grupo. Uma das melhores champanhes do mundo.

[34] Em italiano, "Vá em frente, garoto"!

Sim, Enrico. Champanhe e morango. O cheiro da sua mãe.

— E aí, o que achou?

Ele fica encantado e pega mais um pouco.

— Como você sabia disso? É exatamente como aquela coisa melequenta que ela adora passar quando sai do banho.

Como vou responder isso ao moleque?

— Eu tive de perguntar sobre alguma coisa de que sua mãe gostasse, e ela me disse sobre o cheiro do perfume. — Finjo que não prestei atenção quando Cerutti disse que era seu óleo corporal. — Será que acertamos?

— *Che figo!*[35] A gente pode mostrar para ela?

— Podemos, claro — incentivo-o, enquanto ele pega mais um pouco e prova outra vez, fechando os olhos como se fosse a coisa mais gostosa que tivesse provado na vida.

Isso me deixa feliz. De verdade.

Enrico corre até sua mochila e tira o telefone de lá, discando para alguém. Alguns segundos se passam, até que ele diz:

— *Mamma*, estou aqui na *gelateria* com Tefo. A senhora poderia vir aqui? Ah, é mesmo? — Ele me olha um pouco confuso, mas termina a conversa. — Ok, estamos na cozinha, Antonella vai te deixar entrar — fala e desliga. — Ela disse que estava vindo para cá. Você já tinha chamado a minha mãe?

Betina está vindo para cá?

— Não, eu não disse nada a ela.

Olho para a porta e vejo o exato momento em que Cerutti entra pelo salão da Ferri.

Betina

O que é que Enrico está fazendo na *gelateria*?

Atravesso a rua e entro. Encontro Antonella atendendo algumas pessoas.

— Oi, Antonella. Boa tarde! Meu filho está aqui?

— Ei, Betina! — cumprimenta-me, sempre gentil. — Está na cozinha com Tefo. Pode ir lá.

É a primeira vez que piso aqui depois que Stefano e eu estivemos juntos neste salão. Vê-lo agora lotado de pessoas e imaginar que somente há

---

[35] Em italiano, "que legal!"

algumas noites nós transamos feito dois selvagens e que ele me fez gozar em cima desse balcão faz gritar a adolescente dentro de mim, como se somente eu soubesse um segredo muito, muito importante.

Peço licença e entro pela porta da cozinha, aquela mesma que também atravessei naquela noite. Enrico e Stefano estão no mesmo lugar onde Ferri me mostrou o *gelato* em que estava trabalhando.

— *Mamma*! Vem cá. — Meu filho acena com uma das mãos, chamando-me.

Stefano está parado ao lado dele, vestido com sua roupa social impecável. Mesmo cuidando dos negócios por aqui, sempre faz questão de andar como o homem importante e rico que é. Nós dois nos encaramos por uma fração de segundos até que paro ao lado deles.

— Oi, querido! Eu não sabia que você ia parar aqui depois do treino. — Não é uma repreensão, mas gosto de saber onde Enrico está.

Sei que estamos falando de uma cidade pequena, mas ele é meu menino e eu sempre vou me preocupar.

— Eu te peço desculpas, Betina. Fui eu que pedi para ele entrar um pouco — Stefano se adianta, provavelmente com medo de que eu fique brava com Enrico.

Seguro nos ombros do meu filho e ofereço um sorriso amistoso para Tefo.

Sei que não deveria reparar, mas ele aparou a barba. O cabelo está impecável nesse gel que ele gosta de passar, e o perfume hoje é aquele de que me lembro tanto, da época em que ficamos juntos.

— Está tudo certo, Stefano. Não se preocupe. — Olho para eles, curiosa, porque eu já estava vindo aqui, como disse a Veronica, agradecer Tefo pela ideia do ateliê, mas não esperava encontrar esses dois juntos, ainda mais esperando por mim. — Vocês queriam me ver? O que houve?

— Tefo e eu fizemos uma coisa para você, mãe! — Meu filho se vira em minha direção, mas estende o braço e pega uma pazinha dessas de *gelato*, que está na mesa ao lado, dentro de um pequeno pote. — Prova! — E aponta para a mesma placa que vi Stefano usar naquele dia.

Vejo uma mistura de cor creme, cheia de morangos.

— Você quem fez? — pergunto antes de mergulhar a pequena colherzinha no *gelato*.

Meu filho ri e gesticula.

— Mais ou menos. O Tefo foi quem me ajudou, pelo menos com o sabor.

— Foi o de menos — Ferri argumenta. — Seu filho tem jeito para *gelatos*, viu? Quem sabe um dia, quando crescer, não vira meu sócio?

Os dois riem e Enrico me olha com expectativa. Acho que está ansioso para saber o que achei da sua arte na cozinha de Stefano. Pego uma quantidade boa e levo até os lábios, mergulhando a sobremesa gelada na boca.

Quando chupo e os sabores vão ganhando forma na minha língua, incredulidade se passa por mim. Esfrego o *gelato* em cada ponto da boca, deixando que ele derreta e, quando isso acontece, uma explosão de sabores surge. Os aromas completamente marcantes e conectados.

É champanhe e morango.

É o meu cheiro.

Meus olhos mais que depressa correm para Stefano. Ele está me observando atentamente, sem piscar. Ouço o som do meu coração batendo bem alto nos meus ouvidos, como em um zumbido. Meus olhos automaticamente enchem-se de lágrimas.

— E então, *mamma*? Você gostou? É aquele cheiro de que você gosta. É você em um *gelato*! — Sua voz está tão animada e feliz. Olho para o meu garoto e tento sorrir, morrendo de medo de as lágrimas escaparem antes disso. — Nós também fizemos um *gelato* para o *papà*, só não decidimos o nome ainda: Morantella ou Nutellorango? Qual a senhora acha melhor?

Stefano ajudou meu filho a fazer um *gelato* para Marco?

Stefano Ferri fez isso?

Eu me viro outra vez para ele, que está com as mãos dentro dos bolsos da calça. Seu sorriso é gentil, é suave. É amoroso.

— Prometi que divido os lucros com ele se o sabor for um sucesso. — E dá de ombros, como quem diz que não fez nada demais.

Sinto os lábios tremendo, minha respiração falhando e as defesas caindo.

— Eu amei, meu amor. Eu amei — digo a Enrico, abraçando-o.

Meu garoto me aperta forte e beija o meu rosto, como faço no dele.

— Obrigado por me deixar ser amigo do Tefo, mãe. Ele é o cara mais legal que eu já conheci depois do meu pai. — E deita a cabeça no meu ombro, olhando na direção de Ferri.

Nós, adultos, olhamos um para o outro e eu vejo o exato momento em que Stefano engole em seco, completamente mexido com a confissão do meu menino.

— Não lembro qual foi a última vez que eu chorei, medalha de ouro. Não faz assim comigo. — O irmão de Tina ri, desconcertado, puxando Enrico para perto dele.

Quando meu filho abandona meus abraços e, já quase alcançando o peito de Stefano na altura, recebe seu abraço, não consigo evitar a enxurrada de emoções que nasce dentro de mim.

CAPÍTULO 29

Stefano

Eu não esperava pelas palavras de Enrico.

De tudo que venho recebendo da vida nos últimos tempos, como o aumento dos lucros e valor da Ferri, os ótimos negócios fechados e ver Milani, enfim, seguindo com sua vida como sempre mereceu, ter Betina de volta e conhecer Enrico está no topo das minhas coisas preferidas.

Enrico é um garoto leve, de bem com a vida e que, mesmo tendo perdido o pai, prefere sempre olhar as coisas pelo lado bom, sem reclamar. Sempre fala de Marco com alegria na voz, sabendo que, com certeza, é assim que ele gostaria de ver o filho.

Os olhos de Betina agora querem me dizer muito, mas acredito que só sua boca será capaz de pronunciar exatamente o que precisa me dizer.

Aperto o garoto no meu abraço e recebo sua força de volta.

— Não é para chorar, não seja um bobão — tira onda com a minha cara e nós dois rimos. — É só que é verdade. Eu te acho maneiro demais, Tefo.

— Você nem faz ideia do quanto eu acho o mesmo de você, campeão — brinco com a touca na sua cabeça e beijo em seguida.

Betina parece hipnotizada olhando para nós dois.

— Agora precisamos encontrar um nome para o *gelato* da minha mãe. Não deu tempo de pensar em um, ela já estava chegando.

O garoto me solta e gesticula.

A mãe, ainda muda, ri.

— Vamos pensar em algum que não seja champarango ou moranpanhe. — Quando digo, Enrico cai na gargalhada e balança a cabeça.

Cerutti passa as costas da mão no canto dos olhos e suspira, tentando rir.

— Pode pensar em um melhor mesmo, porque esses são horríveis. — Cruza os braços na frente do corpo.

— São péssimos — Enrico completa.

— Filho, preciso bater um papo com o Tefo, pode ir, está certo? Se não quiser ficar sozinho em casa, pode me esperar na *nonna*, não vou me demorar.

Então ela estava vindo conversar?

— Está bem. — Ele olha na minha direção, aponta para o *gelato* pronto na placa e pergunta: — Posso levar para mim? Pego um pote grande e dou em sua mão.

— É todo seu, cara.

O menino raspa tudo e coloca dentro do pote, tampando em seguida. Sua mãe e eu o assistimos tirar o avental, a touca, pegar suas coisas e se preparar para ir embora.

— Valeu, Tefo. *Ciao*, *mamma*.

— *Ciao*, *figlio*. — Acompanho seu olhar ao ver o menino passar por nós e sair pela porta da cozinha. Ela volta a me encarar e suspira, vendo todas as outras pessoas ao nosso redor. Bem baixo, questiona: — Podemos conversar em algum outro lugar?

— Pode ser lá em casa? — Aponto para a escada e ela olha nessa direção.

— Tudo bem, pode ser.

Movo as pernas e chego perto dela, indicando que vá à frente. Betina então anda pela lateral da cozinha e começa a subir as escadas. Vou logo em seguida e, quando chegamos ao topo, estico o braço para abrir a porta que dá direto na minha sala. Nós dois entramos e eu a fecho atrás de mim.

Cerutti olha tudo com cuidado, talvez em busca de muito luxo. Mas a verdade é que não me importo com isso. O sobrado, claro, é bem-cuidado, tem lá seus toques de sofisticação, uma coisa cara aqui e outra ali. Mas, como herança de família, já que o prédio pertenceu ao meu avô, gosto de manter o lugar o mais simples que posso, como sempre foi.

O luxo eu deixo para outros imóveis que tenho espalhados pela Sardenha, como a casa de Olbia.

— Você aceita alguma coisa? Suco, água?

Betina, que estava de costas para mim, vira-se neste momento. Seus olhos me queimam de um jeito diferente.

— Aquele dia... — começa a falar, ignorando minha pergunta, e suspira. — Aquela noite quando bati aqui a sua porta... — Betina para a fala, um pouco desconcertada, mexendo as mãos. Depois, coloca-as nos bolsos de trás da calça jeans justa no seu corpo. — O *gelato* de macadâmia...

Coloco outra vez as mãos nos bolsos e presto atenção em Cerutti. Ela está ansiosa.

— O que tem? — Eu sei o que quer dizer, mas vou deixá-la elaborar com as próprias palavras.

— Era isso que você estava fazendo? — Tira a mão da calça e aponta para a porta que desce até a Ferri. — Você estava trabalhando até àquela hora pensando em um sabor de *gelato* para mim?

Meus ombros sobem e descem tranquilos.

— Eu prometi ao garoto que acharíamos o melhor sabor para você.

Betina morde os lábios por dentro e começa a se balançar nos pés.

— Você fez um *gelato* para Marco!

Seus olhos brilham e ela não esconde que esteja emocionada.

Eu gosto quando Betina não tem medo de mostrar o que está sentindo quando está perto de mim. Sento-me no braço do sofá preto de couro e respondo:

— Eu não fiz, foi Enrico quem fez. Mas, se ele tivesse me pedido, como pediu para encontrar um sabor único para você, eu teria me dedicado da mesma forma. Ele é o pai do seu garoto, Betina, é o herói do Enrico, e eu me importo com vocês. Não conheci Marco, mas tenho certeza absoluta de que era um cara fantástico. Sei disso porque vejo como seus olhos ficam quando fala dele, e como o medalha de ouro tem orgulho de chamá-lo de pai. Vocês não mereciam nada menos na vida do que um homem assim.

Seus lábios tremem e a lágrima escorre. Desta vez, ela nem tenta disfarçar.

— Por que é que você não facilita para mim, Tefo?

Ah, droga! Como eu amo quando ela me chama assim.

Betina sai do lugar e anda alguns passos na minha direção.

— Estou tentando, com todas as forças que eu tenho, me provar que é uma péssima ideia isso tudo o que está acontecendo entre nós, de que você, de todos os homens do mundo, é o único que não merece que eu abra meu coração, minha casa... Minha alma, para que possa entrar. Você fodeu com a minha cabeça de tantas formas diferentes naquela noite... Eu não sei se teria me tornado a mulher que sou hoje se Marco não tivesse aparecido e mudado minha perspectiva sobre o amor, sobre sentimentos, sobre respeito... Mas você não me ajuda, Stefano Ferri! Eu não consigo mais encontrar um defeito em você que me impeça de dar um passo adiante, e não para trás, porque tudo o que tem feito todo esse tempo é não se parecer nem um pouco com aquele Stefano que quebrou o meu coração.

Suas mãos esfregam o rosto tentando limpar as lágrimas e eu mal consigo respirar agora, depois de ouvir tudo o que ela disse.

— Já te disse antes, Betina, há muito tempo não sou mais aquele cara irresponsável. E fico feliz que você tenha encontrado Marco para te provar que, ao contrário do que te fiz sentir, você merecia ser respeitada e amada. E foi. E teve uma família linda, ainda tem... Seu garoto está aí, fruto do que vocês construíram. Mas não vou negar que eu estou feliz em ter a oportunidade de tentar fazer parte da sua história outra vez, agora da forma certa, como você merece — desabafo.

— Você pode ter a mulher que quiser, Stefano. Sempre foi assim.

Ela me olha, apreensiva, agora esfregando os braços.

— Nenhuma delas fez meu coração disparar como quando eu te reconheci naquela fila da Ferri. — Sacudo os ombros, em total entrega. — Nenhuma delas me faz pensar no depois, no que vem em seguida. Não tenho culpa se a vida me pregou essa peça, Cerutti. Se a única mulher pela qual já me apaixonei na vida é justamente a que mais magoei.

Betina toma um fôlego e treme.

— Você não pode falar uma coisa dessas assim para mim, pelo amor de Deus!

Fico de pé e encurto o caminho entre nós dois.

— Falar o quê? Que estou apaixonado por você, Betina? Que pareço um garoto bobo, cheio de expectativas toda vez que sei que vou te encontrar? Que acordo todos os dias me perguntando se vai ser hoje que você vai me dar uma chance? — Paro de frente para ela, que precisa levantar o rosto para me encarar. — Eu deixei por anos que as pessoas pensassem que eu ainda era aquele menino imaturo. Que minha cama vivia cheia de mulheres aleatórias e que para mim estava de bom tamanho assim.

Levo os dedos até seu rosto e brinco com as pontas por sua bochecha. Betina estremece com meu toque.

— A verdade é que eu nem fazia ideia, mas passei esse tempo todo esperando você voltar para mim. Eu esperei fodidos quatorze anos para descobrir que eu precisava da chance de fazer acontecer mais uma vez para nós dois. Da forma certa, Cerutti, como você merece. Não como o moleque Stefano fez.

As lágrimas de Betina esbarram nos meus dedos e eu as seco devagar. Ela me encara, com os lábios ligeiramente abertos.

— Eu odeio não conseguir dizer que não acredito em você, Ferri. Odeio o fato de sentir que, de alguma forma, isso... — Aponta para si e para mim. — Teria que acontecer outra vez.

Agora quem está tremendo sou eu.

Porra, Betina! Ela está dizendo sim.

Minhas duas mãos seguram seu rosto e eu sinto o exato momento em que as dela tocam os meus braços. Encosto a testa na sua e fecho os olhos. Esse cheiro que não sai da minha cabeça um segundo sequer percorre todos os meus sentidos e me sinto inebriado por Betina Cerutti. É como se ela tomasse para si tudo o que de fato é seu.

Eu sou desta mulher.

— Você está me dizendo sim, Betina?

Abro os olhos e a encaro muito de perto. A mãe de Enrico morde o lábio inferior e respira fundo, com os olhos ainda molhados.

— Não estou dizendo não — responde e eu rio.

Ela ri junto, ainda ofegante.

— É sério isso? — Prefiro ter certeza de que não estou entendendo errado aqui.

— Estou fugindo por acaso, Ferri? — Sua voz entra nos meus ouvidos como uma canção antiga, daquelas que marcaram a nossa vida e que a gente não escuta há muito tempo.

De repente, você está ali ouvindo outra vez e percebe o quanto sentiu falta daquelas notas e da letra.

Minha boca se choca com a de Cerutti e não lhe dou tempo de repensar o que disse. Puxo seu corpo para perto do meu enquanto a língua de Betina procura pela minha com desespero, e eu amo, merda, eu amo tanto isso que para mim é difícil explicar.

Sinto suas mãos agitadas pelos meus braços, os meus ombros, pela minha nuca, então ouço seu suspiro quando largo sua boca e afundo a minha entre seu pescoço e a orelha. Ela mesma aperta o corpo contra o meu, sentindo meu pau filho da puta já duro de tanto tesão.

Ando de costas, ciente de que meu sofá está atrás de mim. Beijo a parte de trás da sua orelha com calma e ela emite sons que reverberam pelo meu corpo enquanto a puxo comigo. Quando caio sentado, Cerutti se apoia em mim e ergue as pernas no sofá, colocando uma de cada lado das minhas.

Seus dentes puxam meu lábio devagar e eu respiro fundo, segurando sua bunda e apertando com certa força no jeans.

— Você quer foder ou quer fazer amor, Betina? — pergunto e ela larga meu lábio, olhando diretamente nos meus olhos.

Tenta conter a respiração, que está falha, mas não consegue. Não estou lhe dando opção. Esta mulher não sai daqui sem que eu a faça gozar.

Então me responde:

— Um pouco dos dois, talvez?

Meu sorriso cresce e eu levo a mão para dentro da sua blusa, subindo pela sua barriga, sentindo a pele quente em contato com os meus dedos gelados.

— Eu nunca fiz amor antes. Talvez tenha chegado a sua vez de me ensinar coisas na cama. — Soo brincalhão, mas na verdade não estou mentindo.

Ela me observa com um sorriso bonito no rosto, relaxada, pegando a camiseta com as próprias mãos e a tirando pela cabeça, presenteando-me com sua barriga bronzeada, os seios pequenos e firmes dentro do sutiã que é de renda branca. Minha boca saliva imediatamente.

— Se você realmente está apaixonado, Ferri, vai saber como fazer — devolve a bola para mim.

Deliciosa. Safada.

Puxo Betina para mais perto e ela vem sem reclamar. Abro devagar o botão e o zíper da sua calça, puxando para baixo o suficiente para deixar sua bunda de fora. A calcinha faz conjunto com o sutiã e é minúscula.

Agarro a bunda de Betina com as duas mãos e a faço roçar na minha ereção, o que leva Cerutti a gemer. Minha boca vai até um dos seus seios, por cima da renda, e prendo o bico entre os lábios. Suas mãos voam automaticamente para os meus cabelos e ela geme.

— Começou bem, Ferri — provoca, totalmente afetada.

Molho o pano com saliva e começo a mamar Cerutti. Os sons que saem da sua boca fazem meu pau latejar dentro da calça, doido para se libertar.

Sugo com força, esfregando a língua para fazer atrito entre o pano e sua pele e ela implora por mais, de olhos fechados, respirando rápido.

— Ahhh, assim!

Vejo o exato momento em que sua mão corre por sua própria barriga e ela mergulha dentro da sua calcinha, tocando-se.

Que porra de mulher gostosa! Merda...

Solto o bico e passo a língua pela beirada do sutiã, deixando tudo molhado, trocando de seio. A mão de Betina continua rápida em sua boceta.

— Você gosta de se tocar, meu bem? — pergunto antes de morder devagar o seu mamilo e ouvir um pequeno grito escapar da sua garganta.

Betina tomba a cabeça para trás, mal conseguindo manter os olhos abertos.

— Gosto! Sua boca na minha pele me enche de tesão — confessa sem medo.

— Você gosta quando eu mamo esses seus peitos, não é? — Bato a ponta da língua no seu bico duro, que tenta furar a renda agora completamente babada.

— Amo! Eu amava gozar quando você me fodia e os chupava ao mesmo tempo.

Uma das coisas de que jamais abri mão, em qualquer dia com Betina, era que ela não saísse dos nossos trinta minutos sem gozar. Ainda que eu não me aguentasse e gozasse antes dela, eu me dedicava ao seu corpo até vê-la chegar lá também.

— Então é assim que você vai gozar — prometo e passo um dos braços pela sua cintura.

Com um impulso, eu me levanto e fico com Betina agarrada no meu quadril. Ela segura no meu pescoço, tirando a mão da calcinha, e me olha com expectativa. Caminho pela sala, indo em direção ao meu quarto. Quando abro a porta, Betina olha com cuidado para o cômodo, depois para mim.

— Quanto tempo nós temos antes que Enrico desconfie que você está demorando demais?

Seu olhar se fixa no meu, quando deito suas costas na minha cama e fico por cima dela. Os cabelos pretos de Betina se espalham no meu lençol claro. Ainda segurando no meu pescoço, um sorriso surge e ela responde:

— Trinta minutos.

Sorrio de volta porque ela entendeu.

— Trinta minutos é o suficiente, baby.

Escorrego a mão por baixo do seu corpo, encontrando o fecho do seu sutiã e abrindo.

Puxo a peça, deixando Betina nua da cintura para cima. Em seguida, agarro a renda que ela chama de calcinha e escorrego pelas suas pernas, até que a jogo no chão.

Sem pressa, tiro a camisa e em seguida minha calça. Preguiçosa, Cerutti assiste quando desço a cueca, que deixo cair nos meus pés. Seu sorriso ainda é daquela menina que adorava me ver fazer isso todas as tardes.

Chego mais perto e pego uma das pernas de Betina, beijando do seu tornozelo até o joelho. O movimento faz sua bocetinha ficar aberta e exposta para mim, completamente molhada, pronta para foder.

Sigo o caminho pela parte interna da sua coxa, já ajoelhado na cama, deixando beijos pela pele macia e cheirosa, e ela arfa, ofegando, segurando com força nos lençóis e puxando. Enquanto me dedico aos beijos, levo o polegar até sua boceta e toco devagar o clítoris inchado e durinho. Seu corpo se contorce e Betina parece prender a respiração.

Masturbo Cerutti e troco a perna, beijando cada pedaço de pele que encontro pela frente. Seu quadril começa a se mexer, procurando mais atrito entre meu dedo e seu nervo.

— Essa sua boca... — resmunga, sem parar o quadril.

Dou um último beijo perto da sua virilha e tiro meu dedo dela. Coloco a língua para fora e raspo no seu clítoris, o que faz Betina se sentar na cama e gemer alto. Minha mão voa para a sua boca e eu digo:

— Se não quiser que as pessoas lá embaixo saibam que, no lugar de conversar, agora eu estou fodendo você, Cerutti, é melhor controlar os gritos — aviso e volto a chupar sua boceta.

Betina prende a carne da minha palma entre os dentes e morde, gemendo baixo, apertando minha cabeça entre as pernas do jeito que eu gosto.

Sugo os pequenos lábios e minha boca recebe todo o melado dela, que está latejando. Mas hoje não é na minha boca que ela vai gozar.

Levanto a cabeça e a empurro de volta na cama, deitada, ficando por cima dela. Seus olhos brilham cheios de tesão e posso apostar que são idênticos aos meus agora.

Subo beijando a sua barriga, deixando um rastro de saliva e mel da sua bocetinha deliciosa. Brinco com seu umbigo e sinto como toda sua pele está arrepiada. As mãos voltam aos meus cabelos, puxando-me para cima.

— Já se passaram uns dez minutos. Você pode ficar os outros vinte dentro de mim, por favor? —pede e eu gargalho, fitando sua cara de total desespero.

— Todos os seus pedidos são uma ordem, *mio cuore* — respondo e me estico para abrir a gaveta de cabeceira.

Mexo lá dentro e encontro um preservativo.

— Me deixa colocar — pede e entrego em sua mão.

Eu me ajoelho na cama e Betina se senta, rasgando a embalagem e se desfazendo dela. Primeiro, ela segura meu pau e me toca. Tento manter os olhos abertos, mas quase não consigo. Ela mantém a cadência certa nos movimentos, apertando a cabeça babada, depois descendo. De repente, sinto que ela pega nas minhas bolas e massageia. Solto um gemido abafado, porque é quase impossível de aguentar.

— Sou mesmo boa com bolas, Ferri?

Abro os olhos e vejo Betina se abaixando para tomar meu pau na sua boca.

Não consigo nem responder.

Puta merda! Caralho, caralho, caralho...

Betina engole meu cacete inteiro na boca. Sinto quando ela suga a cabeça e empurra para dentro, deixando ir até o seu limite.

— *Mannaggia*, Betina. Chupa esse caralho. — Empurro o quadril nos seus lábios, o que a incentiva a engolir mais. Pego nos cabelos da sua nuca e seguro forte, ela geme com meu pau na boca. — Dio, eu amo essa sua boca safada.

Ela brinca com as minhas bolas enquanto a boca sobe e desce. Se continuar assim, eu vou gozar e não vai demorar.

Tento aguentar mais um tempo, mas puxo seu cabelo, fazendo com que ela me largue. Betina faz pressão nos lábios antes de me soltar e, quando a cabeça sai da sua boca, aquele estalo gostoso acontece.

Uma vida com Betina na cama jamais será monótona.

— Hoje não é na sua boca, é na sua boceta. E já passaram mais cinco minutos. Agora só tenho mais quinze pra te comer e te fazer gozar do jeito que você gosta.

Ela lambe os lábios e pega, enfim, o preservativo, desenrolando no meu pau todo molhado na sua baba.

— Eu adoro ouvir a palavra boceta saindo da sua boca.

Sua confissão me faz cócegas no estômago e eu rio.

— Betina... Assim vai ser difícil fazer amor com você.

Empurro devagar seu corpo novamente na cama e aquele sorriso bonito está ali, estampado no seu rosto.

— Você já está fazendo amor comigo, Ferri. — Ela segura meu rosto acima do seu, e diz as palavras olhando dentro dos meus olhos. — Cada mínimo detalhe dos seus toques e gestos está sendo pensado para me agradar. Isso é fazer amor.

Fico alguns segundos apenas olhando para Cerutti, tão linda que faz meu peito doer. Meus lábios encontram os dela, Betina os aceita de prontidão. Mergulho a língua buscando a sua, enquanto minhas pernas empurram as de Betina para o lado.

Ajeito o quadril e procuro sua boceta, sentindo que sua entrada me escapa algumas vezes quando tento forçar meu pau. Ouço seu gemido e sinto sua mão ir até mim, guiando-me para o lugar certo.

Quando empurro, entro inteiro e nós dois suspiramos juntos. Tão molhada e tão apertada...

Solto os lábios de Betina e ela reclama, passando as duas pernas em torno das minhas. Desço o rosto na altura do seu colo e, de uma vez, tomo seu mamilo na boca, ao mesmo tempo em que puxo o quadril para trás; volto com força, fodendo Cerutti.

— Stefano! — Meu nome sai tremido da sua boca. — Sim, assim!

Suas unhas se prendem nas minhas costas e ela me arranha, o que me faz sentir a porra de um tesão que eu nunca experimentei em toda a vida.

Abro bem as pernas, mantendo a estabilidade e soco forte, sem parar. Meu pau desliza fácil, deixando o ritmo cada vez mais intenso.

Chupo seu biquinho duro e com a mão brinco com o outro, dando-lhe minha total atenção. O corpo de Betina abaixo do meu se contorce e ela controla o gemido, miando feito uma gata, só para mim.

— Era assim, deste jeito — diz, rouca, enquanto me arranha. — Que eu adorava gozar com você, Stefano Ferri.

Suas palavras fazem a vaidade gritar dentro do meu peito. Eu amo saber que Betina adorava foder comigo. Quero que continue adorando pelo resto da nossa vida.

— Vai gozar de novo, *bellissima*... Quantas vezes você quiser, e como quiser, Betina. Meu corpo é seu, para te dar prazer da forma que quiser que ele te dê.

Meto mais rápido, gostoso, ouvindo quando ela choraminga e arfa. Coloco seu peito quase inteiro na boca e mamo forte. A posição não é lá a mais confortável, mas quem se importa, cacete? É assim que Betina quer ser fodida, é assim que ela será então.

Eu faço qualquer coisa por esta mulher!

Sinto quando ela faz aquilo de novo com a boceta. Betina aperta meu pau e solta, em um ritmo controlado. É uma delícia. Merda...

— Eu adorava a sensação de que poderíamos ser pegos — confessa e eu me assusto com suas palavras, ao mesmo tempo em que rio.

— O perigo te dá tesão, meu bem?

Aumento o ritmo do meu pau, fazendo Betina se balançar junto com a cama.

Ela solta pequenos gritos.

— Sim... — E ri, apertando ainda mais as pernas em volta de mim. — Eu vou gozar! — avisa e eu troco a boca de seio, mamando com força. Ela crava as unhas nos meus ombros enquanto soco dentro dela do jeito que ela quer. — Dio, sim!

Pincelo seu bico, brincando com ele enquanto ela grita.

Fodo Betina com tanta vontade que minhas bolas se apertam, avisando que não vou demorar aqui também.

Sinto o exato momento quando me aperta de um jeito que me tira do controle, fazendo meu gozo chegar antes do que eu pensava. Ela busca o ar enquanto geme ao meu ouvido sem parar. Meu próprio gemido escapa da minha garganta enquanto empurro rápido dentro de Betina, que prende meu pau.

— Puta merda, Betina! *Cazzo*... — falo, ofegante, ainda gozando e sentindo enquanto ela se derrama no meu cacete.

— Que delícia! Meu Deus... Que delícia... — Suas palavras saem em câmera lenta, como se estivesse se libertando de algo que a prendia há muito tempo.

Como não estar apaixonado por uma mulher dessas? Porra!

Soco mais algumas vezes, perdendo as forças em seguida. Suas pernas me soltam e eu saio de Betina a contragosto, caindo ao seu lado.

Tiro a camisinha e jogo no chão. Nós dois ficamos uns três minutos sem conseguir dizer nada. Quando olho para ela, Cerutti está sorrindo, tranquila e relaxada. Cruzo os braços atrás da cabeça.

— Vou precisar disso todo dia agora — brinco. — Como vou viver horríveis vinte e quatro horas sem me enfiar dentro de você?

Ela gargalha e vira o corpo na minha direção, colocando a mão no meu peito. Pego seus dedos e beijo um por um, depois olho para ela de novo.

— Talvez eu também precise de você dentro de mim todos os dias a partir de agora — responde, ainda sem muito fôlego.

— Como faremos então? Estamos juntos, não estamos?

Betina prende a parte de dentro da bochecha com os dentes e suspira.

— Podemos só deixar as coisas irem devagar? Tem Enrico, tem meus pais... Eu só preciso... — faz uma pausa e parece pensar. — Saber qual a melhor forma de dizer isso a eles.

— Faz sentido. — Sorrio e coloco seus cabelos atrás da orelha. — Vamos pensar no melhor jeito de dizer ao medalha de ouro.

— Obrigada! — Suspende um pouco o corpo e me dá um beijo devagar. — Agora eu preciso ir, nossos trinta minutos acabaram.

Quando ela vai se levantar, puxo Betina de volta para a cama.

— Espera aí. Você não veio aqui por causa do *gelato* do Enrico.

Cerutti ri, caindo em cima de mim.

— É, eu não vim aqui por isso. Vim te contar que vou abrir meu ateliê, e te agradecer pela ideia. — Ela alisa meu peito com os cabelos bagunçados emoldurando seu rosto perfeito.

Acho que acabo de me apaixonar de novo por Betina Cerutti.

— Fico feliz que você tenha tomado essa decisão. — Sinto-me tocado por sua intenção de me agradecer, mas a verdade é que me parecia tão óbvio que era o que ela deveria fazer que não sinto que me deva qualquer tipo de agradecimento. — Se precisar de ajuda, estou disponível. Tenho uma arquiteta de confiança que pode te ajudar com o projeto.

— É sério? — Betina se anima e seus olhos brilham. — Fiquei tão empolgada que comecei a pensar tudo da minha própria cabeça. Um profissional seria incrível.

— Deixa comigo. — Dou um tapa na sua bunda e ela ri, ainda apoiada em mim. — Vamos fazer do jeito que você merece.

Ela se abaixa para me dar outro beijo e agora se levanta de verdade. Meu corpo sente sua falta no segundo seguinte.

Betina sai enfiando calcinha e sutiã de qualquer jeito no corpo.

— Preciso mesmo ir. A gente vai se falando, ok? Talvez... Só talvez, eu bata aqui amanhã à noite.

Dou uma gargalhada, já na expectativa por esse momento.

— Já estou contando os segundos desde agora, baby.

Seu sorriso surge enquanto ela me olha pela última vez, saindo do meu quarto em direção à sala.

— Não precisa descer comigo. Agora eu já sei o caminho! *Ciao*...

Meu único desejo agora é que você jamais o esqueça, Betina Cerutti.

Capítulo 30

Betina

Há quanto tempo eu não sentia toda essa adrenalina? Há quantos meses não via a felicidade genuína estampada no rosto de Enrico?

É tão bonito ver o quanto meu menino ama a natação. Quando ele compete, eu vejo exatamente como se sente vivo e feliz fazendo isso.

Tenho certeza de que vai cumprir a promessa que fez a Marco. Eu já posso enxergar Enrico Cerutti na final das Olimpíadas, em algum lugar do mundo, sendo ovacionado pela torcida.

Todo mundo está aqui hoje. Todo mundo mesmo!

Meus pais, *nonna*, Cat, Vince e Gabi, Tina, Antonella, Lorenzo, os pais de Stefano... E ele, mais nervoso do que eu.

— Espero que ele não esteja ansioso demais — comenta ao meu lado, sem desgrudar os olhos da competição anterior, a feminina.

O ginásio em Cagliari está lotado, cheio de pessoas de toda a Sardenha.

— Enrico tem as técnicas dele para ficar mais tranquilo nessas horas. — Tento acalmá-lo.

— Eu gostava de contar de cem até um. — Olha para mim e confessa. — Eu sempre embolava na contagem, então me distraía tentando lembrar qual era o número correto.

Solto uma risada e volto a olhar para as meninas competindo.

— Uma boa distração. Enrico gosta de ouvir músicas em inglês. Fica traduzindo a letra.

O sorriso de Stefano faz cócegas na minha barriga.

Tenho agido feito aquela garota que corria para o seu quarto toda tarde. O negócio é que, em toda oportunidade que temos agora, estamos juntos. Seja na sua cama, no seu sofá, em alguma mesa da Ferri, até na loja nova, do outro lado da ilha, que nem está pronta ainda.

Em cada chance dessas, aprendemos um pouco mais um sobre o outro. Os pequenos detalhes do dia a dia que só na convivência é possível descobrir. Nós não tivemos isso por longos quatorze anos, por isso todo dia é um novo aprendizado, e eu gosto do que tenho conhecido a respeito de Ferri.

Stefano é um homem bom, tem um coração enorme, cuida dos pais, da irmã e do melhor amigo como se a vida dele não fizesse sentido sem poder fazer isso. Tem uma enorme adoração pela afilhada, por quem prometeu dar a vida se fosse preciso. É um homem obstinado quando o assunto são os negócios e tem um poder quase que magnético de atrair coisas boas para a sua vida.

Foi assim que descreveu a mim e Enrico, quando um dia após o sexo me disse sobre como tudo para ele havia mudado nos últimos dois meses.

"Eu não sei em que momento pedi isso ao Universo, mas sei que você voltou, trazendo-se e trazendo Enrico para a minha vida porque era o momento certo de eu acertar minhas contas com o passado e ter a chance de fazer tudo diferente dessa vez."

— Medalha de ouro é esperto — diz e me puxa de volta para a realidade.

— Eu acho tão engraçado quando você o chama assim, sabia?

Ele me olha como quem não entende.

— Por quê? Isso é lei da atração, Cerutti. Não foi o que prometeu ao pai? Ele precisa treinar, se dedicar e pensar nisso todos os dias, pois só é possível porque acredita que é. Todas as coisas que vivemos primeiro nascem dentro de nós.

Como este homem consegue me derreter tão fácil assim?

Assinto e olho outra vez para a piscina.

Enquanto observo meu garoto, penso sobre a ansiedade de receber logo os nossos exames. Levei o teste genético de Marco até o doutor e depois de muito analisar, ele me disse que Enrico não herdou o gene do pai, portanto, é certo que foi herdado de mim.

Marquei uma série de exames e pedi que meu pai e minha mãe também o façam, uma vez que, na maioria dos casos, hemocromatose só é descoberta em idade avançada.

Uma das garotas do time de Carloforte acaba de conquistar o bronze no nado de costas. A equipe inteira comemora ao lado de Germano e vejo Enrico eufórico. Quando a garota sai da piscina, os dois se abraçam apertado.

Ferri tomba a cabeça para o lado, analisando, depois olha para mim, com aquele sorriso safado.

— Eu estou sentindo alguma coisa ali, ou estou maluco?

Sentindo o quê? Penso comigo, mas segundos depois percebo o que ele está querendo dizer.

— Claro que não! Enrico é um menino, Ferri. Pare com isso!

Reparo bem e vejo que meu filho e a menina não saem do lado um do outro.

— Acho que tem gente querendo te colocar no cargo de sogra em breve — ele me provoca e eu dou um tapa em seu braço.

Tina, a uns seis bancos de distância de nós, olha para nós e abre aquele sorriso enorme, de quem sabe mais do que deveria.

Não é que estejamos guardando segredo, como se sair com Stefano fosse algo proibido, mas, pelo menos por enquanto, estamos respeitando nosso trato de ir com calma, para nos dar tempo de nos conhecermos melhor e de verdade, para dar um passo maior depois.

Porém, essa danada da Tina já tem certeza de que estamos juntos e inclusive contou para Caterine.

Essa garota é uma linguaruda.

— Você não vai mesmo me contar se os dois estão juntos? — Stefano chama minha atenção e olho para ele, tentando entender do que estamos falando agora. — Minha irmã e o moleque ali.

Ah, sobre Tina...

Olha, bem que eu deveria dedurar essa fofoqueira, mas não sou esse tipo de pessoa.

— Por que você não pergunta diretamente para ela, Ferri? Sua irmã é uma adulta, dona do nariz dela — provoco o irmão mais velho, que faz uma careta para mim. — Por favor, não me diga que vai ser desse tipo de irmão babaca que fica tentando controlar até a respiração da menina.

— Eu não sou babaca — defende-se de pronto, pegando a aba do boné que está usando e virando para trás. — Só preciso saber com quem a minha irmã está se relacionando. Isso é zelo de irmão, não é ciúme.

— Aham, sei...

— Olha, gente. É a vez do Enrico! — Minha mãe é quem chama nossa atenção, então Stefano mais que depressa fica de pé.

— Vai, medalha de ouro! Arrasa. — Ele coloca as mãos em volta da boca para que o som chegue até meu filho, que se vira em nossa direção para nos ver.

Toda a turma de Carloforte se levanta e começa a ovacionar Enrico. Meu coração parece que vai explodir de tanto amor.

Meu garoto está crescendo!

Ele se prepara para subir na baliza de número 4, ajeitando a touca na cabeça e os óculos no rosto.

— Vai, *figlio*! — Agora sou eu que grito.

Nonna está toda feliz, batendo palminhas ao lado da minha mãe, que está com meu pai na fileira abaixo da nossa.

— Quem é mesmo? — pergunta para minha mãe, confusa.

Nos últimos dias ela anda mais esquecida do que lúcida, mas combinei com *mamma* que não vamos deixar isso nos entristecer. Vamos dar a ela momentos no presente para que ela viva o agora, mesmo que sua cabecinha esteja presa no passado.

— O Enrico, *mamma*, o filho da Betina.

— Ahhh... — Parece pensar um pouco e volta a bater suas palmas.

Stefano me olha como quem compreende o quanto isso me fere e, sem que as pessoas percebam, oferece a sua mão, esbarrando os dedos nos meus. Respiro fundo e entrelaço meu mindinho no dele, ficamos assim por alguns segundos. Ele se vira na minha direção, com aquele olhar doce de quem diz que está comigo.

É tão reconfortante como era o olhar de Marco e tão sincero como também era o dele.

Enrico e os demais competidores se preparam para começar. Nós dois soltamos a mão e eu grito outra vez:

— *In bocca al lupo*[36], Enrico!

— Vai, campeão! — Stefano bate palmas do meu lado, completamente atento.

E quando o disparo é feito, *mio piccolo pesciolino* nada a todo vapor, colocando força nos braços e agilidade nas pernas.

— Isso, Enrico! Vai! Vai! — Ouço a voz de Caterine junto com os gritos de Gabi, filha de Vince, que está pendurada no pescoço do pai.

Veronica e Chiara não conseguiram vir, mas fizeram questão de ir até lá em casa para vê-lo antes de virmos até Cagliari.

Competindo na modalidade livre, meu filho avança e fica lado a lado com o outro competidor.

— Só mais um pouquinho, medalha de ouro. Aperta o ritmo nessa braçada! — Stefano grita, como se Enrico estivesse ouvindo.

Ele gesticula e leva a mão à cabeça quando o outro garoto ganha alguns centímetros na dianteira.

Eu estou com a mão à boca e o coração socando o peito de tão nervosa. Eles batem o pé na piscina e começam a volta!

— Vai, *mio bambino*! — Agora é a vez de o meu pai gritar.

De repente ninguém mais consegue tirar os olhos de Enrico, porque ele e o concorrente ao lado vão chegar ao final em segundos.

— Isso, Enrico, isso! Mais um pouco, mais um pouco! — Ferri berra, quase pulando daqui.

Quem vê assim pode quase jurar que é o pai do menino. Eu rio.

As pernas ágeis do meu filho não são o suficiente para garantir o ouro, mas ele termina em segundo, conquistando a prata.

De repente, ouço todo mundo gritar de felicidade. Dou um pulo no lugar, agitada e feliz.

— É isso, querido! É isso. — Sinto as mãos de Stefano me pegando pela cintura e me tirando do lugar.

Quando dou por mim, estou abraçada a ele, pulando nos seus braços.

---

[36] Em italiano, "boa sorte".

— Ele é foda, Cerutti. Seu menino é foda — sussurra ao meu ouvido, apertando os braços em torno de mim.

Quando me coloca de volta no chão, não consigo parar de olhar para ele, porque esse cheiro de Stefano cada vez mais tem aroma de lar.

— Obrigada por estar aqui com a gente! — Ele beija meu rosto e nós dois voltamos a olhar para o meu filho, que está agarrado na menina de novo.

Dio... Será que Enrico está apaixonado?

Eu não estou pronta para isso!

Ele larga a colega e se vira na nossa direção, mandando tchau para todo mundo que grita o seu nome. *Mio bambino* olha para mim e faz sinal com o dedo na minha direção, depois aponta para o céu, olhando para o alto.

Uma onda de amor me toma, como se eu pudesse realmente sentir a presença de Marco aqui. Como se estivéssemos juntos torcendo pelo nosso garoto. Na verdade, acho que estamos. Sei que ele está presente em todos os momentos que passamos desde que ele se foi e agora, em um dia tão especial do seu menino, não seria diferente.

Faço um coração para que ele saiba que estamos muito orgulhosos.

Seu pai e eu.

Sempre estaremos.

Capítulo 31

Stefano

Algumas merdas não podem ser evitadas na vida, simplesmente. E eu não consigo nem descrever quantas aconteceram na vida de Vince nos últimos anos.

A esposa que foi embora, o pai que faleceu... Agora ele precisa lidar com mais uma, e eu não sei fazer diferente quando é meu irmão quem precisa de mim, por isso desmarquei todos os meus compromissos de hoje e, depois de passar o maior sermão que já dei em Milani, vou levar Gabi para um dia em alto-mar.

Vince precisa ir desfazer uma burrada que pode custar sua felicidade.

Ele me pede algum tempo para ajudá-la com uma mochila e eu digo que volto em meia hora. Retorno à Ferri para disparar alguns e-mails e fazer ligações curtas para o time em Olbia, quando abro o aplicativo de mensagens e vejo que Betina está online. Mexo com ela.

Eu: *Buongiorno*, *bella*.

Betina: Bom dia, sorveteiro! Como será o dia hoje?

Cerutti tem uma mania que eu amo, de me chamar de sorveteiro! Rio sozinho olhando para o telefone.

Eu: Vai ser melhor dependendo da sua resposta. O que você e Enrico têm para fazer hoje? Posso roubar duas horas da manhã de vocês?

Betina: Acabaram de instalar meus dois fogões do ateliê. Enrico só tem treino à tarde. Pq?

Eu: Fui à casa do Vince fazer aquele velho acordar para a vida. Ele está indo atrás de Caterine pedir desculpas pela confusão que arrumou. Vou ficar com Gabi, prometi que vamos andar de lancha e pescar atuns. Que tal se vocês fossem com a gente?

As coisas entre mim e Betina têm se desenrolado melhor do que eu poderia imaginar. Ela não veio com o pé atrás, como se ainda estivesse com dúvidas se deveria ou não estar comigo. Betina veio de coração e alma abertos, e eu amo cada pedaço seu que desvendo.

Gosto quando me conta coisas sobre o casamento e me escuta falar das encrencas nas quais me meti até que me tornasse um cara com juízo. Amo suas histórias de cozinha e como conheceu pessoas importantes que ficaram apaixonadas pelo que ela faz com suas habilidades culinárias.

Ela quis ouvir, detalhe por detalhe, tudo o que fiz até que a Ferri faturasse seu primeiro milhão, anos atrás. Aos poucos, nós vamos nos reconectando e gostando cada vez mais do que conhecemos um do outro.

Na cama... Eu passo o dia inteiro ansioso para reencontrar Betina e desfrutar de tudo o que ela me oferece, livre e sem receios. Ela é gostosa, é safada, não tem medo de mostrar do que gosta e me surpreende a cada transa.

Betina: Tadinha! Eu soube que Gabi não lidou bem com o que aconteceu... Bem, tenho certeza de que Enrico vai amar um passeio pelo Mediterrâneo!

Eu: Eu estava contando com um sim! Encontro vocês na praça em quinze minutos? Vou voltar à casa de Vince para buscar Gabi.

Betina: Combinado. Já nos vemos... seu sorveteiro safado!

Eu: Hahahahahaha, não fica me atiçando. Estaremos com duas crianças. Hoje não posso fazer naquela lancha o que estou sonhando fazer em breve com você.

Betina: Ah, é? Teremos sexo em alto-mar?

Eu: Não tenha dúvidas, chef ;) até mais.

Suspiro ao ver essa última mensagem e me controlo, porque falar de sexo com Betina já me deixa duro sem precisar me esforçar muito.

Subo para o sobrado para me trocar e encontrar os três em breve.

— Puxou, dindo! — Gabi grita animada ao sentir a isca ser fisgada por algum bicho.

Enrico, que está sentado ao seu lado na beira da lancha, ajuda com a vara. Estou supervisionando os dois, mas o garoto dá um show na pesca, ajudando minha afilhada em sua missão.

Betina tirou a roupa, está vestida em um biquíni preto, cavado, que não está me ajudando em nada aqui. Esticou uma toalha na parte da lancha onde o sol está mais forte e se deitou, em busca de bronzear ainda mais o corpo.

E eu só consigo pensar que quero lamber cada parte onde ela espalhou o óleo que deixou sua pele brilhando.

— Opa! Parece ser dos grandes, hein? — Paro ajoelhado ao lado de Gabi e ajudo os dois a puxarem a manivela.

Eles não conseguem parar de rir, cheios de expectativa.

Vince me enviou uma mensagem dizendo que já chegou de helicóptero em Alghero, onde Caterine e seus amigos estão. Espero que ele resolva tudo isso logo e que não seja tarde demais.

Quando enfim puxamos a pesca, um atum médio aparece e os dois comemoram.

— É um peixão, Gabi! — Enrico diz para ela, que mantém os olhos brilhando.

— Eu nunca pesquei um desse tamanho. A gente pode tirar foto para o *papà* e a tia Cat verem, dindo? — Ele me olha virando a cabeça para cima.

Beijo sua testa e digo que sim.

— Façam pose! — Ouço a voz de Betina atrás de nós três, e me viro para vê-la de pé, já com o celular na mão.

Seu cabelo curto está jogado para o lado e os óculos escuros a deixam ainda mais bonita.

Viramos o corpo na direção dela e levantamos o peixe para que ela faça o clique.

— Ficaram lindos! Tirei várias.

Pisco para ela, agradecendo, e Cerutti me devolve um sorriso enorme, cheio de vida.

De cumplicidade.

— A gente pode devolvê-lo para o mar? — Gabi pergunta a Enrico.

— Claro que podemos!

O menino retira o anzol do peixe, que se balança rápido, de um lado para o outro e, junto com Gabriella, o joga outra vez nas águas salgadas e azuis da Sardenha.

Enrico recomeça o processo com a vara para voltarem à pesca e eu fico de pé, aproximando-me de Betina.

— Ela é tão linda e inteligente. Consigo ver a bondade dos Milanis em cada coisinha dela! — comenta comigo, olhando para os dois.

Eu me encosto ao seu lado, vendo as crianças brincando com as iscas.

— Gabi é um reflexo do pai. E é apaixonada por Caterine. O homem tem uma sorte danada. Quase tive que enfiar a mão na cara dele para perceber a burrada que fez.

— Vai ficar tudo bem, eu tenho certeza. Caterine e Vince se amam de verdade. Vejo isso na forma como se olham, falam um do outro. Vamos esperar por boas notícias — comenta enquanto abre a frasqueira e tira uma água gelada de lá.

Passo o olho nos dois, mas volto a atenção para Betina, sussurrando:

— Tenho outra coisa me preocupando mais agora.

— O quê? — Ela me encara, séria, aguardando o que vou dizer a seguir.

— Em não ficar maluco olhando para essa sua calcinha.

Betina arregala os olhos e prende o riso, olhando para os meninos, garantindo que não estão ouvindo nada.

— Ficou maluco, Ferri?

Meus ombros sobem e descem e dou uma risada de canto.

— Eu sou maluco, Cerutti... Por você.

O sorriso bonito que nasce ali é aquele meu tipo de sorriso preferido de Betina.

Ela ainda não disse as mesmas palavras que eu. Não sei se está apaixonada por mim como estou perdidamente apaixonado por ela, mas me esforço a cada encontro para que isso aconteça o mais rápido possível. E, enquanto não acontece, sigo esperando, fazendo o meu melhor e a venerando como essa mulher merece.

— Dindo, estou com sede. — Escuto a voz de Gabi me chamar.

— Eu também! — É a vez do filho de Betina gritar.

Ela se abaixa, abre a caixa outra vez, pegando duas garrafas e entregando na minha mão. Vou até os dois, ajudando a destampá-las.

Volto para perto dela, que muda de assunto.

— Você precisa ir lá para ver como está ficando o ateliê! Sua arquiteta é incrível. Pensou em cada detalhe.

— É só me convidar — brinco.

— É o que estou acabando de fazer, se é que você não entendeu.

— Vou poder te ver sem calcinha depois? — provoco, e Betina ameaça me dar um tapa, mas sabe que o barulho vai chamar a atenção das crianças.

Meu riso é largo e eu pisco para ela.

— Você só pensa em... — Quando vai dizer a palavra sexo, pensa bem e volta atrás — Nisso?

— Com você? — Ajeito os óculos escuros no rosto e balanço a cabeça, afirmando. — O tempo inteiro.

Vejo quando ela balança o corpo de um lado para o outro, afetada. Betina respira fundo e prende os lábios com os dentes.

— Pois hoje não tem, não — solta para mim e dá de ombros.

— Como não? — pergunto sem acreditar. — Você me aparece aqui com esse biquíni e agora está me dizendo que depois não vou poder tirá-lo com os dentes?

Betina me fuzila com o olhar e me manda calar a boca.

— Com Cat fora, tenho algumas coisas para ajudar Tina no buffet.

Faço minha melhor cara de indignação e ela ri.

— Porra! Justo hoje?

Nós dois mudamos a atenção para os meninos quando Enrico se anima com um peixe fisgado.

— Quer passar a noite com ele?

Pergunta e eu custo a assimilar o que ela está dizendo.

— Com ele qu... Com Enrico? — Volto a olhar seu rosto.

— Ele está ansioso por uma noite de videogame. Se estiver tudo bem para você, um Cerutti te fará companhia, pelo menos.

— É sério? — Fico surpreso e muito feliz ao mesmo tempo; gosto muito dos momentos que temos juntos, só nós dois.

— Só se você puder, e quiser.

— Claro que eu quero, Cerutti — garanto à mãe dele. — Levo Enrico na sua casa amanhã.

— Você sabe que é só atravessar a praça, não é? Ele não é mais um bebê. — E gargalha.

— Tanto faz. Vou levá-lo do mesmo jeito.

Afirmo e observo o menino pegando seu peixe, ansioso pela nossa noite de rapazes.

Parece até brincadeira, mas tenho mais habilidade com meninas do que com meninos. Talvez porque tive que cuidar muito de Tina quando era pequena e porque fiz o mesmo com Gabi quando Vince não dava conta de cuidar dela. Até aqui, meu universo foi mais cor-de-rosa do que azul.

Agora, com Enrico, as coisas se inverteram um pouco. Voltei a nadar na academia e a gente disputa algumas séries como fazíamos anteriormente. O garoto insiste que eu jogue um pouco de futebol com ele, mesmo sabendo que sou péssimo nessa merda, e hoje vamos entrar na modalidade games, na qual me garanto melhor do que com a bola no pé.

Ele estava tão ansioso que nem esperou Betina sair de casa para vir até aqui.

— Eu vim logo, antes que a minha mãe desistisse! — diz assim que entra pela minha sala, arrancando-me uma risada alta.

— Sua mãe não me parece o tipo de mulher que volta atrás com as palavras — respondo enquanto tiro a mochila das suas costas e coloco em uma das cadeiras.

Ele ri e olha diretamente para o aparelho de PS5 ligado à TV enorme.

— Nem acredito que vou jogar videogame!

Os olhos do menino até brilham.

Vou em direção à cozinha abrir a caixa da pizza que pedi e colocar pedaços em pratos.

— Seus amigos não gostam? Os da escola, da natação?

Enrico se vira para mim e faz uma cara engraçada.

— Tenho um pouco de preguiça de jogar com gente da minha idade. Gosto de jogar com adultos.

Paro o que estou fazendo e olho diretamente para ele.

Nas entrelinhas, entendi o que Enrico quis dizer.

Volto aos pratos, seguro os dois e retorno para a sala, entregando um para ele.

— *Parmigiana*. Sua mãe me contou que é a sua preferida! — Enrico olha para o prato e sorri de orelha a orelha.

— Se deixar, eu como sozinho uma dessas. — O garoto se senta no sofá enquanto busco os copos de suco. Na volta, faço o mesmo que ele. Nós dois damos uma mordida e o ouço dizer: — Foi maneiro o dia hoje, Tefo.

— Gostou da pesca? — Mordo mais um pedaço, relaxando um pouco no encosto do sofá.

— Gostei. Na verdade, eu gosto quando nós três estamos juntos, sabe?

Paro outra mordida no meio do caminho e olho para Enrico.

— Você, sua mãe e eu?

— É. — Pega o guardanapo que já deixei na mesa de centro e limpa a boca. — Parece que ela sorri mais. Eu gosto de ver a minha mãe sorrir.

Sinto um murro no meio do peito e a pizza quase volta.

Não sei o que responder a ele agora. A única coisa que sei é que me deixa emocionado com o que acabou de dizer.

Será que o sorriso de Betina é mais feliz quando está comigo?

Levo a mão até o seu cabelo e bagunço, em uma tentativa de parecer que não estou tão mexido assim com o que ele está falando.

— Eu também gosto de estar com vocês, cara. Pode acreditar. Podemos fazer mais passeios assim. O que acha?

— Vou adorar — Seu sorriso de garoto que está crescendo surge no seu rosto tão parecido com o da mãe. Enrico termina a pizza e muda o assunto:
— Pronto para perder, Ferri?

— Eu não contaria muito com isso, não, hein, Cerutti?

O menino voa no joystick e, animado, já volta para o sofá. Pego o meu e ligo a TV já sintonizada na tela do game.

— Não acredito que vou te humilhar também no FIFA — ele me provoca, todo sarcástico.

Dou um safanão de brincadeira na sua perna e aperto o play.

— Vamos ver se você é bom mesmo.

Escolhemos nossos times e começamos a partida.

Ele realmente não facilita para mim. Passamos a próxima meia hora em um zero a zero acirrado, que poderia muito bem ser um três a três, de tantas oportunidades que já perdemos.

Já no final da partida, eu me distraio e deixo que o centroavante dele penetre pela área e faça um golaço.

— Gol! Gol! — Ele solta o joystick e sai pulando pela sala.

Minha risada é alta e eu me largo no sofá, olhando sua alegria encher todo o espaço do meu pequeno sobrado.

— Você é bom mesmo nisso, cara. Desisto — brinco.

Enrico volta a sentar ao meu lado, mordendo outro pedaço de pizza que busquei numa pausa, antes de me dizer:

— Não, poxa! Não seja um maricas. Vamos jogar outra partida.

O garoto é atrevido feito a mãe.

Bagunço seus cabelos e ele ri.

— Vou te mostrar quem é o maricas, medalha de ouro. Está preparado para levar uma surra agora?

A forma como Enrico ri me lembra meu próprio deboche na mesma idade que ele, toda vez que eu era desafiado por alguém, e isso chega a ser engraçado.

Nós dois comemos mais um pouco e então recomeçamos com outra partida. Ficamos quase uma hora nessa brincadeira.

Já o vi feliz em muitas oportunidades, mas vejo como me encara de lado às vezes, como se não estivesse acreditando que estamos os dois aqui, partilhando um momento que ele sempre amou tanto antes de vir para cá.

Antes de o pai morrer.

Por fim, empatamos. Enrico coça os olhos e abre a boca.

— Eu te deixei empatar. — Larga o controle do videogame na mesa e se estica no sofá. — Posso voltar para a TV?

Eu me levanto e jogo o controle remoto na sua direção.

— Fique à vontade. A TV é sua. — Começo a recolher as coisas da mesa. — Ainda está com fome? Quer comer outra coisa?

— Valeu, Tefo. — E muda o canal, colocando em uma competição de natação.

Deixo o garoto sozinho na sala e vou até a cozinha, organizando tudo que deixamos bagunçado. Dez minutos depois eu volto, vendo-o completamente apagado.

Balanço a cabeça rindo, sigo até o quarto a fim de pegar a coberta e o travesseiro para ele. Já tinha preparado o quarto ao lado do meu para o garoto dormir, mas imagino que um dia inteiro debaixo do sol e pescando sem parar esteja cobrando seu preço agora, por isso vou deixá-lo descansar onde quiser.

Eu me abaixo e tento levantar sua cabeça sem acordá-lo, mas Enrico se movimenta.

— Só para não dar dor no seu pescoço depois, campeão. — Ajeito o travesseiro e Enrico, de olhos fechados e sonolento, se vira de costas para mim, ajeitando-se no sofá. Jogo a coberta por cima dele e ouço sua voz dizer, embriagada de sono:

— *Grazie, papà*. — Dá um suspiro e volta a dormir totalmente.

Fico paralisado no lugar.

Sei que algo nessa noite destravou memórias na sua cabeça. Talvez, por isso, está chamando por ele. E, por isso, prefere os adultos.

Mas não no plural. Ele preferia o pai, porque era algo que os dois compartilhavam, do qual Enrico sente falta.

De alguma forma bem maluca, sinto alegria em saber que agora sou eu quem posso ajudá-lo com essa falta. Mesmo que eu jamais vá ser Marco em sua vida, coisa que não tenho mesmo a intenção de ser, porque respeito a história que Betina e Enrico tiveram e quem ele era na vida dos dois, constato que; muito mais do que apaixonado por sua mãe, sou apaixonado na mesma proporção por Enrico.

Eu me inclino e beijo o topo da sua cabeça, puxando a coberta e mantendo o garoto completamente agasalhado, enquanto sussurro:

— Bons sonhos, medalha de ouro.

E passo os próximos dez minutos assistindo ao Enrico Cerutti dormir.

Capítulo 32

Betina

— Buongiorno, Sardenha!

O apresentador do programa faz sua abertura habitual enquanto a plateia inteira aplaude. *Nonna* está aqui em casa hoje e Enrico só vai para a aula mais tarde, então preparo um café da manhã para partilharmos os três na sala enquanto assistimos ao Stefano na TV.

Meu filho se senta no chão, em cima do tapete, e pega uma pera na mesinha que preparei. Coloco na mão de *nonna* um croissant fresquinho e ela logo morde.

— Hoje vamos receber o homem que revolucionou o conceito de *gelatos* na Sardenha, com a receita de família herdada do avô. Milionário aos trinta anos de idade, hoje é dono da maior *gelateria* da região e acaba de expandir os negócios em franquias. Sua fortuna é uma das maiores da ilha e as projeções feitas pelo mercado são de que seu negócio irá triplicar de tamanho em apenas cinco anos. É isso mesmo que vocês ouviram, cinco anos! É com muita alegria que recebemos neste palco, ele, Stefano Ferri!

— Tefo é rico assim? — Meu filho se vira imediatamente e me olha, ao mesmo tempo em que Ferri surge na tela, lindo de morrer, em um terno impecável, com aquele sorriso que me desarma.

Suspiro e tento me conter, antes de responder:

— Sim, querido. Ele é.

— *Mamma* Mia! — exclama, espantado.

— Que homem bonito é esse? — Agora é *nonna* quem está perguntando.

Meu filho e eu rimos da sua pergunta e eu respondo com paciência.

— É Stefano, *nonna*, filho dos Ferris.

Ela me olha e fica parada por bastante tempo, antes de dizer:

— Esse não é o garoto de Antonietta — resmunga, achando que estou falando do pai de Tefo.

Seguro minha vontade incontrolável de corrigi-la, porque não vai adiantar.

Voltamos nossa atenção para a TV, quando Stefano agradece o convite e se senta no sofá do talk show.

— Stefano, hoje você tem um dos negócios mais promissores da ilha. Conquistou seu primeiro milhão aos trinta e está à frente de um negócio que em pouco tempo valerá o triplo do que vale hoje. Como é o dia a dia de um CEO dono de números tão incríveis?

Ele abre o terno, ficando mais à vontade e mantém aquele seu sorriso confiante nos lábios.

— Eu trabalho muito, Alessandro, às vezes emendo um domingo ao outro, mas eu escolhi isso para a minha vida. Quando prometi ao meu avô que faria a Ferri ser mundialmente conhecida, eu fiz uma escolha, e tenho orgulho dela. Ninguém fica rico e se mantém rico por sorte. Isso não existe. Manter o legado dele exige algum tipo de sacrifício, mas eu os amo.

Não consigo desgrudar os olhos da TV.

Stefano sabe exatamente o que falar, como falar, em que entonação. Sabe lidar muito bem com esse tipo de situação, parece natural para ele.

Enquanto eles conversam um pouco mais sobre negócios, ficamos todos em silêncio, até que algo inusitado acontece.

— Bem. — O apresentador olha para o seu tablet e ri, dando alguns tapinhas na mesa. — Mudando completamente de assunto e fugindo dos negócios, preciso atender aos anseios das nossas seguidoras do Twitter. A pergunta que mais chegou aqui e que elas estão me implorando para fazer é: Stefano Ferri é um homem solteiro?

Meus olhos se arregalam enquanto ouço o barulho das bocas de Enrico e *nonna* trabalhando em suas comidas. Stefano ri de orelha a orelha e se ajeita no sofá antes de responder.

— Essa é uma boa pergunta, Alessandro. Estou trabalhando duro para deixar de ser solteiro em breve. Tenho me esforçado bastante, tentando provar para a mulher por quem estou apaixonado que mereço essa chance.

Stefano olha diretamente para a câmera, como se estivesse me olhando nos olhos.

Um coro feminino na plateia lamenta, o apresentador ri bastante e eu fico petrificada.

— Garotas do Twitter, não foi dessa vez que vocês conquistaram o milionário de vocês — Alessandro diz às espectadoras, enquanto sigo muda, com o coração esmurrando meu peito forte e rápido.

Sinto falta de ar.

— É de você que ele está falando, não é, *mamma*?

O copo de suco quase cai da minha mão.

— O quê? — Viro para Enrico, que está com a cabeça olhando em minha direção.

— É você a mulher por quem Tefo está apaixonado.

Tento disfarçar o nervosismo, mas o copo meio que dança entre os meus dedos. Antes que caia, as mãos do meu filho seguram a minha e ele sorri, tranquilo, completando:

— Calma, mãe. Está tudo bem!

Ele pega o copo e o coloca na mesa. *Nonna* está com os olhos grudados na TV e nem presta atenção no que acaba de acontecer aqui.

Dio!

— Filho, de onde você tirou isso? — Consigo colocar as palavras para fora, com medo da resposta.

— Mãe... — Seu sorriso é um pouco sarcástico. Do tipo que ele dá quando se acha muito espertinho. E talvez seja mesmo. — Eu tenho quase treze anos, não sou mais uma criança. Eu vejo as coisas... — Faz uma pausa. — E também sinto.

— Sente o quê? — Minha voz tem um pouco de desespero.

— Que vocês dois gostam um do outro. — Meu filho dá um impulso e se senta ao meu lado no sofá. — Vocês não conseguem disfarçar.

Meu corpo inteiro treme e eu não sei o que dizer em seguida.

Olho de novo para a TV e a entrevista já está no assunto negócios mais uma vez. Viro-me para Enrico e ele completa:

— Você é muito mais feliz agora, *mamma*, eu vejo pelos sorrisos que dá, e gosto de te ver feliz. O *papà* também ia gostar.

— Querido... — Respiro fundo antes de conseguir, enfim, dizer alguma coisa. — Eu sempre fui feliz. Sempre! Eu tenho você.

— É diferente. — Dá um risinho. — Ele te olha como o *papà* olhava para você. E você olha para ele como olhava para o *papà*. E sei que é o tipo de olhar que se dá para alguém de quem a gente gosta muito. E você está assim, muito mais feliz depois que chegamos aqui.

Sinto o exato momento em que as lágrimas se acumulam no canto dos meus olhos. Enrico chega mais perto de mim.

— Tefo te olha como se você fosse a mulher mais bonita do mundo inteiro. — Abre os braços para medir a imensidão, o que me faz rir. — E você é mesmo! A mais incrível também. E merece alguém que te ame como o meu pai te amou.

Seguro seu rosto entre as mãos e respiro fundo, tentando não chorar.

— Você não está chateado porque te escondi?

— Que vocês estão namorando?

— Não estou namorando Stefano — afirmo.

Meu filho ri e aponta para a TV.

— Mas parece que ele quer, não é?

Balanço a cabeça, rindo de nervoso, e miro seus olhos mais uma vez.

— Não é estranho para você?

— Adultos namoram, *mamma*.

Por que é que meu próprio filho me deixa sem palavras?

Nós dois começamos a rir juntos, porque tenho certeza de que minha cara é impagável agora.

— Você gosta dele? — pergunta com muita tranquilidade.

Ainda não consegui dizer as palavras certas para Stefano.

Por mais que tudo em mim grite por ele a cada segundo do meu dia e que eu sinta que o dia só fez sentido se passei pelo menos meia hora ao seu lado, seja conversando sobre as coisas de que gostamos ou escolhendo qual cômodo do seu sobrado estrearemos dessa vez, e que eu rio feito uma garotinha quando meu celular apita e seu nome aparece na tela, ainda não fui capaz de dizer o que sinto.

Que amo qualquer história sua que me conte, por mais absurda que me pareça. Que ele ouça com atenção o que conto sobre a infância de Enrico, momentos bons que passamos com Marco e como éramos uma família feliz.

Amo que Stefano Ferri não invalide a existência do meu marido e respeite o quanto ele sempre será constantemente presente na minha vida.

A verdade é que, em cada oportunidade, Ferri me faz sentir viva ao seu lado, como há muito tempo não me permitia sentir.

— Sim, filho, eu gosto dele — assumo para a pessoa mais importante da minha vida e, diante disso, não há mais volta.

— Gosto de saber que é por ele que está apaixonada, mãe. Sei que Tefo vai cuidar de você como meu pai sempre cuidou.

Eu estou apaixonada por Stefano Ferri?

Poderia argumentar, mas a verdade é que não consigo, porque talvez Enrico esteja certo.

Quando a minha lágrima escorre, são seus dedos que a secam. Viro o rosto e beijo sua palma, agradecida.

— É importante para mim que se sinta bem com isso, filho.

— Eu não poderia estar melhor, *mamma*. Vou ter *gelato* de graça para o resto da vida! — Joga os braços para o alto e pula no sofá, caindo deitado.

Rio tão alto que meu choro se mistura com a gargalhada. *Nonna* olha para nós dois e diz:

— Ah, se eu não tivesse acabado de me casar... Eu namoraria esse rapaz!

Enrico me olha, ciente de toda a confusão da cabecinha dela, e me diz:

— Ih, cuidado! A *bisnonna* já quer roubar seu namorado.

Minha gargalhada aumenta. Ele se senta outra vez ao meu lado e eu passo um braço em volta de cada um dos dois. Beijo a bochecha da vovó e depois a testa do meu filho.

— Eu te amo, querido. Eu te amo tanto que mal consigo explicar.

— Eu também te amo, mãe.

Eu: Enrico já sabe sobre nós.

Aperto enviar, mas continuo com o telefone na mão e a cesta na outra. Vim até a feira do *lungomare* atrás de produtos frescos para as primeiras aulas do ateliê, hoje pela tarde. Agora que tudo realmente está pronto, Tina está me ajudando com as redes sociais e eu mandei fazer alguns panfletos, deixando nos restaurantes e bares de amigos que se dispuseram a ajudar.

Surpreendentemente, já tive quatro reservas. As pessoas realmente sabem quem eu sou, mesmo tão afastada de Florença.

O telefone apita.

Stefano: Como foi isso? Você contou?

Eu: Não. Ele te viu na entrevista, olhou para a minha cara e disse: é de vc que ele está falando!

A palavra digitando aparece no alto da conversa e eu fico aguardando em frente à banca de frutas.

Stefano: Vocês assistiram? :D

Eu: Não vem com esse papinho para cima de mim. Você sabe que sim!

Stefano: E de onde ele tirou isso?

Penso bem no que digitar. Mordo os lábios por dentro e mando:

Eu: Enrico disse que você olha para mim como o pai olhava. E eu olho para você como olhava para o pai.

Em alguns segundos meu telefone toca. Atendo logo.

— Ele te disse isso? — Ouço a voz grossa de Stefano do outro lado da linha e sinto como se estivesse sendo abraçada por ele.

Já faz três dias que precisou ir até Cagliari e não consigo dormir direito desde então, como se estivesse faltando algo do qual preciso para de verdade ficar bem.

— Sim, ele disse. — Eu me viro e olho para a marina, cheia de gente chegando e partindo.

— E o que foi que você respondeu? — Stefano suspira do outro lado.

Quase posso sentir como se fosse ao meu ouvido, aqui, do meu lado.

— Não menti para ele.

— E não mentir significa o que exatamente?

Olho para o *ferryboat* partindo em direção a Calasetta e busco mais ar para os pulmões.

— Enrico me perguntou se eu gosto de você, e eu disse que sim.

Ouço sua risada baixinha do outro lado da ligação. Ela chega arrebentando com meu coração.

— Você gosta de mim, Betina Cerutti?

— Sim, Stefano Ferri. Eu gosto de você. — Seguro a cesta bem firme no braço, com medo de ela cair.

Pensei que em toda a minha vida jamais diria isso para outro homem. Para Ferri então, não existia a menor possibilidade. Mas, agora, a única coisa que sinto dentro de mim é que não poderia ser para outro que não fosse ele.

— Repete — pede, com a voz afetada, a respiração quase falha.

— Eu gosto de você, Stefano Ferri. Estou apaixonada por você.

Assumo, enfim, para que não haja mais dúvidas. E sinto um frio na barriga tão absurdo que imagino que era assim que eu ficaria se tivesse a oportunidade naquela noite, no nosso passado, de dizer a ele o quanto estava apaixonada.

— *Mannaggia!* — resmunga do outro lado. — Repete, Betina, por favor. Repete.

— Estou apaixonada por você, Ferri! — Faço o que ele me pede, cheia de felicidade.

— Me espera hoje à noite. Vou me enfiar no primeiro *ferryboat* que eu encontrar na minha frente para chegar aí. Você precisa me dizer isso olhando nos meus olhos. Eu preciso ouvir da sua boca com a minha ao alcance da sua. Caralho... *Sono pazzo di te*[37], Betina.

Ouço as palavras que ele diz e meu corpo parece flutuar. Há tantas promessas por trás de cada uma delas...

— Mal posso esperar para te ver chegar, sorveteiro — provoco, rindo, e posso sentir seu sorriso daqui.

Desligo o telefone e, com ele ainda entre os dedos, penso que talvez agora seja a hora em que a vida prova que nada é como a gente pensa, muito menos como a gente planeja.

Ela só vem e faz do jeito que quer.

Às vezes, com a calma de um monge. Outras, com a força de um furacão.

E é assim que Stefano Ferri é. Colocou a minha vida de cabeça para baixo de um jeito tão bonito, desarmando-me e me fazendo acreditar com todo seu esforço que, talvez, realmente seja a hora de permitir mais uma vez para nós dois.

---

[37] Em italiano, "eu sou louco por você".

Capítulo 33

Stefano

Cagliari e Carloforte nunca me pareceram tão distantes como agora.

Porra!

Estou ainda no *ferryboat* de carros, quando ligo para Tina.

— Eu vivi a minha vida inteira para te ver em rede nacional dizendo para os quatro cantos que está apaixonado, Stefano Ferri! — minha irmã grita do outro lado. — *Fratello*, *mamma* e *papà* agora querem saber quem é a sortuda!

Eu não esperava por aquela pergunta. Eu fui lá para falar de negócios. Mas, quando Alessandro perguntou sobre a minha vida pessoal, vi que era ali a chance que eu tinha de uma vez por todas de provar à Betina que eu quero tudo com ela.

Tudo.

O que já recebi de mensagens hoje não foi brincadeira. Uma em específico chamou minha atenção.

Bianca.

Olá, Ferri. Acabei de ver sua entrevista. Lindo e elegante como sempre.

Você está mesmo apaixonado. Consegui ver nos seus olhos, mesmo pela TV.

Devo ser hipócrita e dizer que não sinto muito? Bem, não serei. Mas desejo que ela descubra logo que você é o homem que qualquer mulher gostaria de ter.

Eu amaria ter.

Felicidades para vocês!

Beijos, B.

Agradeci dizendo que tenho certeza de que um homem de muita sorte ainda atravessará seu caminho, pois ela merece encontrá-lo.

— Como se você já não tivesse contado, Tina. Você engana a quem quiser, não a mim — respondo, olhando de novo as horas no relógio. — Preciso de uma ajuda.

— Olha, eu não contei, não. — Ela faz silêncio e depois continua. — Talvez eu tenha dado só uma pista! Do que você precisa?

Essa é a forma de Tina dizer que deu com a língua nos dentes.

— Tem algum compromisso hoje? Você e aquele seu namoradinho?

Tina arfa do outro lado do telefone e volta gritando:

— Que namorado, Stefano?

— Acha mesmo que eu sou cego, Tina? Você acha que eu cheguei aonde cheguei sendo sonso?

— Não sei nem do que você está falando.

— Vamos pular a parte da gracinha. Vocês podem ficar hoje na minha casa com Enrico, jogando videogame?

— Por que eu faria isso? — Tenta me provocar, mas minha caçula não é nem um pouco burra.

— Pode ou não pode? Busque o carro que quiser em Cagliari na semana que vem — anuncio e minha irmã berra do outro lado.

— Mentira? — Escuto-a pular e dou uma risada. O som estridente da sua voz quase me deixa surdo. — Olha, eu realmente queria muito esse carro, mas não vou fazer isso pelo automóvel, vou fazer por vocês dois!

— Preciso de um tempo com ela — assumo e acabo dizendo: — Betina disse que está apaixonada por mim.

— *Dio mio*! — Tina suspira. — Com todas as letras?

— Uma por uma.

Eu ainda não acredito.

Não acredito que ela tenha assumido isso justo pelo telefone. Betina tem noção da miséria que tenho vivido todo esse tempo esperando por isso?

— Ah, eu não acredito! Afff, como eu amo vocês dois. — Bufa e ri, completando: — Ok, conte comigo, e com Lorenzo também! Hoje é a folga dele no hotel.

— Olha só... Então agora você sabe de quem eu estava falando, não é, Tina Ferri? Só um aviso: cuidado na minha casa, está bem? Não fiquem se esfregando na frente do garoto ou eu juro que corto as bolas *di questo figlio di puttana!*

— Ridículo — reclama.

— Vou desligar. Eu te vejo em breve.

Encerro a ligação e começo a fazer várias outras em seguida.

Distraído, nem percebo que chegamos.

Largo meu carro na porta de casa e vou andando até a academia de natação. Quando entro, vejo a turma de Enrico ainda no treino, então paro ao lado de Germano, que comanda a equipe.

— E aí, Tefo. Não veio nadar hoje?

— Não, não. Acabei de chegar de Cagliari. Só vim bater um papo com o medalha de ouro. Ainda vai demorar?

— Uns cinco minutos só — responde e ri, olhando-me engraçado. — Quer dizer que o homem está apaixonado agora?

Como essa merda de gente é fofoqueira.

— Um dia acaba acontecendo, não é? — Balanço os ombros. — Chegou a minha hora.

Afasto-me para esperar Enrico, que não demora a sair da piscina. Quando me vê, sentado em uma das mesas que ficam um pouco afastadas, corre até mim.

— Ei, Tefo! — grita, animado, secando o corpo com a toalha que acabou de pegar.

— E aí, campeão? Como está esse tempo no nado borboleta?

Ele ri e levanta as mãos, um pouco frustrado.

— Poderia ter melhorado já, mas sigo tentando.

— Uma hora vai. — Pisco para ele, e então começo. — Sua mãe me ligou e me contou que você já sabe sobre nós dois.

O menino de Betina me olha, balança a cabeça e se senta na cadeira ao lado.

— É, já faz um tempinho que eu desconfiava.

— Como está se sentindo?

Ele acha engraçada a minha pergunta, mas percebo que entende.

— Bem. Vocês são adultos e solteiros, não são? E eu acho que se gostam, então está tudo certo para mim.

Bato a mão na sua perna molhada, sorrio e confirmo:

— Gosto muito dela mesmo, cara. E fico muito aliviado que esteja bom assim para você. É importante para nós dois que se sinta bem com isso.

— Sei que vai cuidar dela como meu pai cuidou.

As palavras de Enrico me pegam.

Talvez sejam as palavras mais importantes que já ouvi de sua boca, pois isso diz que ele confia em mim o suficiente para saber que não quero nada além do que fazer sua mãe muito feliz.

— Obrigado por isso, medalha de ouro! — Ofereço meu punho fechado para ele, que toca de volta. — Queria te pedir permissão para uma coisa.

— O que é?

— Queria levar sua mãe para um encontro hoje, sabe? Aquelas coisas românticas de que elas gostam.

O moleque ri muito e afirma com a cabeça.

— Ok, por mim, tudo bem.

— Descolei um campeonato de videogame lá em casa para você. Tina e Lorenzo me afirmaram que vão acabar com você no FIFA.

Seu olhar se ilumina.

— Ah, mas não vão mesmo!

— Você pode dar uma surra naquele babaca por mim, por favor? Ele está namorando a minha irmã, mas ainda não me pediu permissão. Preciso dar uma lição nele. — E faço uma cara de bravo.

Enrico pisca e diz:

— Ele vai sair de lá humilhado.

— Esse é meu garoto! — Puxo Enrico mesmo molhado para perto de mim e o abraço. Rindo, me abraça de volta, animado com a noite de farra que terá em breve. — Ah, acho que já tenho um nome para o *gelato* da sua mãe.

— Mentira! E qual é?

Betina

— Isso mesmo. Um pouco mais forte, para a massa ficar bem fininha — digo a uma das minhas alunas.

Nem consigo descrever a delícia de tarde que estamos tendo. Eles são tão incríveis e a felicidade em estarem aprendendo um pouco da cultura sarda, ao mesmo tempo que tomam bons vinhos e ouvem alguns casos que conto, é contagiante.

Poder repassar à frente um pouco de quem eu sou, da minha terra e dos nossos costumes é algo que me encanta.

— O ponto do molho, Betina, é este? — o outro me chama do fogão, com uma taça ao lado.

Bebi só um pouquinho, porque estou trabalhando, então deixo a diversão do álcool somente para eles.

— Mais três minutos e vai ficar certinho, querido! — Coloco a mão nas suas costas enquanto me aproximo de outro, que pica ervas.

Meu *smartwatch* vibra e eu paro para ver o que é.

Stefano: Cheguei a Carloforte, *bella*. Onde você está?

Meu estômago se revira de expectativa e sorrio, tirando o celular do bolso para responder.

Eu: No meio da minha aula no ateliê. Ensinando as pessoas a fazerem *fettuccine*.

Stefano: Que delícia, meu bem. Espero que esteja aproveitando. A que horas acaba?

Eu: Em meia hora, pq?

Stefano: Se apronte, vou pedir para buscarem você.

Olho para cima, mas ninguém está prestando atenção em mim. Todo mundo está muito feliz com seus afazeres, tentando falar um italiano que não conseguem.

Eu: Buscar para onde?

Stefano: Vamos passar a noite fora, você e eu.

Rio e prendo os lábios entre os dentes.

Eu: Não sei se vc se recorda, querido, mas eu tenho um filho.

Stefano: Que ficará na minha casa jogando videogame com a minha irmã e aquele *farabutto*[38] do namorado dela.

Quase gargalho.

Eu: Você pensou em tudo?

Stefano: É claro que pensei. Você diz que está apaixonada por mim por uma ligação e acha que vai ficar por isso mesmo, Betina Cerutti?

Eu: Ok. E como devo me vestir para a ocasião? Aonde vamos?

Stefano: É uma surpresa. Vista-se como seu coração mandar, *tesoro*, porque no fim da noite você vai estar sem nada.;)

Minhas pernas se apertam uma contra a outra, em um tesão gostoso no meio do meu trabalho, e acabo pegando a taça que abandonei há um tempo, dando uma golada no vinho.

Eu: É uma promessa, Ferri?

Stefano: É uma certeza. Até mais tarde, chef.

E daqui em diante já não posso mais controlar a ansiedade.

Alguém vem mesmo me buscar. Um homem simpático, portando-se como um motorista particular. E quando pergunto quem é, ele me confirma que é alguém da confiança de Stefano.

— Você pode me contar aonde estamos indo?

Ele me olha pelo retrovisor e ri.

— Me perdoe, senhorita Cerutti, mas recebi ordens de Ferri para não dizer nada.

— Tudo bem, tudo bem! — Rio e me ajeito no banco.

A verdade é que não economizei em nada hoje. Eu me lambuzei no meu óleo corporal, coloquei um vestidinho mais sexy que encontrei no guarda-roupa e abri mão do sutiã, o que não dá para perceber com o casaco, mas estará completamente visível quando me desfizer dele.

O carro começa a ir pelo interior da ilha. Aos poucos, vamos passando por lugares que me recordam a infância, o que eu amo.

De repente, estamos subindo um pequeno morro isolado de Carloforte. Quando olho para cima, vejo luzes acesas em uma casa que daqui debaixo parece ser pequena.

---

[38] Em italiano, “canalha”.

Lembro-me de mandar outra mensagem para Enrico pedindo a ele para se comportar com Tina. Meu filho me responde pela terceira vez que já disse que vai se comportar, o que me faz rir, porque pareço uma mãe neurótica. Eu me distraio com meu garoto, quando o homem chama minha atenção.

— Pronto, senhorita Cerutti, chegamos.

Quando levanto a cabeça, dou de cara com um chalé privativo. Daqui, mesmo no escuro da noite, é possível ver o Mediterrâneo lá embaixo.

É uma acomodação sofisticada, moderna, lindíssima... e que deve valer uma fortuna. O homem me ajuda a descer e me acompanha até a porta da frente, toda esculpida em madeira.

— Senhor Ferri disse que era só bater. Ele está te esperando. Boa estada para vocês!

— Obrigada! — agradeço ao me despedir.

Meu coração começa a bater tão rápido que tenho certeza de que Stefano está ouvindo lá de dentro. Assim que bato três vezes, ouço a chave girar do outro lado e a porta ser aberta em seguida.

Ela me revela um Stefano estonteante, vestido com sua camisa social aberta nos primeiros três botões. A calça perfeitamente cortada, que parece desenhada para o seu corpo. Na mão, uma taça de vinho. Na boca, um sorriso que sempre me mata.

É tão fácil entender, olhando para esse homem, porque ele sempre teve aos seus pés a mulher que quisesse... E não posso negar o quanto me dá cócegas na barriga imaginar que fui aquela quem ele escolheu para... amar.

— Pelo visto hoje seu coração te pediu para me matar, não foi? — Ri e me olha dos pés à cabeça, assim que cruzo a porta e tiro o casaco.

Ele olha diretamente para o tecido de seda que parece furado pelos meus mamilos.

Dou outra risada e paro em sua frente. Nós dois respiramos fundo enquanto olha da minha boca para os meus olhos repetidas vezes.

— Me pediu para me vestir à altura de um encontro com o sorveteiro mais gato de toda a Sardenha.

Stefano gargalha ao mesmo tempo em que captura minha boca com a sua, deixando o gosto de vinho ganhar meus sentidos. Ele empurra a porta com o pé e, com a mão que está liberada, segura-me pela cintura. Minhas mãos se apoiam no seu rosto e eu puxo a língua de Ferri para dentro da minha boca, ficando inebriada pelas sensações que ele me causa.

— Que saudade de você! — diz assim que larga meus lábios, passando a língua por eles, agora sensíveis.

— Me lembre de deixar anotado sobre nunca mais passarmos mais de três dias longe um do outro — respondo, cruzando os braços atrás do seu pescoço.

Ferri ri de lado e confirma com a cabeça.

— Vinte e quatro horas já é demais para mim.

Beija meu ombro desnudo pela alça fininha do vestido, o que me faz arrepiar.

Nós nos soltamos e começo a olhar em volta. A cabana é rústica, tem um quê de intimista, com uma lareira já acesa de lado e uma cama enorme no quarto, que é separado do restante somente por uma cortina.

A cozinha compartilhada com a sala é linda, cheia de pequenos detalhes modernos que trazem o ar de sofisticação. De frente para nós, uma enorme varanda. É para lá que meus pés me levam.

O vento bate e me arrepia a pele quando vejo a imponência do mar ao pé da serra em que estamos agora.

— Dio, é tão lindo... — digo ao sentir sua presença logo atrás de mim.

Ferri apoia a mão no meu quadril e para ao meu lado, tomando um gole do vinho.

— Você gosta?

Viro o rosto em sua direção e afirmo que sim.

— É perfeito. Este lugar é seu?

— Não, mas pode ser se você quiser. Eu compro.

Rio e ele me segue.

— Uma noite acredito ser mais do que suficiente — devolvo enquanto o abraço.

Stefano beija a minha testa e pega minha mão, puxando-me novamente para dentro.

— Eu mesmo cozinhei, o que eu não deveria fazer, já que você é uma chef. Provavelmente está horrível o que fiz, mas, como agora seremos um do outro para sempre, você precisa saber com o que está lidando.

Suas palavras me arrancam um sorriso tão bobo, que nem faço questão de evitar.

Um do outro para sempre.

Vejo-o dando a volta na cozinha, mostrando o forno ligado. O cheiro está bem gostoso. Ele pega uma taça para mim e enche com o vinho, virando-se na minha direção e me entregando.

Dou um gole antes de responder:

— Aposto que não morreremos de fome se for preciso te colocar à frente da cozinha.

Seu riso é debochado.

— Se você não se importar de comer lasanha para o resto da vida, baby...

Tefo dá a volta na bancada e se senta no banco alto ao meu lado. Quando abre as pernas, puxa-me para o meio deles, o que me deixa à sua altura, já que estou em saltos altos e finos.

— Conversei com Enrico hoje à tarde.

— Ele me contou — devolvo.

— Nem posso te dizer o quanto estou aliviado por não precisar esconder isso dele. De saber que o garoto confia em mim o suficiente para estar com você não só como um amigo.

— Ele te ama, às vezes acho que tem gostado mais de você do que de mim.

A gargalhada que nasce na garganta de Stefano enche meu peito de amor. Eu amo o quanto eles gostam um do outro.

— É meu charme, querida — brinca, toma outro gole e então pergunta: — Então quer dizer que você está apaixonada por mim, Cerutti?

Seus olhos são pura labareda, e a forma como sua voz grossa e sexy me pergunta isso faz um raio me atingir diretamente entre as pernas, ansiosa como fiquei por toda a tarde.

— Então quer dizer que você anda dizendo que está apaixonado por mim em rede nacional, Ferri? — devolvo, bebendo um pouco mais.

— Dizem que não se fala de outra coisa pelas ruas desta cidade. Acho que minha fama realmente era horrível. — Revira os olhos, mas sorri de lado.

Gargalho e me aproximo ainda mais. O aroma do seu perfume, misturado com seu cheiro natural, está me enlouquecendo.

— Pensa ser a sortuda que conquistou o coração do homem mais desejado de Carloforte inteira?

Stefano se aproxima e raspa a barba no meu pescoço, deixando um beijo logo ali. Minha taça vacila entre os dedos e quase cai da minha mão.

— Que sorte a dele ter você, meu amor.

Tum-tum-tum-tum-tum.

O som do meu coração descompassado dispara por toda a cabana.

Tefo volta a me encarar e pede:

— Quero te ouvir falar, assim, olhando para mim, Betina. Diga que está apaixonada por mim.

Tento fazer minha respiração voltar ao normal, mas não consigo. Stefano me encara com tanta devoção e desejo, que isso se torna impossível.

— Estou apaixonada por você, Stefano Ferri. Completamente, perdidamente, intensamente apaixonada por você.

De uma vez, ele nos vira e nos deixa de pé. A fenda do meu vestido sobe pela minha perna e ele encaixa uma das suas entre as minhas. Ao som da música de fundo, começa a nos balançar. Alicia Keys canta para nós:

"Algumas pessoas querem tudo, mas eu não quero nada se não for você, querido, se eu não tiver você, querido. Algumas pessoas querem anéis de diamante, algumas apenas querem tudo, mas tudo significa nada se eu não tiver você."

— É tão bonito te ouvir dizer isso, e a sensação que eu tenho é de que eu nem mereço.

Nossos pés balançam no ritmo um do outro. Mantenho os olhos nos seus.

— Só deixe o passado onde está, Ferri, só pense no agora. No agora, nós merecemos. Nos desfizemos do que passou e pertencemos um ao outro. Eu demorei tanto para ter coragem de admitir para mim mesma que me sinto tão completa quando estou ao seu lado. Que me sinto viva, que me sinto eu mesma... Só quero aproveitar isso. Só quero viver isso do jeito que merecemos.

Seus olhos parecem não acreditar quando ele me ouve. Stefano observa cada pequeno detalhe do meu rosto, enquanto sorri, feliz.

— Sou maluco por você. Cada maldito pedaço de mim, Cerutti, cada um deles, são todos seus. E eu me sinto um filho da puta sortudo demais, porque a vida te trouxe de volta para mim. Ela me deu a chance de não te deixar escapar outra vez.

— Não pretendo ir a lugar nenhum sem você, Ferri. — Aliso sua barba bem aparada. — Nem pretendo escapar, acredite.

Seus passos nos embalam mais um pouco, até que a música muda. Ele me dá um beijo demorado, apaixonado, sem hora para acabar. É tão bom, tão bom...

Quando para devagar, sela meus lábios e coloca a taça no balcão, dizendo:

— Quero que prove uma coisa. — E vai em direção à geladeira.

Tira de lá um pote.

Gelateria Ferri.

A taça de sorvete já está ao lado, como se estivesse apenas me esperando chegar. Tefo serve duas bolas, pega uma colher e traz para mim.

— Acertei algumas coisas no sabor desde a primeira vez que você provou. Quero saber o que acha.

Pego de sua mão e encho a colher com o *gelato*. Algo faz cócegas em mim, porque só o cheiro já me faz sentir o quanto ele realmente fez isso pensando em mim. É idêntico.

Levo à boca e, mais uma vez, sinto a explosão dos sabores por todos os lados. Mal consigo manter os olhos abertos, porque isso é gostoso demais.

Muito gostoso.

Consigo sentir a sutileza no ajuste dos sabores do morango e da bebida, coisa que só um *gelateiro* experiente sabe fazer. Ficou simplesmente divino. Quase indecente.

Abro os olhos e vejo Stefano parado, os olhos fixos em mim, como se estivesse hipnotizado. A forma como ele me olha agora me faz querer ser devorada.

— Você é mágico no que faz, querido. É simplesmente o melhor *gelato* que já provei em toda a minha vida. — Dou dois passos em sua direção e coloco no balcão. Encaro-o e continuo: — Mas sabe como você só vai ter certeza se ele realmente é bom?

Vejo sua garganta subir e descer. Stefano toma o último gole de vinho e coloca a taça ao lado da minha sobremesa.

— Me conte, Cerutti. — E enfia as mãos nos bolsos da calça.

Levo uma das mãos à alça do meu vestido e abaixo bem devagar. Acompanho o olhar de Stefano fazendo o mesmo caminho, sem desviar. Abaixo deixando meu seio direito exposto e ouço daqui quando ele respira fundo.

Faço o mesmo com a outra mão, sem pressa, sentindo minha própria respiração vacilar.

Minha boceta está tão molhada agora que posso sentir seu mel escorrer e encharcar a minha calcinha.

Quando fico nua na parte de cima, pego a taça de *gelato*, mergulho os dedos nele e passo pelos meus bicos, que reagem ao frio e se endurecem feito pedras. Solto um gemido que não consigo segurar e arfo, dizendo:

— Provando aqui... e aqui. — Espalho pelas auréolas, fazendo a sobremesa cremosa escorrer pela minha pele quente.

Vejo o pau de Stefano marcado na calça e a minha boca saliva.

Quero tanto engoli-lo inteiro.

Deixo os peitos lambuzados, sento-me no banco alto e abro as pernas. Stefano dá apenas alguns passos e se vira de frente para mim, assistindo à cena, apreciando cada segundo.

A fenda sobe e mostra minha calcinha pequena. Escorrego mais uma vez a mão no sorvete e afasto a peça pequena com a outra mão, deixando a boceta exposta, melada.

Ele nem pisca, olha direto para ela.

Abro os grandes lábios devagar, com a mão suja de sorvete e tombo um pouco a cabeça para trás. Escorrego o doce pelo meu clítoris e digo:

— E aqui.

Passo a língua pelos lábios secos e vejo quando ele diminui o espaço entre nós dois.

— Já decidi qual será o nome do seu *gelato*, sabia?

Sua voz rouca e provocante diz assim que as duas mãos de Stefano afastam ainda mais minhas pernas uma da outra. Não tiro os olhos dos seus enquanto pergunto:

— Ah, é? E qual vai ser?

O vento gelado que vem da varanda bate nos meus mamilos molhados, aumentando o tesão.

— Vou te contar agora. Mas primeiro vou te provar porque esse é o melhor nome que um *gelato* para você poderia ter.

E, de repente, sinto quando os dedos de Stefano me invadem sem aviso.

Capítulo 34

Betina

— Ahhhhh! — O barulho sai da minha boca assim que os dois dedos de Ferri me fodem com força.

Eu me apoio no balcão atrás de mim enquanto assisto esse homem me olhar com cara de mal, sem a menor piedade.

Ele vai acabar comigo.

Cristo, é só o que eu quero.

Começo a piscar a boceta em volta dos seus dedos, mas ele não tem dó. Aumenta o ritmo da sua mão, me comendo tão gostoso que mal consigo manter os olhos abertos. De uma vez só, sua boca desce até um dos meus seios e Stefano mama forte, sorvendo todo o *gelato* que derramei por ali.

É como ser apreciada como a comida que ele mais gosta na vida.

Stefano devora minha pele, suspira a cada chupada e mete forte com os dedos, deixando-me à beira da loucura.

— Tem razão. — Enquanto muda a boca de seio, me olha safado e diz. — É muito melhor em você. — E segura o biquinho entre os dentes, o que me faz uivar.

— Stefano... Mais — peço pelos seus dedos.

Ele adiciona outro e bomba mais rápido, mais intenso, mais bruto. Do jeito que eu amo.

Sua boca toma meio seio inteiro. Agarro seu cabelo e o mantenho ali.

Não quero que isso acabe nunca mais.

Nunca mais.

Ele enfia alguns dedos no sorvete. Enquanto me come com eles e chupa meu peito, com a mão livre lambuza o outro seio sujo de *gelato* e da sua saliva; aperta o biquinho, deixando o líquido leitoso espalhado por toda a minha pele, como se quisesse me marcar com sua invenção.

O jeito como coloca a ponta dos dedos em forma de gancho dentro da minha boceta toda vez que vão sair, encontra o lugar certo e me faz gemer tão alto que nem a música consegue abafar.

— Porra...

— Quer saber qual é o nome? — Arremete bem rápido, largando meu peito, mas segurando com força o outro, que escorrega da sua palma por conta do melado que se forma entre as nossas peles e seu sorvete.

É tão gostoso o jeito como suas mãos me provocam que não tenho vontade de me segurar. Só quero gozar assim.

— Me fala, Ferri. Qual é?

Ele me encara por cima e vai mais forte, fazendo essa coisa com os dedos que não me deixa respirar. Ele não me responde.

Só me fode.

Só me fode gostoso.

Só me fode como quero ser fodida.

E, quando meu orgasmo chega, gozo tão forte que quase caio do banco onde estou. Escuto o estalo da mão de Stefano na minha boceta, misturando o *gelato* que espalhei com a minha lubrificação.

— Ahhhhh, assim! Não para de me foder. Não para! — imploro e olho para ele, que não cede com a mão.

Stefano me come até que meu corpo não aguente mais e desabe.

Eu me seguro nos bancos ao lado, suada, acabada, sentindo minha boceta se contrair tão forte, mas tão forte... Como eu amo gozar para esse homem.

Ele tira os dedos devagar de dentro de mim e me mostra.

Estão completamente melados.

Sem desviar os olhos, leva os dedos sujos ao *gelato*, pega uma porção e leva à minha boca.

— Dolce Betina.

E eu sugo tudo cheia de tesão.

E, no momento em que sinto o gosto da minha boceta misturado com morango e champanhe, eu quase mio.

Stefano roda os dedos dentro da minha boca e eu brinco com eles, limpando tudo com a língua.

Com a outra mão, enfia os dedos de novo em mim, buscando meu gozo, volta para o *gelato* e depois chupa.

— É tão doce essa bocetinha, meu bem. Você não acha? É o nome perfeito para um *gelato* que foi feito para você. Vê como combina?

Já quero gozar de novo só de ouvi-lo falar assim.

De repente, ele se abaixa e diz:

— Não dá para perder nada. Seria um desperdício, não acha? Afinal, seu *gelato* e a sua boceta, juntos, só eu tenho.

Stefano pega mais *gelato* com a mão e me abre bem, olhando hipnotizado para o leite que escorre dos seus dedos quentes e cai diretamente no meu clítoris, dolorido e inchado de gozar.

— Esse é meu novo vício, Betina. Seu *gelato* na sua boceta. — E sua boca começa a me devorar de um jeito que me mata.

É sexy, é safado, e é completamente apaixonado.

Ferri me chupa como se estivesse beijando a minha boca, querendo tudo de mim.

Fecho os olhos e grito, porque sua língua gelada me atiça e faz todas as sensações quase me varrerem outra vez.

Ele brinca por mais um minuto, deixando-me pronta novamente, até que se levanta, abrindo a calça.

Mais que depressa eu me abaixo e me ajoelho de frente para Stefano. Ele me encara de cima, a respiração atravessada. Abro seu cinto, logo depois o botão e o resto do zíper.

— Quero seu pau com meu gosto. Quero na minha boca.

Abaixo a calça, puxando a cueca junto. Seu cacete duro, grosso e grande salta e bate na minha cara. Eu arfo e Stefano geme.

Vejo quando enfia a mão outra vez na taça. Com o *gelato* já derretido, ele mira os dedos na cabeça do seu pau, deixando o líquido escorrer por tudo, como fez no meu clítoris. Seguro na base e assisto ao leite descer. Ferri geme pelo contato gelado na pele quente e eu não espero demais para levar tudo para a boca.

Engulo seu pau com fome e o escuto grunhir.

— Porra de boca gostosa, meu amor! Como você chupa gostoso... — Ele empurra o quadril contra meus lábios e eu tomo seu cacete até onde consigo.

O gosto do pré-sêmen e do doce me fazem levar a mão até a minha boceta e me tocar.

Sugo a cabecinha inchada, ele segura meus cabelos com força, fodendo minha boca, deixando-me maluca. Mamo Tefo tão gostoso que quase gozo assim. Ele percebe o que está acontecendo e me faz levantar.

— Gozar de novo, só no meu pau, *bella*. Preciso te assistir gozar dizendo que está apaixonada por mim. Vem, que eu vou foder essa boceta do jeito que você gosta.

Ele me coloca de pé enquanto chuta os sapatos para o lado, tira as meias de qualquer jeito, deixando a calça e a cueca onde estamos. Stefano se senta na primeira cadeira que vê na frente dele, abrindo a camisa social e tirando do corpo, ficando completamente nu. De repente, ele se levanta e diz:

— Esqueci a camisinha. — E tenta ir ao encontro da sua calça.

— Espera. — Coloco a mão no seu peito quente. — Você não mentiria para mim, mentiria?

— Sobre o quê, linda?

— Sobre algo que tenha que me preocupar caso eu queira transar sem camisinha? — Sou direta.

Ele me olha, maravilhado, mas um pouco preocupado.

— Nunca. Sou um cara limpo. Nunca transo sem camisinha. Para mim, sempre foi lei.

— Você confia em mim? — pergunto, voltando Stefano para a cadeira.

Ele senta e me olha um pouco abobado, mas sorri de lado.

— Com os olhos fechados.

Coloco as mãos por baixo do meu vestido e desço a calcinha, largando no chão. Subo a fenda até que me dê espaço e me sento no colo de Ferri. Ele segura minha cintura e fica me olhando.

— Então quero sentir sua porra escorrendo dentro de mim. — Coloco uma mão no encosto da cadeira enquanto a outra procura seu pau.

Stefano está tão duro e seu olhar agora me diz tanta coisa... Posiciono-me e sinto minha boceta engolir aos poucos todo seu cacete, o que me faz revirar os olhos e gemer de tão bom que é senti-lo entrar em mim sem nada entre nós dois.

É tão gostoso.

Tão gostoso.

Deus, isso é tão gostoso!

— Você é o caralho da mulher mais safada que eu já conheci na minha vida, Betina. E é minha, porra! É minha!

Quando Stefano diz que sou sua, eu me afundo inteira, sentindo cada centímetro me preencher. Ele segura minha bunda por baixo do vestido e me pressiona contra si.

— Me chama de sua outra vez! — imploro, me levantando e sentando de novo.

— Você é minha, Betina Cerutti. — A boca de Tefo encontra minha orelha. — Minha, cacete! Merda, você é minha!

Estala um tapa forte em uma das minhas nádegas e eu começo a cavalgar Stefano com força.

A cada "minha" que sua boca diz, mais forte eu sento.

Ele chupa toda a pele que encontra pela frente, sussurrando as palavras como se fossem mantras. Paro com ele inteiro dentro de mim e rebolo rápido, colando a testa na sua.

— Eu estou apaixonada por você, Stefano Ferri. Estou tão apaixonada por você... — E mexo forte, arrancando gemidos da nossa garganta.

— Fala de novo, *mio cuore* — pede, segurando a minha nuca e fazendo com que eu olhe dentro dos seus olhos.

— Estou apaixonada por você. Eu quero tudo com você. Tudo.

— Seja a minha namorada então, Betina.

Sua boca captura a minha e eu mexo o quadril de forma lenta, bem gostoso, sentindo Stefano enterrado.

— Eu sou — respondo e volto a pular no seu colo, fazendo seu pau sair e entrar rápido demais. — Sou sua namorada. Sou sua mulher. Sou sua!

— Ah, caralho, baby. — Stefano me vira de uma vez só, tirando-me de cima dele. Com cinco passos estamos na cama, e ele me coloca de quatro. — Não vai sobrar nada de mim assim, Betina. Porra...

Levanta meu vestido, deixando minha bunda empinada.

— Minha garota gosta quando a fodo por trás, não é?

Ele nunca se esquece disso e eu amo como Stefano sempre guarda os detalhes das coisas de que gosto.

— Adoro — digo a ele, já sofrendo pela falta do seu pau em mim.

Mas não preciso esperar muito. Stefano se ajoelha logo atrás, segura pela base e bate na minha boceta com força várias vezes, entrando e se enterrando em seguida.

— Você quer porra, *mia ragazza*[39]? Vou te dar. Vou encher essa sua boceta inteira.

A promessa de Ferri me faz piscar ao seu redor. Ele mete tão gostoso que preciso deitar a cabeça na cama. Afundo o rosto no colchão enquanto aperto os lençóis.

— Mete forte. Isso! — peço quase rouca de tanto gritar.

Amo que posso ser quem amo ser na cama com ele.

Amo que podemos nos redescobrir depois de tanto tempo separados.

Amo que o corpo de Stefano não me deixa sentir um segundo sequer que eu possa estar fazendo qualquer coisa que não deveria fazer.

Porque o seu corpo, muito além de apenas me foder, parece completar o meu, de todas as formas, como uma peça exata de um quebra-cabeça.

Porque me venera...

E me ama.

— Não vou conseguir parar de te comer pensando em você se lambuzando com meu *gelato*, caralho. Você é deliciosa, Betina!

— Não para, meu amor, não para — digo, rebolando e me mexendo, fazendo Stefano entrar inteiro, me fodendo com força.

— Você me chamou de meu amor?

Seus dedos se prendem nos cabelos curtos da minha nuca e tomam pressão, enquanto quase perco o ar de tão rápido que Tefo soca dentro de mim.

Eu vou gozar outra vez.

— Sim, chamei — sussurro.

— Sou o seu amor, Betina Cerutti? Sou o homem que você escolheu para estar com você, para sempre?

Stefano sai de mim e me vira de novo, deixando-me de barriga para cima, ele nem perde tempo e se empurra dentro da minha boceta outra vez. Enrolo as pernas no seu quadril, sentindo e ouvindo suas bolas estalarem em mim.

— Me responde, *tesoro*.

Vejo o suor escorrendo pela sua testa.

Olho para ele assim, tão bonito e entregue, e acho que me apaixono outra vez.

---

[39] Em italiano, neste contexto, "minha namorada".

Outra e outra e outra vez.

— Para sempre, Ferri.

Ele vai mais rápido, sorrindo aquele sorriso que derreteu meu coração há tantos anos, e me fala:

— Eu amo fazer amor com você. Amo foder você. Eu amo o quanto me sinto completo quando estou com você, dentro de você. Você é meu vício, Betina. É o meu destino.

Sua boca me beija rápido e ainda sinto o gosto do *gelato* misturado com meu próprio gosto. É tudo tão intenso e delicioso que gozo outra vez, beijando Ferri sem parar, ao mesmo tempo em que ele capta meu gemido com a própria boca.

— Delícia. Aperta meu pau! Isso, safada — pede e deixo meu grito escapar da garganta, alto, me libertando outra vez.

Stefano vem logo atrás, metendo depressa, e quando me esporra, perco meu controle.

— Ai. Deus. Do. Céu! — falo cada uma das palavras separadamente, sentindo o orgasmo ainda me atingindo.

Stefano geme algumas coisas que não entendo, sem parar de foder, gozando tão gostoso dentro de mim...

Meu corpo relaxa aos poucos, enquanto Tefo, sem fôlego, deixa a cabeça no meu ombro. Depois, se levanta, me olha rápido e me dá um beijo, saindo de dentro de mim.

Quando se deita ao meu lado, ele me puxa logo para o seu braço, onde me aninho, tentando buscar o ar ainda.

— Nem consigo acreditar na sorte que tirei na loteria — Stefano diz e eu levanto a cabeça para encará-lo. — Minha namorada é chef famosa, linda para um caralho, uma tarada safada, rebola que é uma beleza e gosta da minha porra dentro dela.

Minha risada é tão alta que enche toda a cabana.

— Você não viu nada ainda, querido — prometo.

— Deus do céu, Betina, o que ainda falta? Se passar *gelato* mais uma vez em você daquele jeito, vou te prender dentro de casa e te foder direto por uma semana.

— Começando a partir de agora? — brinco que vou me levantar para pegar mais e ele se vira de novo para cima de mim, prendendo-me no lugar.

É tão gostosa a risada que dou.

E são risadas que só consigo dar com ele.

Só ele é capaz de me deixar tão feliz assim.

— Me dê dois minutos e eu te garanto que vai se arrepender de ter dito isso. — Ri e depois me beija.

E a gente rola na cama, enquanto ele puxa meu vestido completamente bagunçado do meu corpo, deixando-me toda nua. O contato da sua pele na minha me acende novamente. Seus toques nos lugares certos, seus lábios que têm propriedade sobre a minha pele. Tudo em Stefano me chama para amá-lo o tempo todo.

E uma vida assim, ao lado dele, é tudo de que eu preciso.

É tudo o que eu quero.

Capítulo 35

Betina

— Você não vai me contar nada, nadinha? — Tina pega meu braço e gruda em mim. Estamos indo juntas para o castelo, já que agora as coisas começaram a funcionar a todo vapor. Caterine voltou e estamos todas abarrotadas de trabalho.

Pensar nos menus é a parte que mais gosto de todo esse trabalho e temos nos empenhado bastante nessa parte.

— Não vou, não, sua fofoqueira!

— Poxa... — Suspira alto, fazendo um beiço. — Agora sou sua cunhada. Eu merecia ao menos saber como foi, não? Teve flores, teve declaração? Como que foi?

Rio alto e balanço a cabeça negando a informação. Se eu contasse a ela, Tina jamais me olharia novamente com os mesmos olhos.

— Está de ótimo tamanho o que você já sabe. O restante pertence a mim e ao seu irmão.

— Olha... — Ela para no meio da rua, o que me faz parar também. — Você tem sorte porque eu te amo e estou morrendo de felicidade por vocês dois terem deixado de vez os medos de lado e viverem esse amor, senão...

— Senão, o quê? Você vai ganhar um carro novo, que eu fiquei sabendo!

Tina me olha espantada, de boca aberta, e coloca a mão no peito.

— Ai, Stefano é um linguarudo, mas, olha... Foi tudo uma brincadeira! Ele iria me dar de qualquer forma, porque eu não ia dar sossego até que trocasse o meu carro.

— Pior é que eu não duvido — respondo em meio a risadas, até que meus olhos são atraídos para o outro lado da rua.

Vejo Isabella voltando da feira com uma sacola na mão, cabisbaixa e procurando pelo canto.

Tina acompanha meu olhar e nós duas observamos Perrone em seu trajeto.

— Coitada, Betina. Tenho dó de mais. — Ouço seu suspiro de pesar e olho de volta para a minha cunhada.

— Eu ainda não consigo acreditar — assumo. É a primeira vez que a vejo novamente depois daquele dia, e confesso que não esqueci completamente a cena a que Enrico e eu assistimos. — Tina, você pode ir à frente? Encontro você lá em alguns minutos.

Ela me olha com compreensão e larga meu braço, dando um beijo no meu rosto e se despedindo:

— *Ci vediamo*! — E se vai.

Aguardo até que Isabella se aproxime mais e atravesso a rua em sua direção. Quando me vê, ela se assusta.

— Ah, oi! — Tenta sorrir, mas seu sorriso é carregado de receio.

Tudo bem, não fui a pessoa mais amistosa do mundo a última vez que nos vimos.

— Oi, Isabella. Como vai?

Ela mexe na sacola, trocando de braço, demonstrando nervosismo.

— Está tudo ótimo, e você?

É horrível ouvi-la dizer que está tudo bem quando nitidamente não está. Não respondo à sua pergunta e vou direto ao ponto.

— Você tem um minuto para conversarmos?

A forma como me olha parece incrédula.

— Você quer falar comigo?

— Sim, eu quero. — Olho para frente e vejo o café do Fernando aberto. — Podemos tomar um cappuccino? É por minha conta.

— Betina, eu... — As palavras somem quando ela quer terminar de falar. Então tomo a frente.

— O de chocolate continua sendo o seu preferido? — E começo a andar.

Ela fica estática por alguns segundos e eu assisto o exato momento em que seus olhos ficam cheios de lágrimas. Percebe que estou seguindo e aperta o passo, vindo junto comigo.

— Como ainda se lembra disso?

Paro ao lado da primeira mesa que encontro e aponto para ela se sentar. Isabella deixa a sacola na cadeira que sobra e se senta. Faço o mesmo, chamando o atendente.

— Por favor, dois cappuccinos. Um clássico e um de chocolate.

— Claro. Já trago! — O rapazinho sai e nos deixa a sós.

— Sim, eu me lembro agora — respondo e ela ri, ainda emocionada. — O fato de ir embora não me fez esquecer muitas coisas que ficaram aqui.

Vejo quando prende o lábio de cima entre os dentes e morde, assentindo.

— Eu soube do trabalho com a Caterine, soube também do ateliê. Fiquei muito feliz por você!

— Obrigada. — Tento sorrir, mas não consigo. — Isabella... O que você está fazendo da sua vida?

Ela se assusta com a minha pergunta. Um pouco confusa, começa:

— Bem, eu ainda ajudo a minha mãe com as...

— Não — interrompo, fazendo um gesto. — Estou falando o que é que você está fazendo com a sua vida! — Seu corpo se contrai na cadeira e ela me olha fixamente. — Eu não tenho nada a ver com isso, nem somos mais amigas, mas não consigo acreditar que você esteja se submetendo a... isso!

Que nome se dá, sem parecer grosseiro, a aceitar ser humilhada por um homem daqueles?

Sua boca se abre várias vezes, mas ela não consegue falar. As bebidas chegam e somos servidas, o que parece lhe dar um fôlego.

— Não precisa ter dó de mim, Betina. — É a primeira coisa que diz em seguida. — Eu procurei isso com as próprias mãos.

— Não estou com dó de você, Isabella. E não venha com esse papo para cima de mim. Nenhuma mulher procura uma coisa dessas por livre e espontânea vontade. — Mexo o cappuccino e dou um gole. Em seguida, prossigo: — Estou é sem acreditar que uma mulher linda e inteligente como você esteja aguentando... aquilo!

Sinto raiva só de lembrar a forma como ele a tratou.

Ela olha para sua xícara, mexendo de forma exagerada a bebida quente.

— É tão mais complicado... — diz bem baixinho, de olhos fechados. Quando os abre, vejo como sua alma está devastada. — Eu não sou mais aquela garota que você conhecia, Betina, um pouco de mim morreu quando nos afastamos. Quando fiz a maldita escolha de trair você. A maioria das que eu fiz depois não foi tão inteligente quanto...

— E o que te impede de mudar isso? Você vai viver o resto da sua vida aceitando ser humilhada por um babaca que faz seu brilho simplesmente sumir?

— Por que é que você está sendo legal comigo? Que diferença faz para você se a minha vida é uma droga? — Agora o tom é ofendido, quase magoado. — Eu fui uma filha da puta com você, Betina. Eu beijei o cara por quem você estava apaixonada. Eu fui a pior melhor amiga que alguém poderia ter. No que é que a minha vida te preocupa?

Não deveria realmente me preocupar em nada. A verdade é bem essa.

Mas não sou esse tipo de pessoa. E, por mais que eu tenha desejado coisas ruins para ela quando tive raiva e fiquei em negação pela sua traição, não estou aqui para me sentir vingada.

— Porque eu sou mulher e não acho certo que qualquer uma de nós na vida mereça ser tratada como lixo, não importa os erros que já tenha cometido. Não sou eu que tenho que te julgar pelo que fez com a nossa amizade no passado. Você fez a sua escolha, lidou com as consequências disso.

A forma como Perrone solta o ar me parece de alguém esgotado.

— Não tenho o que fazer. Para onde eu vou? Trabalhar com a minha mãe não me garante o suficiente para viver sozinha, cuidar da minha vida.

— Você só precisa de um emprego? Se você tivesse o dinheiro de que precisa, reconsideraria a vida que tem hoje?

Ela não estava esperando por isso, eu sei.

— O que isso significa?

Termino o cappuccino e coloco a xícara em cima do pires outra vez.

— Venha trabalhar comigo no ateliê. Se você ainda for tão boa quanto me lembro, tenho lugar para alguém que possa me ajudar. Estou dividida em dois trabalhos agora. Seria ótimo ter alguém que pudesse me auxiliar.

Ela sorri, um pouco assustada, um pouco surpresa.

— Betina... Sério, não faça isso por piedade, por favor!

— Você não precisa da piedade de ninguém, Isabella. Você só precisa de uma chance para mudar sua vida. É isso que estou te oferecendo e estou fazendo isso de coração aberto. Não tenho raiva de você. Aquilo tudo passou, e pronto.

— Eu... É... — Ela não esconde as lágrimas, mas tenta limpá-las o mais rápido que consegue. — Não sei o que dizer.

— Não precisa dizer nada agora. — Abro a bolsa e tiro de dentro o cartão do ateliê. — Este é meu número pessoal. Mande uma mensagem ou me ligue quando quiser conversar sobre isso de novo. — Escorrego o papel pela mesa até parar ao lado da sua mão. — Seja dona da sua própria história. Sei que a mulher que um dia foi minha amiga ainda mora aí dentro de você. Ela pode ter bastante defeitos, mas, quem não tem? — Sacudo os ombros e tiro uma nota de cinco euros da bolsa, deixando na mesa e ficando de pé. — Pense e me procure, vou te aguardar. Agora preciso ir, estão me esperando no castelo.

Isabella, ainda de olhos marejados, segura com força a beirada da mesa, sem conseguir deixar de me encarar.

Não posso dizer que voltaremos a ser quem já fomos. Houve rupturas ali que talvez nem o tempo tenha o poder de remendar. Mas não vou ver uma mulher precisando de uma mão estendida e não fazer nada a respeito. Essa não seria eu.

— Fica bem, por favor! — São minhas últimas palavras antes de me virar e seguir pela rua, no sentido do *lungomare*.

Eu: Encontrei Isabella na rua. Acho que nunca falamos sobre isso, mas a vi naquele dia em que nós dois discutimos na academia de natação. Vc já viu o estado em que ela está? Não é justo o que ela está passando. Ofereci um emprego para trabalhar comigo no ateliê.

Envio a Stefano.

Quando já estou andando próximo à marina, meu celular apita.

Stefano: Eu não sabia que vocês já tinham se visto. E, sim, não a vejo muito, mas sei da história do marido e lamento. Não tenho intimidade o suficiente para dizer algo a ela ou tentar ajudar, mas achei que foi nobre da sua parte. Jamais esperaria menos de você, *mia ragazza*.

Solto um riso meio bobo e apaixonado. Paro por alguns segundos, inspiro o ar salgado do mar da Sardenha e sinto cócegas no estômago, tornando-me a boba adolescente que virei nesses últimos tempos. Quando o assunto é Stefano Ferri, não sei mais agir de outra forma.

Eu: Não fiz nada que meu coração não tenha pedido... *Ragazzo!*

Quando aperto em enviar, recebo uma notificação de e-mail. É do laboratório.

NOTIFICAÇÃO - LAUDO GENÉTICO BETINA CERUTTI BENEDETTI

Saíram os resultados.

Sento-me no primeiro banco que encontro e abro antes o de Enrico. É tanta folha no arquivo de PDF que alguém que nunca viu um exame assim teria dificuldades sozinho em se encontrar, mas é parecido com o de Marco, por isso sei aonde devo ir.

E lá está: Enrico realmente é afetado pelo gene da hemocromatose.

Não me assusto, porque o médico e eu já falamos sobre isso. Com todos os cuidados, sei que meu filho terá uma vida tranquila e sem problemas futuros.

Abro o meu ciente de que o gene foi herdado de mim. Corro o olho rápido em algumas informações que quero ler com cuidado depois, mas sigo logo para a página que preciso. Leio tudo rapidamente até que algo me parece estranho.

— Como assim, eu não tenho gene modificado? — digo em voz alta, lendo de novo a lauda e depois começo a vasculhar página por página do documento.

Fico mais de meia hora procurando sem parar, até que leio mais três vezes a mesma informação.

Eu não tenho nenhuma anomalia genética que faria Enrico herdar o problema que herdou.

Permaneço sentada aqui sozinha, olhando para o nada por uns cinco minutos.

— Isso não é possível — repito para mim mesma.

Como seria?

Em um pulo, volto correndo pelo caminho que fiz e ando depressa para minha casa. Preciso olhar o teste de Marco outra vez.

Preciso encontrar o que há de errado nesses exames.

Tem de haver algo de errado nesses exames!

Capítulo 36

Stefano

Betina some das mensagens, mas eu me distraio com o trabalho e não percebo quanto tempo se passa. Momentos depois, ela aparece outra vez.

Betina: Onde vc está?

Eu: No sobrado, pq?

Betina: Preciso te ver. Posso ir aí?

Eu: Claro que sim. Não precisa passar pela Ferri. Bata no interfone de fora, eu abro pra você.

Ela não me responde mais, no entanto cinco minutos depois ouço Betina no portão da frente, ligado à varanda do sobrado. Abro pelo interfone e aguardo na porta até que ela chegue aqui.

Sua cara me parece um pouco assustada quando me abraça. Beijo sua testa e depois seguro seus ombros, questionando:

— O que foi que houve?

Por seus olhos, noto sua confusão.

— Podemos entrar?

— É claro que sim. — Dou espaço para que ela passe e vou logo em seguida.

Ela tira a bolsa do ombro e coloca no sofá, sentando e olhando para frente, como quem se sente perdido.

Puxo a poltrona que deixo encostada na parede e coloco de frente para ela.

— O que foi, *amore mio*?

— Alguma coisa está errada e eu não consigo raciocinar. — Gesticula com a mão perto da cabeça, como se a mente estivesse bagunçada. — Eu não consigo entender!

— O que exatamente?

Vejo Betina abrir a bolsa e tirar um envelope de dentro.

— Precisei fazer alguns exames em Enrico por causa da natação. Germano pediu. — Faz uma pausa e olha de novo para o que segura. — Enrico teve algumas alterações no exame de sangue, o médico me pediu outro específico de ferritina. Segundo ele, o nível de ferro estava um pouco alterado.

Enrico tem problemas com ferro?

Sério?

— Mas em que níveis? O que o médico acha que é?

— Agora não acha mais, porque tive certeza. — Ela me encara. — Meu filho tem hemocromatose. Uma doença hereditária que faz o ferro se acumular por alguns órgãos do corpo.

De repente, estou reto na cadeira.

Betina disse mesmo o que eu acabei de ouvir?

— Calma. — Fico meio tonto, porque estou tentando assimilar. — Como é que vocês descobriram isso?

— Ele pediu um teste genético. Disse que só assim descobriríamos se realmente era disso que se tratava. Há um tempo, Marco fez um teste desses. Minha sogra morreu de câncer no pâncreas, assim como o avô de Marco e dois tios dele. Quis investigar para saber se não carregava alguma chance de desenvolver a doença. Ainda tenho isso guardado comigo...

Ela balança o envelope, e agora entendo do que se trata.

— Marco então era portador do gene modificado? Você também é?

— Pois é... — Seus olhos de repente estão em mim novamente, de uma forma desesperada. — Marco não era portador. Está aqui, eu já li mil vezes, o médico também leu o exame e não há alteração nos genes que carregam a anomalia.

— Então é você. — Pego sua mão na minha para tentar acalmá-la. — Isso não quer dizer que você tenha, ele te explicou isso, não é? Você só é portadora do gene, Enrico herdou de você e desenvolveu. Com os cuidados necessários, provavelmente ele nem vai ter os sintomas da doença. Vai ser apenas um portador, como você é.

Cerutti balança a cabeça, prendendo os lábios entre os dentes.

— Não, Stefano, você não está entendendo! — Tira a mão da minha e fica de pé. Betina então vai até a ponta da sala e começa a voltar na minha direção outra vez, como se não soubesse para onde ir. — Eu não tenho gene modificado. Eu não sou portadora do gene modificado! — Suas mãos voam para o ar e o exame de Marco quase cai. — Meu exame chegou hoje. Eu já o li inteiro, de frente para trás, de trás para frente. Não tenho o gene. Como meu filho pode ter uma doença genética se nem eu e nem o pai dele somos portadores do gene? Como?

Sua última palavra sai um pouco gritada enquanto permaneço em silêncio tentando entender o que é que ela acabou de dizer exatamente.

Não existe essa chance. Qualquer pessoa sabe disso.

— Não erraram alguma coisa no seu exame? — Tento colocar clareza na cabeça de Betina, já que repetir o exame de Marco não seria possível.

Ela segura o rosto com as duas mãos, parecendo exausta.

— É um exame genético, existe a chance de dar alguma coisa errada? Era o meu material lá! O do Marco está aqui: ele tinha predisposição para a doença da mãe. Ficou neurótico com isso. Cuidava da saúde e fazia os check-ups sem faltar a um! Queria de qualquer jeito que eu fizesse esse exame em Enrico. Ele tinha certeza de que ia morrer dessa merda... — Começa a falar coisas demais, um pouco apavorada. — Mas, para o gene que Enrico poderia herdar, não há nada de alterado.

— Betina. — Fico de pé para tentar me aproximar. — Então não existe a chance de Enrico ter hemocromatose. Eu tenho e herdei dos meus pais. Tina é portadora do gene, não desenvolveu a doença.

De repente, ela abre bem os olhos, espantada, encarando-me.

— Como assim, você tem hemocromatose, Tefo? Que história é essa?

— Eu tenho, oras. — Aproximo-me um pouco mais. — Isso é muito mais comum do que a maioria das pessoas acha. Descobri por causa de um exame de sangue que fiz, há uns dez anos. Não muda nada na minha vida. Eu tenho uma dieta balanceada, tomo alguns remédios. Quando preciso, retiro sangue pra não forçar o organismo... — Betina fica me encarando e não diz mais nada. O clima aqui parece diferente, e não de um jeito bom. — Não faz essa cara, é sério, Enrico vai ficar bem, eu te juro, *bella*.

— Stefano... — Faz uma pausa quando encurto totalmente a distância entre nós dois. — A conta não bate.

Coloco seu cabelo do jeito que ela gosta e sinto a respiração ofegante de agonia que Betina tem agora.

— É, não bate.

Porque não bate mesmo, não há como negar.

Sinto-me péssimo em cogitar pensar nessa porra, mas... Teria a chance de Betina ter estado com outro cara antes de Marco?

Ela morde um lado da bochecha por dentro, nervosa.

E em uma pequena fração de segundo, sinto como se minha cabeça explodisse em milhares de fogos de artifícios.

Não.

Não pode ser.

— Quando você descobriu a sua gravidez, Betina? — questiono e os olhos dela parecem voltar para o agora, já que sua cabeça nem parece estar aqui.

— O quê? — Franze a testa, tentando entender a minha pergunta. — Que diferença faz isso?

— Quando foi? — insisto.

Ela se afasta um pouco de mim, ainda me encarando.

— Que tipo de pergunta é essa, Stefano? Pelo amor de Deus!

Volto a ir em sua direção, aproximando-nos outra vez.

— Quanto tempo tinha que você havia partido de Carloforte?

Sinto meu coração socar o peito e a saliva secar. Tento sentir as mãos, mas percebo que ambas estão formigando, porque estou as apertando com muita força.

— Um mês, um mês e pouco, por quê? O que isso tem a ver com meu problema?

Porra, Stefano!

Porra. Porra. Porra. Porra!

— Betina... — Busco o ar, mas ele vem com dificuldade.

Fecho os olhos e tento me lembrar. Qualquer coisa que faça minha teoria ter algum cabimento. Qualquer coisa.

Qualquer coisa.

— Para de me assustar! — grita, os olhos cheios de lágrimas. Abraça o próprio corpo tentando ficar longe de mim. — O que é que você está fazendo? Fala alguma merda que faça sentido! — chora, os lábios tremendo.

Meu Deus!

— Betina, Enrico é meu.

Capítulo 37

Betina

Meu mundo de repente para de girar.

Vejo tudo agora como se estivesse em uma câmera muito, muito lenta.

Sinto tanta dor no corpo que parece que estão me socando sem parar, de todos os lados.

Os olhos de Stefano Ferri me encaram enquanto ainda estou buscando entender o que suas últimas palavras significam.

Betina, Enrico é meu.

Enrico é meu.

Não consigo evitar que minhas pernas cedam e meu corpo escorregue para o chão.

— Por favor, Betina, respira! Você está desmaiando. Eu estou aqui, sou eu...

Ouço sua voz ao fundo, enquanto suas mãos me seguram com força.

Minha cabeça quer se desligar, mas ele está aqui, tentando me manter na realidade.

Que se dane a realidade. Por favor...

Que se dane!

— Ele é meu, Stefano. É meu — resmungo, tentando tirar suas mãos de mim. Com cuidado, ele me senta e me encosta à parede, atento com a minha cabeça e apoiando o próprio corpo ao meu lado. Choramingo: — Ele é meu e de Marco.

Stefano me olha tão desolado que abre um buraco bem no meio do meu peito.

Com os olhos brilhando de lágrimas, faz que não com a cabeça.

— O gene... é meu. — E não é uma suposição, é uma confirmação.

Isso não pode ser verdade. Não existe essa chance.

Eu saberia, não saberia?

Cinco dias. Cinco dias separaram a última vez que estive com Stefano em seu quarto da primeira vez que me deitei com Marco. De quando fomos malucos e transamos sem camisinha, uns sete.

Uma semana.

Eu estava com tanta raiva de Stefano, que a única coisa que fiz foi me permitir. Foi errado? Eu não sei. Na minha cabeça, primeiro veio o pânico por descobrir que estava esperando uma criança, depois, a felicidade por poder formar uma família com Marco, que invadiu meu mundo e me fez a mulher mais feliz de todas.

Sempre usei camisinha com Ferri, como eu poderia pensar que estava grávida dele?

Ele não pode ser o pai do meu filho!

— Não pode ser — nego.

Minha boca treme tanto que as palavras saem estranhas.

— Não pode ser, Stefano. Não.

Ele bate com a cabeça devagar na parede, de olhos fechados, espremendo os lábios um contra o outro. Vejo como sua garganta sobe e desce e ele tenta respirar da forma certa, como eu.

— Só um teste de DNA vai poder nos dizer se eu estou maluco, Cerutti.

— Como é?

De repente, começo a chorar muito. De repente, a única coisa que eu quero é um abraço de Enrico e que o mundo esqueça que a gente existe.

— Me diga que eu estou doido então, Betina? — Agora é ele quem está chorando. — Se você e Marco não são portadores do gene e eu sou, você acha que Enrico é de quem? Você esteve com alguém além de nós dois?

E agora sou eu quem fecho os olhos, porque não vou aguentar olhar para ele ao responder a verdade.

— Não... — Sopro no ar, abraçando as pernas e encostando a cabeça nos joelhos.

Meu Deus!

— Ele é meu filho. Enrico é meu filho! — Stefano coloca a mão no rosto e o esfrega — Não sei como isso aconteceu, mas Enrico é meu, Betina.

Sinto a ânsia de vômito invadir meu estômago.

Quatorze anos vivendo uma mentira! Como eu nunca cogitei que isso pudesse ter acontecido?

Mas como eu poderia?

— Quais são as chances, Stefano? Quais? — solto ainda entre lágrimas. Ele me olha e suspira. — Nunca transamos sem preservativo.

— Não tivemos cuidado em algum momento, não faço ideia.

Ele aperta a base do nariz enquanto tento segurar meu corpo, que treme com meus próprios braços.

Como? Deus do céu. Como?

— Naquele dia, a última vez. — Minha mente volta para aquela tarde. São muitos anos, mas tento vasculhar a memória em busca de detalhes. — Fizemos oral, eu me lembro disso. Depois... A gente brincou um pouco. — Quando me dou conta do que vou dizer em seguida, meu mundo cai. Não há chances de alguém ter sido tão burra assim.

— O quê, Betina? — Agora ele me olha ansioso e apreensivo.

— A gente meio que fez um ou dois minutos sem o preservativo.

Seus olhos saltam para fora enquanto me encolho no meu canto.

É algum tipo de brincadeira, não é? Só pode ser!

— Eu fiz isso? — Realmente me parece surpreso.

Agora estou me perguntando por que naquela época não levei isso em consideração. E dói, porque era tão insignificante para Tefo de verdade que ele nem se lembra que isso aconteceu.

A verdade é que eu não tinha nenhuma preocupação em entender direito sobre meu ciclo. Minha mãe não falava muito a esse respeito comigo e eu sempre acreditei que a camisinha era a solução do problema. Nunca fui dada a conversar sobre essas coisas com as minhas amigas. Tinha vergonha.

Como eu não consegui raciocinar que um minuto era o suficiente para que isso acontecesse?

Como, Betina Cerutti? Porra!

— Minha vida foi uma grande mentira. — Começo a rir totalmente desesperada e fico de pé. — O que eu vou dizer para Enrico?

Stefano se levanta junto comigo e me puxa para ele, fazendo com que eu olhe nos seus olhos.

— Em momento algum você pensou que poderia ser meu?

— É claro que não! Na teoria, nunca transamos sem camisinha. Foi um minuto, Stefano. Um maldito minuto e nós paramos, você colocou o preservativo e... — Fico frustrada e começo a puxar o cabelo. — Deus!

— Calma, baby. — Seus braços me contornam e me apertam contra ele, mas sinto como tremem. — Nós vamos pensar juntos.

— Eu menti para Marco! — O surto chega antes que eu me dê conta. — Ele viveu uma mentira. Morreu achando que era pai. Ele não era pai. Meu Deus! Por quê?

Stefano não diz mais nada, apenas me dá seu corpo como suporte. Deito a testa no seu ombro e choro copiosamente. Quanto mais penso, mais choro.

— Você não mentiu para ninguém. Nem para ele, nem para Enrico... Nem para mim.

Balanço a cabeça negando ainda. O que está acontecendo com a minha vida?

— Eu tinha vinte anos, não deveria ser nenhuma sonsa. Por que não pensei nisso?

No meio do meu caos, Stefano me pega firme pelos braços e balança, fazendo com que eu olhe para ele. Com o rosto molhado, fica sério e diz:

— Betina, chega! Chega, porra! Para de fazer isso com você. Enrico não é filho do Marco, ponto. Você não tem culpa, e não adianta agora ficar se questionando sobre as merdas de escolhas que fizemos antes. Isso não vai mudar o que é.

Tento engolir o soluço.

Como vou dizer ao meu filho que o homem que ele venera, na verdade, não é quem ele pensou a vida inteira?

— O que vamos dizer a ele? — questiono, procurando uma luz.

— A verdade. — Ele passa os dedões pelo meu rosto, tentando limpá-lo. Segura minha nuca e me mantém bem perto dos seus olhos. — Em algum momento, Enrico teria de saber que nem sempre fui um cara legal. Eu falhei com você antes daquela noite, Betina. Não deveria ter cogitado a ideia de fazer uma burrice dessas. Penetrar você sem camisinha... — Fecha os olhos, cheio de raiva, balança o rosto e solta o ar de forma pesada. — Onde eu estava com a merda da minha cabeça?

— Acho que bloqueei isso dentro de mim todo esse tempo — confesso. — Quando me vi apaixonada por Marco e tudo aconteceu tão rápido, eu não cogitei sequer a ideia de que existia a chance de ser seu. Não tive reservas com Marco. Só queria que alguém me amasse como eu gostaria que você tivesse amado. — Os lábios de Stefano tremem como os meus. Sinto a dor nos seus olhos quando digo tudo isso. — E ele me amou. Eu me entreguei completamente, vivi cada dia ao lado dele me permitindo. Ele amou o meu filho e fez de Enrico a parte mais importante da sua vida. Marco nunca quis saber se tive uma vida antes dele. Nunca me perguntou se existiu alguém... Se existiu você. Eu bloqueei tudo o que havia a seu respeito dentro de mim, Stefano. Eu esqueci você.

Uma lágrima escorre no seu rosto e ele somente faz que sim com a cabeça.

— Eu mereci — responde apenas, passando o antebraço no rosto. — Eu não era homem para você naquele tempo. Você merecia alguém como ele.

A dor da sua constatação me atravessa, eu abraço Stefano com força, e ele faz o mesmo comigo. Sinto seus braços fortes me mantendo apertada em seu corpo e o calor que vem dele.

De repente, sua voz surge ao meu ouvido como um sussurro.

— Eu realmente não sei o que fiz de bom na vida para te trazer de volta para mim, Betina. Mas ela sabia que eu precisava de vocês dois. Ela sabia que eu precisava de uma chance. Só uma. Eu... — Stefano ofega enquanto meu coração bate tão rápido que fico um pouco zonza. — Eu amo você. Amo vocês!

— Eu também te amo, Stefano Ferri! —E nunca tive tanta certeza disso em todo esse tempo.

Desde que cheguei, pouco a pouco, descobri o que é realmente amá-lo. Nos pequenos detalhes do dia a dia, sei que só amei de verdade este Stefano. O que conheço agora. Esse que se abriu de verdade para nós dois, que não teve medo de pular no abismo que criei a minha volta com medo de que ele voltasse a morar no meu coração.

Amo ver de verdade em seus olhos o quanto quer estar ao meu lado, partilhar da vida comigo e viver nossa história que só poderia ser vivida agora.

Que grande jogada o destino fez com a gente?

— Eu quis tanto ouvir isso. Tanto... — Tefo puxa meu rosto na direção do seu e me beija muito devagar.

Minhas mãos procuram por seus braços, eu me entrego sem respaldos e com nenhum receio. Meu coração se acelera como se fosse nosso primeiro beijo e eu sinto que será assim para o resto da vida.

Independentemente do problema que temos em mão agora, nada apaga o que ele representa para mim. O que é na minha vida.

O homem com quem quero estar para sempre. O homem que quero fazer feliz e que sei que me fará também.

Aos poucos, larga meus lábios e me pergunta:

— Você confia em mim?

Afirmo com a cabeça.

— Nós vamos descobrir a melhor forma de explicar a Enrico, e mesmo que ele me odeie por um tempo quando souber quem eu fui no seu passado e quem sou de verdade na vida dele, assim como esperei por você, vou esperar por ele. Eu vou esperar pelo amor do meu garoto o tempo que for necessário.

Meu garoto na sua boca soa tão forte e cheio de sentimentos. E eu sei que é verdade. Sei que ele não vai desistir de Enrico.

Dentre todas as surpresas mais incríveis que a vida separou para mim, eu jamais poderia imaginar que ela daria dois pais tão especiais ao meu filho. No meio da maior confusão de toda a minha vida, ainda assim, eu fui abençoada.

Nós dois nos abraçamos forte outra vez, mudos, apenas ouvindo as vozes do nosso coração. E elas dizem tanto!

Tenho uma enorme batalha pela frente. E o que me conforta é saber que, apesar de todas as outras que enfrentei durante esse último ano, desta vez não estou mais sozinha.

Nunca mais estarei.

Capítulo 38

Stefano

Eu sou pai.

Eu, Stefano Ferri, sou pai.

Sou pai do garoto mais incrível que já conheci. Do menino que vai se transformar em um homem gigante, em tamanho e coração. Um rapazinho que qualquer homem nesse mundo gostaria de ter como filho.

Que sorte o Marco teve.

Que sorte Benedetti teve de ser o pai que Enrico merecia ter.

Eu não teria sido, eu sei, e isso está me matando aos poucos, de uma forma que é cruel demais.

O Stefano Ferri de vinte e dois anos jamais teria sido alguém à altura de Betina e nosso garoto. O quanto isso tem me machucado todos esses últimos dias não deveria ser algum tipo de dor que alguém experimenta ao longo da sua vida.

Porque dilacera.

Tenho assistido em *looping* a alguns vídeos que Betina aceitou me enviar da infância de Enrico. É como ser telespectador da sua vida sem poder de fato fazer parte dela.

Tudo aquilo deveria ser meu, e não foi. Aqueles sorrisos banguelas e aquela primeira volta de bicicleta deveriam ser comigo, para mim. Mas não foram.

E não há volta. Não há o que eu possa fazer a respeito disso.

Perdi a vida inteira do meu filho. Perdi tudo de alguém que eu nem sabia que me pertencia.

Ouço quando batem à porta que vem da cozinha da Ferri. Levanto-me do sofá, onde tenho ficado nesses últimos dias, e vou até lá. Quando vejo Vincenzo parado ali, limpo o rosto tentando disfarçar que vou chorar outra vez.

Meu amigo entra, fecha a porta e fica me encarando em silêncio.

Nós somos bons em conversar sem precisar dizer certas coisas às vezes.

Ele estava viajando para fora do país e disse que voltaria hoje. Pelo visto, nem passou em casa, veio direto para cá.

De repente, meu amigo me puxa para um abraço, que eu não recuso. Quando sinto meu corpo convulsionar em ondas, choro de desespero. Choro como no dia em que meu avô partiu deste mundo, o dia mais triste de toda a minha vida.

Fico confuso quando ouço um grito, até me dar conta de que está saindo da minha própria garganta. Vince me aperta em seu abraço e quase me afundo em seu ombro de tanto chorar.

Feito uma criança.

Quando reunimos nossos pais e minha irmã para contarmos a eles o que descobrimos, as reações foram as mais diversas. De Tina, rindo e chorando porque é tia, dos pais de Betina sem acreditar que Marco não é o pai do garoto. Ao contrário do que pensei, eles não me trataram mal ou me julgaram pelas atitudes medíocres que tive no passado com Betina. Ao contrário: de alguma forma, eles entenderam que foi o que fiz que levou a filha a ter a vida feliz que teve ao lado do marido.

Meus pais não conseguem falar de outra coisa. Só sabem sorrir e dizer que, agora, são avós.

Betina tem feito das tripas coração para que Enrico não perceba que algo está acontecendo, e eu sei o quanto isso está acabando com ela. Por esse motivo, decidimos que hoje à noite, depois do treino, contaremos a ele.

Vince me afasta para me olhar e sorri de lado. Um sorriso amigo, de quem entende a minha dor.

— Vem, vamos nos sentar um pouco — ele me chama, enquanto passo os braços pelo rosto completamente molhado e acabado.

Nós dois vamos para o sofá onde eu estava e Vincenzo abre os botões do terno, sentando-se ao meu lado.

— Eu sou pai, cara... — falo em voz alta pela milésima vez e, em todas elas, sinto uma emoção diferente.

— Você é pai, *fratello*... — brinca comigo e coloca a mão no meu ombro, apertando.

Eu me viro na sua direção.

— É a coisa mais maluca que já me aconteceu na vida. Uma porrada de coisas faz sentido para mim agora. Não é normal o quanto eu gosto desse menino, Vincenzo. E não tem só a ver com Betina. É porque eu gosto mesmo, sempre gostei, desde a primeira vez que nos vimos em Cagliari. E, quando eu assistia o moleque nadando, parecia que estava vendo a mim mesmo quando tinha a idade dele. É estranho pensar nisso... É tudo muito estranho.

— Você vai ter de aprender a ser pai, pulando a etapa de ver nascer, crescer, se desenvolver. Sinto muito em te dizer que provavelmente perdeu todas as melhores fases, mas ainda há tempo para viver muita coisa na história de vocês.

— Sabe o que é pior de tudo isso? Pensar que a melhor coisa que aconteceu para eles foi ter Marco sendo a figura que eu deveria ter sido.

Porque foi... Você consegue olhar para quem eu era naquele tempo e imaginar que eu seria um bom marido? Um ótimo pai?

Milani ri de lado, sabendo que estou coberto de razão.

— Não há como sabermos, Ferri, mas nada acontece por acaso na vida de ninguém. Hoje está pronto para ser esse cara e, adivinha? Você pode ser. A mulher que você ama também te ama. Seu filho está aí, a uma praça de distância para ser cuidado por você.

— Não sei se Enrico vai aceitar isso tão bem, Vince... Ele é apaixonado por Marco.

— E vai continuar sendo. Ninguém quer apagar a imagem do pai da cabeça do menino, ou quer?

— Claro que não, porra! Que merda eu seria de querer alguma coisa assim?

— Então... Dê o tempo que ele precisar. Enrico é só uma criança de doze anos. Vocês não mentiram para ele, não o enganaram. O garoto pode não entender agora, mas no momento certo, dentro do coração, vai permitir que o cara mais sensacional que eu conheço entre para ser quem é de fato. Seu pai.

As lágrimas voltam e eu tombo a cabeça no encosto do sofá, olhando para o teto.

— Caralho... Eu sou pai.

Vincenzo dá uma gargalhada e brinca de bagunçar meus cabelos.

— Eu vivi a vida toda para ver esse momento, sabia?

— Você sabe que eu não sou o puto que todo mundo acha que eu sou, não é?

— Claro que eu sei. Você só estava aí, feito uma dama, aguardando seu príncipe encantado.

— Vá se danar, Milani! — Nós dois rimos e eu o empurro, numa brincadeira. Meu amigo me olha e eu completo: — Obrigado por estar aqui.

— Sempre estarei, Ferri. Não há outro lugar do mundo onde eu estaria agora. Se meu irmão precisa de mim, onde ele está é onde estarei também.

E ele fica comigo até o momento em que preciso me levantar para ir ter a conversa mais difícil da minha vida inteira.

Betina

Quando ouço Stefano bater ao portão, a tremedeira me toma outra vez.

Abro devagar e o vejo parado aqui, vestido daquele jeito bonito de sempre, a barba um pouco maior agora. Sei que não está fácil para mim, mas vejo todos os dias o quanto está sendo tão complicado para ele também.

Já revisitei aquela última tarde ao lado de Ferri no passado milhares e milhares de vezes na minha memória. Em todas elas, só consigo pensar naquele minuto.

Um minuto.

Provavelmente o melhor que tivemos juntos. Agora que consigo me lembrar nitidamente daquilo, eu me recordo da descarga de adrenalina que senti quando Stefano entrou em mim sem preservativo. A sensação da pele com pele. Eu quase pedi a ele que não parasse, mas nós dois tivemos algum senso de juízo logo em seguida.

O que não serviu de nada.

Meu filho é fruto da nossa irresponsabilidade e, ainda assim, a melhor coisa que já me aconteceu.

Todos os dias eu acordo pensando se tive sorte por nada durante esses doze anos ter nos feito sequer cogitar a hipótese de que Enrico não poderia ser filho de Marco, ou se me sinto péssima por pensar que ele jamais saberá disso. Sinto-me como uma verdadeira mentirosa e aproveitadora.

— Oi, amor — ele me cumprimenta e se aproxima, beijando minha boca.

O cheiro de Tefo é o que sempre me acalma. Toda vez que entro em pânico pensando no que vem a seguir, seu abraço e aroma são o que faz meu coração voltar a bater devagar.

Envolvo seu corpo com os braços e ele faz o mesmo. Nós dois ficamos parados por algum tempo no portão.

— Estou à beira do desespero — confesso.

Hoje mais cedo, Chiara veio até aqui para ficar um pouco comigo. Mandei uma mensagem perguntando se ela poderia me dar um abraço. Em cinco minutos ela estava aqui.

Não houve julgamento, não houve perguntas demais, não houve invasão... Só acolhimento. Chiara Milani abraçou minha dor como poucas pessoas fizeram ao longo da minha vida e me sinto grata pelo destino ter nos aproximando um pouco mais.

Sinto os dedos grandes de Tefo brincarem com os meus cabelos e depois um beijo casto na testa.

— Estamos. — Olho para cima e vejo o quanto de dor há em Stefano agora. — Não estou preparado para mostrar a Enrico quem eu era. Mas preciso.

Dou-lhe a mão e nós dois entramos. Assim que pisamos na sala, Stefano bate os olhos em uma fotografia minha, de Enrico, com seus quatro anos, e Marco.

Ele para de frente para a estante e pega o porta-retratos para olhar melhor.

— Eu fico o dia todo vendo aquelas fotos e vídeos que você me mandou.

Desde que soubemos, Stefano me perguntou se eu me incomodaria de mandar a ele coisas da vida de Enrico.

Eu não poderia negar isso ao pai do meu filho.

Tentei mandar a maioria das coisas que eu tinha somente do nosso garoto, mas ele me pediu que enviasse também coisas com Marco, pois não se importava. Eu não sei se fiz certo, mas cedi ao seu pedido.

— Como tem se sentido?

— Sinto que vivi errado pelos últimos doze anos da minha vida. — Sorri, mas não é um sorriso bem-humorado. — Eles até se parecem, você não acha?

A verdade é que Enrico não tem nada de Marco. Tirando que os dois têm cabelos escuros e a pele em um tom mais dourado, no restante tudo de Enrico é meu. E agora, analisando Tefo em nossa convivência, vejo várias coisas dele no nosso filho. O porte físico, o sorriso, até o jeito de piscar. Os cílios dele são longos como os do pai e os olhos também são bastante parecidos.

— Um pouco, talvez — digo no exato momento em que ouvimos o portão se abrir.

Nós dois nos olhamos rapidamente e minhas pernas cedem, fazendo-me cair sentada no sofá.

— Está tudo bem, *amore mio*. Vai dar certo. — Sua voz soa baixa e ele vem até mim, sentando-se ao meu lado.

Enrico irrompe pela porta neste exato minuto, cheio de sorrisos.

— Agora eu sei por que você não tem ido mais à academia nadar comigo. Vocês dois aproveitam para namorar, não é? — brinca, tirando a mochila das costas.

Stefano ri, mas vejo o quanto está nervoso. Sua mão segura a minha e transpira sem parar. Acho que a minha também.

— Não é bem o que parece, te juro, medalha de ouro. — Stefano aperta minha mão com força, porque estou tremendo muito.

Enrico percebe que algo está acontecendo.

— Ixi, aconteceu alguma coisa, não foi? — Meu menino puxa uma cadeira e se aproxima de nós dois. — Eu estou encrencado, *mamma*?

— Não, meu amor, claro que não! — Tento sorrir para ele, mas seu olhar capta minha apreensão.

Mio bambino me conhece melhor do que qualquer pessoa neste mundo.

Os últimos dias, vivendo de aparências para tentar não o preocupar, foram alguns dos dias mais dolorosos que vivi desde que Marco morreu.

Não gosto de mentir para meu filho, muito menos enganá-lo.

— Tefo, fala o que foi! — pede com urgência, com os olhos já arregalados.

— Enrico... — Stefano pigarreia, tentando se preparar. — Temos de conversar com você. E eu preciso que preste atenção com cuidado em tudo o que vou te falar, porque é importante, está bem?

Meu coração está batendo muito, muito rápido, de uma forma nada saudável. Começo a puxar o ar com força pela boca e ele se desespera.

— *Mamma*, o que houve? Você está doente? Me fala!

Ele corre até mim e se ajoelha na minha frente.

Seguro seu rosto entre as mãos e nego.

— Não, querido, não. Vou ficar bem. Apenas... Apenas nos escute.

Ainda aos meus pés, ele olha para Stefano, que me pediu antecipadamente para conduzir esta conversa.

— Fala logo, Tefo, por favor!

— Cara... — Stefano fica mudo por alguns segundos, depois volta a falar, olhando para as mãos que ele agora apoia nas pernas. — Sua mãe e eu fomos muito próximos quando mais novos, sabe? Acho que nunca te contamos isso dessa forma.

— Próximos, como?

— Próximos... Próximos — digo e olho para ele.

Meu filho me analisa e, um pouco desconfiado, pergunta:

— Próximos... Namorados?

— Não. Namorados, não. — É Ferri quem diz. — Mas estivemos um tempo na companhia um do outro.

— Gente, vocês ficavam? É só falar.

Dou uma risada, de desespero e de graça.

Por que tão maduro assim, Enrico Cerutti?

A cabeça de Stefano balança de um lado para o outro e ele diz:

— É, algo do tipo. A gente ficava.

— E porque vocês guardariam uma coisa dessas de mim? Que diferença isso faz? As pessoas têm passado, não?

E às vezes, meu filho, o passado volta da forma mais maluca para nossa vida, penso comigo mesma.

— Não foi nada que planejamos. A gente só achou que não fazia diferença se você soubesse ou não — concluo.

Ele confirma com a cabeça.

— Tá bom. Mas agora vocês estão namorando, certo? Qual o problema de terem ficado quando eram jovens?

— Eu ainda sou jovem, garoto. Me respeite! — Tento brincar e Enrico acha graça, dando um sorriso bem grande.

Por alguns segundos, sinto paz no coração.

— A verdade, campeão, é que naquela época eu não era um cara tão legal assim. — Vejo o quanto dói em Stefano dizer essas palavras. — Eu não me importava muito com as coisas ao meu redor. Algumas pessoas, para ser mais exato. — Ele prende os lábios entre os dentes, fecha os olhos por alguns segundos, depois encara nosso filho outra vez. — Eu não fui legal com a sua mãe, Enrico. Essa é a pior verdade de todas.

Enrico se senta no chão, olhando diretamente para Stefano.

— Vocês brigaram?

— Não precisou de uma briga. — Os ombros de Ferri sobem e descem. — Ela viu com os próprios olhos que eu não era um homem para quem deveria entregar seu coração.

Vejo o exato momento em que Enrico olha para mim. Quando encaro meu filho, confirmo com a cabeça.

— Como alguém poderia ser babaca justo com a minha mãe?

Quero rir, mas começo a chorar.

— É a única pergunta que me faço todos os dias desde que encontrei vocês em Cagliari, campeão. Como eu fui capaz de fazer isso com ela?

Stefano pega minha mão novamente enquanto sinto as lágrimas quentes brotando nos meus olhos.

— Pelo menos agora você é um cara legal. — Tenta ver o lado bom de tudo isso.

— É... Mas as coisas como são hoje não são de fato o que parecem, Enrico. Sua mãe e eu... — Meu namorado me olha, tentando encontrar forças para dizer o que é necessário. — Nós acabamos de descobrir algo sobre aquela época, e que afeta todos nós.

A cabeça de Enrico tomba para o lado, tentando compreender.

— Filho, escute com calma, está bem? É só o que eu te peço.

— Sua mãe me contou sobre os seus exames e que o médico encontrou algumas alterações de ferritina.

— Ah, sim! Mas ele nos disse que não é perigoso, não foi, *mamma*?

— Desde que tratado da forma certa, sim, não há perigo. Eu tenho a mesma doença que você. Descobri a hemocromatose alguns anos depois de sua mãe ter ido embora.

— Caramba! E você precisa fazer aquelas coisas que o doutor disse? Tipo, tirar sangue às vezes?

Seu olhar para o pai é de curiosidade.

— Quando necessário, sim — responde. — Mas me cuido bem, assim como você também fará.

— Que coincidência, mãe! — diz, inocente, sem saber a paulada que vem logo a seguir.

— Enrico... — Stefano se vira diretamente para ele. — Hemocromatose é uma doença genética. Isso significa que você precisa tê-la herdado dos seus pais. Eu, no meu caso, herdei o gene dos dois, mesmo que eles não manifestem a doença. Você entende?

— Sim! Foi por isso que fizemos o teste, não foi, mãe? — Olha para mim. — Meu pai não tinha o gene, então com certeza é da minha mãe.

Um silêncio insuportável se faz na sala, até que minha boca se abre antes da boca de Stefano.

— Filho... A mamãe também não tem o gene portador da doença.

Ele levanta uma sobrancelha, confuso. Olha de um para o outro sem entender nada.

— Claro que tem, mãe. Se não era o meu pai, só pode ser você!

— Ouça o que vou dizer com o coração aberto, Enrico, porque... — Os olhos de Stefano enchem-se de lágrimas e ele olha para os pés. — Porque sei que não vai ser fácil.

— Eu não estou entendendo... — O olhar do meu garoto me fere de tantos jeitos diferentes.

O que eu não daria para não ter que colocá-lo nesta situação?

— O gene, o gene que você herdou... — Sinto Stefano respirar pausadamente por três vezes, antes de continuar. — É meu, campeão. Eu engravidei sua mãe antes de ela ir embora e conhecer o seu... O seu pai. Marco. Eu sou o seu pai biológico, medalha de ouro.

A voz de Tefo é quase um sussurro, e é tão, tão sofrido porque, assim como eu, sei que ele não quer a raiva de Enrico.

Nosso garoto pula em pé na sala de repente e dá três passos para trás.

— Gente, eu não gostei da brincadeira. — Emburra a cara.

Stefano se levanta imediatamente e eu faço o mesmo.

— Querido, eu não sabia. Realmente não sabia. Jamais mentiria para você e para seu pai. Eu não sabia — digo atropelando as palavras.

Ele me olha como se eu fosse uma estranha. Sinto morrer algo dentro de mim.

— Para, *mamma*. Eu não estou gostando. Estou falando sério!

— Nós sabemos o quanto parece mentira e que você não queria ouvir algo assim, Enrico. Não consegue imaginar como está a minha cabeça, a cabeça da sua mãe... Mas não é uma brincadeira. E eu nem posso dizer que é uma notícia infeliz, porque acho que nunca me senti tão feliz, ao mesmo tempo em que tão confuso.

— Parem! — ele grita, com os olhos cheios de lágrimas. — Porque vocês estão fazendo isso comigo? Marco é meu pai. Marco Benedetti é meu pai! Eu sou Enrico Cerutti Benedetti!

Eu me encolho no lugar com sua agressividade. Stefano me puxa para perto e me abraça, não me deixando cair.

— Vai continuar sendo. Não queremos que isso mude, Enrico. Eu jamais te pediria isso. O que estamos hoje aqui para te dizer é que você tem o direito de duvidar, de querer saber sobre sua origem, sobre quem é. Estou aqui para dizer que podemos fazer o exame de DNA para que fique mais confortável quando desejar.

— Eu sei quem eu sou. Não há nada além do que eu já saiba que preciso saber. E não quero DNA. Eu tenho pai, e não é você. — Aponta para Stefano, tentando enxugar os olhos antes que as lágrimas caiam.

Meus pés tentam me aproximar e ele faz que não com a mão.

Enrico vai até a porta, onde deixou sua mochila, e diz:

— Vou ficar na casa dos meus avós. Não vem atrás de mim, eu não quero falar com vocês dois.

— Não faz assim, *figlio*, por favor! Me escuta — eu imploro.

— Eu não quero te ouvir. — Enrico me olha com raiva, quase cuspindo. — Você me enganou, enganou meu pai. Você é uma mentirosa!

Morro por alguns segundos.

Quase consigo sentir o momento em que meu coração para de bater.

Ele pega a mochila e sai correndo. Tento ir atrás, mas Stefano me impede, segurando meus braços. Ele me olha chorando, mas me pede:

— Deixa, Betina. Vamos fazer o que o garoto quer. Acabamos de desmanchar o mundo da forma que ele conhecia, o mínimo que podemos lhe dar é espaço para entender.

— Ele me odeia! — Jogo-me nos seus braços no mesmo momento em que ouço o portão bater forte. Enfio o rosto em seu peito e choro com tudo o que tenho. — Meu filho me odeia. Dio... Isso dói!

Sinto os beijos de Stefano por toda a minha cabeça, e seus braços me mantendo firme dentro do único lugar que me conforta ainda.

— Ninguém é capaz de odiar a mulher mais incrível que toda a Sardenha já conheceu, meu amor. Enrico sabe a sorte que tem em poder te chamar de mãe.

Nós dois mantemos silêncio por um tempo que nem sei contar.

Tudo em mim parece destruído, arrasado.

Espero que um dia ele reconheça a sorte que tem por ter Stefano como pai também.

Capítulo 39

Betina

Stefano apareceu aqui hoje com uma *ciabatta* fresca que comprou na padaria. Eu mesma poderia ter feito, mas a verdade é que ando feito um zumbi desde que Enrico decidiu passar um tempo na casa dos meus pais.

Meu filho não troca uma palavra sequer comigo e isso está me matando. Quando nos vemos na rua, ele muda de calçada.

Nunca, em todos os seus quase treze anos, dormimos sem falar um com o outro. E agora já se vão quase quinze dias desde que ele não quis mais voltar.

Claro, meus pais estão cuidando de Enrico como se fosse o próprio filho. *Mamma* me conta de toda sua rotina e me garante todos os dias que ele está bem. Meu pai me pediu paciência, porque meu garoto só precisa de tempo para assimilar tudo o que está acontecendo.

Apesar de não conversar com eles sobre o assunto, meu pai o pegou um dia de madrugada na internet pesquisando sobre sua doença e como herdá-la.

Sinto tanto a sua falta que durmo abraçada com uma de suas camisetas, só para sentir que está perto de mim de alguma forma.

— Relaxa um pouco, amore. — Tefo segura meus ombros por trás, beijando o topo da minha cabeça. — Não vou sair daqui enquanto você não comer um pedaço deste pão e tomar nem que seja um copo de suco. Ficar sem comer não vai fazer Enrico aceitar tudo isso mais rápido.

— Duas semanas é tempo suficiente, Stefano — reclamo, ainda mais desanimada do que ontem. — Vou ficar louca se Enrico não parar com isso!

Meu namorado sai de trás de mim, encosta o quadril na beirada da mesa e cruza os braços, olhando-me de frente:

— Você acha que está sendo fácil para mim também? Saí de melhor amigo de Enrico para o pai que ele não quer ter. — Seu suspiro é pesado e nós dois ficamos nos encarando assim por algum tempo. — Mas vamos tentar entendê-lo pelo menos mais um pouco. Isso não vai durar para sempre, nem que sua resposta seja que ele não quer saber de mim e que não me aceita.

— E o que a gente vai fazer se essa for realmente a resposta dele?

Seu sorriso surge e Tefo me puxa devagar, trazendo-me para o meio das suas pernas. Ele me abraça pela cintura enquanto apoio as mãos nas suas coxas.

— Teremos paciência. Temos alguma alternativa? Eu não vou desistir de vocês, Betina, eu já disse. E mesmo que eu desistisse, isso não apaga o fato de que ele é meu filho. O nosso garoto, seu, do Marco e meu, é um menino inteligente, em algum momento, vai entender tudo isso.

Sei que meus olhos não podem esconder a emoção que sinto quando ele diz o nome de Marco ao citar que Enrico é nosso.

De nós três.

Abraço Stefano tão forte que balanço seu corpo. Ele ri e afunda o rosto entre meu pescoço e os ombros, deixando vários beijos ali.

— *Io ti amo!* — digo, enquanto sinto seu cheiro fresco vindo da pele e da camisa social.

— *Anch'io ti voglio benne, bella*. — Segura meu rosto e brinca com os polegares pelas minhas bochechas. — Tanto, que jamais pensei que pudesse amar alguém assim.

Meu sorriso nasce de imediato, enquanto seus lábios capturam devagar os meus, dando-me um beijo breve.

— Eu vou lá depois que acabarmos aqui. Sempre consigo dar uma olhadinha de longe antes de ele sair para a escola.

— Faça isso, amor, e depois me mande notícias. Agora, vamos te alimentar.

Ele me beija de novo e eu me afasto em seguida, deixando que se desgrude da mesa.

Stefano me serve suco, eu corto o pão e pego a geleia, sentando-me ao seu lado. Ele começa uma conversa animada sobre a inauguração da nova loja, que será daqui a uns dias, e me conta sobre os pedidos que chegaram para abertura de franquias na França e na Áustria.

Ele me escuta quando conto sobre a turma de holandeses que atendi ontem no ateliê e que Cat conseguiu fechar um contrato de casamento da filha de um grande empresário de Cagliari. Conto também que, finalmente, Isabella aceitou minha oferta de emprego. Começará na próxima segunda.

Depois de quinze minutos de papo, em que eu realmente até comi um pouco além do que venho fazendo esses dias, ele me avisa que precisa ir. Acompanho Tefo até o portão e ele se volta para mim antes de caminhar para casa.

— Me promete que vai ficar bem, *carina*. — Junta as duas mãos no meu rosto para que eu olhe diretamente para ele. — Mais tarde vou voltar para te ver.

— Não se preocupe. Vou sobreviver até lá — brinco, sem muita certeza.

Seus lábios encontram minha testa antes de chegarem a minha boca.

— *Ci vediamo, amore mio* — diz e parte para a Ferri.

Volto para dentro somente em busca da minha bolsa e caminho até a casa dos meus pais. Quando abro o portão, *mamma* está no jardim, mexendo em algumas das suas rosas. Ela me olha e sorri.

— Oi, querida. Como dormiu? — Sua voz é baixa.

Com certeza para não alertar meu filho de que estou aqui.

— Não dormi. — Sou sincera. — De novo.

Minha mãe larga a tesoura de poda e vem na minha direção.

— *Figlia*, Enrico está bem. Seu pai e eu não fazemos nada além de garantir que *nostro bambino* se sinta acolhido.

— Sei disso, mãe. E sou grata! Deus sabe o quanto... Eu só não consigo lidar direito com essa rejeição. Nunca estivemos assim um com o outro na vida. Está me corroendo a alma.

— Eu sei, meu amor. — Os braços da minha mãe me envolvem pela cintura e eu a agarro, trazendo seu pequeno corpo para perto do meu. — Em breve, tenho certeza, vocês vão se dar um abraço assim, feito este nosso.

— Espero mesmo que sim. — Beijo seu rosto antes de perguntar. — Onde ele está?

— Provavelmente com a *nonna*. Todo dia de manhã agora antes da escola, ele gosta de deitar na cama com ela.

Nonna tem piorado um pouquinho mais a cada dia. Agora, sua mobilidade está um pouco prejudicada, o que a tem feito ficar mais na cama. Aos poucos, tudo vai parando com o Alzheimer. Os acometidos esquecem como andar, como falar, como comer... Como ser quem sempre foram, completamente.

— Vou tentar vê-los de longe. — Ajeito a bolsa no braço e mando um beijo no ar antes de andar até a porta da frente e seguir com cuidado pelo corredor, chegando ao quarto de *nonna* Giulia.

Os dois estão virados de frente um para o outro. Enrico alisa as faces dela, contornando as linhas de expressão. Estas estão tão marcadas nas feições da *nonna*, que, aos poucos, seu rosto fica cada vez mais envelhecido.

— Já vou para a escola, *bisnonna*. No almoço estarei de volta.

Minha avó apenas concorda com a cabeça. Depois, pergunta:

— Por que você está triste?

Enrico ri.

— Quem te disse isso?

— Eu lembro, você estava triste ontem. Não venha me enganar.

Meu filho fica um pouco espantado. Acho que eu também. Quem entende? De repente temos tudo dela e, em um piscar de olhos, não temos mais nada.

— Ah, vai passar, *bisnonna*. É que... — Enrico suspira antes de terminar. — Eu sinto falta da minha mãe. — E, neste momento, não consigo me segurar. As lágrimas chegam tão rápido que não tenho tempo de tentar impedi-las. — Mas, eu não sei se quero ter outro pai. Eu gosto do que eu sempre tive. É estranho... pensar que não vim dele.

Nonna escuta com atenção tudo que meu menino fala, enquanto enxugo o rosto tentando não fazer barulho.

— Seu pai não é seu pai? — questiona.

Enrico afirma com a cabeça.

— Sim, eu já te contei isso. Mas tudo bem. Conto de novo quantas vezes for necessário, a senhora não precisa lembrar todos os dias. — Com compreensão, ele beija a bisavó e alisa seu cabelo.

— E seu novo pai não é legal?

Meu filho fica alguns segundos mudo e parece pensar. Quando respira fundo e volta a falar, a voz sai como um sussurro.

— Sim, ele é legal. Um dos caras mais legais que já conheci. Só que... — pondera as próximas palavras, e o que responde é: — É complicado.

Ele se senta na cama e bufa.

— Se ele é legal, não seria legal ter um pai legal?

— Mas meu pai também era legal — afirma com pressa.

— Onde está seu pai que era legal?

Enrico olha para *nonna* deitada e suspira, brincando com o lençol da cama.

— Está no Céu agora.

— Ah, que pena, querido!

— É, uma pena. — Concorda com a cabeça.

— Seu outro pai que é legal está onde?

Ele entorta a boca em um bico.

— Do outro lado da praça. — Seu olhar agora é baixo e ele foca nos dedos, que apertam o tecido fino da cama com força.

— Está tão perto, meu bem! — Um sorriso ilumina seu rosto. Esse quarto. A casa inteira. — Muito mais perto que o Céu, não?

Ele ri do pensamento dela, assim como eu.

— Um pouquinho mais, talvez. *Mamma* me ensinou que, na verdade, o Céu está dentro de mim.

Essa é uma conversa que sempre tivemos desde que a minha sogra faleceu e Enrico teve sua primeira grande perda na vida. Ele só tinha seis anos quando ela se foi. Essa foi a forma que encontrei de dizer ao meu menino que sua *nonna* jamais iria embora, porque moraria para sempre dentro do seu coração.

— É uma boa forma de ver a vida. — Ela suspira e emenda: — Então, talvez você queira ter os dois, por que não? Um que esteja aqui, do outro lado da praça, e outro que mora no Céu que está dentro de você?

Meu filho parece ponderar suas palavras e, no meu íntimo, abraço *nonna*.

Contra todas as possibilidades diante de uma doença que a apaga de si mesma dia após dia, ela ainda é mais sábia do que todos nós. Ainda consegue fazer seu papel de conselheira, mesmo perdida em um espaço ao qual parece não mais pertencer.

Todos esses dias que se passaram desde que Stefano e eu descobrimos que Enrico é seu filho, eu penso em suas palavras naquele dia, na cozinha aqui da casa dos meus pais:

O destino de Betina sempre esteve em Carloforte.

Vou saber de fato um dia por que ela disse isso? Acho que não. Mas, no fim, *nonna* tinha razão. Todos os laços feitos e desfeitos da minha vida, no fim, me trouxeram de novo para cá, onde de agora em diante está a minha felicidade.

Entre a dor das perdas que tive pelo caminho, voltar me permitiu não colecionar mais uma: não poder desfrutar do seu amor e da sua doçura até seu último dia. E me faz feliz saber que estarei aqui quando esse momento chegar.

Quanta sorte eu tenho na vida por tê-la.

Meu garoto se levanta sem responder e eu me escondo um pouco mais.

— Preciso ir, *bisnonna*.

— Podemos ir à casa dos meus pais? Minha mãe vai fazer bolo hoje, estou com saudade do bolo dela.

Enrico a olha e faz que sim com a cabeça, como todos nós fazemos em todos esses seus episódios.

— É claro! Coloque um vestido bem bonito, vou te levar lá quando voltar. — Ele se abaixa, beija sua testa e diz: — Io ti amo.

E entre lágrimas, um orgulho absurdo do garoto que Marco e eu criamos, e a gratidão que sinto por poder desfrutar deste momento, olho para os dois pela última vez, antes de sair devagar pelo corredor por onde vim, para que ele não me encontre.

Capítulo 40

Stefano

Confesso que esperei que hoje, inauguração da nova Ferri de Carloforte, Enrico já teria, pelo menos, nos dado algum tipo de abertura. A verdade é que não durmo desde aquela conversa, assim como Betina. Mas ela não precisa saber disso. Alguém precisa ser forte e lidar bem com a situação. Se preciso fingir que essa pessoa sou eu, não me importo.

Enviei uma mensagem para ele, convidando-o para esse dia tão importante para a história da nossa família. Estamos expandindo o negócio onde nascemos, e isso é algo que não tem preço para mim. Disse o quanto apreciaria sua presença, porque de fato é uma das que mais me importa.

Ele é meu filho.

E mesmo que não tenhamos vivido uma vida juntos, ainda assim, pertencemos um ao outro e não há nada que vá mudar isso até o fim dos nossos dias.

Não recebi resposta, mas estou confiante de que, quem sabe, ele possa mudar de ideia e aparecer por lá.

Sinto falta dele. Sinto falta do meu amigo. Do garoto de sorriso fácil, que me fazia feliz por eu ser perna de pau só para vê-lo alegre ao ganhar de mim no futebol, e do menino que conta vantagens por ser melhor no videogame.

Sinto falta do meu companheiro de piscina. Do meu criador de novos sabores de *gelato*.

Sinto falta de vê-lo feliz quando me vê.

Sinto falta de que meu garoto goste de mim.

Tina e meus pais acabaram de partir para a inauguração. Estou na porta de Betina aguardando para levá-la junto comigo. Quando abre seu portão, o pequeno sorriso da *mia ragazza* ilumina toda a escuridão na qual ando afundado. O vestido de flores que cobre suas pernas até as coxas, as sandálias altas e o cabelo solto que eu amo são o conjunto irresistível para tirar qualquer homem da miséria.

Não há como ficar triste por tempo demais sendo quem Betina Cerutti escolheu para amar.

O cheiro de morango com champanhe brinca com todos os meus sentidos e meu sorriso é o primeiro a dar as caras, antes do meu desejo de esquecer toda essa coisa de inauguração e gastar horas incontáveis venerando seu corpo e sentindo seu gosto em minha boca.

— Gosto de pensar que sempre fui um homem de sorte, mas toda vez que a vejo, linda desse jeito, penso o que foi que fiz de tão especial para Deus não brincar em serviço comigo.

O som da sua risada acerta em cheio o meu coração. É o meu favorito, junto com a voz de Enrico.

— Bem, eu poderia então fazer o mesmo questionamento para ele, não é? Veja só quem é que está à porta da minha pequena casa me dizendo coisas como essa? O rei do *gelato* de toda a Sardenha. O homem por quem as mulheres desta comuna e de toda a ilha dariam qualquer coisa para ter apenas um minuto de atenção!

Puxo-a pela cintura e Betina ri se segurando nos meus braços. Tomo sua boca na minha sem pressa, e ela não se importa em me entregar a sua como busco: lentamente, sentindo devagar o gosto de cada cantinho que minha língua percorre, tendo a certeza de que nunca, em qualquer dia da minha vida, deixarei de achar que um beijo em minha mulher não me trará uma novidade. Cada um deles é ainda melhor do que o anterior.

Ela alisa meu rosto e o segura, dando-me um último selinho.

— Ele não vai mesmo? — faço a pergunta que não sai da minha cabeça.

Minha garota suspira e seu sorriso desaparece.

— Acho que não. Meus pais ficarão com ele.

Passa a mão pela minha blusa, fingindo arrumar algo que nem precisa arrumar.

Sinto meu coração se quebrar em mais um pedaço. Um dos muitos que ele tem sentido partir com tudo o que está acontecendo.

Tento me manter no modo otimista para que Betina não se deprima ainda mais.

— Tudo bem. Teremos muitas Ferris para inaugurar ainda. Em uma delas, com certeza, ele estará lá.

Ela me devolve um sorriso gentil e afirma com a cabeça.

— Bem, vamos? Acho que você já está atrasado para o seu próprio evento — conclui, fechando o portão atrás de si. Dou uma conferida no relógio e ela tem razão.

Damos as mãos e caminhamos até o meu carro. Em quinze minutos estaremos lá.

Quando estaciono à porta, Betina fica parada no seu lugar e olha para mim.

— Você tinha noção disso? — E aponta para a fila que está quase no outro extremo do quarteirão ao lado.

Levo alguns segundos para processar o que vejo.

O que pode parar um homem determinado com um sonho nas mãos? Quase posso ouvir a voz de *nonno* me repetindo isso todas as vezes que entrávamos para sua cozinha e começávamos as nossas criações. O que eu não daria para tê-lo por um segundo aqui, vendo tudo isso acontecer?

Sinto a mão quente de Betina segurar a minha, então me viro para ela.

— Posso te dizer que não, mas, no fundo, sim. Eu tinha. Eu sempre soube onde faria a marca Ferri chegar. O que estou vivendo hoje foi algo que agradeci no passado, mesmo que ainda não existisse. Mas olha, está aí.

Minha garota chega mais perto de mim, com um sorriso orgulhoso.

— Você é incrível, Stefano Ferri.

— Você é a mulher da minha vida, Betina Cerutti.

Ela gargalha com minha mudança de assunto e me dá um beijo rápido.

— Vamos? As pessoas estão esperando pelo dono da festa.

Brinco com a ponta do seu nariz e afirmo:

— Vamos nessa!

Desço do carro e dou a volta para abrir a sua porta. Seguro a mão de Betina e então andamos até a entrada da loja completamente lotada. Vince e Gabi são os primeiros a nos alcançarem.

— Dindo, ganhei *gelato* de graça! — Minha garotinha pula no meu colo e eu aperto Gabi entre os braços, beijando seu rosto repetidas vezes.

— Mas *gelato* na loja do dindo pra você é eternamente de graça. Venha sempre e tome quantos quiser.

Vejo Vince cumprimentar Betina e ela se afastar logo em seguida, indo ao encontro de Caterine, Tina e meus pais.

— Não fale isso com essa garota, Stefano. — Meu melhor amigo bate no meu ombro e aperta. — Seu estoque de pistache vai acabar! — Ri e completa. — Ficou incrível, cara. Parabéns! Preciso do nome da sua arquiteta para cuidar da minha franquia.

— Valeu, irmão. Peça a Tina, ela vai te passar!

Olho novamente para dentro, vendo gente entrando e saindo sem parar.

Desço Gabi do colo e já sou abraçado por outras várias pessoas. Faço sinal para Vince de que voltamos a nos falar em breve.

Aos poucos, todos os amigos de Carloforte passam por aqui. Como ação de inauguração, todo mundo tem direito a uma bola de algum sabor tradicional da Ferri, o que está tirando as pessoas da praia para se amontoarem na entrada.

A imprensa local está aqui, alguns amigos de Cagliari e Olbia até vieram.

Sinto-me verdadeiramente em casa.

Depois de algumas fotos com meus pais e minha irmã, com alguns amigos e depois com Betina, peço a palavra.

— Que bom estar aqui com todos vocês hoje. Acreditem, a Ferri não existiria se não fosse pelo pouco ou muito que cada um de vocês deixou na minha história. Não é fácil ser um cara sonhador quando se sonha só, mas é impossível parar quem sonha e sabe com quem contar. Quando eu ainda era um garoto e sabia que um dia estaria aqui, assim, fazendo o nome da minha família tomar a proporção que sempre mereceu, muitos de vocês acreditaram que eu realmente podia, e sou grato por isso. Para dar um tiro no escuro apenas por amizade ou apreço, tem que ter muita coragem. Obrigado por serem corajosos o suficiente para me ajudarem a chegar até aqui.

Ouço um coro de palmas e agradeço, porque minha intenção não é ser ovacionado. Betina está parada ao meu lado, olhando-me orgulhosa, e percebo como falta muito pouco para eu realmente me sentir um homem completo e realizado hoje.

Mas vou esperar. Vou continuar esperando quanto tempo precisar.

Continuo meu pequeno discurso quando meus olhos são atraídos para a porta da loja. Lá no fundo, bem encostado ao batente, estão aqueles cabelos escuros e escorridos. Pela altura de algumas pessoas, não posso o ver completamente, mas em mil quilômetros de distância eu ainda saberia quem é.

Betina olha para mim, mas vira o rosto na direção que observo. Quando vemos seus pais, não há mais dúvidas.

Nunca senti meu coração bater tão forte e acelerado como agora. É um sentimento muito diferente de qualquer coisa que vivi nos meus trinta e seis anos de vida.

Sinto a palma das mãos suadas ao mesmo tempo que me esforço para manter o raciocínio e não me perder na minha fala.

Não posso expor o meu garoto dessa forma. Quase ninguém sabe o que está acontecendo aqui agora.

Ela segura forte minha mão e percebo que Betina também está tremendo. Termino minhas palavras, sou outra vez ovacionado, e aos poucos as pessoas vão se espalhando pelo salão, ou saindo para tomar seu *gelato* do lado de fora.

Agora posso, enfim, ver seus olhos.

Enrico está de braços cruzados, quietinho, olhando para mim e para a mãe. Nós dois ficamos no lugar, sem conseguir dizer sequer uma palavra um ao outro.

Os pais dela chegam perto do garoto, dizem alguma coisa ao pé do ouvido, então seus pés se movem, bem devagar, na nossa direção.

— Eu vou desmaiar — Betina sussurra, respirando com dificuldade. — Dio, ele está vindo.

— Calma, amor — peço a ela, mas eu mesmo não consigo me manter bem.

Porra! É o meu filho.

O meu filho!

As poucas pessoas que estão aqui e sabem de tudo, param no lugar, emocionadas ao assistir ao que está acontecendo aqui.

Enrico enfim para de frente para nós dois, ainda calado. Ele fecha as mãos em punho, olhando da mãe para mim, de mim para a mãe.

— Eu posso conversar com vocês dois? — pergunta, muito tranquilo.

Quando percebo que meu coração pode sair pela porra da minha boca neste exato momento, sinto uma felicidade insana tomar conta do meu corpo.

Aperto os dedos de sua mãe entre os meus, quando ela diz baixo ao nosso filho:

— Claro que podemos, filho.

Betina sorri, com a boca tremendo.

— Vamos ao escritório? — pergunto aos dois.

Ele ainda me olha, desconfiado, mas afirma com a cabeça, sem dizer mais uma palavra.

Quando levanto o rosto, vejo todo mundo apreensivo, menos Vince, que pisca para mim como quem diz: vai lá, cara. É o seu garoto!

Agradeço com um sorriso e mostro para ele o caminho. Enrico vai à frente, sua mãe e eu seguimos logo atrás.

Quando fecho a porta do pequeno cômodo, convido-os para se sentarem no sofá de dois lugares. Puxo minha cadeira e coloco de frente para eles. Betina treme tanto que preciso colocar uma mão sobre a dela para lhe dar algum suporte.

— Somos todos ouvidos, Enrico — começo e ele olha na minha direção.

Suas mãos estão cruzadas entre as pernas e agora olha para elas.

— Eu pensei muito em todos esses dias na casa do *nonno*... — começa. Ele fica calado por alguns segundos, depois volta a falar: — Não sei se gosto de ter outro pai. É estranho.

— Nós compreendemos, querido — sua mãe responde. — Não queremos que entenda isso de um dia para o outro. Nós ainda temos muito o que conversar, o que te contar. É um processo que viveremos juntos.

Ele volta a olhar para as mãos, depois para o lado. Observo cada pequeno movimento de Enrico, agora com outros olhos. O sentimento que tenho é de que acho tudo nele perfeito. Tudo.

A paternidade faz isso com a gente, não faz?

Meu garoto é o moleque mais foda e bonito que já conheci em toda a vida.

— Pedi à professora de Biologia para me explicar sobre o que eu tenho e sobre quais as chances dos meus pais não terem o gene. Ela me disse que não existia mesmo a possibilidade, então pensei que, para mim, por mais difícil que seja pensar que meu pai não é mesmo meu pai, sei que vocês não estão mentindo para mim. Eu procurei na internet também, e sei que você sabe... — Olha para a mãe e diz: — Porque o *nonno* viu e ele é um fofoqueiro, como esta cidade inteira.

Quero rir, mas sei que não posso.

— Nunca faríamos isso, medalha de ouro. Nunca. — Aproximo mais a minha cadeira. — Você é o cara mais importante da nossa vida. Muito antes de descobrir o que descobrimos, você já era. Eu escolhi não desistir do que sinto pela sua mãe e, mesmo que você não fosse o meu filho de verdade, sabe que seria meu filho no meu coração.

Agora ele resolve nos olhar, um pouco mais confiante, mas mordendo os lábios.

— Eu aceito fazer o teste de DNA.

Betina ofega enquanto meu mundo para por alguns segundos.

De tudo o que eu achei sensacional saindo da boca do garoto que sempre me surpreendeu por sua inteligência e maturidade acima da média para sua idade, essas palavras foram as mais bonitas até hoje.

Não é sobre ser ou não o seu pai.

Eu sou.

É sobre assistir ao Enrico dar o primeiro passo na direção de nós três.

Betina me olha sorrindo ao mesmo tempo em que chora. E eu preciso me segurar para que as minhas próprias lágrimas não me entreguem agora.

— Mas não espere que eu te chame de pai — logo me avisa.

Ok. Paciência, Stefano. Paciência...

— Nada que você não queira, campeão. Tudo no seu tempo. — Pisco para ele.

— Obrigada, filho! — Betina solta a minha mão, buscando Enrico em um abraço.

Nosso menino não o nega, e agarra a mãe com força. Fico de espectador, assistindo às duas pessoas mais importantes da minha vida se reconciliando.

Que do caralho! Puta merda! Como eu amo esses dois.

Eu daria a minha vida e tudo o que eu tenho por eles.

Os dois se separam e Enrico enxuga o rosto da mãe. Ele olha para mim e não faz menção de me dar um abraço ou ser tão íntimo como foi com Betina.

Tudo bem. Um dia de cada vez.

Ele me deu o melhor presente que eu poderia receber hoje, não vou exigir demais da vida.

— Obrigado, cara! — agradeço, e Enrico faz que sim com a cabeça, sem dizer outras palavras. Antes que decida ir embora, digo: — Preciso te mostrar uma coisa. Você pode vir comigo?

Ele olha para a mãe, que afirma com a cabeça. Quando volta a olhar na minha direção, enfim solta a voz.

— Tudo bem.

Nós três nos levantamos e eu abro a porta do escritório para sairmos. Ao voltar para o salão, as pessoas estão espalhadas, sem dar muita atenção para nós três.

Levo Enrico até a frente do balcão, onde estão todos os *gelatos* da nova Ferri. Quando seus olhos veem o que quero mostrar, arregalam-se.

Nutellorango ou Morantella, by Enrico Cerutti Benedetti ao lado do Dolce Betina.

— Trouxe como edição limitada para a inauguração da loja. Se fizerem realmente sucesso, vão se tornar sabores oficiais da *Gelateria* Ferri. Metade de tudo o que for vendido é seu. Sua mãe manteve a conta que seu pai abriu para você, e nós vamos depositar tudo lá. Quem sabe, além de um ótimo nadador, você também seja um grande empreendedor?

Pela primeira vez desde aquele dia, meu filho me encara com emoção. É diferente daquele mesmo olhar que me deu ao afirmar que eu jamais seria seu pai. É diferente de todos os outros olhares que recebi de Enrico quando ele passava pela porta da Ferri na volta do treino e simplesmente me ignorava se me via por lá. E, *Dio mio*, eu estive lá todos esses dias. Eu torci em cada um deles para que aquele fosse o dia em que ele me daria o seu sim.

— Você está vendendo o *gelato* que eu fiz para o meu pai... — Seu olhar vai do balcão para mim.

Sua voz é quase um sussurro.

— Por que eu não venderia?

Seus lábios tremem, mas Enrico é durão demais para chorar aqui e agora.

— Eu posso... — Aponta para o balcão. — Experimentar o meu pai e a minha mãe, juntos?

Meu sorriso nasce antes no meu coração até chegar ao meu rosto. Afirmo com a cabeça e peço minha atendente:

— Sirva a quantidade que ele quiser dos dois, por favor! Ele é o artista. Deixe que saboreie sua obra-prima.

Betina está ao nosso lado assistindo a tudo e parece não acreditar.

Eu mesmo não acredito.

Não sei o quanto de chão ainda terei de andar até poder entrar no terreno que é seu coração, mas darei cada um desses passos sem medo do que vem a seguir.

CAPÍTULO 41

Betina

Estamos com o resultado de DNA em mãos há, mais ou menos, duas horas.

Enrico e Stefano estão sentados na grama do parque de Carloforte, cada um com uma cópia. Sentada entre os dois, aguardo pelo momento em que todos juntos veremos o que diz o papel.

Mesmo sabendo o que está escrito ali.

Desde que meu filho voltou para casa, sutilmente tem me perguntado sobre coisas do meu passado e de Tefo. Como era a nossa infância, nossa adolescência, se eu fui apaixonada por ele e porque nunca cogitei que Stefano pudesse ser o seu pai de verdade.

Fui sincera a todo momento. Contei sobre como as coisas aconteceram e porque, em nenhum momento, pude pensar nessa hipótese.

Ele me ouviu com toda sua compreensão e maturidade acima do que se espera de um garoto da sua idade.

— Estou pronto, campeão. Podemos abrir quando você quiser — Stefano se manifesta ao meu lado.

Meu filho olha em sua direção e o encara. Enrico respira fundo e somente balança a cabeça.

Pensei que estaria mais nervosa, um pouco mais aflita, mas sinto meu coração completamente em paz.

Sonhei com Marco.

E no meu sonho, ele corria feliz por um campo gramado, chamando a mim e Enrico. Nós dois íamos correndo até ele, mas nunca o alcançamos. Quanto mais corríamos, mais longe ele ficava de nós.

Até que Stefano apareceu entre nós dois, sorriu para mim e para o meu filho, nos deu a mão e correu conosco. Marco não estava mais ali, mas o tempo todo é como se estivesse. Como se esperasse apenas que Stefano aparecesse para poder seguir em paz.

Não sei até onde consigo acreditar em certas coisas, mas de alguma forma meu coração me disse que aquilo era um recado. Marco só se foi porque Stefano precisava entrar em nossa vida.

Vejo o exato momento em que eles rasgam o pedaço do envelope lacrado e tiram o exame de lá. Acho engraçado porque, mesmo que não percebam, ambos abrem a folha ao mesmo tempo.

Olho por cima, vendo onde Enrico passa os dedinhos. Viro-me para o lado, e Stefano está olhando para o mesmo lugar.

"O alegado pai não está excluído como pai biológico da criança testada. Baseado nos resultados obtidos na análise dos locus de ADN listados, a probabilidade de paternidade é de 99.99998%. Esta probabilidade de paternidade é calculada comparando indivíduos aleatórios não relacionados da população Caucasiana (assumindo uma probabilidade inicial igual a 0.50)."

De repente, um sorriso brota no rosto de Tefo, que nem consegue esconder.

Ele me olha, completamente emocionado, e diz baixinho:

— É verdade, baby. Está aqui...

Balanço a cabeça, afirmando, sorrindo junto com ele, enquanto nós dois olhamos para Enrico, ainda em silêncio. Nossas mãos se unem e eu aperto os dedos de Stefano com certa força entre os meus. Meu filho confere as letras várias vezes. Consigo acompanhar o movimento que seus olhos fazem. Ele levanta a cabeça para nos encarar.

— Está tudo bem, querido? — pergunto e ele morde os lábios, encarando o pai.

— Você está feliz? — questiona diretamente para ele, com os olhos curiosos, cheios de lágrimas. — Que é o meu pai de verdade?

Sinto o quanto Tefo não estava nem um pouco preparado para isso. Ele afirma com a cabeça repetidas vezes.

— Só me senti feliz assim quando sua mãe me disse que estava apaixonada por mim.

— Não quero que pense que eu não gosto de você — nosso filho diz, respirando fundo. — Eu te adoro. Você foi a pessoa que mais me acolheu quando eu cheguei aqui, em um lugar que não é onde todos os amigos que eu tinha estão. E você se tornou alguém muito importante na minha vida, e sei que é na vida da *mamma* também... Mas eu já tenho um pai. Um pai que me amou. Que me ensinou as coisas que eu sei. Que brincou comigo de carrinho e que me ajudou a andar de bicicleta sem precisar das rodinhas — meu filho parece recorrer às memórias agora.

Stefano apenas concorda.

Sei o quanto pensar nisso o machuca.

Ferri quis saber tudo sobre Enrico. Tudo.

Perguntou como foi cada coisa.

Como foi quando seu primeiro dente caiu. Qual foi a primeira palavra que ele disse. Como foi o primeiro dia na escola e qual era sua brincadeira preferida quando pequeno.

Tefo quer, de alguma forma, não perder do nosso filho mais do que já perdeu.

— Não quero parecer uma criança boba que briga por coisas que não entende. Eu entendi, está escrito aqui. — Aponta para o exame, depois nos olha outra vez. — Mas eu não sei se estou bem com isso ainda. Então queria pedir que respeitassem isso. Não vou embora de novo para a casa da *nonna*, nem fazer alguma coisa que deixe vocês preocupados. Mas preciso de um tempo... para me acostumar.

Seu olhar corta o meu coração.

Deus sabe o quanto eu daria de mim para não ter que ver Enrico passar por isso.

— Você tem o tempo que precisar, campeão — Tefo solta a voz. — Eu te disse aquele dia, e não volto atrás nas minhas palavras. Não posso mentir e dizer que não estou ansioso pelo dia em que vai me reconhecer como seu pai, mas sei também que nada do que conhece da sua vida até aqui me inclui nesse papel. Eu vou ter paciência, não se preocupe. E continuo sendo seu amigo, o mesmo cara de sempre. Nada mudou, medalha de ouro. Nada.

— Sei que seu coração já se perguntou várias vezes como isso pode ter acontecido, filho — falo. — Como vivemos uma vida inteira sem imaginarmos algo assim. Eu também já me perguntei, mas agora sei que tinha que ser assim. Nunca vamos deixar de amar seu pai. Nunca. Ele foi e sempre será uma das partes mais lindas de nós dois. — Pego sua mão na minha. Está tão quentinha... — Tenho certeza de que ele continua cuidando da gente como sempre cuidou, mesmo de longe. Também sei que a única coisa que desejaria é que seguíssemos felizes. E é bom sabermos a verdade sobre nós, não é?

Ele faz que sim com a cabeça.

— Tefo e eu não tivemos um bom começo juntos. Ele me magoou, mas eu permiti que ele fizesse isso. Abri meu coração para alguém que não estava interessado em habitá-lo. Eu conheci Marco e seu pai coloriu os meus dias como Stefano não seria capaz naquele momento. — Enrico presta atenção em tudo o que eu digo. — Seu pai fez de nós dois uma família, você e eu. E nós fomos tão felizes, não fomos? Tivemos os melhores dias juntos que poderíamos ter. Mas, agora... a vida se encarregou de nos trazer para quem nos fará felizes como sempre fomos, daqui em diante, *tesoro*. E ele... Ele também é seu pai.

— Sim, eu sei. — O calor do corpo de Tefo abraça o meu por trás. Ficamos observando nosso menino enquanto ele termina: — Só não consigo lidar com isso agora. É muito para mim. Me sufoca.

Ele solta o ar pesadamente. Stefano beija meu rosto, porque vê que fico um pouco aflita.

— Eu posso ir embora? Quero ficar um pouco sozinho. — Enrico se levanta.

Faço o mesmo que ele, com Stefano logo atrás.

— Sozinho? — pergunto, com medo de ver meu filho se fechar outra vez.

Tefo coloca as mãos nos meus ombros e eu o encaro. Ele pisca para mim e responde:

— Claro, cara. Vai lá.

— Mas para onde você vai? — questiono rápido, antes que meu filho comece a andar.

— Vou para a academia treinar. Depois volto para casa.

Eu me seguro no lugar, porque quero ir atrás e abraçá-lo. O pai dele não deixa.

— Dê um abraço em Germano por mim — finaliza, deixando que Enrico se afaste da gente.

— Você não acha que ele vai fazer alguma bobagem, acha?

— Claro que não, Betina — afirma, pegando o celular e mandando mensagem para alguém. — Avisei para Tina ficar de olho nele. Ela não está em Caterine hoje.

Assim que vê nosso filho saindo pela entrada do parque, suas pernas cedem e ele cai sentado na grama, depois deita o corpo inteiro.

Stefano solta um grito alto, uma mistura de riso com choro, colocando as mãos no rosto.

Ele se segurou esse tempo todo para que Enrico não o visse assim.

— Ele é meu filho. Eu sou pai, cacete... Eu sou pai, Betina. Sou pai do seu filho!

Eu me deito ao seu lado, rindo e emocionada ao mesmo tempo. Ele vira o rosto na minha direção, os lábios sorridentes banhados pelas lágrimas.

Acho lindo como Stefano Ferri, assim como Marco, não é um homem que tem medo de demonstrar emoções.

Ele olha de novo para o papel, aponta para as palavras e diz:

— Ele é meu filho.

— Sim, ele é — devolvo, sem conseguir parar de sorrir.

— Eu vou me esforçar todo santo dia, amore, para que ele saiba que serei um pai à altura do que Marco foi.

— Ele sabe que será. Enrico não se apaixonou por você à toa ou só porque você faz um *gelato* como ninguém.

Sua cabeça tomba e ela mira meus olhos mais uma vez. Uma risada nasce dos seus lábios.

— Quero ter mais filhos com você — solta assim, de repente. Dou uma gargalhada, mas de susto. — Eu quero viver cada segundo disso com você. Saber como é tudo o que perdi com Enrico. Quero ser pai do começo ao fim.

— Você só me engravidou uma vez sem ter compromisso comigo, senhor Stefano Ferri. Da segunda, só com aliança no dedo — brinco, e essa cara de sorveteiro safado que ele tem me desmonta inteira.

— Não haveria de ser de outro jeito, meu bem. Dessa vez, farei tudo certo, do jeito que você merece.

Sua mão quente captura meu rosto ao mesmo tempo em que minha boca dispara ao encontro da sua. As pessoas andam ao nosso redor, mas a gente nem se importa.

A língua de Ferri me provoca como se estivéssemos entre quatro paredes, eu arfo, de desejo e de adrenalina. Saímos de comemorar a paternidade dele para nos provocarmos com um beijo indecente em público.

— Meu Deus, estou com tanto tesão em você. Isso deveria ser errado, não? Nosso filho está triste porque é meu filho e eu estou aqui, pensando em me afundar entre as suas pernas.

— Isso se chama TPR — respondo bem séria, ainda tentando controlar a respiração.

— O que é isso? — Fica extremamente curioso.

— Tesão de pai recente.

Quando ele percebe que inventei uma baboseira qualquer, pula para cima de mim.

Dou um grito alto, rindo, e Stefano me segura, imobilizando.

Estudo seu rosto tão lindo, encarando-o assim de perto. Seus traços marcantes, a barba aparada perfeitamente, os olhos que me devoram...

Amo tudo neste homem.

A gargalhada de Stefano reverbera do seu peitoral por todo o meu corpo. Seu hálito me abraça e me faz sentir em casa.

— Obrigado pelos dois melhores presentes que já ganhei na vida, *bella*... — Seus dedos brincam por meu rosto e eu fecho os olhos, só para aproveitar cada segundo deste momento. — Seu amor e nosso filho. Juro que não preciso de mais nada na minha vida.

— Nem eu, meu amor. — Sorrio enfim, totalmente em paz. — Nem eu.

Capítulo 42

Stefano

Três meses depois...

Saio do prédio no centro de Milão em direção ao meu hotel.

Vim à cidade por dois motivos. O primeiro: estou em fase de negociação para a compra de uma rede de *gelatos* locais. Ela tem feito sucesso por toda a região da Toscana e minha equipe viu um grande potencial de expansão da marca, por isso viemos hoje formalmente fazer a oferta de compra.

O segundo: Enrico está aqui.

Libero meu gerente de negócios para curtir a cidade enquanto penso nos milhares de coisas que ainda preciso fazer hoje.

Meu telefone toca e vejo a imagem da minha garota na tela.

— Ei, amor — atendo de imediato. — Como estão as coisas por aí?

— Tudo ótimo, meu bem. E por aí?

— Acabei de sair da reunião. Eles gostaram bastante da proposta. Pediram uma semana para a posição final.

— Tenho certeza de que a Ferri vai conseguir! O que é que vocês não conseguem?

Ouvir qualquer coisa na voz dessa mulher faz meu dia melhor.

— Nem acredito que vou te ver em breve — solto, já cheio de saudades.

Enrico está em uma competição de natação aqui em Milão. Betina está completamente atarefada com a Casa Izzo e agora com o Cerutti Cucina, então lhe deu permissão para que viajasse sozinho aos cuidados de Germano e sua equipe. Mas a verdade é que preparamos uma surpresa para ele. Reagendei meus compromissos, Betina contou com a ajuda de Tina e a mãe para comandar as coisas na sua ausência e ela está vindo para cá amanhã cedo, e assistirmos à final.

Ele ainda não me chamou de pai. Ainda tem certa dificuldade de interagir comigo quando estamos sozinhos, mas já o peguei várias vezes cedendo quando alguma coisa lembra momentos que tivemos juntos e de que gosta de recordar. Começa a contar, ri daquilo, até perceber que está abrindo o coração para mim.

Amo quando isso acontece, porque me mostra que estamos no caminho certo.

Aos poucos, Enrico tem dado abertura aos meus pais, que estão completamente apaixonados por ele. Meu pai o ensinou a montar um cavalo na casa de campo, mostrou-lhe outro dia como se prepara a terra para plantar tomates, cenouras e outros vegetais e agora estão trabalhando em um sistema artesanal de irrigação de horta.

Tina me enche a paciência dizendo que vai ensiná-lo tudo de errado, mas na verdade trata o menino como se ele fosse quebrar. Até Betina acha graça do seu cuidado exagerado com Enrico.

Minha mãe faz tudo o que o neto quer. Qualquer comida que o medalha de ouro disser que pensou em comer, em breve na mesa dos Ferris terá.

— Estou contando os segundos para isso, sorveteiro. — Minha mulher ri, sabendo o quanto me provoca falando assim.

Sorrio do lado de cá, aguardando que o sinal de pedestres se abra para mim.

— São doze horas até este momento, não é? — Confiro no relógio.

— Quem sabe um pouco menos? — brinca.

Escuto o barulho de água do outro lado da ligação.

— Está tomando banho, *bella*?

— Sim, estou.

E de repente percebo como estou morrendo de saudades de Betina. Muito mais do que imaginei.

— Queria estar nesse chuveiro com você. — Olho para os lados antes de atravessar.

— Já está perto do hotel? — Quer saber.

— Posso ver a fachada de onde estou.

— Se você correr um pouco, quem sabe consiga tomar banho comigo?

Meus pés param no lugar.

— Você está aqui, Cerutti?

A risada que vem do outro lado da linha enche meu peito e me atravessa inteiro. O sorriso nos meus lábios torna-se inevitável.

— Cheguei há uns quinze minutos.

Só me dou conta de que comecei a correr quando quase colido com um casal de idosos no meio do caminho. Passo pela recepção tão rápido que nem olho para os lados. Aperto o botão do elevador e espero impaciente que ele chegue até o térreo.

— Me espera. Eu chego aí em dois minutos. Eu juro — imploro para minha mulher.

— Estou te esperando — responde antes de desligar.

Umas dez pessoas entram comigo no elevador e cada uma vai descer em um andar diferente.

Porra, Stefano! Para quê ficar em um andar tão alto, cacete?

Praguejo para mim mesmo enquanto conto os segundos intermináveis em que o elevador fica parado a cada vez que abre a porta.

Tamborilo os dedos na minha pasta, impaciente, até que o letreiro mostra que, finalmente, cheguei ao mesmo destino.

Passo tão rápido pelas outras pessoas que ouço alguém reclamar que pisei no seu pé, mas quem se importa? Betina está somente há alguns metros de mim, nua, debaixo do chuveiro.

Atrapalho-me para pegar meu cartão-chave no bolso da calça, mas quando, enfim, a porta destranca, dou de cara com as coisas dela pelo quarto. No sofá, uma roupa nova e alguns cosméticos, enquanto pelo caminho, suas peças de roupa usadas estão espalhadas.

Largo minha pasta na mesa e desfrouxou a gravata. Meus pés se livram dos sapatos e me equilíbrio para puxar as meias e jogá-las para trás. Desfaço rapidamente dos botões da minha camisa e puxo do meu corpo assim que entro no banheiro, vendo o vapor do banho quente de Betina tomar todo o ambiente.

Abro o botão e o zíper da minha calça e me livro dela junto com a cueca, reservando no canto do banheiro.

Assim que abro o boxe, dou de cara com minha garota de olhos fechados, molhando os cabelos. Ela canta alguma coisa desafinada que está só na cabeça dela e eu não me aguento, puxo-a pela cintura e ela grita, rindo em seguida.

— Por que você não me disse que viria antes?

Meus lábios têm urgência de tomar os seus, e eu não deixo que ela responda de imediato. Procuro sua língua com certa fome, e seus braços se apoiam em mim, pelo meu pescoço. Betina me beija da maneira que busco e, de repente, tudo parece estar certo, porque tudo em mim só faz sentido quando estou ao lado dela. Com ela.

Sinto seu gosto tão fresco, o seu cheiro que é toda a minha perdição. Minhas mãos descem pelo seu corpo esguio, sinto sua pele macia, molhada e deliciosa.

— Se eu dissesse... — Interrompe nosso beijo e me responde: — Não seria uma surpresa.

Molho meus cabelos debaixo da água, enquanto a puxo para mais perto, não querendo perder qualquer contato entre nossos corpos.

Ela está tão linda.

Eu amo essa mulher e, para mim, não existe nenhuma outra igual a ela. Tão linda quanto ela. Mas, desde que descobri que Betina Cerutti é a mãe do meu filho, toda beleza do mundo, aos meus olhos, mora em cada pedacinho seu.

— Nem posso dizer o quanto amei — devolvo, buscando o shampoo que está ao nosso lado e derramando uma porção nas mãos.

Ela sorri e se vira de costas para mim. Meus dedos entram pelos seus fios negros e curtos e lavo devagar seus cabelos enquanto Betina solta um gemido. Dou uma risada.

— Dio! Isso era tudo de que precisava — diz baixinho.

Esfrego seu couro cabeludo com calma, massageando, e em seguida ajudo minha mulher a lavá-lo. Quando tiramos toda a espuma, abraço-a e beijo o ponto que liga seu ombro e o pescoço. Ela arfa.

— Como é bom ter um tempo com você, sem precisar correr. Essa sua agenda de empresária anda muito agitada. — Faço uma brincadeira com ela, que segura meus braços na sua barriga, me mantendo firme contra suas costas.

— Você não pode estar falando sério. Já olhou sua agenda antes de falar da minha?

Solto um dos braços e alcanço o sabonete. Giro entre os dedos fazendo espuma e volto minha mão para ela, começando a ensaboá-la. Automaticamente, minha mulher abre as pernas quando meus dedos escorregam entre elas. Sinto o exato momento em que sua pele arrepia completamente.

— Ela está livre neste exato momento, inclusive.

Ouço a risada dela enquanto meus dedos deslizam por sua boceta. Ela tomba a cabeça para trás, encostando em meu ombro e aproveito para deixar um beijo no seu queixo. Faço o mesmo com a outra mão, enchendo de espuma e começo a explorar o corpo de Betina, que solta alguns gemidos.

Deliziosa!

Ensaboo sua barriga enquanto a toco, subindo devagar e encontrando seus seios, que eu deixo cheios de espuma. Ela se contorce devagar, empurrando a bunda contra o meu pau, que agora já está completamente de pé.

Lavo seus ombros e a empurro um pouco para frente para me dedicar às suas costas também. Deixo a espuma se espalhar pela sua bunda, esfregando com cuidado e ela coloca as duas mãos no box, como se estivesse esperando por mim. Mas não vai ser aqui. Hoje não.

Hoje vou fazer amor com essa mulher.

Só amor. Do jeito que Betina Cerutti merece.

Deixo a água levar tudo do seu corpo, ajudando com a mão. Os sons da sua garganta são todos baixos e eu amo cada um deles.

Quando desligo o chuveiro e abro o boxe para puxar a toalha, Betina se vira na minha direção, com aquele sorriso que me tem por completo.

Envolvo seu corpo com ela e a ajudo a se secar devagar. Os olhos de Betina se fecham, aproveitando cada segundo.

— Amo quando você cuida de mim. — Suas palavras são tão sinceras.

Sinto-me tão sortudo por ser quem as recebe...

— E eu amo poder cuidar de você, *bella*.

Pego outra toalha para secar seus cabelos. Enquanto aliso os fios, ela fica na ponta dos pés e me dá um beijo rápido.

Pego uma toalha, enrolo na minha cintura e levo Betina para fora do banheiro. Beijando seu pescoço sem parar, ela ri se desfazendo da toalha molhada que está em seu corpo e deitando na cama.

Olho para minha mulher e tiro minha toalha, agora secando meu corpo. Ela nem faz questão de disfarçar e olha tudo o que quer. Para meu pau que continua duro, ela dedica mais atenção.

Dou um sorriso de lado enquanto vou até suas coisas separadas e pego aquele óleo, o de morango com champanhe. Abro e derramo uma quantidade na mão, esfregando na outra logo em seguida. Volto para a beirada da cama e digo a ela:

— Fica de costas, amor...

Betina prende o lábio entre os dentes, sorrindo feito uma criança, o que me arranca uma gargalhada. De pronto ela se vira, deitando a cabeça no travesseiro macio do hotel, dando-me a visão de suas costas e sua bunda. Respiro fundo antes de me ajoelhar no colchão e me inclinar um pouco para cima dela, espalhando o óleo desde os seus ombros até o meio das suas costas.

Ela geme baixo, um som relaxado, enquanto deixo sua pele lambuzada e com aquele cheiro de *gelato* que eu amo. Que me deixa maluco para lambê-la inteira.

— Você, definitivamente, tem as melhores mãos do mundo — sussurra enquanto passo agora pelos seus braços.

Depois, desço para sua bunda, que aliso com calma. Ela arfa e eu vejo sua boca se abrir devagar. Sua pele dourada fica tão bonita, lambuzada e arrepiada.

Desço por suas pernas, até tocar os pés, massageando as solas.

— Hummm, sim! — resmunga, com a voz afetada.

Meu pau lateja tão forte que eu mesmo solto um gemido.

Volto um pouco mais para cima e ajeito o corpo por cima do de Betina. Sinto o exato momento em que o óleo dela se espalha pelo meu peitoral e minha barriga. Ela empina a bunda na minha direção enquanto com uma das mãos seguro seus dedos, entrelaçando-os, apoiados na cama, perto da sua cabeça. Com a outra, seguro meu pau e pincelo em sua boceta que já está molhadinha, pronta para me receber.

— Que saudade de você!

Minha voz sai mais baixa do que eu previa Betina rebola devagar, fazendo com que eu entre aos poucos nela. Em segundos, estou completamente dentro.

Tão melada.

Movimento meu corpo enquanto ela enterra a cara no travesseiro. Faço meu pau sair e entrar em um ritmo lento, gostoso demais.

— Eu também. Muita... — Faz uma pausa, tentando virar o rosto e olhar para mim. — Muitas saudades.

Aumento as estocadas, chocando minha virilha contra sua bunda, e o barulho enche o quarto. O cheiro do seu corpo está me deixando completamente inebriado. Ela aperta nossos dedos enquanto empurro com mais força, deixando o gemido alto escapar da sua garganta.

— Deus, como eu amo você! — Entrega para mim, assim, de presente.

Não consigo me acostumar a Betina Cerutti me dizendo essas palavras, porque, às vezes, ainda me parece surreal.

Ainda parece, dentro de mim, que vou precisar me esforçar uma vida inteira para que jamais duvide do quanto sou louco por ela e que eu daria qualquer coisa para chamá-la de amor para o resto dos nossos dias.

Tomo impulso e vou mais rápido, metendo forte, ouvindo os pequenos gritos que ela dá. Sua boceta em torno de mim me puxando para ela, me enlouquecendo daquele jeito que ela adora fazer.

— Eu também te amo, *amore mio*. Amo tanto... Jamais vou me cansar de te dizer.

Abaixo minha cabeça, mordendo a ponta da sua orelha, chupando em seguida. Betina revira os olhos de tesão, empurrando o quadril contra mim o máximo que pode.

— É tão... Tão gostoso — gagueja as palavras enquanto me afundo ainda mais entre suas pernas, deslizando fácil.

— Eu amo como você está sempre pronta para fazer amor!

Minha mão desocupada entra por baixo do seu corpo e agarro um dos seus seios, de bico durinho. Meto mais rápido, e Betina mia.

— Quero te olhar — pede.

Aperto seu peito com força, puxando seu mamilo em seguida, antes de soltá-la e sair de Betina. Viro meu corpo na cama, deitando ao seu lado e ela mais que depressa passa as pernas ao lado do meu quadril.

Minha mulher se senta em mim, olhando-me de cima.

A porra de uma deusa!

A minha deusa. Só minha.

Os cabelos ainda úmidos caindo em seu rosto perfeito, os olhos agora negros, consumidos pelo tesão.

— Você é tão lindo, Stefano Ferri...

O sorriso que Betina dá ao dizer isso quase faz meu coração parar.

E eu juro que morreria completamente feliz agora.

Sua mão segura meu pau babado e ajeita entre as pernas. A boceta me engole tão rápido que fecho os olhos e busco fôlego. Minha mulher apoia uma das mãos no meu peito e a outra atrás dela, na cama. Com toda sua delicadeza, começa a cavalgar em mim.

Abro os olhos e fico olhando para Betina me olhar diretamente nos olhos, enquanto faz com que eu me enterre inteiro dentro dela. Ela mexe o quadril de um jeito que quase me faz gozar.

É a porra da mulher mais gostosa do mundo todo.

— Eu te amo — digo, completamente entregue, enfeitiçado pela sua beleza.

— Eu te amo mais, sorveteiro! — E rebola, safada, linda... a mulher da minha vida.

Betina toma impulso e cavalga forte e eu não consigo desgrudar meus olhos dela.

Não consigo mensurar o quanto eu tenho sorte em ter tudo o que ela me oferece: é uma companheira como poucas, pois abraça meus sonhos como se fossem os seus. Deu-me o filho mais maneiro desse mundo, o melhor presente que um dia eu poderia receber de alguém. Entrega-me seu corpo sem ressalvas e ama o meu como o seu porto seguro. É incrivelmente inteligente, bem humorada, esperta, de língua afiada e a melhor mãe do mundo todo.

Única.

Betina Cerutti é única.

Ela segura os cabelos para cima agora, dando-me a visão do quanto está tomada pelo seu desejo. Deslizo uma das minhas mãos pela sua barriga, contorno seu seio, aliso seu ombro, toco seu queixo. Os olhos semicerrados da minha mulher e os lábios ligeiramente abertos fazem eu me apaixonar de novo.

E de novo.

E de novo.

Como naquele dia onde pus meus olhos nos seus na fila da Ferri. Porque, de algum modo, eu sabia que dali em diante eu era dela. Talvez, tenha sido a vida toda sem ao menos me dar conta.

Levo uma das mãos entre suas pernas e abro sua boceta, fazendo dois dedos encontrarem seu clítoris e a tocarem. Ela solta um grito e tomba a cabeça para trás, afundando o quadril no meu pau, que está prestes a explodir.

Vejo o quanto ela gosta do contato, porque começa a cavalgar curtinho, para que meus dedos não percam seu ponto inchado e a estimulem um pouco mais.

— Isso, amor. Bem aí — revela, apoiando a mão na minha barriga agora e mexendo lentamente, quase me matando.

— Por que você é tão linda assim, Cerutti? Que merda de sorte é essa que eu tive?

Ela ri alto, de olhos fechados, sentando em mim e permitindo que seu corpo disfrute de todas as sensações que deseja. Quando os abre e olha diretamente para os meus, seus olhos estão cheios de lágrimas.

Continuo tocando sua boceta, agora mais rápido e, emocionada, Betina quica, apertando meu pau com força, me deixando tão perto de gozar que preciso me esforçar para que isso não aconteça antes dela.

Quero vê-la se perder olhando nos meus olhos.

Sinto quando ela começa a errar o ritmo, mordendo o lábio forte e deixando que o grito que segura na garganta escape. Apoio meus pés na cama e começo a mexer o quadril junto com ela, fazendo meu pau ir até o talo, afundando-me completamente em sua boceta que me aperta de forma desesperada.

— Ahhh... Ferri! *Io ti amo. Ti amo!* — chama meu sobrenome e olha diretamente para mim.

Soco e mexo os dedos, enquanto Betina solta pequenos gritos e seu corpo convulsiona em cima do meu. Ela treme inteira, apertando minha barriga e me arranhando, fazendo meu orgasmo vir e tomar como uma enxurrada.

— Dio! — Sinto meu primeiro jato de porra sair enquanto assisto Betina se perdendo em seu gozo — *Io ti voglio bene, carina. Io mio cuore è tutto tuo.*[40]

E meto forte enquanto gozo e me perco dentro da minha mulher. Cerutti geme e se contorce, até desabar em cima de mim. Abraço seu corpo com vontade enquanto empurro pela última vez.

Nós dois ficamos minutos em silêncio, apenas ouvindo nossas respirações, e eu aliso suas costas sujas de óleo, sentindo o cheiro de sexo, morango e champanhe que ela exala agora.

Sinto quando seus lábios, sorrateiramente, deixam pequenos beijos pelo meu pescoço e eu sorrio, satisfeito e feliz.

— Estarei pronta para mais uma dessas em pouco tempo — diz o que me faz rir alto.

Aperto Betina contra mim e busco sua boca com a minha, beijando-a com vontade.

— Deus tem os seus escolhidos, não é? Graças a Ele sou um deles.

Ela levanta o tronco, sorrindo, e limpa minha testa suada, encarando-me por algum tempo.

— Será que nosso menino está muito nervoso para amanhã? — pergunta por Enrico.

E eu amo como sempre me inclui na equação, mesmo que Enrico ainda não.

— Provavelmente está, mas sei que ele vai mandar muito bem. Os últimos treinos foram impecáveis.

Escondido, ando assistindo meu filho durante os treinos. Ele é uma pequena máquina imparável. Com os pequenos ajustes que qualquer atleta sempre precisa, Enrico em breve será o principal nome do juvenil na Itália. Eu tenho absoluta certeza disso.

— Mal posso esperar para ver a reação dele quando nos vir lá — confessa, um pouco ansiosa.

— Espero mesmo que ele fique feliz com a minha presença.

---

[40] Em italiano, “eu te amo, querida. Meu coração é todo seu”.

Afasto as mechas úmidas dos seus olhos e beijo seu nariz. Betina apoia o queixo no meu peito e respira fundo, sorrindo.

— Vai ficar. Você sabe que vai! — E se aninha um pouco mais perto de mim, deixando-me desfrutar um pouco mais do seu calor.

Do seu amor.

E eu não vejo como a vida, neste exato momento, poderia ser melhor do que isso.

Chegamos com meia hora de antecedência para o começo da final. O clube está lotado de gente na manhã deste sábado e a sensação que tenho é de que nunca estive em um campeonato antes, como se eu mesmo já não tivesse disputado vários durante a adolescência.

Mas hoje é o dia dele. Dia do meu menino. E eu sei que todas as chances hoje são suas.

Enrico tem o melhor tempo entre todos os competidores. Tecnicamente, o mais bem preparado. Algo muito inesperado teria que acontecer para tirar a medalha de ouro dele dessa vez.

— Pare de tremer. — Betina pede ao meu lado, rindo da minha cara. — Veja só o seu tamanho e o meu! Se você desmaiar, não tenho o que fazer para ajudar. Veja a altura deste salto!

Olho para os seus pés e olho para as sandálias de salto agulha que Betina está usando. Esses mesmos que vi nos seus pés hoje mais cedo; eu a fiz tirar o vestido para ficar só neles, e a comi no sofá do quarto. Depois, de quatro na cama.

— É a primeira vez sendo pai de um competidor. Me dê algum crédito. É meu filho ali. — Aponto para Enrico e Germano já se preparando para a decisão.

Nosso menino se aquece, com os fones de ouvido na cabeça, muito concentrado.

Betina conversou com ele mais cedo, desejando boa-sorte e dizendo que eu havia ligado e desejado o mesmo. Enrico agradeceu e disse que levaria o ouro para Carloforte.

Ainda não nos viu aqui, por isso estou mais nervoso ainda.

Realmente espero que fique feliz.

Quando os competidores são chamados para as posições, ele entrega para Germano os fones junto com o telefone, tira o roupão e faz o mesmo. Ajeita a touca na cabeça e também os óculos. Nesta hora, Betina e eu nos levantamos, então eu grito:

— Vai, medalha de ouro! Massacra todos eles!

Seus olhos imediatamente se viram na direção da minha voz.

Betina acena e também chama por ele.

— Arrasa, *figlio*! Estamos aqui com você.

E o barulho se torna ensurdecedor. Todo mundo grita, mas no meu mundo agora parece existirmos só nós três, numa conexão que é só nossa.

Enrico fica um tempo olhando para nós dois, até que vejo um sorriso brotar em seu rosto e ele acena. Sua concentração volta e agora eles se preparam para o disparo.

Todo mundo então fica em silêncio, e, quando o som da buzina toca, os atletas caem na água.

— Vai, Enrico! — Betina grita, batendo palmas, sorrindo. — Essa medalha é sua! Vai.

Enrico dispara na frente com uma braçada perfeita. O ritmo dos pés é frenético e ele ganha uma vantagem considerável do segundo lugar. Meu coração agora bate tão acelerado que a única coisa que faço é gritar.

— Isso, campeão. Assim, controla essa braçada. Vai, garoto!

Já na volta, é nítida a diferença entre os dois. Nosso rapazinho não economiza na batida de pernas e voa pela piscina.

— Dio, ele vai ganhar, Tefo. Nosso filho vai ganhar!

Betina se agarra em mim, histérica, mas eu não estou muito diferente.

Seguro sua cintura, apertando forte o corpo dela.

— Mais três braçadas, Enrico. Só mais duas... uma. Ganhou, porra! Ganhou! — Puxo Betina de uma vez só e, mesmo de vestido, ela agarra as pernas em volta de mim. — Nosso filho! Nosso filho é ouro — repito sem parar, enquanto ela segura meu rosto e me beija, rindo e chorando. — Nosso menino é campeão!

Beijo sua mãe repetidas vezes, até que paramos para assistir ao Enrico e a sua equipe, todos grudados uns nos outros. Ele é carregado pelos amigos e jogado para cima, rindo e iluminando tudo ao seu redor, como se fosse o próprio Sol.

Ele e sua mãe são o meu Sol.

Ele e sua mãe são o meu tudo.

Nós dois tentamos achar o jeito de descer até lá. Vamos empurrando as pessoas pelo meio do caminho até encontrarmos o pequeno portão que separa a arquibancada da área da piscina. Betina, mesmo no salto enorme, corre em busca de Enrico, e, quando ele vê a mãe, sai correndo ao encontro dela.

Caminho mais devagar, completamente tomado pela emoção, assistindo aos dois agarrados, e Betina ajoelhada, segurando o rosto dele, dizendo:

— A *mamma* nunca deixaria de te assistir, de estar aqui com você. Estou tão orgulhosa... Estamos! — Vira a cabeça para trás me procurando.

Enrico olha diretamente para mim e sorri.

Quero correr e abraçá-lo, como sua mãe acabou de fazer. Mas ainda estou no modo paciente. No modo que espera. Que não ultrapassa limites.

— Você disse que tinha uma reunião importante — diz diretamente para mim.

Ele não me pediu para vir, ainda assim justifiquei porque não viria, mesmo que eu tenha mentido quanto a isso.

Balanço os ombros.

— Eu desmarquei meus compromissos. Ver você e sua mãe felizes como agora é muito mais importante para mim.

Já sem a touca e os óculos, consigo ver exatamente os seus olhos. Os mesmos da mãe, mas talvez, agora, eu consiga enxergar um pouco dos meus.

Enrico sorri de lado, como fez tantas vezes enquanto não fazíamos ideia da loucura em que nossa vida se transformaria. Com alguns passos, seu corpo de garoto me encontra e ele me abraça pela cintura, enterrando a cabeça no meu peito, dizendo:

— Obrigado, Tefo! Eu ouvi a sua voz o tempo inteiro.

Meu coração de repente está soltando fogos de artifício.

É a primeira vez desde que aquele exame saiu que Enrico me abraça. Que me chama pelo apelido, que sorri sem medo para mim.

Agarro meu menino com tanta força que temo machucá-lo, mas não consigo evitar. Tenho medo de que isso acabe e ele se afaste outra vez. Só quero viver este momento para sempre com meu filho.

Meu filho.

Cara, se ele fizesse ideia do quanto eu o amo.

Betina está parada atrás de nós, aos prantos, ao mesmo tempo em que não consegue parar de sorrir. Olho dentro dos olhos de Enrico, abaixando-me um pouco na sua altura, e digo:

— Eu sempre estarei ali, medalha de ouro. Você ouvirá a minha voz, todas as vezes. Eu sou o seu fã número um.

— Eu sei que é — devolve sem jeito, ao mesmo tempo em que o chamam para receber sua medalha.

Ele se afasta devagar, mas sai saltitando de felicidade para recebê-la. Puxo Betina para mim e sinto uma onda de amor a nossa volta, enquanto observamos toda a felicidade do nosso garoto pela sua conquista.

A primeira de muitas.

Dele...

E minha!

Capítulo 43

Betina

Sete meses depois...

— Como você é ruim! — Ouço a voz de Enrico zombando de Tefo, que tenta dominar a bola e falha de forma miserável.

Não me aguento e solto uma risada alta.

O dia em Carloforte está com temperatura amena, ótimo para pegar um sol e curtir um esporte no campo. E foi por isso que viemos todos para a casa do meu sogro aproveitar o final de semana em família.

Até que enfim Tina resolveu assumir o namoro com Lorenzo, o que deixou Tefo um pouco mais calmo porque, segundo ele, quando estão todos próximos, seus olhos de gavião estão vigiando o tempo todo.

Bem, deixa pensar que estão!

Enquanto meu pai e meu sogro mexem na horta, *mamma* e a mãe de Tefo estão na cozinha preparando a refeição. Por hoje, resolvi ter vida de madame, já que ando comandando duas cozinhas a semana inteira.

Eu não poderia estar mais feliz do que agora. O Cerutti Cusina não tem mais agenda até o ano que vem, e com Cat os dias também andam muito disputados. Isabella se tornou meu braço-direito nas aulas e acabou de conseguir alugar uma casa pequena com o próprio salário. A separação não está sendo fácil, mas ela está decidida a não ceder e seguir com sua vida.

Confesso que há muito tempo não sentia uma felicidade como a que experimentei no dia em que ela me contou sobre isso. É bom poder me sentir bem novamente ao seu lado. Às vezes nos pegamos rindo sobre coisas boas da época em que éramos amigas. É muito mais leve do que imaginei no começo que poderia ser.

Minha tia de Sant'Antioco resolveu levar *nonna* para passar algum tempo com ela. As coisas andam cada vez mais difíceis, mas nos sentimos gratos por poder cuidá-la e dar a ela a tranquilidade e o conforto que este momento exige. Pelo menos duas vezes no mês, Enrico, *mamma* e eu vamos até lá para passarmos todos um dia com ela.

Eu canto as músicas de que a *nonna* costumava gostar, conto casos que adorava ouvir. Algumas vezes, ela até interage com todos nós, mas na maioria do tempo já não está mais aqui, e dia após dia se despede um pouco mais da gente.

— Pelo amor de Deus, Stefano! Você não consegue segurar uma bola que seja. Desisto! — É Tina quem grita, sem paciência para o irmão.

Os dois estão formando uma dupla contra Enrico e Lorenzo.

— Eu falei que era melhor vôlei, nenhum de vocês me escutou, agora aguentem! — ele grita, tentando correr em busca da bola.

Da beirada da piscina assisto a toda a confusão que os quatro arrumam e meu corpo sacode pelo ritmo da minha risada.

Suspiro e olho um pouco para o verde em volta de nós, levando meu pensamento para outra coisa.

Recebi uma carta de Marco há duas semanas. Sim, de Marco.

O advogado que cuidava de todas as nossas coisas ficou com ela por esses últimos dois anos, a pedido do meu marido. Não faço ideia do que ele poderia ter escrito para mim sem saber que morreria, porque estamos falando de uma fatalidade, e não de algo que esperávamos.

Não tive coragem de abrir, mas ando com o envelope na minha bolsa desde o dia em que o peguei no correio de casa. Olho para ele bem ao meu lado e pondero se este é o momento.

Eu queria um lugar onde pudesse me sentir em paz para abri-lo, e algo dentro de mim me diz que é agora, aqui. Com um pouco de receio, retiro-o de dentro da bolsa e seguro entre os dedos. Quando me levanto, acenando para eles, saio e vou em direção à beira do pequeno lago da propriedade dos Ferris. Eu me sento na grama, com o papel na mão e meu coração esquece um pouco como se bate de tanta ansiedade.

Olho para a carta com a letra de Marco onde está escrito: Para a mulher da minha vida.

Passo o dedo pelas letras e sorrio, descolando com a beirada da unha onde o envelope está lacrado, puxando com cuidado.

Quando tiro a folha de dentro, a primeira coisa que olho é sua assinatura logo embaixo. Ele amava fazer um M bem dramático antes de assinar todo o resto e rio sozinha, lembrando-me disso.

Olho para os lados me certificando de que ninguém está me observando. Quando percebo que realmente estou sozinha, volto os olhos para o começo.

Minha querida Betina,

Se você está agora lendo este pedaço de papel, significa que morri. Prefiro pensar que isso jamais acontecerá, porque te prometi uma vida inteira juntos e pretendo viver cada segundo dela com você, mas, ainda assim, não posso contar com a sorte.

Já olhei para o resultado do meu exame genético umas trinta vezes e, em cada uma delas que leio novamente sobre minha predisposição ao câncer de família, um pouco do meu mundo desaba. Sei que você ficou brava quando pedi que fizéssemos o de Enrico, mas espero te convencer em algum momento entre a escrita desta carta e o que o futuro nos reserva.

Como você sabe, eu nem soube quem era o meu pai a vida toda. Vi a minha mãe batalhar sozinha para me tornar o homem que sou e cada dia que passa tenho somente o desejo de ser para você e Enrico o pai e marido que vocês merecem que eu seja.

Tenho tanto medo de deixá-los que a dor no meu peito quase se torna insuportável, mas preciso pensar que isso possa mesmo acontecer. Estou tão apavorado que já sonhei mais de uma vez que morria e não conseguia te dizer algumas coisas que sinto que preciso. Por isso, você provavelmente está recebendo esta carta dois anos após minha partida, pois é assim que pedirei a Matteo.

Se de fato eu me fui, sei o quanto foi ou ainda está sendo difícil para você. De algumas das certezas que tive na vida, a maior delas é que nascemos um para o outro. Eu tenho absoluta convicção de que o dia em que nos conhecemos, naquela tarde de verão, foi feito especialmente para nós dois.

Você dá cor aos meus dias.

Você me inspira sempre a ser o melhor que eu posso ser. Você faz tudo o que parece ser difícil se tornar tão fácil, que meu único desejo é sempre poder ver o mundo sob a perspectiva dos seus olhos. Tudo é mais bonito quando se trata de você.

E, veja bem, que sentido faria se ninguém mais no mundo pudesse ter a sorte que eu tive? Como eu posso ser um homem honrado se esperar que você se apague junto comigo? Você me prometeu que seguiria sua vida, se lembra?

Por isso, se ele ainda não atravessou o seu caminho, espero que chegue logo. E que, assim como eu, ele tenha a sorte de ver o quanto você é incrível dormindo, mas é ainda mais linda quando abre os olhos inchados pela manhã e dá seu sorriso preguiçoso, aquele aque eu adoro assistir. Que ele desfrute de todo seu conhecimento sobre qualquer coisa, porque você é a mulher mais inteligente que já conheci em minha vida. Como é possível alguém ser sexy falando sobre os problemas na economia da Itália? Bem, você consegue.

Que ele saiba te acolher nos momentos em que tudo de que você precisa é de um abraço e do silêncio que tanto preza, e que ele descubra, só de te observar, que você é uma chef que come algumas coisas saudáveis sem gostar, só para que Enrico tenha exemplo dentro de casa.

Que ele acorde todos os dias tendo a certeza de que é o homem mais sortudo de todo este mundo simplesmente por ser escolhido para ser amado por você.

Sobre nosso menino... Eu espero que eles se reconheçam. Que eles sejam os melhores amigos um do outro. Que Enrico saiba que terá nele o cara que será sua referência, e que ele veja em nosso filho o menino mais fantástico que este mundo pôde conhecer. Como não poderia ver?

Que vocês três sejam a família que você sempre mereceu ter, querida, assim como fomos, até o fim.

Eu te desejo amor até o último suspiro, Betina Cerutti, porque não há ninguém em todo o Universo que mereça ser mais amada que você.

Neste momento estou entre risadas, porque tenho certeza de que, se você soubesse que estou te escrevendo isso, me chamaria de paranoico e dramático. E na verdade eu sou, talvez esse seja meu charme e por esse motivo você seja tão apaixonada por mim, estou ou não estou certo?

Que a vida sorria mais uma vez para você, amore della mia vita, e que você saiba sorrir para ela de volta.

Eu te amo, Betina. Eu te amo tanto. E sei que esse amor sobreviverá, não importa onde eu esteja. Que ele se transforme dentro de você, e que possamos seguir juntos, no Céu que existe dentro do seu coração.

Com amor do seu marido (que está torcendo para que você jamais leia nenhuma dessas palavras).

Marco Benedetti

Fecho os olhos e seguro a carta na altura do peito.

Sinto tantas coisas ao mesmo tempo em que não sei descrever qual das minhas emoções me abraça mais forte.

Respiro fundo, tentando manter a calma, e olho para as letras outra vez, tomando o cuidado de não deixar as lágrimas caírem e mancharem o papel.

Se ele fizesse ideia de que o câncer não passou nem perto de ser qualquer problema para nós, pois a vida foi traiçoeira e fez seu curso de uma forma que jamais poderíamos prever...

Eu amo tanto esse homem. Eu amo tanto que a vida tenha nos dado a oportunidade de sermos nós por todo o tempo que nos foi permitido ser. Amo como Marco era generoso até nos momentos em que tinha mais medo. Antes de tudo, ele colocava o seu coração na frente de qualquer situação.

Queria poder lhe responder. Queria poder lhe dizer que aqui seguimos fazendo tudo o que ele gostaria que tivéssemos feito. Que Enrico e eu voltamos para o lugar que evitei por tanto tempo da minha vida, o qual agora nós chamamos de nosso lar.

Que o homem que escolhi para amar é íntegro, de um coração gigante, como o dele. Que me faz rir quando a tristeza pensa em chegar e que a acolhe quando não há nada o que se possa fazer sobre isso. Que se preocupa com todos os horários de Enrico, com sua alimentação, com a disciplina com os treinos e não perde uma competição de natação sequer, como ele mesmo fazia. Que é capaz de mover qualquer coisa no mundo caso isso seja aquilo de que eu e nosso filho precisamos.

Que todos os dias olha para nós como se fôssemos todo o seu mundo, porque de fato somos.

Enxugo o rosto e sorrio, dobrando a carta e colocando outra vez no envelope.

Olho para o céu de um azul tão incrível, e tenho certeza de que foi Marco quem o preparou para que eu recebesse suas palavras.

Depois de quase meia hora aqui, quase que fazendo uma pequena meditação entre orações e agradecimentos, eu me levanto e volto pelo caminho que fiz antes, ainda recordando cada pequena coisa que ele disse. Quando me sento outra vez perto da piscina, eles seguem distraídos com sua partida engraçada de futebol. Enrico, tão cheio de vida e alegria, dribla Stefano e corre com a bola, fazendo um gol em Tina.

Ele ri e corre pelo campo, indo abraçar Lorenzo.

Ainda emocionada, solto uma gargalhada tão alta. Aperto a carta entre os dedos novamente, como se pudesse dizer a Marco que ele adoraria ver nosso garoto feliz como está agora.

— Não adianta, *papà*, você é ruim de verdade.

Todo mundo para no lugar.

Eu, de repente, estou de pé.

Stefano, suando e ofegante, olha diretamente para Enrico, que o encara sorrindo.

Ele sabe o que acabou de fazer.

Ferri olha em minha direção, sem acreditar.

Quase um ano. Dez meses depois daquele resultado. Inúmeros dias lutando todos os dias para que este momento chegasse. Para que nosso garoto reconhecesse quem Stefano é, de fato, em sua vida.

Meus olhos começam a marejar outra vez.

Ele sorri para mim e olha novamente para Enrico, que sacode os braços como se isso não fosse nada demais, mesmo sabendo o quanto significa para todos nós.

— Me deem um minuto, por favor! — Stefano pede, ansioso. — Por favor, não saiam daqui. Um minuto, eu prometo.

E sai correndo para dentro de casa.

Meu filho me olha, apreensivo, com certeza se perguntando se fez algo errado. Coloco a carta de Marco dentro da bolsa novamente e vou até eles. Tina está aos prantos de canto e Lorenzo a abraça por trás.

Quando ele volta, quase sem fôlego, vejo nossos pais virem de onde estavam. Paro ao lado do meu filho e pego seu rosto, virando para mim. *Mio piccolo pesciolino* me dá aquele sorriso que eu amo tanto e que faz todos os meus dias serem mais bonitos. Com algumas coisas na mão, meu namorado para de frente para nós dois, tão feliz que não consegue esconder.

Stefano se ajoelha na frente de nós dois. Em uma mão, segura uma caixinha com um anel, na outra, alguns papéis.

— Eu espero este dia há tanto tempo e estou com tudo isso pronto há meses, só aguardando a hora certa de fazê-lo. — Ele olha para Enrico e não consegue se segurar. Seus olhos transbordam a emoção do que acabou de acontecer. — Eu sonhei tanto com o dia que você me chamaria assim, medalha de ouro. Era a primeira coisa que eu pedia a Deus todo dia antes de levantar da cama e seguir com meu dia.

Nosso filho ri, ouvindo o pai atentamente. Eu nem consigo disfarçar o quanto estou completamente apaixonada por este momento.

— Filho... — Enche a boca para falar. — Betina... — Ele me chama também. — Vocês aceitam ser minha família para sempre? Me dar a chance de ser o marido e o pai que merecem? Dar a vocês todo meu amor e devoção até nosso último dia juntos?

Ele entrega os papéis a Enrico e, a mim, oferta o anel.

Começo a rir feito uma boba enquanto nosso filho lê os papéis com cuidado. Olho para Stefano e ele parece aflito. Observo ao nosso redor e todo mundo está sem respirar, apenas aguardando nossa resposta.

— Enrico Cerutti Benedetti Ferri é um nome bem maneiro, *papà* — diz nosso garoto, ao entender do que se trata.

Stefano oferece a ele registrá-lo com seu nome, sem retirar o de Marco.

— Betina Cerutti Ferri combina perfeitamente comigo, *amore mio* — digo o meu sim.

E direi a ele quantos sins mais forem necessários. Todos os dias, hoje e para sempre.

— *Dio mio*... — Stefano começa a tremer, rir e chorar, ao mesmo tempo.

Eu choro junto. Nosso filho é só sorrisos.

Ele pega o anel na caixa e segura a minha mão. Nós dois estamos completamente agitados. Consigo ouvir Tina e nossas mães emocionadas, abraçando-se, comemorando. Dou uma risada alta no meio das lágrimas. Estou tão feliz agora.

Tão feliz!

— Eu te amo, Betina! Eu te amo e sou grato pela oportunidade de ser quem vai garantir que não existirá um dia neste mundo em que você não se sentirá amada. — Coloca o anel no meu dedo com cuidado, deixando um beijo em cima dele. — Eu te amo, Enrico! E agradeço a honra de ser o pai do garoto mais incrível que eu já conheci. Mesmo que zombe de mim porque não sou bom com a bola e nem com o videogame.

Enrico gargalha e Stefano fica de pé. Nós dois o abraçamos ao mesmo tempo.

— Eu te amo, pai!

— Cacete... — Stefano resmunga enquanto chora feito um bebê. — Você pode ficar falando isso até o resto do dia, por favor? Pode falar pelo menos mais umas duzentas vezes hoje a palavra pai?

— Ah, Tefo! Pare de ser um bebê chorão! — Tina brinca, mas está chorando mais do que ele.

Todos eles se aproximam para nos abraçar.

Acho que nunca me senti tão plena nestes dois últimos anos como agora.

Nunca tive tanta certeza sobre estar no lugar certo e no momento certo como sinto neste exato minuto desde que conheci Marco.

Olho diretamente para Stefano Ferri, que me encara, completamente apaixonado.

E é tão bonito ver a alma dele assim. Exposta, entregue.

Um dia, eu dei meu coração para alguém que não sabia como amá-lo. Que não estava preparado para isso. Que me destruiu de um jeito que parecia difícil de consertar.

O mesmo homem que hoje me faz acreditar que destino é coisa que não tem explicação, porque não há nenhum outro que eu queira amar como o amo.

Quatorze anos em que tudo o que precisamos fazer, sem ao menos nos dar conta, foi apenas esperar, enquanto vivíamos as nossas vidas como deveríamos viver.

E ela se encarregou de colocar tudo em seu lugar.

A vida se encarregou de refazer os nós, antes desfeitos.

Do jeito mais imprevisível e louco do mundo, a vida deu seu jeitinho de fazer tudo acontecer... Mais uma vez para nós dois.

Epílogo

Betina

Quatro anos depois...

— O segredo do malloreddus é pressionar a massa levemente contra a tábua de fissura. Assim. — ensino a um grupo de sete pessoas que prestam atenção em mim, enquanto deslizo um pedaço da massa que acabamos de preparar na minha cozinha da casa em Olbia.

Desde que nos mudamos para cá, há cerca de um ano, Tefo e eu resolvemos, juntos, adquirir a casa. Além de ser o lugar onde gostamos de receber os nossos amigos e família, é onde ele, eu e os gêmeos vivemos dias de muita alegria.

— Fica tão bonito! — uma das garotas ao meu lado comenta, enquanto modela sua própria massa.

O dia hoje está tão lindo e eu não vejo a hora de anoitecer. Todo mundo está vindo para o aniversário das nossas crianças.

Enrico também!

Não vejo o meu rapaz há quase dois meses.

Na sua nova e intensa vida de treinos e viagens para competições por uma equipe de Cagliari, quase nunca volta por muito tempo para casa.

Com quase dezoito e eu ainda não me acostumo à ideia de que Enrico já seja praticamente um homem.

— Marco, volta aqui! — Ouço a voz grave do seu pai o chamando.

Meu garotinho aparece correndo pela porta que separa a minha cozinha do nosso enorme quintal. Marco anda pelo meio das pernas dos meus alunos e todo mundo para pra ver esse pequeno pedaço de gente.

— Diga olá, filho! — Corro atrás dele e o pego pelos bracinhos, levantando-o no ar e segurando no colo. Ele gargalha, enquanto Stefano surge pelo mesmo lugar que ele, com Giulia no colo.

— Me desculpem, pessoal, ele me trapaceou. — Meu marido olha para nosso menino no meu colo e faz uma cara brava para ele.

Foi Stefano quem escolheu o nome dos dois e poucas vezes na vida me senti tão emocionada.

Nonna morreu há quase três anos, em um dia lindo de primavera.

Todos nós estávamos lá. Inclusive meus filhos, ainda na barriga.

Cantei ao seu ouvido algumas canções que ela me ensinou quando pequena, disse a ela o quanto a amava e agradeci por ter feito de mim, junto com meus pais, a mulher que me tornei.

E quando ela enfim descansou e todos nós nos demos o direito de sofrer a nossa dor, Stefano pegou minha mão e disse que gostaria muito que nossa garotinha pudesse ter o nome da minha avó, pois ele sabia o quanto *nonna* foi uma das pessoas mais especiais da minha vida. Assim como quis que o menino se chamasse Marco, porque achava certo que um homem como ele foi na minha vida e na vida de Enrico, recebe essa homenagem.

Jamais vou poder reclamar do homem com quem escolhi casar. Nos detalhes do dia a dia, Ferri me reafirma todo o tempo o cara incrível que é. Como é apaixonado pelos nossos três filhos, como cuida de todos sem nenhuma distinção.

Ele vai às reuniões da escolinha dos meninos e presta atenção em cada mínima coisa que a professora diz sobre os dois. Os leva à pracinha quando está em casa e dispensa a babá para curtir do seu jeito esse momento. Coloca algum dinheiro como quem não quer nada na conta de Enrico, só para ter certeza de que não vai lhe faltar nada morando longe da gente, mesmo sabendo que ele não precisa porque tem dinheiro suficiente para se virar sozinho.

Nem os negócios sem fim da Ferri fazem Tefo abrir mão de estar presente em cada etapa de tudo o que acontece em nossa família, e eu o amo tanto por isso.

Amo como não cansamos de nos redescobrir em cada pequeno detalhe da nossa vida a dois. Como o sexo só melhora, como nossa cumplicidade só aumenta... Como sentimos que nada faria sentido se não fosse ao lado um do outro.

— Está tudo bem, amore — digo a ele, quando o mesmo caminha em nossa direção — Oi, querida — brinco com a minha única garotinha, dando um beijo em seu rosto.

Stefano sorri para mim e beija minha testa.

— Vou levá-los comigo — anuncia, querendo dizer que irá com os gêmeos para o aeroporto receber todo mundo.

Enrico está no mesmo voo que todos os outros.

— Não está um pouco cedo? — questiono, enquanto ajeito o cabelo lambido de Marco, que cai em seus olhinhos.

Meu marido confirma com a cabeça e ri. Olho para Giulia e mais uma vez, como em todas as outras, fico abismada com o quanto se parece com o pai. Ela é uma cópia perfeita de Stefano Ferri.

— Está, mas estou um pouco ansioso. Quero ver Enrico logo — admite sobre nosso filho mais velho, dando um beijo na caçula logo em seguida.

Amo como os dois se completam, como são melhores amigos e como não conseguem mais ficar tanto tempo longe um do outro.

— Tudo bem então, senhor Ferri. Mas, cuidado! Não deixe estas crianças soltas por aquele saguão.

Meu marido pisca para mim e em seguida beija meus lábios de forma rápida, o que não me impede de me arrepiar inteira.

— Ficarei de olhos bem atentos, *carina*, fique tranquila. — Estica o braço para pegar Marco, que de pressa pula no pai. Stefano beija os dois enquanto ajeito o vestido de Giulia. — Boa aula, gente!

Ouvimos um coro de agradecimento enquanto assisto três das quatro coisas mais preciosas da minha vida indo embora.

Assim que saio do banho, ouço o exato momento em que toda a turma de Carloforte chega com Stefano. É um falatório sem fim, com meu pai berrando acima de todo mundo enquanto Tina ri de algo que Enrico acabou de dizer.

Meu coração automaticamente se sente em casa!

Quando começam a entrar pela porta, os olhos do meu filho me encontram de imediato. A saudade do tempo em que ele precisava totalmente de mim me abraça.

— Você não para de crescer. Eu não gosto disso — brinco, enquanto ele larga a mochila e as malas no meio da sala e vem até mim.

Enrico me abraça forte e me puxa nos seus braços, já maior que eu, tirando meus pés do chão.

— Que exagero, *mamma* — zomba de mim enquanto enche meu rosto de beijos.

O som da sua voz cada vez mais grossa e sua barba, mesmo que feita, ainda cheirando a loção, me dizem que não há nenhum exagero aqui.

Enrico é um rapaz lindo, e me assusto em saber que, em breve, com certeza me tornarei sogra.

Dio mio! Não quero pensar nisso.

Mamma, *papà* e meus sogros são os próximos a me abraçarem, seguidos de Tina, Lorenzo, Cat e Vince. Chiara, o marido e Veronica virão no voo de amanhã cedo.

— Temos tanto o que conversar — digo a Caterine, em um abraço apertado.

Agora somos sócias.

Quando vim para Olbia, aceitei o desafio de cuidar da Casa Izzo que ela abriu aqui. Depois de algum tempo administrando o lugar e também minhas aulas de culinária, resolvi fazer uma proposta de sociedade que ela de pronto aceitou. Estamos com planos para abrir outros dois buffets: um em Alghero e o outro em La Maddalena.

Vince agora, além de bilionário, é dono de cinco franquias da Ferri, que se tornou junto com a Milani uma das marcas mais valiosas da Sardenha e agora já é uma das mais valiosas de toda a Europa.

Pelo visto, gostamos mesmo de fazer negócios entre nós!

Tina está com cada gêmeo em um braço, sem saber quem mima mais.

— Que perigo esses meninos nas mãos dessa tia! — brinco ao meu aproximar, abraçando os três ao mesmo tempo.

Agora, ela é nossa gerente administrativa, de todas as unidades. Nosso braço direito, esquerdo, as pernas e tudo o mais que puder imaginar.

— É melhor você ficar de olho, porque corre o risco de eu colocar os dois dentro da mala e levar de volta comigo.

E eu juro que não duvido.

Dou uma risada ao mesmo tempo em que vejo Stefano e nosso compadre, Vince, indo até o bar tomar uma dose de uísque.

Ele e Cat são padrinhos de Giulia, enquanto Tina e Enrico são padrinhos de Marco.

Aos poucos, nossos convidados vão se sentindo em casa, como sempre gostamos que seja. No fim da noite, já temos inclusive babás para os pequenos, já que as avós, as tias e madrinhas estão disputando pela atenção dos dois.

Recolho-me tarde, depois de garantir que todos os meus convidados estejam confortáveis em seus aposentos, e me preparo para o dia agitados que teremos amanhã, quando Stefano aparece pela porta do quarto com Giulia no colo, chorando.

— O que houve? — pergunto enquanto termino de passar creme nos meus braços.

Meu marido balança a cabeça dizendo que posso ficar tranquila.

— Ela não quer dormir com Tina. Pode deixar, eu cuido disso. — E beija a testa da nossa garotinha, ninando ela de um lado para o outro. Fico parada onde estou, assistindo aos dois juntos — *Chi è la bellissima bambina di papà?*[41]

Sou completamente apaixonada por todas as versões de Stefano, mas a versão de pai tem todo o meu coração.

Ele não mentiu quando disse que daria aos nossos gêmeos tudo que não pôde dar a Enrico. Eles não poderiam ter um pai mais incrível do que Tefo.

Quanta sorte a nossa...

Ajeito o robe no corpo e o vejo observar seu rostinho enquanto Giulia cessa o choro e quase dorme nos seus braços. É o lugar favorito dela.

Dou alguns passos e paro ao lado deles. Stefano me olha, sorri, e eu encosto a cabeça no seu ombro, olhando para ela como ele faz.

— E Marco?

---

[41] Em italiano, "quem é a linda garotinha do papai?"

— Está tocando o terror com Dante e Gabi.

Os filhos de Vince e Caterine. Dou uma risadinha, com medo de despertar minha menina.

— Por que será que não estou assustada?

Tefo me olha novamente, me dá um beijo demorado e responde:

— Deve ser porque você conhece muito bem o filho que tem.

E que eu amo com tudo o que sou.

Abraço Stefano pela cintura e apenas aproveito esse momento tão bom ao seu lado.

— Achei Enrico um pouco introspectivo. Você acha que é coisa da minha cabeça?

Meu marido balança os ombros, como quem diz que não é nada.

— Eles têm essas coisas nessa idade, não? Ele é o único adolescente no meio de um tanto de crianças e adultos.

Giulia se mexe só para encontrar a melhor posição no colo do pai. Movo a cabeça chamando Stefano para nos deitarmos com ela. Quando ele coloca nossa garotinha na cama, eu me apoio a ela em seu lugar para que possa trocar de roupa e voltar para nós o quanto antes.

Ele se afunda do outro lado do colchão, só de cueca, e ficamos de frente um para o outro, olhando para nossa filha.

— Não consigo me acostumar com a ideia de que ele já é praticamente um homem — confesso e Tefo ri, ajeitando a coberta no corpo de Giulia, que se vira automaticamente para o lado dele.

Nós dois rimos.

— A vida é isso, *bella*. A gente pisca e eles crescem. — Sua mão alcança meu rosto e ele me faz carinho. — O importante é que ele sabe que sempre estaremos aqui para ampará-lo, não importa o que aconteça.

Faço que sim com a cabeça e aninho meu rosto perto da minha filha, sentindo seu cheirinho gostoso. Meu marido ri e faz o mesmo, abraçando-nos.

— Eu amo tanto vocês quatro — sussurro, olhando dentro dos seus olhos.

— Não mais do que eu amo vocês, meu bem. — E coloca meus cabelos atrás da orelha, do jeito que eu amo.

O simples toque da sua mão me faz lembrar o motivo pelo qual, com certeza, eu sou a mulher mais sortuda de todo o mundo.

E assim, juntos, adormecemos.

Stefano

Hoje é dia de celebrar a vida de duas das quatro pessoas mais preciosas que já ganhei nessa existência. Marco e Giulia completam dois anos e eu nunca me senti tão completo assim.

Quando olho para eles, Enrico e Betina, a vida parece certa.

Não são os milhões que acumulo nas minhas contas, nem o prestígio de ser um homem importante e conhecido, às vezes, até temido.

São eles. Que dão cor aos meus dias, que me fazem buscar ser um homem melhor a cada manhã quando levanto. Por eles, eu sou capaz de tudo.

Seguro Giulia no colo enquanto Betina está com Marco, nosso garotinho. Enrico está ao nosso lado e todos os nossos amigos e familiares de frente para nós, batendo palmas e homenageando nossos gêmeos.

O dia em que descobri que Betina estava esperando duas crianças, foi o dia que mais chorei, com a descoberta da paternidade de Enrico e o nosso casamento.

Você nunca, em toda sua vida, conhecerá uma noiva mais linda do que foi a minha mulher.

Betina estava tão bonita, tão feliz, tão entregue... Eu só conseguia pensar no quanto me sentia grato por um erro do passado não tirar de mim a alegria de um futuro como esse.

E ter nosso filho ao nosso lado, e me chamando de pai... É coisa boa demais para um coração só.

Receber Marco e Giulia em nossas vidas, assim, de uma vez só, foi só a tampa do meu pote de ouro. Eles são tão perfeitos em cada mínimo detalhe, eu nunca me canso de olhar para os dois, de vê-los dizer suas palavras que ninguém entende, ou de assisti-los correr pela casa, cheios de energia. Qualquer coisa que façam, para mim, são as coisas mais incríveis.

— *Tanti alguri a te! Tanti alguri a te! Tanti alguri, Marco e Giulia, tanti alguri a te!*[42] — cantamos todos juntos, enquanto os dois riem e batem palminhas.

Betina sorri para eles, para mim e Enrico, que é completamente apaixonado pelos irmãos.

---

[42] Em italiano, o canto de "parabéns para você".

Sua mãe e eu os amamos mais do que tudo, mas Enrico tem verdadeira devoção pelos gêmeos. Ele liga de Cagliari todos os dias para conversar por vídeo com os meninos nem que seja por cinco minutos.

Sei que nosso filho mais velho sofre tanto quanto a gente a respeito da distância, mas Enrico está indo atrás do seu grande sonho, e aqui nesta casa, todos nós o apoiamos. Ele vai ser o grande campeão olímpico que sempre imaginou ser.

Eu tenho absoluta certeza disso.

Ajudamos os meninos a soprarem as velinhas dos bolos, então a festa de verdade começa. Nossas músicas tradicionais são tocadas pela banda que contratamos e Betina ajuda o cerimonial com as comidas. Vince, de repente, aparece.

— Dante não quer mais sair da cama elástica. O que eu faço? Não tenho mais fôlego para isso.

Bato nas suas costas, dando uma gargalhada. Depois puxo meu amigo para perto e o abraço.

— Seu velho de uma figa.

Sua risada é engraçada e nós dois olhamos para nossas crianças, divertindo-se juntas.

— Às vezes eu ainda não acredito no quanto aqueles dois moleques de Carloforte viraram filhos da puta sortudos feito a gente.

— E você pensa que eu acredito? Quais as chances de alguém que começou fazendo tudo errado ter uma vida como a minha, Milani? Olha só para eles. — Vejo minha família no meio das pessoas.

Sinto o peso da mão de Vince no meu ombro. Olho para ele, que sorri.

— Tenho orgulho de você, *fratello*. Você merece cada pequena coisa boa que a vida tem te dado.

— Assim como você também — refiro-me a Caterine, Gabi e Dante, o novo amor da vida de Vincenzo.

Agora que o homem é bilionário, tem dedicado mais tempo à família, aproveitando, assim como eu, cada pequeno avanço que o garotinho dá.

Olho para o lado e vejo Enrico isolado do restante das pessoas. Meu rapaz nem parece estar aqui. Talvez a mãe tenha um pouco de razão.

— Me dê alguns minutos, Vince? Eu já volto.

— Vai lá, cara.

Afasto-me e ando devagar na direção do medalha de ouro. No caminho, puxo uma cadeira e paro ao lado da dele, sentando em seguida.

— E aí, filho.

Ele vira o rosto para mim e sorri.

— Oi, pai.

— A festa está entediante para o quase homem de dezoito anos? — brinco.

Enrico ri e balança a cabeça, negando.

— É claro que não. É o aniversário deles. Como eu me sentiria entediado? — Olha para os gêmeos que brincam agora no colo de Chiara e Veronica.

— O que houve então? Quer conversar?

A forma como me olha de lado me diz que está em dúvida.

Conheço meu filho, e algumas coisas nele são bem previsíveis.

Ele esfrega o rosto, com a barba um pouco rala, e bufa em seguida.

— Acho que fiz uma besteira, pai. Sei lá... — Vira o rosto, não querendo me encarar.

— Uma besteira de que tamanho? — continuo para ver o que ele me entrega.

— Nenhuma que tenha me colocado em um grande problema. Pelo menos, não com os outros, mas comigo mesmo.

Que não sejam drogas. Pelo amor de Deus!

— Não quer me dizer o que foi? Posso tentar te ajudar.

Enrico olha para o seu celular jogado no colo e respira fundo.

— Se eu te contar, você jura que não conta para minha mãe? Ela tem essa mania de achar que ainda sou uma criança...

Quero rir, mas sei que não posso, porque é exatamente assim.

— Não preciso nem te jurar. Você é meu filho, um segredo seu é um segredo, e pronto.

Ele estala a língua, respira fundo, parece contar até dez, antes de soltar:

— Eu transei... Tipo, eu não sou mais virgem.

Está certo.

Definitivamente sou pai de um homem.

— E foi ruim, filho? Você não se protegeu, não tomou os devidos cuidados?

Suas mãos entram pelos seus cabelos negros e ele os joga para trás. Quase me vejo fazendo o mesmo quando eu tinha mais cabelo.

— Foi normal. E eu não sou idiota, pai. É claro que eu me cuidei. É só que... eu fiz pelos motivos errados. Não foi porque eu queria, foi só porque eu precisava esquecer uma coisa. Queria esquecer alguém.

Enrico Cerutti Benedetti Ferri está apaixonado.

Entendido.

— Eu sinto muito, filho! De verdade. Sexo deve ser uma coisa boa, não que nos deixe com remorso ou um sentimento assim, como o seu. Mas você é novo, isso é só o começo. Talvez você tenha procurado no lugar errado a solução para o seu problema.

— Completamente errado, o senhor quis dizer. — Revira os olhos, e vejo o quanto meu filho está magoado consigo mesmo.

Mas me sinto sortudo porque em todos esses anos, nossa relação só melhorou. Nosso respeito pela história que ele teve com Marco, antes que eu chegasse à sua vida, é a primeira coisa antes de tudo.

Sinto-me privilegiado de ver esse cara crescer e se tornar o homem que eu tenho certeza, daria muito orgulho ao outro pai, assim como me dá. E, saber o quanto ele confia em mim para dizer coisas tão íntimas como as que me confidenciou agora, me faz um homem realizado.

— Estamos neste mundo para cometer erros, Enrico. Veja só sua mãe e eu... E veja só o que somos hoje. Não se puna por algo que não saiu como você planejou, está bem? Amanhã é outro dia e sempre haverá a oportunidade de fazermos diferente. E eu estarei aqui, ao seu lado. Sempre.

Seu sorriso não chega aos olhos e ele concorda com a cabeça, apenas dizendo:

— Valeu, pai.

Ofereço minha mão para ele e Enrico aperta firme.

Como eu amo esse moleque!

Ele se levanta e diz:

— Vou começar a circular, senão minha mãe vai perceber.

— Vai mesmo — concordo, rindo, e fico de pé com ele. Dou um abraço rápido em Enrico, beijando sua cabeça. — Eu te amo, cara!

— Eu também te amo, pai! Obrigado por me ouvir.

Ele me dá um tapa leve no braço e sai. Não demora alguns segundos para sua mãe me encontrar.

— Está tudo bem com ele?

Puxo Betina para os meus braços e faço que sim com a cabeça. Abaixo o suficiente para encontrar seus lábios e beijá-la, porque esse é o tipo de coisa que eu jamais perco a oportunidade de fazer.

— Coisas de garoto da idade dele. Nada que a gente precise se preocupar, eu te juro.

Minha mulher suspira e sorri de lado, deitando a cabeça no meu ombro em seguida.

— Tenho uma coisa para te contar...

Afasto-me um pouco dela e a encaro, desconfiado, porque seu tom me diz que vem coisa por aí...

— O que foi, hein, Betina Ferri? Abra logo essa sua boca.

Ela ri de um jeito engraçado e me parece muito, muito feliz.

— Recebi uma mensagem meia hora atrás... Fui convidada para ser a nova jurada do Sabori d'Italia.

Como é?

Betina está falando da maior audiência da TV italiana.

— É sério isso?

— É muito sério. Não estou sabendo fingir costume, porque quero gritar para todo mundo que está aqui ouvir.

Abraço-a outra vez com força, tirando seu corpo do chão.

Ela merece tanto. Cada pequena conquista que *mia moglie*[43] tem através do seu trabalho só me mostra o quanto está pronta para conquistar o mundo, porque é o que ela merece.

— Parabéns, meu amor! — Encho seu rosto de beijos e ela me corresponde todos eles. — Eu tenho um orgulho danado de ser seu marido. Porra! Muito orgulho!

Betina fica na ponta dos pés e beija meu nariz, dizendo:

— Precisamos comemorar.

E nossas comemorações... Ah. Como eu amo cada uma delas.

— Onde a minha safada quer trepar agora? — pergunto à beira da sua orelha, o que faz sua pele morena se arrepiar.

— No seu avião. O novo — devolve e eu gargalho.

Como não ser apaixonado por esse furacão chamado Betina Cerutti? Que voltou para minha vida e transformou tudo, de um jeito que eu jamais poderia imaginar?

Ouço a música e pego sua mão, rodopiando Betina, o que faz com que ela ria sem parar. Saio dançando com a mãe dos meus filhos no meio dos nossos convidados e todo mundo adora, juntando-se a nós. Até Enrico, que estava digitando sem parar no seu telefone, guarda o aparelho no bolso e vem com a gente.

Todos nos damos as mãos em uma grande roda e dançamos sem parar. É como gosto de ver meus pais, meus sogros, meus amigos e, principalmente, minha esposa e os meus filhos. Felizes.

Porque é assim que me sinto ao lado deles.

Il cazzo di ragazzo più felice del mondo.[44]

E eu juro... Não há nada mais que eu precise.

Nada mais.

Betina

Olimpíadas 2028
Los Angeles, Califórnia

A piscina em que meu filho está prestes a entrar me parece tão enorme quanto seu sonho de estar aqui.

---

[43] Em italiano, "minha esposa".
[44] Em italiano, algo como "a porra do cara mais feliz do mundo".

De algumas coisas na vida que Enrico herdou de Stefano, uma delas é a determinação. Assim como o pai disse um dia que seria um homem milionário e não descansou enquanto isso não aconteceu, Enrico se dedicou à natação todos esses anos, até entrar para a seleção da Itália e hoje representá-la na categoria de 400 metros livre.

Uma promessa que fez ao leito de morte do pai que o criou, há quase nove anos, hoje faz de Enrico Cerutti Benedetti Ferri um dos mais promissores nomes da natação mundial.

Eu nunca duvidei que ele pudesse. Nunca.

Nem Marco, muito menos Stefano, que acompanha o filho em cada competição. Não importa o que digam para ele sobre trabalho ou qualquer coisa do tipo: as competições de Enrico para o pai são sagradas. E hoje é a concretização de todo o esforço que nosso rapaz fez durante todo esse tempo. As noites maldormidas, as dores por todo o corpo, as incertezas pelo meio do caminho... Mas tudo valeu a pena.

Hoje, Enrico Cerutti é o nome da Itália para todo o mundo!

Os gêmeos gritam a todo pulmão o nome do irmão, enquanto Tina ensaia uma coreografia com eles.

Nossos amigos, Cat e Vince, e mais um tanto de gente de Carloforte está aqui hoje. Stefano mandou trazer todo mundo para assistir nosso filho ser campeão olímpico porque, segundo ele, não há como Enrico não levar esse ouro para casa hoje.

Nunca vi meu marido tão apreensivo em todos esses anos juntos.

Desde o começo dos jogos, Ferri não tem dormido direito. Ele só fala deste dia. Com certeza está mais ansioso que Enrico.

Os dois principais concorrentes dele hoje são o americano, o francês e o espanhol. Dentre as apostas, Enrico e o francês são os mais cotados para levarem o ouro para casa.

Stefano ajeita o boné na cabeça com a bandeira da Itália e o nome de Enrico e respira forte, buscando o ar, como quem não consegue respirar.

— *Figlio*, calma! — É minha sogra quem o chama. — Você vai passar mal assim.

— É o meu garoto, mãe. — Meu marido aponta para a piscina. — Meu filho vai virar campeão olímpico.

— Rico vai virar campeão olímpico. — Giulia pula e comemora.

Sorrio ao ver a empolgação dela e do irmão para assistirem a prova do nosso primogênito.

— É o meu irmão! — Marco grita, orgulhoso.

Tina continua com sua musiquinha:

— Me dá um E! Me dá um N. Me dá um R! Agora um I. Que tal um C? Lá vem o O! Vai, Enrico! Vai, Enrico!

— Vai, Enrico! — eles gritam com a tia.

— Como você está calma assim? — meu pai me questiona, roendo o canto de uma das unhas.

— Confio no meu filho, *papà*.

Sorrio para ele e beijo seu rosto. Toda hora as câmeras focam em nós, porque ser um homem de posses e uma chef conhecida mundialmente por todas as minhas temporadas na TV, fazem de mim e Stefano pessoas que a mídia quer noticiar. E a gente não se importa. Na verdade, já nos acostumamos.

Somos celebridades italianas, mesmo que não tenhamos procurado por isso.

Assisto o momento em que os competidores são convidados a se prepararem para o início da prova. De repente, sinto a mão grande de Stefano segurar a minha e ele me olha, tremendo.

— Está tudo bem, amor. É o nosso menino. Vai dar certo.

Os olhos apreensivos de Tefo me encaram e se enchem de lágrimas.

— Não acredito que vou poder assistir esse momento. Eu não acredito, Betina.

Meu marido é tão lindo assim, entregue às suas emoções.

Cruzo nossos dedos enquanto observamos todos eles arrumando suas toucas e óculos.

Meu filho, agora um homem enorme, forte, cheio de músculos, lindo de doer, ainda usa aquele seu fone grande, ouvindo algo que possa distraí-lo de todo o resto.

Sinto como se viajasse no tempo, no primeiro dia que ele pediu para Marco que o levasse até uma escola de natação. Suas primeiras batidas com os pés, os braços, as primeiras competições.

O quanto crescemos de lá até aqui... Quantas coisas nós dois vivemos até estarmos onde estamos hoje.

Como eu amo ser a mãe de Enrico Cerutti. *Mio piccolo pesciolino*.

Quando anunciam o seu nome, meu filho tira os fones, entrega ao treinador e prepara o corpo, subindo em sua base, cumprimentando o público dos dois lados. Ele sabe onde estamos, então sorri para todos nós, que o ovacionamos. O pai já está quase sem voz de tanto que grita.

Os outros competidores tomam seus lugares e agora estamos a alguns segundos do momento mais esperado da vida de todos nós.

— Estamos com você, meu amor. Vai lá buscar o que é seu — sussurro comigo mesma.

Stefano aperta meus dedos e por alguns segundos nos olhamos.

— Eu amo vocês — diz baixinho e sorri.

— Nós também te amamos, querido. — Encosto a cabeça no seu braço, agora esperando pelo começo da prova.

Quando a buzina toca, como tantas outras vezes eu ouvi em minha vida, sinto coração sair pela boca.

Enrico fura a água da piscina olímpica e mergulha, sumindo na frente de todos os outros. O francês cola no meu filho, mas Enrico hoje parece obstinado. Ele tem uma missão.

— Boa, filho! Vai! — Stefano larga a minha mão, nervoso, sem conseguir piscar, gritando sem parar. — É o seu dia, Enrico! Faz história, vai! Isso, mais duas braçadas!

Nossos amigos e família ecoam com ele e eu só consigo ouvir meu coração descompensado por todo o meu corpo. Enrico encosta as mãos na beira da piscina e começa a sua volta para os últimos duzentos metros.

O americano impõe ritmo e se aproxima dos dois, ficando um pouco para trás. Agora ele tem dois competidores muito próximos.

— Marco, por favor, abençoe nosso menino! Por favor, por favor!

Junto as duas mãos em uma oração, sem decidir se fecho meus olhos ou se consigo aguentar o tamanho da minha emoção.

Ouço as vozes de Tina e Vincenzo junto a de Stefano. Eles não param de gritar.

— Aumenta essa braçada, medalha de ouro! É seu! Só mais um pouco!

Fico emocionada ao vê-lo chamar Enrico como chamava quando nos reencontramos.

O francês avança, ficando lado a lado com Enrico. Começo a tremer.

Meu filho percebe e toma impulso, arrancando de dentro dele a força que precisa para fazer mais. Só um pouquinho mais.

— Ele vai ganhar. Dio santo! Ele vai ganhar! — Stefano berra e, de repente, nós dois caímos ajoelhados no chão.

Quando nossa família começa a gritar e a pular, não sinto mais nada.

Só as lágrimas.

Só a maior felicidade que já senti em toda a minha vida.

Enrico Cerutti é ouro nas Olimpíadas dos Estados Unidos de 2028.

Dou um grito tão alto e choro tanto, que não percebo quando sou levantada por alguém. Stefano está ao meu lado, já de pé, segurando o boné para trás, rindo e chorando ao mesmo tempo. Eu consigo ver o momento em que ele olha para cima e agradece.

— Obrigado, cara! Obrigado... Obrigado!

Sei que não é só a Deus que meu marido está agradecendo agora.

Vince o abraça em seguida.

E eu só consigo olhar para o meu filho, ainda na piscina, comemorando e batendo a mão na água, sendo cumprimentado pelos outros competidores.

Stefano me tira do chão e roda no lugar, fazendo-me rir no meio das lágrimas, beijando-me e apertando.

— Ele conseguiu. Nosso menino conseguiu, *bella*! Nosso filho é ouro.

Seguro seu rosto para olhar dentro dos olhos dele.

Tenho certeza de que estamos protagonizando alguma cena ousada agora, mas nos beijamos, completamente apaixonados.

E fazer isso me traz paz no coração. Aquela que passei a conhecer desde que nossos caminhos se cruzaram outra vez. Um tipo de paz que pensei nunca mais poder sentir depois que Marco se foi. E que só Stefano me dá, de um jeito que é só dele.

Só nosso.

— Ele conseguiu! — afirmo assim que nos desgrudamos e olhamos juntos para a piscina.

Nosso filho sorri para nós dois, apontando em nossa direção. Depois, aponta para o céu, assim como Stefano fez agora há pouco.

Lembro-me de fazer o mesmo e sinto dentro de mim o quanto Marco está feliz agora. Porque eu sei que está. Não só no céu que está acima de nós, mas, principalmente, no céu dos nossos corações.

No lugar que ele mora para sempre.

Enrico

Alguns dias depois...

Paro o carro em frente ao Cemitério delle Porte Sante, onde meu pai está enterrado.

Por incontáveis minutos fico aqui dentro, sem saber como fazer isso.

Eu adiei esse momento por vários anos, mas eu havia prometido que viria até aqui quando a hora chegasse.

E ela chegou.

Sou oficialmente um campeão olímpico.

Depois de tanta luta, contra o corpo e a saúde, precisando controlar a hemocromatose com rigor para que isso não me atrapalhasse em nada, de ficar por anos, mesmo ainda sendo um garoto, vivendo longe de casa, dos meus pais e dos meus irmãos... De mudar algumas vezes de equipe, até me encontrar em um lugar com o qual eu me identificasse, aconteceu.

Até lá, inúmeras competições, eliminatória atrás de eliminatória, levando, às vezes, meu corpo completamente ao limite.

Mas eu tinha um propósito. Eu fiz uma promessa em um leito de morte. E sei que Benedettis e Ferris não dão para trás com suas palavras.

Olho para a medalha no banco do carona e a pego entre os dedos, como tenho feito nos últimos dias.

Ainda é difícil de acreditar, mas é a melhor sensação que já experimentei.

Não sou conhecido por ter uma mãe famosa na TV e nem porque meu pai é um multimilionário importante. Sou conhecido por mim mesmo, pelo esforço do meu trabalho, pelo suor que coloquei ali, cada vez que mergulhei em uma piscina.

O velho Marco ia se amarrar nisso, tenho certeza.

Decido descer e tranco o carro, ajeitando os óculos escuros no rosto.

O dia em Florença está quente, por isso subo as mangas da minha camisa até os ombros, deixando o sol queimar minha pele.

Eu nunca mais voltei aqui, mas sei dizer com exatidão onde ele está. Eu jamais me esqueceria.

Enquanto ando devagar e vejo algumas pessoas caminhando e visitando seus entes queridos, encontro o lugar em que meu pai descansa.

Marco Benedetti, amado e querido filho, pai e esposo.

Paro de frente para ele, lendo as palavras repetidas vezes. Mordo meu lábio antes de me agachar e me sentar ao seu lado. Abraço meus joelhos.

— E aí, pai? Demorei, mas vim. — Coloco a mão na pedra fria. Aproveito para limpar um pouco da poeira. — Me perdoa não ter feito isso antes, mas acho que eu não conseguiria.

Antes de abaixar minha cabeça, pego a medalha e coloco na lápide.

— Olha só o que eu trouxe para você! — Meu sorriso é instantâneo, porque consigo sentir que ele está sorrindo agora. Juro que consigo. — Lembra que eu te prometi? É minha. Seu filho é ouro nas olimpíadas. Foi uma festa de cinco dias lá em casa. Meu pai e minha mãe convidaram a vizinhança inteira para comemorar com a gente.

Italianos, exagerados como somos, não foi possível escapar da sessão de orgulho dos dois. Meu pai ainda chora quando lembra os dois milésimos de segundos que me separaram do francês.

— Tenho ideia de que estou falando bobagem aqui, porque sei que você estava lá, então... — Dou de ombros, mas continuo: — Eu tinha de trazer até você. É minha, mas é sua. É da minha mãe, e também do meu pai Stefano. Vocês três nunca mediram esforços para que eu chegasse aonde almejei, e eu vou ser eternamente grato. Eu amo tanto vocês três...

Prometi que não ia chorar, por isso respiro fundo e conto alguns números para me distrair.

— Queria que você tivesse conhecido o cara foda que ele é, mesmo sabendo que isso seria impossível, porque se você estivesse aqui, não teríamos cruzado os nossos caminhos. Ou, quem sabe, sim? Talvez em algum momento a gente descobrisse que eu não era de verdade seu, mas, pai, não há nada que tire seu lugar no meu coração. Espero que de onde você esteja, eu continue sendo o seu menino também.

Percebo que estou chorando quando preciso enxugar meu rosto.

Pauso por alguns segundos antes de continuar:

— Eu sinto tanto que você tenha precisado ir para que ele entrasse nas nossas vidas, mas eu o amo como se soubesse que ele foi meu pai a vida inteira. Ele cuida da mamãe bem para caralho. É louco pelos meus irmãos e sempre me deu a liberdade de ser como eu quisesse ser. Ele é o meu melhor amigo. A pessoa para quem não consigo esconder nada, porque meu pai parece conhecer a minha alma, e eu acho isso tão foda... É como se vocês dois fossem o complemento perfeito um do outro, e eu sinto que tenho tanta sorte por isso... — brinco com uma grama que cresce ao lado. — Realmente espero que você esteja feliz por nós aqui embaixo. Eu te amo, velho! Eu te amo para sempre.

Fico em silêncio, tempo suficiente para fazer algumas orações. Todas as que eu faço para ele todos os dias antes de dormir.

Depois de alguns minutos, resolvo me levantar. Olho novamente para o seu nome e termino:

— Prometo que vou voltar mais vezes. Essa foi só a primeira delas. Ainda tenho mais algumas para ganhar. — Sorrio, piscando em seguida. Pego a minha medalha, coloco no bolso da calça e, antes de ir, digo a ele: — Acho que você já sabe a merda que eu fiz, não é? Sim, eu convidei a Bea para morar comigo. Onde eu estava com a porra da minha cabeça?

Bufo e coloco as mãos nos bolsos da calça.

— Bem, eu não faço a mínima ideia. Só sei que pareço um idiota que gosta de sofrer, já que ela não me dá a mínima, e eu sinto como se precisasse dela por perto para respirar. — Meu riso é sarcástico quando chuto uma pedra para longe. — Não sei até quando isso vai dar certo, mas eu não podia vê-la desistir do sonho dela. Você sabe...

Solto o ar com força e fecho os olhos, apertando-os com os dedos.

— Eu te amo, velho! Até a próxima.

Ando de costas por alguns segundos, antes de me virar e ir em direção ao portão por onde entrei.

Preciso voltar para Milão e arrumar o apartamento que agora não será só meu. Será também da minha melhor amiga. Aquela que eu venho amando há anos e que não dá a porra da mínima para isso. Aquela que maltrata meu coração de tantas maneiras que às vezes até me pergunto como consegue encontrar várias formas diferentes de fazer isso.

Começo a notar alguns olhares em minha direção, e sei que corro o risco de ser reconhecido, por isso aperto os passos, de cabeça baixa, e sigo meu caminho tentando não chamar mais atenção.

Quem dera se Beatrice me olhasse com o menor interesse como quase a Itália inteira me olha agora.

Ela só quer minha amizade. E eu simplesmente quero tudo com aquela menina.

Que eu não me arrependa do que eu fiz.

Que eu não me arrependa...

@littlepinkd

AGRADECIMENTOS

MAIS UM LIVRO PARA A CONTA!

Quanto orgulho desse processo. Primeiro porque, mais uma vez, não foi fácil. A vida tentou me testar de todas as formas enquanto eu escrevia Mais Uma Vez Para Nós Dois. Isso não é uma novidade para mim, sempre acontece. Porém, dessa vez, achei que realmente não aguentaria e largaria tudo para lá. Que sorte tenho de acreditar em um Deus que nos suporta o tempo inteiro e nos ensina sobre paciência e resiliência. Devo tudo a Ele!

Aos meus pais e meu namorado, Lucas, que em momento algum me abandonaram. Que entenderam os momentos em que eu precisava me afastar um pouco, entrar no meu mundo e me dedicar ao que era necessário. Sou tão apaixonada por vocês. Amo nossa família. Obrigada por serem os melhores!

Vanessa Pavan, meu anjo da guarda! Obrigada por tudo o que tem feito por mim em todo esse tempo juntas. Sem a sua assessoria e, principalmente, sua amizade e carinho, seria difícil chegar aonde estou chegando. Eu te amo!

Aline e Jordana, obrigada pelo olhar de amor, de cuidado e respeito, comigo e com esse livro. Obrigada pela sinceridade, pelos apontamentos, pelas mensagens de surto e pelas lágrimas. Sou grata por ter leitoras que se tornaram amigas de verdade, assim como vocês. Meu amor e gratidão, de todo meu coração, pela betagem de Mais uma vez para nós dois.

Fê e Ju, minha dupla dinâmica de todos os dias! Obrigada por mais uma vez, com todo amor, me darem forças para não desistir quando quis. Por me acolherem quando a vida me deu uma paulada, aqui e ali, e por me ajudarem a enxergar que sou capaz. Amo vocês. Hoje e sempre!

Deh Amorim, amiga incrível, que não mediu esforços com meu prazo apertado. Obrigada por toda sua generosidade e paciência. Gratidão por nossa amizade e parceria em mais uma obra! Espere por mim, que já estou chegando com mais. ☺

Jack, mais uma vez arrasando em seu trabalho, com seu carinho e percepção de detalhes. Você é incrível. Muito obrigada!

Rosinha, quando vi os três juntinhos ali, na segunda ilustração, me deu um misto de sentimentos que nem sei explicar. Obrigada pelo carinho, pela dedicação em captar a essência da história em traços tão perfeitos. Você arrasa!

Parceiras e leitores, que esperaram com tanto amor por esse momento, obrigada! Stefano e Betina só ganharam vida por causa de vocês, que pediram tanto! E só posso ser grata por insistirem tanto. É para vocês e por vocês. Obrigada por estarem aqui comigo a cada lançamento e serem os melhores leitores e parceiros que alguém poderia ter!

Amigos, que entenderam minhas ausências, que vibraram com as pequenas conquistas do dia a dia e que acreditam em mim: ainda bem que eu tenho vocês, que sorte! Obrigada por tudo, meus amores.

Betina, Tefo e Enrico, eu escrevo essa parte chorando porque está sendo difícil demais me despedir de vocês três. Quanta coisa nós vivemos juntos nos últimos dois meses e o quanto eu amo ver vocês felizes, como mereciam.

O mundo é de vocês, meus amores. Voem, voem, voem!

Com todo amor do meu coração,

Michelle Passos

www.lereditorial.com

@lereditorial